伐柯：晚明詩學中的擬古與創變

陳英傑 著

臺灣學生書局印行

獻給祖父趙鼎臣先生、祖母趙陳玉枝女士

自　序

我們可能在日常閒談中，不假思索地把文學分成古典的和現代的。但假如不復閒談，則什麼是「古典」、「現代」，兩者如何區分，或者必須切割嗎？其實是一連串值得深思細辨的話題。楊牧曾提醒以現代文學之創造為志向的作家，「不可不讀古典」，[1]兩者誠然存在區別，卻該有其辯證相即的意義。本書所處理的明代詩學議題，復古派詩人對古典心摹手追，卻不諱言他們如此從事的仍是現代之創造；「現代」，正因親近於「古典」而偉大。[2]公安派、竟陵派繼起批判之，標舉當代創作的主體性，唯其所思所行，何嘗自絕於「古典」的血緣？他們對古典的創造性詮釋，容或爭議紛紛，但這些爭議正是晚明詩學史上的熠熠精光，恰能印證古典價值永不止息。本書提煉出「擬古」、「創變」這對互為辯證的文學價值觀念，以利統攝、鋪展上述關於明代詩學發展的基本觀點，我固然期許研究成果對學術稍有創

1　楊牧：〈現代文學〉，《一首詩的完成》（臺北：洪範書店，1989），頁81。

2　這種觀念，胡應麟的表述最具體：「良以前規盡善，無事旁搜，不踐茲途，便為外道」，故當代詩人不但要學古，而且擁有集古人大成的優勢，「古惟獨造，我則兼工，集其大成，何忝名世」，見氏著：《詩藪》（上海：上海古籍出版社，1979），續編卷1，頁349。

闢之功，實則更冀盼引古鑑今，返照當世，能讓自己及有緣的讀者們從明人留下的足跡中，再省古典傳統對當代文學文化之創造的價值。

本書各章的初步研究構想，幸曾獲得學界師友教益。第一章之初稿，曾宣讀於香港浸會大學中文系的「抒情與時代：中國文學批評觀念的傳承與發展」國際工作坊（2019.3），修訂後改題〈明代復古派詩學中的「摹擬」議題〉，刊於《臺大文史哲學報》第 94 期（2020.11）；第四章之初稿，曾宣讀於國立暨南國際大學中文系主辦的「跨類與出位：中國文學批評研究工作坊」（2020.11），修訂後刊於《清華學報》新 53 卷第 4 期（2023.12）；第二、三、五章均因國科會計畫補助始能順利完成，[3]第二章之初稿，並宣讀於國立清華大學中文系暨文論研究中心主辦的「詩性與文變：傳統文學的當代性」國際學術研討會（2024.10）。回想起近幾年來參與這些學術活動和工作，著實都是人生中的珍貴記憶，至深感謝諸多討論人、審查人、師長和朋友們的慷慨指點和關懷。本書面世前夕，黃明理教授賜下題簽，為本書增添光彩；兩位匿名審查人惠予修訂意見，令本書錯誤減少；學生書局編輯部陳蕙文女士鼎力協助，謹此一併致謝。

陳英傑

序於新店寓所

3 國科會專題研究計畫：「大曆以後書勿讀？——明代詩學中的『中晚唐詩批評』議題」（MOST 110-2410-H004-160-MY3）。

伐柯：晚明詩學中的擬古與創變

目　次

導論：自將磨洗認前朝

一

《詩經．豳風》有〈伐柯〉之章：

伐柯伐柯，其則不遠。
我覯之子，籩豆有踐。[1]

以詞義訓詁的角度而言，「柯」指斧頭之柄，「伐柯」指持斧砍樹以製新柄，此時舊柄在手，恰巧就成為砍製新柄的尺度，「則」即法則、尺度，毋須遠求。「籩豆」指祭祀或宴會所用的禮器，「有踐」則是排列整齊。這種訓詁之義，原甚清晰，但就比興的觀點讀之，詩意就顯得曲折幽窈，當中，「伐柯」的隱喻尤其位居詩意解讀的關鍵，毛亨解為「治國之法」，鄭玄（127-200）解為「王欲迎周公使還」之道，由是進一步導向諷刺意旨，如「周公能用禮，故任周公則國治，刺王不知周公而不任之也」、「言王當迎周公，以刺朝廷之不知也」，可知毛、鄭解詩觀點雖稍有落差，其實皆注目於政教倫理議題。這種比興解詩的

1 毛亨傳，鄭玄箋，孔穎達正義：《毛詩注疏》（臺北：藝文印書館，1997，《十三經注疏》本），卷 8 之 3，頁 4 下。

觀點，經過孔穎達（574-648）的《正義》闡揚，已有非常清晰的論述。[2]

此處想討論的不是〈伐柯〉一詩旨趣如何解讀為宜，事實上，以政教倫理的視域解讀詩之比興，乃是毛、鄭刻意闡揚的重要觀念，本有通經致用的意義；而針對此詩，唐宋以降早有異解，當亦值得追蹤梳理。[3]但更能引發我們探索之興趣的是，「伐柯」其實有一個動態的隱喻觀念史，如前所述，這個詞語原指持斧砍樹以製新柄之類的庶民物事，至毛、鄭視為政教倫理的隱喻，陸機（261-303）〈文賦〉則又賦予一種別富意味的新解：

> 至於操斧伐柯，雖取則不遠；若夫隨手之變，良難以辭逮。[4]

我們不清楚陸機如何認知〈伐柯〉一詩旨趣，但其筆下的「操斧伐柯」，明顯並未沿襲毛、鄭的政教倫理關懷，而是移轉至「屬

2　同前註，頁 5 上。

3　如朱熹認為此詩乃周公東征時，東人深喜於易見周公，見朱熹集註：《詩集傳》（北京：中華書局，1958），卷 8，頁 96。今人或以為是「一首寫求婚方法的詩」、「男人請媒人吃飯委託他介紹對象的詩」，見程俊英、蔣見元：《詩經注析》（北京：中華書局，1999），頁 428。高亨：《詩經今注》（上海：上海古籍出版社，1980），頁 212。

4　陸機：〈文賦〉，張少康集釋：《文賦集釋》（臺北：漢京文化事業公司，1987），頁 1。

文」、「作文」，[5]特指文學創作所當取法的某種楷式、矩度；更重要的是，他進一步對舉出「隨手之變」，此即「放言遣辭，良多變矣」，[6]指文學創作活動中個人化的創新變化。

陸機說法顯示，「伐柯」所隱喻的楷式、矩度，一轉移至文學創作議題，就會同步鬆動其在政教倫理脈絡所期求的穩定性。國之大政，自當體現恆久不刊的價值。但關於文學創作活動，誠如艾略特（T. S. Eliot）在其著名的〈傳統與個人才具〉一文所宣稱：「作品中最精彩甚至最有『個性』的部分，大抵是重複昔人著力之處，亦即昔人之能得不朽的地方」，[7]卻也同時闡明：「一件新作品若只在依從墨守，則根本不是依從，也就不是創新，因而也就不是藝術品了」，[8]換而言之，所謂楷式、矩度，如文學史上的前代經典之作，是否確為騷人墨客務當緊握在手的必需品？是否容許改變甚或革命，以彰顯個人化的創新變化？這些問題其實是發自陸機〈文賦〉，他是把「伐柯」的隱喻從政教倫理脈絡中抽離出來，轉身拋出一道更複雜的文論思辨議題。

除〈文賦〉的觀念表述之外，我們當然知曉，陸機有〈擬古〉的詩歌創作實踐，[9]繼他之後，陶淵明（365?-427）、謝靈

5 同前註。

6 同前註。

7 艾略特（T. S. Eliot）著，翁廷樞譯：〈傳統與個人才具〉，《中外文學》，第 2 卷第 9 期（1974.2），頁 147。

8 同前註，頁 148。

9 陸機：〈擬古〉，楊明校箋：《陸機集校箋》（上海：上海古籍出版社，2016），頁 305-335。

運（385-433）俱存擬古名篇，[10]蕭統（501-531）所編《文選》也曾設立「雜擬」詩類，[11]又如劉勰（465?-532?）《文心雕龍》所特別強調的「通變」，[12]都從不同層面回應上述的議題。時代再晚，黃庭堅（1045-1105）標舉「領略古法生新奇」，[13]連帶而來，「以故為新」、「點鐵成金」、「奪胎換骨」諸說之紛然問世，[14]仍是注目於同一議題。綜觀文學史、文論史，其例所在多有，無法遍舉，遑論漢魏以降樂府詩創作自有摹擬古題的傳統。但事實上，這一議題更令我們想起千載而下一場烽火燎原的論辯，其牽連層面尤為複雜、也特富爭議性——明代中葉復古派

---

10 陶潛：〈擬古九首〉，龔斌校箋：《陶淵明集校箋》（上海：上海古籍出版社，1996），頁 272-289。謝靈運：〈擬魏太子鄴中集八首並序〉，顧紹柏校注：《謝靈運集校注》（臺北：里仁書局，2004），頁 199-234。

11 「雜擬」詩類，見蕭統編，李善注：《文選》（上海：上海古籍出版社，1986），卷 30-31，頁 1426-1486。所收之詩，前揭陸機、陶淵明、謝靈運擬古詩以外，尚有張載、袁淑、劉鑠、王僧達、鮑照、范雲、江淹之作。

12 「通變」是劉勰文論重要觀念，也是所撰《文心雕龍》之一篇。見劉勰著，范文瀾注：《文心雕龍注》（北京：人民文學出版社，2001），卷 6，頁 519-521。

13 黃庭堅：〈次韻子瞻和子由觀韓幹馬因論伯時畫天馬〉，劉琳、李勇先、王蓉貴校點：《黃庭堅全集》（成都：四川大學出版社，2001），正集卷 4，頁 82。

14 「以故為新」語見黃庭堅：〈再次韻并序〉，同前註，正集卷 6，頁 126。「點鐵成金」語見黃庭堅：〈答洪駒父書〉，同前註，正集卷 18，頁 475。「奪胎換骨」為惠洪徵引黃庭堅之說，見惠洪：《冷齋夜話》，卷 1〈換骨奪胎法〉，吳文治主編：《宋詩話全編》（南京：江蘇古籍出版社，1998），頁 2429-2450。

崛起之初，[15]李夢陽（1472-1529）、何景明（1483-1521）曾爆發激烈論爭，關於雙方的爭執焦點，李夢陽曾在〈駁何氏論文書〉一文中概述道：

> 子擿我文曰：「子高處是古人影子耳，其下者已落近代之口。」又曰：「未見子自築一堂奧，突開一戶牖，而以何急於不朽？」此非仲默之言，短僕而諛仲默者之言也。短僕者必曰：「李某豈善文者，但能守古而尺尺寸寸之耳，必如仲默，出入由己，乃為舍筏以登岸。」斯言也，禍子者也。古之工，如倕、如班，堂非不殊，戶非同也；至其為方也，圓也，弗能舍規矩。何也？規矩者，法也。僕之尺尺而寸寸之者，固法也。假令僕竊古之意，盜古形，剪截古辭以為文，謂之「影子」誠可。若以我之情，述今之事，尺寸古法，罔襲其辭，猶班，圓倕之圓；倕，方班之

15 明初以來尊古之說不絕如縷，本書所謂「復古派」，特指明代中葉以後李夢陽、何景明所引領的文學復古流派，其範圍實難盡言，但依一般認知，「前後七子」自是骨幹人物，爾後胡應麟、許學夷俱為集大成式的詩論家，殆無疑也。值得注意的是，明清以來，「七子」、「七子派」、「前後七子」也是復古派常見的代稱，實則「七子」指涉對象本非固定，當時結盟的人數也未必是「七」，「七子」其實是殊欠準確的說法。復古派的名義和界定問題，可見簡錦松：《明代文學批評研究》（臺北：臺灣學生書局，1989），頁 186-188；陳英傑：《明代復古派杜詩學研究》（臺北：臺灣學生書局，2018），頁 43-62。復古派又常被稱為「格調派」，其說始於日人鈴木虎雄，相關考察可見陳國球：《明代復古派唐詩論研究》（北京：北京大學出版社，2007），頁323。

> 方，而倕之木，非班之木也。此奚不可也。[16]

文中觸及三項重點：第一，何景明認為文學作品的價值，重在「自築一堂奧，突開一戶牖」，亦即突破古人傳統的「創變」。第二，基於上述的價值觀，何景明抨擊李夢陽之詩論為「古人影子」，有摹擬太甚的嫌疑，亦即缺乏「創變」。第三，李夢陽甚感不以為然，其說又分兩層面：一是坦承自己的詩歌創作務求細緻熨貼古人，唯是特指古人之「法」；二是否認自己淪為「古人影子」，因為詩中仍然可見「我之情」、「今之事」，況且未嘗摘襲古人之「辭」。

綜合觀之，李夢陽認為文學作品的價值，乃在服膺古人傳統的「擬古」，並無摹擬太甚的疑慮。如此自我申辯，很容易讓人想起〈伐柯〉鄭箋：

> 則，法也。伐柯者必用柯，其大小長短近取法於柯，所謂不遠求也。[17]

孔疏也說得非常清楚：

> 執柯以伐柯，比而視之，舊柯短則如其短，舊柯長則如其長，其法不在遠也。[18]

16　李夢陽：〈駁何氏論文書〉，郝潤華校箋：《李夢陽集校箋》（北京：中華書局，2020），卷62，頁1916-1917。

17　毛亨傳，鄭玄箋，孔穎達正義：《毛詩注疏》，卷8之3，頁4下。

18　同前註，頁5上。

相互參照之下，李夢陽「尺寸古法」的創作，著實很有「伐柯」的意味。但誠如前文所言，「伐柯」的隱喻在政教倫理脈絡中不致遭疑，卻在李夢陽的「擬古」實踐中面臨他人不假辭色的抨擊。

為利後續討論的進行，我們當須審慎界定「創變」、「擬古」這兩種文學價值觀念。所謂「創變」，基本上指文學創作貴在突破成規，展現創新變化。但隨創新變化的幅度不一，「創變」雖讓人耳目一新，也可能是極具顛覆之力的悖逆詩道，李夢陽曾批評何景明詩「乖於先法」，[19]即指此。所謂「擬古」，「擬」指揣度，《周易・繫辭上》云：「擬之而後言，議之而後動，擬議以成其變化」；[20]「擬」也有比附古代典範的意義，《荀子・不苟》云：「言己之光美，擬於舜、禹，參於天地，非夸誕也」，[21]可知「擬古」的文學價值觀念，基本上指文學創作貴在揣度、比附古代典範。唯在創作實踐上，這種文學價值觀念可能還會形成一種「摹擬」的方法，甚至展現具體的仿語，何景明批評李夢陽詩是「古人影子」，即指「摹擬」的方法所衍生的流弊。[22]由此可見，「擬古」、「創變」是兩種截然不同的文學

---

19 同前註，頁 1916。

20 王弼、韓康伯：《周易王韓注》（臺北：國立臺灣大學出版中心，2016），頁 210。

21 荀況著，王先謙集解，沈嘯寰、王星賢點校：《荀子集解》（北京：中華書局，1988），卷 2，頁 41。

22 「擬古」的觀念可能導致「摹擬」的創作或學詩方法，兩者關係緊密，乃至可能相互指涉，合二為一，許學夷《詩源辯體》曾辨析「學古」、「擬古」不同，以前者為目標，後者為手段，「擬古如摹帖臨畫，正欲筆筆相類」，這就是把「擬古」等同於「摹擬」。這種觀點當較適用於

價值觀念，創作者取捨之際，再經付諸實踐，自然很容易引爆論辯戰火。

「擬古」、「創變」的論辯戰火，一直延燒到晚明，成為復古派詩學發展中需要不斷論述的問題。如胡應麟（1551-1602）《詩藪》云：

> 盛唐而後，樂、選、律、絕，種種具備，無復堂奧可開，門戶可立。是以獻吉崛起成、弘，追師百代；仲默勃興河、洛，合軌一時。古惟獨造，我則兼工，集其大成，何忝名世。上下千餘年間，豈乏索隱吊詭之徒，趨異厭常之輩，大要源流既乏，蹊徑多紆，或南面而陟冥山，或褰裳而涉大海，徒能鼓聲譽於時流，焉足為有亡於來世。[23]

有趣的是，上文中何景明已被拉入李夢陽的「擬古」陣營，齊心抗衡千餘年間的「創變」。胡應麟認定盛唐以前各種詩體的發展

復古派，但不適於本書開發論題，故不採之。本書所指的「擬古」，與方法、手段相關，但並非方法、手段之義，而是特指一種以古為準的文學價值觀念。此一觀念，在復古派觀念中實即「學古」，但學古之說無法概括公安派、竟陵派與古典的關係，蓋其詩學主要取向明顯並非模習古人。換言之，公安、竟陵二派並非「學古」，但與復古派均在不同層面和程度上而可視為「擬古」。職是，本書使用「擬古」，透過重新定義，期盼有助於貫通復古派與公安、竟陵二派詩學中共同關注的重要議題血脈；後文有更具體的論述。前引許學夷之說，見杜維沫校點：《詩源辯體》（北京：人民文學出版社，1998），卷3，頁52。

23 胡應麟：《詩藪》（上海：上海古籍出版社，1979），續編卷1，頁349。

均已臻於完善，堪為典範，故當代詩人的創作活動，只須服膺典範，便能取得佳績。許學夷（1563-1633）《詩源辯體》曾徵引胡應麟上文，大表贊同，緊接著提出補充：

> 自漢魏以至晚唐，其正者，堂奧固已備開；變者，門戶亦已盡立，即欲自開一堂，自立一戶，有能出古人範圍乎？故與其同歸於變，不若同歸於正耳。[24]

他的補充觀點尤有海涵地負的氣象。李夢陽、胡應麟所述及的「創變」，原是跨出古人藩籬外的創新變化；但許學夷筆下的「正」、「變」，都是指向漢魏至晚唐的詩史發展現象，「正」是堪為典範的詩歌體式，「變」是悖離前揭典範的體式。他此處所談的「正」、「變」，重在返照當代詩人的創作，「不若同歸於正」當然是「擬古」；但請特別注意「與其同歸於變」，指當代詩人的「創變」，其實不是真正的創新、發明，而只是複刻古代詩史既有的「變」。一切自以為是的「創變」，終究無法脫離「古人範圍」。

「擬古」是一種文學價值觀念，實則也是一般文學史論述常為復古派貼上的「標籤」。這種標籤自有以簡馭繁之效，能讓我們透過較簡要的概念，去掌握文學史紛然現象中的要點，卻也可能持續製造簡單化、粗糙化的成見，以致遮蔽我們回看文學史的視野。明清迄今，一般人對復古派詩人的基本印象是摹擬太甚，

---

24 許學夷：《詩源辯體》，卷 34，頁 320。

喪失主體性，遂予厲辭批判，[25]但我們必須追問：這種批判觀點究竟是反映論者自身之不苟同於擬古的立場，還是復古派確實失誤、失察的缺陷？在何景明看來，李夢陽有摹擬之弊，淪為「古人影子」，但前揭李夢陽〈駁何氏論文書〉中，他明確標舉、踐履「擬古」觀念時，也自認詩中具有「我之情」、「今之事」。這顯示，我們縱使未必接受李夢陽的辯解，唯他的說法透露出「擬古」觀念的複雜性，不應預設為主體性淪喪。李夢陽在這通書札中還說：

> 守之不易，久而推移，因質順勢，融鎔而不自知。於是為

---

25 茲舉幾部當代較通行的幾部文學史書為例，以具體呈現今人的「成見」。袁行霈主編《中國文學史》，曾批判復古派詩作價值：「前後七子文集中時而可以發現一些擬古蹈襲的篇章，……毫無疑問，這是生吞活剝、刻意規摹造成的後果。如此，顯然沒有多少藝術生命力可言。」見袁行霈主編：《中國文學史》下冊（臺北：五南圖書出版公司，2023三版），頁 399-400。章培恒、駱玉明主編的《中國文學史新著》，則結合復古派「詩論」而言：「倘若『尺寸古法』，文學在形式上就不會再有所發展了。」見章培恒、駱玉明主編：《中國文學史新著》增訂本下卷（上海：復旦大學出版社，2007），頁 69。最特別而值得一提者，孫康宜和宇文所安（Stephen Owen）主編《劍橋中國文學史》，頗能銳察世人的成見：「錢謙益（1582-1664）將前後復古派統而言之，並對明代的整個復古運動簡單指斥。這種籠統的否定對前期復古派是不公平的，他們是真正的創新者，……」，又指：「後七子中只有李攀龍在模仿對象上過於拘泥，他同時代的文人則採取了更為多元和靈活的態度」，見孫康宜、宇文所安（Stephen Owen）主編，劉倩等譯：《劍橋中國文學史》下卷（北京：三聯書店，2013），頁 80。但假如將復古派簡括視為「創新者」，這恐怕會讓復古派詩學重心滑入「創變」，而非位居樞紐的「擬古」，其對李攀龍的評價也失之扁平。

> 曹、為劉、為阮、為陸、為李、為杜，即今為何大復，何不可哉？此變化之要也。故不泥法而法嘗由，不求異而其言人人殊。[26]

可見李夢陽的「擬古」，終究還要進一步展現「創變」；這兩種截然不同的文學價值觀念，實則可以辯證融合。以李夢陽的個案來看，我們豈能不加深究，便輕率作出貶抑的判斷呢？

再舉另一位復古派領袖人物為例，李攀龍（1514-1570）在明清迄今許多文學史敘述脈絡中，同樣常遭厲詞指控摹擬太甚之弊，但所謂「太甚」，假如是指他的擬作過度熨貼古人，其〈古樂府・序〉反而令人驚訝：

> 胡寬營新豐，士女老幼相攜路首，各知其室；放犬羊雞鶩於通塗，亦競識其家。此善用擬者也。[27]

依李攀龍之見，在擬古樂府的創作活動中，讓古人原作與自己的擬作緊密熨貼，毫髮酷肖，這反而是「善」，而非「弊」。一般人徒然批判李攀龍摹擬之「弊」，卻無視於他自覺信守的摹擬之「善」，這不啻是以論者自身的見解、偏好，凌駕於古人之上，古人原有特殊、複雜的觀念反遭「消音」。此序緊續又云：

---

26 李夢陽：〈駁何氏論文書〉，郝潤華校箋：《李夢陽集校箋》，卷62，頁1917。

27 李攀龍：〈古樂府・序〉，包敬第標校：《滄溟先生集》（上海：上海古籍出版社，2014二版），卷1，頁1。

> 至伯樂論天下之馬，則若滅若沒，若亡若失，觀天機也；得其精而望其粗，在其內而忘其外，色物牝牡，一弗敢知，斯又當其無有擬之用矣。[28]

這是李攀龍所自覺標舉的另一種摹擬之法，堪比伯樂相馬，重在掌握目標對象的內在精神特質，離形似而得神似。如此，何嘗不是「創變」？這種境界比胡寬營新豐一喻更臻昇華，可謂善之又善，卻同樣常遭「消音」。

我們要再度強調：無論是李夢陽、李攀龍或眾多復古派詩人，是否身染摹擬太甚之弊，無疑值得討論，也毋庸為之諱言。但如何避免以個人見解、偏好，凌駕於古人之上，掩蓋古人本有的複雜面貌，更是值得省思再三。儘管如此，我們還得戒慎「創變」觀念的複雜性，王世懋（1536-1588）曾述及時人對復古派摹擬之弊的因應之道，《藝圃擷餘》有云：

> 世人厭常喜新之罪，夷于貴耳賤目。自李、何之後，繼以于鱗，海內為其家言者多，遂蒙刻鶩之厭。驟爾一士能為樂府新聲，倔強無識者便謂不經人道語，目曰上乘，足使耆宿盡廢。[29]

范曄（398-445）《後漢書・馬援傳》記載：「効伯高不得，猶

---

28 同前註。

29 王世懋：《藝圃擷餘》，何文煥輯：《歷代詩話》（北京：中華書局，2001），頁 783。

為謹敕之士，所謂刻鵠不成尚類鶩也」，[30]「刻鵠」指原本追求的崇高目標，「類鶩」指付諸實踐的結果出現落差，唯在范曄的敘述脈絡中，「類鶩」仍不失為「謹敕之士」，具有正面意義。王世懋所謂「刻鶩」，則不僅是落差，同時也是一種令人厭惡的缺失。他曾批評時下復古派詩人：「爭事剽竊，紛紛刻鶩，至使人厭」，[31]「刻鶩」正指其擬古績效不彰，深深陷入摹擬太甚之弊。上文中未嘗明示矯治之道，相當特別的是，卻對他人的矯治之道大表不滿。文中顯示，時人為矯治復古派摹擬之弊，遂有「樂府新聲」，漢魏以降，樂府詩原有強大的擬古傳統，也是復古派詩人最常摹擬的漢魏典式之一，如李攀龍一系列擬古樂府之作，「無一字一句不精美」，便曾贏得王世貞（1526-1590）青睞。[32]這類新詩讀者因能捕捉到「不經人道語」，致予「上乘」的評價；可知無論是新詩作者或讀者，都有非常清晰的「創變」觀念。這種「創變」，卻遭王世懋斥為「厭常喜新之罪」、「倔強無識」，透露在不同的論述脈絡中，「創變」縱使都有矯弊的意義，仍可能觸發相異的觀感。

細讀王世懋上文，「樂府新聲」一說值得關注。依前所述，樂府詩的創作，歷代原有強大的擬古傳統。時人若要迴避樂府詩的擬古傳統而創造「新聲」，是否也透露出他們並非無視於擬古傳統？對當時崇尚「創變」的詩人而言，「擬古」與其說是一種

---

30 范曄撰，李賢等注：《後漢書》（北京：中華書局，1965），卷 24，頁 845。

31 王世懋：《藝圃擷餘》，何文煥輯：《歷代詩話》，頁 778。

32 王世貞著，羅仲鼎校注：《藝苑卮言校注》（北京：人民文學出版社，2021），卷 7，頁 466。

被揚棄的文學價值觀，似更可視為一種「典範」（paradigm）。在《科學革命的結構》中，孔恩（Thomas S. Kuhn）認為我們若仔細觀察某一時期、某一專門研究的歷史，即能發現一組反覆出現而近於標準的範例，這組範例可演示各種理論在觀念上、觀察上、甚至儀器上的應用，因而構成該科學社群的「典範」，[33]這使「一個科學研究傳統，不論多麼專門，學者加入這一科學社群參與研究，都是主要由研究它的典範入手」。[34]時代愈近晚明，從李、何之爭到胡應麟、許學夷一路綿延不斷的詩學論辯，「擬古」觀念日益鞏固，接受者擴及「五尺之童」、[35]「市賈傭兒」。[36]可以想見，「擬古」儼然是明人欲入詩歌創作之門無法迴避、亟須直面的「典範」。準此觀之，「創變」的詩人如何體察古代典式、拿捏古典與當代詩歌創作之間的分寸，這其實是最能引發我們研究興味之處。

王世懋筆下的「創變」詩人是誰，時移世異，文獻難徵。一般文學史書常見的敘述中，明人鑑於復古派摹擬太甚之弊，最有膽識起而挑戰的是晚明公安派、竟陵派，晚明詩學史的發展軌跡，乃可簡括為「由復古到公安、竟陵」。[37]這種單向發展的敘

33　孔恩（Thomas S. Kuhn）著，傅大為、程樹德、王道還編譯：《科學革命的結構》（臺北：允晨文化實業公司，1985），頁 99。

34　同前註，頁 60。

35　王世懋：《藝圃擷餘》，何文煥輯：《歷代詩話》，頁 779。

36　袁宏道：〈敘姜陸二公同適稿〉，錢伯城箋校：《袁宏道集箋校》（上海：上海古籍出版社，2018 三版），卷 18，頁 749。

37　一般文學史書常將公安派、竟陵派合稱為「性靈派」，其實亦能區分二者，但區分的方式值得商榷。這裡為凸顯論題，暫不旁涉，本書第五章將有討論。

述模式，暗示晚明是一個「擬古」被迫退場、「創變」大行其道的自由時代。但事實上，一般人卻較容易忽略袁宏道（1568-1610）雖為公安派祭酒，青年時期原有一段「擬古」以求「不朽」的志意：

> 終不欲無所就，乃刻意藝文，計如俗所云不朽者。上自漢魏，下及三唐，隨體模擬，無不立肖。[38]

現存袁宏道詩集中也還存留一系列〈擬古樂府〉組詩。袁中道（1570-1626）並為姪輩開示學詩之道：

> 若輩當熟讀漢魏及三唐人詩，然後下筆，切莫率自肸臆，便謂不阡不陌，可以名世也。[39]

這明顯是「擬古」的觀念主張。有學者認為袁中道此說意在匡正公安派末流的淺俚之病，故主張重返復古；[40]這種流行的解讀觀點，效力頗為可疑，因為這是完全淘空袁宏道詩作極具顛覆性的「創變」。袁中道曾綜觀袁宏道一生之詩：

> 昔吾先兄中郎，其詩得唐人之神，新奇似中唐，溪刻處似

---

38 袁中道：〈解脫集序〉，錢伯城點校：《珂雪齋集》（上海：上海古籍出版社，2019 二版），卷 9，頁 479。

39 袁中道：〈蔡不瑕詩序〉，同前註，卷 10，頁 487。

40 易聞曉：《公安派的文化闡釋》（濟南：齊魯書社，2003），頁 294。

晚唐，而盛唐之渾含尚未也。[41]

袁宏道的「新奇」、「溪刻」，這都是迥別於復古派所崇尚的盛唐渾含之境，不啻即為「創變」；上文顯示，這種創變和中晚唐詩之間頗有關連。事實上，我們從袁宏道文集中，也確實可見對中晚唐詩別有傾心。換言之，袁宏道固然標榜「創變」，卻非毫無「擬古」的根柢，而完全自我割裂於古典傳統。

再請注意竟陵派。學者已察見鍾惺（1574-1625）、譚元春（1586-1637）青年里居期間，曾接受復古派詩學薰陶，其擬古之作，均甚可觀。[42]最足以代表竟陵詩學的當然是兩人所合編《詩歸》，鍾惺序文一開頭就釋名彰義：

選古人詩而命曰《詩歸》，非謂古人詩以吾所選為歸，庶幾見吾所選者，以古人為歸也。[43]

「歸」指依歸，是行事的依據；也可指趨向，是事物發展的傾向——無論我們如何解讀，鍾惺所明言的「以古人為歸」，皆流露他的崇古之心。譚元春序中也有相近之說：「與鍾子約為古

41 袁中道：〈蔡不瑕詩序〉，《珂雪齋集》，卷 10，頁 487。

42 陳廣宏：〈竟陵派文學的發端及其早期文學思想趨向〉，《文本、史案與實證：明代文學文獻考論》（臺北：臺灣學生書局，2013），頁 204-206。

43 鍾惺：〈詩歸序〉，鍾惺、譚元春：《唐詩歸》（《續修四庫全書》第 1590 冊影印明刻本，上海：上海古籍出版社，1995），卷首，頁 521。

學」，[44]試翻檢譚集，也能發現諸如「仰思古人」、「獨好思古人」的自述，[45]又於書札曾提醒他人：「莫概鄙舊語，積累之極而變化日生」。[46]這些說法顯示公安、竟陵二派與「擬古」的關係，至為緊密，不應被單調、片面歸結為「創變」。換言之，「創變」誠或大行其道，「擬古」何嘗黯然退場，這兩種觀念之間的辯證對話，其實是一個深入詮釋晚明詩學史圖像的新角度。

縮結而言，「擬古」、「創變」兩種文學價值觀念的對舉，原是復古派崛起之初同時俱有的詩學論辯。從復古派詩學發展的脈絡來看，明顯偏重「擬古」，但「創變」涉及如何審視自家摹擬之弊，本書將舉出堅實的文獻證據，論證這份思慮始終未嘗逸離復古派詩學視野。反觀一般咸認明代最富「創變」精神的是公安派、竟陵派，但前文僅由初步梳理已能朗現，二派何嘗自絕於「擬古」觀念，其對古典的新詮，足與復古派詩學傳統形成鮮明對照，跨流派間對古典意義的建構、競逐，更讓我們得以循線重構晚明詩學史圖像。本書所將進行的研究工作，之所以聚焦「晚明」，正是冀盼引入被復古派陣營目為「異端曲學」的公安、竟陵，[47]彰顯流派之間對古典意義詮釋鏗然有聲的短兵相接。

---

44 譚元春：〈詩歸序〉，同前註，頁 524。

45 譚元春：〈與劉簡齋總河〉，陳杏珍標校：《譚元春集》（上海：上海古籍出版社，2018），卷 32，頁 1156；〈答潘昭度中丞書〉，前揭書，卷 32，頁 1157。

46 譚元春：〈答王草昧〉，同前註，卷 32，頁 1196。

47 許學夷：《詩源辯體》，卷 24，頁 248。許學夷說法原是針對中唐元和詩人，實則影射公安、竟陵二派，詳見本書第五章。

二

「晚明」時間斷限的界劃，並無定論，我們當可採取學界通行觀點，訂在嘉靖（1522-1566）末年、隆慶（1567-1572）、萬曆（1573-1620）、天啟（1621-1627）、崇禎（1628-1644）這段區間。[48]此間的詩學史，向為學界研討的重心，但學界對於前文所提「擬古」、「創變」的辯證，其實缺乏充分的關注，形成學術研究的空隙，而且頗有誤解之處。

如李聖華曾注意復古派後期詩作「講求師心與師古並用」，認為「前期規模盛唐，難免空枵、雷同；後期陶寫性靈，本性求情，改變勦古習氣」。[49]此說抓住復古派的動態發展，視野通達，實則大有問題：第一，復古派前期擬古之作，難道不講真情實性嗎？第二，復古派後期「陶寫性靈」、「本性求情」，就能改變摹擬之弊嗎？其與「師古」如何構成「並用」？針對第一項問題，朱東潤早已指出李夢陽倡議真情，視為「真詩」的特質，直言「復古」不等於「守舊」；[50]簡錦松並曾為文探討李夢陽「對自我主體的發展與實踐」，認為李詩常能具體寫出時地，有助於落實主體我的情與事，並能以獨見的新境，表現主體我的觀察力；以叮嚀的敘事，表現主體我的真情；以無忌諱的寫實，表

48　趙強、王確：〈何謂「晚明」？——對「晚明」概念及其相關問題的反思〉，《求是學刊》第40卷第6期（2013.11），頁160。

49　李聖華：《晚明詩歌研究》（北京：人民文學出版社，2002），頁43。

50　朱東潤：〈何景明批評論述評〉，《中國文學批評家與文學批評》（臺北：臺灣學生書局，1984再版），頁322-324。

現主體我的復古。[51]朱、簡的研究成果雖係針對個案，卻足以顯示李聖華觀點過於粗糙。

針對前揭第二項問題，李聖華觀點大抵不錯，唯論述筆墨簡略，便容易形成誤會。事實上，復古派摹擬之弊主要癥結是主體性隱沒，這當然和「性情」、「性靈」的議題相關，但我們對這個問題的討論重心，不應停在「性情」、「性靈」的議題層次，「性靈」姑且不論，復古派詩學何嘗不講「性情」？李聖華所用「本性求情」一詞，正是摘自王世懋《藝圃擷餘》中的詞語，況且王世懋此語亦非在談摹擬之弊的話題。[52]關於復古派如何看待摹擬之弊，我們必須重校準心，聚焦兩個層面：一是復古派詩學如何為「摹擬」一事賦予「理想性」，以區別於單純負面批判的論調；二是復古派如何看待古人典範之作所為當代詩歌創作樹立的藩籬，而此藩籬是否牢不可破——「擬古」、「創變」的辯證因而浮現。

「師心」常被論者用以特指公安、竟陵二派的創作取向，馮小祿認為這是一種超越意識形態之拘、過往規律之範的自由寫作狀態，但強調此觀念「將此後的明代文學與前面的文學分割開來」，繼又直陳：「自公安派出現後，文學的基礎已經發生了天

51　簡錦松：〈從李夢陽詩集檢驗其復古思想之真實義〉，王瓊玲主編：《明清文學與思想中之主體意識與社會——文學篇》（臺北：中央研究院中國文哲研究所，2004），頁 95、102-118。

52　王世懋《藝圃擷餘》云：「予謂今之作者，但須真才實學，本性求情，且莫理論格調。」見何文煥輯：《歷代詩話》，頁 780。其原有脈絡中，這是提醒世人在篤實創作中厚植識見，而非趨附復古潮流以致輕率抹煞中晚唐詩。

翻地覆的變化，不能再歸宿於已經形成傳統的復古思維裡」，[53]這是以公安派登場為準，劃定「復古」、「師心」的楚河漢界。廖可斌雖不用「師心」一詞，但他認為：「晚明浪漫文學思潮是作為盛行於明中葉的復古主義的對立面出現的」，其「浪漫文學思潮」之內涵所指，包括：「對社會現實的醜惡陰暗面的極力暴露」、「主體本身的情感、欲望等感性內容才是真正實在有意義的東西」、「主體精神的絕對獨立」；[54]其說略為近似本書所揭「創變」，蓋「創變」觀念核心精神正在主體性之彰顯。馮小祿、廖可斌的研究，誠有裨益於學術，卻也令人滋生相近的困惑：他們所繪製的晚明風景，果能與復古派傳統涇渭二分嗎？本書絕無意漠視復古派與公安、竟陵的界線，但更想凸顯的是，晚明各方兵馬之爭，共同關注之處乃在「擬古」、「創變」辯證之域，展現一個跨流派的觀察視野。上列學者之見，實與本書所欲為者大相逕庭。尤其在對公安派的研究上，假如悍然抽離「擬古」，將使袁宏道極特殊的〈擬古樂府〉一系列之作，根本無從映入學者眼界，對公安派形成偏狹的刻板印象。

羅宗強認為竟陵派的詩學立場，自成一格，「既反復古，也反對公安」，與此同時，他並能正視鍾惺、譚元春在《詩歸》中對古人精神的發微。[55]羅先生論述穩順，足資參考，但似較重在

53 馮小祿：《明代詩文論爭研究》（昆明：雲南人民出版社，2006），頁331-332。

54 廖可斌：〈晚明浪漫文學思潮美學理想的三個層次〉，《浙江社會科學》1999年第2期，頁51-58。

55 羅宗強：《明代文學思想史》（北京：中華書局，2013），頁748-768。

梳理古人之說，未能進一步開發問題、解決問題。本書關注的不只是竟陵「反復古」，而是鍾、譚所標舉的「古人精神」，如何在具體的選評上立異於復古派傳統？所謂「反對公安」，又如何在選評古人的平台上體現出來？值得注意的是，廖可斌曾指竟陵派：「一方面繼承公安派的『性靈說』，一方面又要求繼承古典詩歌的體裁法度要求，並力圖將二者統一起來」，[56]相比於羅宗強直指竟陵反復古、公安，廖可斌卻指竟陵融會復古、公安，幾是完全相反的論調。但廖先生觀點同樣啟人疑竇的是，並未充分體察竟陵所標榜的古人精神，不僅有別於復古派的古學，也根本不是所謂「古典詩歌的體裁法度要求」，實際翻閱《詩歸》可知也。類似廖先生的觀點，孫立指竟陵詩學「趣兼七子、公安」，亦即比公安更強調「學古」、「趣歸漢魏三唐」、「重古人之真精神」；[57]但如此簡化切割公安與古典的關係，也未能具體析擘竟陵與復古派對古學的競逐，而形成簡單比附，遂留下後續研討的空間。至於陳廣宏認為竟陵文論兼融「信於心」、「信於古」，即「一方面因他們對本體的認識而益發將自心的追索歸於虛寂，一方面又以對工夫的看重而強調為學以完善神明為修養途徑」，由是形成「厚」的觀念；[58]這是較深刻的研究觀點，但如何進一步把竟陵文論安頓至「擬古」、「創變」的觀念發展脈絡之中，發其潛德幽光，其實仍是懸而未決、蘊而待詮的問題。

56　廖可斌：《明代文學復古運動研究》（上海：上海古籍出版社，1994），頁346。

57　孫立：《明末清初詩論研究》修訂本（廣州：廣東高等教育出版社，2003），頁23-25。

58　陳廣宏：《竟陵派研究》（上海：復旦大學出版社，2006），頁344。

學界圍繞復古派、公安派和竟陵派的研究成果甚豐，可留待本書各章處理特定學術議題時，再作更聚焦的審視和檢討。我們以上的梳整，僅在素描「擬古」、「創變」之尚待開發的大體局勢。關於這一點，目前研究成果最宏觀的是，陳文新曾劃分明代詩學流派為二：「信古派」、「信心派」，對二派各自繫屬的人物及其相關見解，並有扼要梳理，又曾特闢專題討論「信心論與信古論的融合」，脈絡清晰，敘述周延，頗能打破流派框架，重整明代詩學筋骨肌理；此其所長也。[59]這種論述似頗接近本書所揭「擬古」、「創變」，然而不然：第一，本書中，「擬古」是從復古派詩學提煉出來的觀念，牽連此觀念在創作實踐上衍發的摹擬之弊；「信古派」之說未觸及此層面。第二，陳先生指「信古派」貶抑「變」，又指此派部分成員在有限程度上認可「變」，前後表述模糊之處即或毋論，隨後舉例諸如「文隨世變」、「體以代變」，[60]均非本書所揭「創變」之義。第三，陳先生致力探討「信心論與信古論的融合」，依實際論述內容推敲，大抵以信古論繫屬復古派，重視「文體規範」，「信心論」繫屬公安、竟陵，泛然兼涉「性靈」、「情實」、「自運」。[61]可見「信心論」一說並未明指「創變」，所列「信心論」諸般要點，也未必為復古派傳統所匱乏，亦非公安、竟陵二派所專屬者。故綜觀之，陳先生的研究，其實未涉「擬古」、「創變」的辯證。

---

59 陳文新：《明代詩學的邏輯進程與主要理論問題》（武漢：武漢大學出版社，2007），頁 194-210。

60 同前註，頁 194、196-197。

61 同前註，頁 203-205。

這種辯證的觀念，張健也曾結合「正」、「變」的審美意義，而提出宏觀的論述。其所謂「正」，乃指「正宗的傳統的特徵」，「變」，則指「偏離傳統的非正宗的特色」。[62]以本書的提法而言，「正」涉及「擬古」，「變」涉及「創變」。由是，張先生的判斷極具啟發性：「中國詩學的主流傳統強調正與變的統一，儘管不同時代、流派、個人于兩者之間會有所側重，但整體而言，要求正與變處于平衡統一狀態」，但他緊續勾勒的明代詩學景致居然宛如例外：「明代七子尤其是後七子派崇正而黜變，公安、竟陵派重變而棄正，兩者都偏離了平衡統一，因而都受到批判」，如此勾勒顯然旨在彰顯他欲申論的清代詩學特色在於：「都強調正變之間的統一」。[63]清代不是本書關注的時代，且不多談，張先生上述的明代詩學史觀，不但使一代詩學儼然落入所謂中國詩學主流傳統的化外之地，也勢必會導出復古派與公安、竟陵的「兩極對立」，[64]殊非確論。其實若依他原先所提「中國詩學的主流傳統強調正與變的統一」，從「擬古」、「創變」的辯證來凝視明代詩學史，我們將能獲致全新的研究視野和成果。

關於復古派最具爭議的摹擬太甚之弊，我在稍早出版的《明代復古派杜詩學研究》一書曾予梳理，大抵可確認四庫館臣已奠定批判框架，民初新文學運動又推波助瀾，塑造出復古派的「剽竊」、「抄襲」，並滲入文學史書、學校講堂，成為毋須論證卻

---

62 張健：《清代詩學研究》修訂本（北京：北京大學出版社，2024），頁3。

63 同前註。

64 同前註，頁4。

能雄辯滔滔的常識；此書乃著手建構復古派的「杜詩學史」，指出復古派對杜詩特色和價值的詮釋，不絕如縷而有針砭摹擬之弊的意義。[65]近年持續閱讀明人詩學文獻，深感仍有許多值得釐清的關鍵問題，無法但憑杜詩學的脈絡妥善安置，有必要進一步提煉出「擬古」、「創變」的辯證觀念，並跨出復古派杜詩學的藩籬，展現一個較開闊的跨流派視野。在此視野中，「擬古」、「創變」便能成為一個吸引各方兵馬縱橫馳逐的公共話題。

三

面對這段歷時或許不足百年的「晚明」，本書各章次乃規劃了幾個前後環扣的議題。第一章處理重點在於復古派詩人的「摹擬」，這是「擬古」、「創變」兩種觀念共同關注的核心，故值得釐清在先。明清以迄今日，復古派常被貼上「摹擬太甚」的「標籤」，進一步批判、貶抑，這其實是「他者」視角中的「摹擬」；復古派「自身」如何看待「摹擬」，居然鮮受關注。例如：李夢陽之詩常遭斥為「摹擬太甚」，但有多少人願意正視他對「古人影子」一說的自我辯護？因此，這其實也是一種片面性的論述暴力。以復古派「自身」的視角，「摹擬」是否值得提倡、有何意義？又如何自我審視「摹擬之弊」、此弊究竟指向什麼創作現象？在在是懸而未決的問題。總之，「他者」所見，固非無據，但與其單純依循「他者」，作出簡化的批判、貶抑，不如改弦易轍，貼近復古派「自身」的詩學觀念。準此，我們著手

65　陳英傑：《明代復古派杜詩學研究》（臺北：臺灣學生書局，2018），頁1-24。

搭建復古派詩學的「摹擬」觀念系統，首先確認摹擬之弊是否存在、指涉何人，其次梳理摹擬之弊的四種類型：「餖飣雜湊」、「略換字句」、「盲目仿語」、「承複古語」，最後指出復古派詩人期在漫長學古歷程中，由仿語而深化、昇華，整體解悟古法，臻於「得神型摹擬」。這種研究盼能彰顯兩項效益：一是由「他者」轉向「自身」，緣此構成「補白」，凸顯復古派自身對於「摹擬」一事，既有多元反思，亦具深層堅持、高遠之理念，其觀念思維重層而立體，洵非過度簡化的負面標籤所能收編殆盡。其二是「應用」，第一章基於充分文獻基礎的研究成果，當能建立起一套利於後續運用的有效框架，可資進一步查驗和評判眾多復古派詩人的摹擬實踐情形。如此，當我們重返「他者」的身分閱讀明代文學史，對復古派詩人「摹擬」的觀念和實踐，可獲致更周延、敏銳且有憑據的體察。

復古派詩人摹擬古代典範之作，乃是「擬古」觀念的具現。問題是，如何避免陷入摹擬太甚之弊，這就牽連出一種完全相反的思維向度：當代詩人的詩歌創作應與古典拉開怎樣的距離，形成「擬古」、「創變」兩端的掙扎、搖擺和辯證。回顧文論史，對於「創變」的觀念，李夢陽早已指出恐將導致「扇破前美」；[66]至於「擬古」的觀念，卻可能釀成摹擬太甚的危機，這也是何景明早已敏銳察覺的危機，詩歌創作真是戛戛乎其難哉！本書第二章將借用王世貞的觀察之眼，探究當代詩人與古典關係的多重樣態，我們具體釐定為三種主要型式：一是「合格」，指詩歌創

---

66 李夢陽：〈答周子書〉，郝潤華校箋：《李夢陽集校箋》，卷 62，頁 1925。

作務求契合古人典範之作的體格；二是「離格」，指詩歌創作刻意偏離古格，但其實是「離而合」，此「合」是更深層地契合古法，並因「離」的因素匯入而令詩藝表現更臻於豐富。三是「破格」，指詩人刻意掙脫古格之限制，但在觀念表述或創作上，均未見更深層地契合古法。要之，「合格」、「離格」、「破格」，其實是「擬古」、「創變」光譜兩端的三個節點；「合格」是「擬古」觀念的實踐，「破格」則為「創變」觀念的表徵，唯在王世貞記述下，均備受推許。這顯示身為復古派領袖的王世貞，既有典型的「擬古」觀念，又能接受截然不同的「創變」觀念，詩學格局十分開闊。

從復古派的「擬古」觀念傳統立場來看，王世貞兼容「創變」，透露古典對當代詩歌創作的規訓作用，有寬鬆化的現象。這是王世貞一生詩學之路逐漸踏查出來的景致。但當中最大問題在於「破格」一型，其「創變」的劇烈幅度，容或可謂王世貞大度容人的見證，但假如撇除個人胸襟層次而論，這是完全抵銷了「擬古」，形成復古派詩學立場的自我解構。後起之秀的胡應麟《詩藪》、許學夷《詩源辯體》，對「擬古」、「創變」的取捨反而趨回傳統，頗有堅守「擬古」壁壘的況味，更顯得王世貞是復古派陣營中的特例。

我們說王世貞是「特例」，並非無視於他在復古派的領袖地位，而是指以他為例，恰可彰顯當代詩作與古典關係的複雜性，不能單純用流派的界線來劃分，否則必定鑿枘難入。如王世貞所指「破格」，反而頗接近於袁宏道的「創變」。相對而言，袁宏道詩學觀念與創作也有「擬古」的成分。可以想見，他的「擬古」，絕非疊合於復古派傳統的「擬古」，而是深具「創變」的異彩。本書第三章即明確鎖定袁宏道一系列〈擬古樂府〉組詩，憑實際作品的分析，探究他是如何操作「摹擬」，同時又能充分彰顯「創變」的精神。事實上，拿李攀龍、王世貞這兩位復古派領袖的同題擬作來比較，就能清楚凸顯袁宏道的新異性。大抵而言，李攀龍的擬作與古典的關係非常黏稠，不但摘襲古人文句、步趨結構與句型、拈用特定主題傳統元素、雜湊他篇且多屬漢魏之作，縱有創意而仍謹守原作藩籬，這與袁宏道的落差尤其顯著。袁宏道之作雖題名「擬古」，但其詩歌創作的目標及實況，居然不在追求熨貼古人、傳承古法，反而是積極策動叛變、入室操戈，以求悖離古人、彰顯自我。這誠然有近於王世貞之處，王世貞對復古派摹擬之弊素懷戒心，並能透過局部改變原作詩意內涵而形成具體的突破、創新，甚至可能融入主體性的情意、當代社會文化的脈動；但只要相比於袁宏道，我們其實不難察知後者特能展現一種衝擊世人思維的力量，為「格套」帶來前所未有的顛覆。

在袁宏道的案例中，「擬古」、「創變」的關係已出現質變。袁宏道對復古派摹擬之弊的批判，不遺餘力，遂有名言傳世：「獨抒性靈，不拘格套」，[67]可見其「擬古」、「創變」關係緊張，並以後者為勝，這是眾所熟稔的基本知識和常識。〈擬古樂府〉卻是「擬古」、「創變」辯證融合的結晶，他不僅在「擬古」之中展現「創變」，其實也在「創變」中重新詮釋「古典」。換言之，他對古人典範之作，明顯懷有顛覆世界的野心，

67 袁宏道：〈敘小修詩〉，錢伯城箋校：《袁宏道集箋校》，卷 4，頁 202。

而這顆野心最終使他筆下的「古典」更臻豐富、鮮活、具時代感，成為一種「必謂」的創造性詮釋。[68]

由此可見，「創變」的意義豈止在於悖離「擬古」，其實更在於重新詮釋「古典」。本書緊續在第四章中所處理的《詩歸》，就能昭顯鍾惺、譚元春對杜甫（712-770）詩歌的選評，兼是「擬古」、「創變」兩種觀念的具體投射。我們必須理解，就基本質性而言，《詩歸》是一部附帶評點的選本，有閱讀指引的功能，如鍾、譚對於杜甫七律的選目，與復古派前行選本大有落差，這顯示他們期盼讀者接觸的杜詩有別往昔，其實也透露他們對杜詩的特質、價值，別有一番新詮釋。尤其透過鍾、譚隨附於詩行之間的評點，即可見他們是如何接引讀者體認杜詩新貌，如「可思而不可解」一說強調杜詩妙處無法名言，溢於言外，亟仰讀者之「思」的抉微；又如「入理獨妙」一說直指杜詩中縱有家常瑣細的題材，唯其深層都能蘊藏群體性的倫理關懷；再如「性情語」一說認定杜詩的內涵，何嘗只是尋常生活中浮光掠影的情感、思緒，而更昇華為一種自我生命的深細省覺。綜觀鍾、譚的杜詩選目和評點，其實都在省思、顛覆復古派傳統中對杜詩的閱讀取向——被認為是膚闊浮泛的知解，掀起一場「閱讀革

---

68 傅偉勳為建構創造的詮釋學，曾提出五個辯證的層次，依序是「實謂」、「意謂」、「蘊謂」、「當謂」、「必謂」，其中「必謂」指：「創造的詮釋學家不但為了講話原思想家的教義，還要批判地超克原思想家的教義局限性或內在難題，為後者解決後者所留下而未能完成的思想課題」。見氏著：〈創造的詮釋學及其應用——中國哲學方法論建構試論之一〉，《從創造的詮釋學到大乘佛學》（臺北：東大圖書公司，1999 再版），頁 10-11。袁宏道對古樂府的詮釋、擬作，極具創造性，頗能印證傅先生「必謂」之說。

命」。

事實上，杜甫是《詩歸》一書選詩最多的詩人，備受鍾、譚推崇，乃至雙手奉上「第一詩人」的桂冠。[69]如此選評杜詩，可謂對文學創作中「擬古」觀念的承接、挪借，與復古派特尊杜詩的觀念傳統簡直如出一轍。但鍾、譚透過選目和評點技術，為「杜詩」改頭換面，顯然是挪借文學創作層次的「創變」觀念。故他們的「閱讀革命」，實是「擬古」、「創變」兩種觀念的疊影。

於焉，本書第五章返歸復古派陣營的許學夷。一般文學史書的晚明章節，常寫詩壇風氣由復古派轉向公安、竟陵的推移，卻罕言復古派如何迎向公安、竟陵的強勢挑戰；許學夷的末世座標，恰巧使其成為復古派主要詩論家中，尚能及時目睹公安、竟陵異軍崛起並能予以回擊的要員。誠如前文所言，袁宏道的詩歌創作、《詩歸》的杜詩選評，在在散發強大的「創變」精神；唯這在許學夷眼中，赫然皆為「悖亂斯極」，[70]依雙方對中晚唐詩的不同態度，尤能凸顯彼此之間的嚴重分歧。我們必須釐清這樣的層次：袁宏道對中唐元和詩人確實讚賞有加，這份讚賞固然也反映出他自己的「創變」精神，但許學夷的論述思路，則是把袁宏道等人的「創變」，黏附到元和詩人在中晚唐詩史上開啟的「大變」譜系，這不啻是指控袁宏道等人號稱「創變」，實仍是無法逸離古人藩籬的「擬古」。復古派詩人重在「擬古」，許學夷眼中的公安派何嘗不然，但後者卻陷入「大變」，甚至墮入等

---

69 鍾惺、譚元春：《唐詩歸》，卷 17，頁 44。

70 許學夷：《詩源辯體》，卷 36，頁 372。

而下之的晚唐境界。這種思路，實即以古鑑今，在其古代詩史正變的參照下，照見今人詩歌創作觀念與實踐的得失。

鍾惺、譚元春的杜詩選評雖然掀起「閱讀革命」，強力衝擊復古派傳統中的杜詩詮釋，實則最能體現《詩歸》「創變」精神的是「中晚唐詩選評」。鍾、譚在評點中，屢屢表揚中晚唐詩的「創變」，如「別尋出路」、「必不肯同人」、「欲一切離之」，[71]這恰是與許學夷格格不入之處。試把他在《詩源辯體》中的論述意見及其舉例，持以對照到《詩歸》的選詩和評點，就能具體見證雙方的交鋒觸處皆是。追根究底，《詩歸》之遭許學夷斥為「悖亂至極」，涉及雙方對於中晚唐詩的「創變」，懷有截然相異的讀法。箇中的爭執，緣此終究涉及如何理解「擬古」。

綜合觀之，本書各章的規劃，可朗現明人關於「擬古」、「創變」互為辯證的諸相；但也正是由兩者辯證的角度出發，我們方能揑塑出各章中的新議題。如第一、二章均關注復古派詩人「擬古」之際如何「創變」，呈現其對自身摹擬太甚之弊的諸般思慮。第三、四章均關注袁宏道和鍾惺、譚元春「創變」之際如何「擬古」，呈現出公安、竟陵詩學回向古典、同時又是顛覆性詮釋古典的一面。第五章聚焦許學夷，讓復古派與公安派、竟陵派「交鋒」，凸顯復古派接下二派戰帖之後的反擊，同時也在這個脈絡中凝成竟陵對公安觀感的新解。各章的論述過程及成果將驗證：這都是學界迄未深研的關鍵議題。

歷數即將在本書中登場的復古派主要人物，首推李夢陽、何

---

71 鍾惺、譚元春：《唐詩歸》，卷 31，頁 199、204；卷 35，頁 246。

景明，稍晚則有李攀龍，但王世貞的領袖身分及對復古派詩學得失的省察，其實更能昭顯一個風起雲湧的新時代。王世貞逝於萬曆十八年（1590），已跨入「晚明」；本書所談及最晚的許學夷《詩源辯體》一書，付梓於許逝之後的崇禎十五年（1642），越明年而明亡，足以標誌晚明詩學史的終結。面對這段詩學史，本書各章議題獨立，讀者自可分而觀之，也可不按章次順序讀之；但若合而觀之、依序讀之，必定更能親切見證本書意在從事的「晚明詩學史重構」。我們從故紙堆中爬羅剔抉，刮垢磨光，堪稱「自將磨洗認前朝」，[72]而這何嘗不也是本書中明人的所思所行呢？事實上，經民初五四運動的洗禮，近百餘年來，「晚明」常被認定洋溢一種浪漫主義精神，故「追求自我解放」、「反抗擬古法古」。[73]但有別於這種刻板印象，本書冀盼彰顯——綜觀晚明詩學史最精彩之處，正是擺盪於「擬古」、「創變」兩端之間各式各樣的拉鋸、掙扎、妥協與堅持。

72　杜牧：〈赤壁〉，吳在慶校注：《杜牧集繫年校注》（北京：中華書局，2008），卷4，頁501。

73　龔鵬程：〈自序〉，《晚明思潮》（宜蘭：佛光人文社會學院，2001），頁6。

第一章
摹擬：復古派詩學關鍵詞

一、引言：文學史敘述中的「摹擬」標籤

「文學史」的觀念，第一序指往昔關於文學發展流變的實際樣貌，其次才是史家針對此一樣貌蒐集資訊、擇要評判而成的知識系統，並成為實體書籍或學校講堂。姑不深究所謂文學史的實際樣貌，其範圍之大、資料之龐雜，能否流傳至今且又盡入史家法眼；端就次一序的文學史知識建構而言，史家如何考鏡源流，燭照史實也彰明史識，自屬不易。箇中難關之一，即「標籤化」的問題。

以明代復古派為例，其在文學史知識建構的序位上，最常被貼上的標籤就是「摹擬」。試檢閱四庫明人別集提要，館臣以「摹擬」相關詞彙指稱明代詩文創作徵象，俯拾即是。[1]近代以

---

[1] 如：「句擬字摹，食古不化」（《空同集》）、「剝割秦漢」（《對山集》）、「剽竊摹擬」（《江午坡集》）、「都無新意」（《穀原集》）、「摹古太似」（《天目山堂集》）、「一字一句必似古人，而意趣則罕所自得」（《震堂集》）、「舊調居多，新意殊少」（《覆瓿草》）、「塗澤字句，鉤棘篇章，萬喙一音，陳因生厭」（《袁中郎集》）、「沿王、李之塗飾」（《白榆集》）、「不出贋古之習」

降也有不少的文學史論述，只要談及復古派，便會連帶提出「抄襲」、「摹仿」一類概括，而未必配合著細緻的驗證。長期以來，復古派乃被貼上「摹擬」的標籤，同時顯含貶意。當然，四庫提要的體例，不可能展開詳要全面的論究；近代文學史家的論述，頗別於專題式之探討，自是宜於精簡地勾勒所論者的特性，「標籤化」實有以簡馭繁的正面效益。但令人不安的癥結在於：假如「標籤化」流於「簡單化」，那麼我們對文學史複雜樣貌的認知方式，原本試圖鉤玄提要、以簡馭繁，是否也將淪為一種蒼白的說詞？

明代復古派與「摹擬」疑雲，自始即相糾葛。正德十年至十一年間，李夢陽（1472-1529）、何景明（1483-1521）的激烈駁火，便直指「摹擬」的問題。何景明〈與李空同論詩書〉云：

> 追昔為詩，空同子刻意古範，鑄形宿鎂，而獨守尺寸。[2]

「刻意古範」指李夢陽致力學古，重點是最後兩句：「鑄形宿鎂，而獨守尺寸」，批評他亦步亦趨仿擬古人的語言形式。何景明更曾抨擊李詩為「古人影子」，[3]缺乏個人「主體性」。要

（《峽雲閣存草》）、「沿襲窠臼，貌似而神非」（《編蓬集》）。見永瑢等：《四庫全書總目》（北京：中華書局，2003），卷 171，頁 1497、1499；卷 177，頁 1583、1584、1597；卷 178，頁 1600、1602、1618；卷 179，頁 1621；卷 180，頁 1627。

2 何景明：〈與李空同論詩書〉，李叔毅等點校：《何大復集》（鄭州：中州古籍出版社，1989），卷 32，頁 575。

3 李夢陽〈駁何氏論文書〉兩度提及何景明所批評他「古人影子」之說，見郝潤華校箋：《李夢陽集校箋》（北京：中華書局，2020），卷

之，依何景明的說法，四庫館臣以迄近代文學史知識建構將復古派貼上「摹擬」的標籤，良有所據。可是，關於「摹擬」的議題，尚有必要正視李夢陽的自我辯護：

> 假令僕竊古之意，盜古形，剪截古辭以為文，謂之「影子」誠可。若以我之情，述今之事，尺寸古法，罔襲其辭，猶班，圓倕之圓；倕，方班之方，而倕之木，非班之木也。此奚不可也。[4]

非常明顯，李夢陽並不覺得自己淪為「影子」那樣的「摹擬」。然而，四庫館臣以迄近代文學史知識的建構，卻承接了何景明的批評，而忽略或不採信李夢陽的自我辯護。我們無意代李夢陽或復古派作辯護，[5]主要想凸顯：文學史知識建構中的「標籤」，

62，頁 1916；〈答周子書〉也記載時人「謂法古者為蹈襲，式往者為影子」，應指包括何景明在內之人，前揭書，卷 62，頁 1925。但「影子」一詞已不見於今傳何景明文集，其〈與李空同論詩書〉批評李夢陽詩：「其高者不能外前人也」，應是潤飾後的提法，見李叔毅等點校：《何大復集》，卷 32，頁 577。

4　李夢陽：〈駁何氏論文書〉，郝潤華校箋：《李夢陽集校箋》，卷 62，頁 1916-1917。

5　簡錦松曾探討李夢陽詩中「對自我主體的發展與實踐」，但也指出他多處沿用古語，足以令人產生摹擬太甚之感。詳見氏著：〈從李夢陽詩集檢驗其復古思想之真實義〉，王瓊玲主編：《明清文學與思想中之主體意識與社會——文學篇》（臺北：中央研究院中國文哲研究所，2004），頁 102-118、136。約略同時，鄭毓瑜曾藉陳子龍和柳如是的擬古賦作，檢討一般文學史研究批評擬古「了無新意」的偏執角度，見氏著：〈採蓮女與男洛神——陳子龍、柳如是擬古賦作與六朝流風〉，廖

容或有據，卻恐是片面。這種「標籤」，未收簡馭繁之效，反而遮蔽了文學史實貌的複雜性。關於復古派是否主張「摹擬」？何以讓人覺得「摹擬」？他們的「摹擬」有什麼正面意義？這些問題不應僅用簡單的「標籤」來概括、甚或遮蔽。而且與其片面承受長期以來文學史知識建構下的定見、成見，更值得我們細加探究的是：復古派內部如何省察上述一系列問題？

要之，本章將主據復古派詩學文獻，論其如何看待「摹擬」。

二、復古派文獻中的「摹擬」詞義

「摹擬」一詞指涉創作者與古人或他人作品間隱顯不一的模習關係。在復古派詩學語境中，可以發現相關詞彙尚有「摹（或作模）仿（或作倣）」、「擬議」、「臨摹」、「剽竊」，意義

蔚卿教授八十壽慶論文集編輯委員會：《廖蔚卿教授八十壽慶論文集》（臺北：里仁書局，2003），頁 215-256。顏崑陽對漢代「擬騷」在文學史書中的評價，也提出反思，見氏著：〈洗刷漢代「擬騷」在文學史上的污名：打開一扇詮釋「中國古代文學史」的新視窗〉，《學術突圍：當代中國人文學術如何突破「五四知識型」的圍城》（新北：聯經出版事業公司，2020），頁 322-386。關於摹擬或擬古意義的討論，若暫跳脫復古派的研究脈絡，尚可參閱梅家玲：《漢魏六朝文學新論：擬代與贈答篇》（臺北：里仁書局，1997）、柯慶明：〈中國古典詩的美學性格——一些類型的探討〉：《中國文學的美感》（臺北：麥田出版公司，2000），頁 127-145（論格調詩的部分）、蔡英俊：〈「擬古」與「用事」：試論六朝文學現象中「經驗」的借代與解釋〉，李豐楙主編：《文學、文化與世變》（臺北：中央研究院中國文哲研究所，2002），頁 67-96。

不無落差。我們不妨考察復古派的用法：

（一）摹擬之弊的語境：「模仿」、「摹擬」

為便後續討論，謹先例舉文獻並逐一編碼如下：

1. 王九思（1468-1551）〈刻太微後集序〉：「今之論者，文必曰先秦兩漢，詩必曰漢魏盛唐，斯固然矣。然學力或歉，模仿太甚，未能自成一家之言，則亦奚取于斯也。」[6]
2. 陸深（1477-1544）〈與郁直齋七首（其二）〉：「方今詩人輩出，極一代之盛，大抵古宗《選》、律宗杜，……惜乎過於摹擬，頗傷骨氣。」[7]
3. 謝榛（1499-1579）《詩家直說》：「今之學子美者，處富有而言窮愁，遇承平而言干戈，不老曰老，無病曰病；此摹擬太甚，殊非性情之真也。」[8]
4. 胡應麟（1551-1602）《詩藪》：「古詩類多因述，然不過字句間。魏明『種瓜東井上』一篇，全倣傅毅〈孤

6　王九思：〈刻太微後集序〉，《渼陂續集》（《續修四庫全書》集部第1334 冊影印明嘉靖刻崇禎修補本，上海：上海古籍出版社，1995），卷下，頁 11 下。

7　陸深：〈與郁直齋七首（其二）〉，《儼山集》（《景印文淵閣四庫全書》第 1268 冊，臺北：臺灣商務印書館，1983），續集卷 10，頁 10 上-下。

8　謝榛著，李慶立、孫慎之箋注：《詩家直說箋注》（濟南：齊魯書社，1987），卷 2，頁 243。

竹〉，而襲短去長，拙於模擬甚矣。」[9]

5. 許學夷（1563-1633）《詩源辯體》：「〈大雅〉……其篇簡短而詠歎渾淪，無端倪可指，無首尾可窺，更不易摹倣耳。李獻吉〈禋社〉、〈辟雍〉、〈觀牲〉三詩，宜頌而為雅者，正以不易摹倣故也。」[10]

這些資料明確提到「摹擬」、「模仿」，但用法不一。第 1、2、3 條資料皆指復古派在創作實踐上，由摹擬行為而呈顯出來的某種弊病，可概稱為「摹擬之弊」。此種弊病的確切徵候，須就各別具體的論述語境始能判斷，無法一概，後文將予分類辨析。先依上述三條資料語境來看，此種弊病是和「自成一家」、「骨氣」、「性情之真」對立起來，顯示復古派的摹擬之作，導致創作者掩沒「主體性」。王九思、陸深未揭明摹擬之弊的情狀，謝榛則直白抨擊摹擬之作與當下真實處境之間的嚴重落差。基本上，這些觀點也等同現今文學史知識建構下的復古派形象。須注意的是：王九思名列「前七子」，謝榛也名列「後七子」，均為典型復古派人物，陸深亦與李、何交誼良篤——他們原是復古派摹擬之弊的目擊證人。

第 4、5 條資料出自胡應麟、許學夷，前者批評魏明帝曹叡（204-239）「全倣傅毅〈孤竹〉」，成效是「襲短去長」，故判定「拙於模擬」；後者直言《詩經・大雅》「不易摹倣」，舉

---

9 胡應麟：《詩藪》（上海：上海古籍出版社，1979），外編卷 1，頁 137。

10 許學夷著，杜維沫校點：《詩源辯體》（北京：人民文學出版社，1998），卷 1，頁 25。

李夢陽創作失敗為例。可知此處「模擬」、「摹倣」，以實踐成效而言，主要指無法凸顯古人作品的優長之處。

故綜合來看，復古派詩學文獻中的「摹擬」相關詞彙用法，確實涉及某種負面語境。前三條資料涉及主體性淪喪問題，最為嚴重，後兩條則側重在實踐成效上的落差。儘管如此，我們不能忽略文中的「太甚」、「過於」、「拙於」、「不易」，顯示「摹擬」原是一種中性的行為；假若操持過度，方始成病。

（二）學詩活動中的摹擬行為：「模臨」、「臨摹」、「擬議」

復古派論「摹擬」常以書畫為喻，並涉及學詩歷程的省察。例如：

1. 李夢陽〈再與何氏書〉：「今人模臨古帖，即太似不嫌，反曰能書。何獨至於文，而欲自立一門戶邪？」[11]
2. 王世貞《藝苑巵言》：「于鱗擬古樂府，無一字一句不精美，然不堪與古樂府并看，看則似臨摹帖耳。」[12]
3. 王世貞《藝苑巵言》：「李于鱗文，無一語作漢以後，亦無一字不出漢以前。其自敘樂府云：『擬議以成其變化』，又云：『日新之謂盛德』，亦此意也。若尋端擬議以求日新，則不能無微憾。世之君子，乃欲淺摘而痛

---

11 李夢陽：〈再與何氏書〉，郝潤華校箋：《李夢陽集校箋》，卷 62，頁 1920。

12 王世貞著，羅仲鼎校注：《藝苑巵言校注》（北京：人民文學出版社，2021），卷 7，頁 466。

呰之，是呰古人矣。」[13]

4. 胡應麟《詩藪》：「學五言律，……先取沈、宋、陳、杜、蘇、李諸集，朝夕臨摹，則風骨高華，句法宏贍，音節雄亮，比偶精嚴。」[14]

5. 許學夷《詩源辯體》：「學漢魏詩，……譬如學古人畫，苟一筆不類，便非其人；若必摹倣某幅而為之，則是臨畫，非作畫也。」[15]

第 1 條資料李夢陽將學詩活動譬況為「模臨古帖」，重在「求似」，以駁斥何景明偏廢古法。第 2 條資料，王世貞仍以臨摹書畫為喻，看法有改：認為李攀龍（1514-1570）摹擬之作，「似臨摹帖」，視為一種缺憾。因而第 3 條資料中轉述李攀龍說法「擬議以成其變化」，[16]雖未質疑李攀龍的摹擬行為，卻對李詩的實踐成效缺乏「變化」、「日新」，感到「微憾」。關於「擬議」和「變化」之間的落差，第 5 條許學夷提出「作畫」、「臨畫」的對比，也區隔得很清楚。

從李夢陽到王世貞、許學夷，略可窺見復古派的論述轉變軌跡，不復一概強調「求似」。但非常清楚的是，「摹擬」在學詩活動中仍有無可磨滅的意義，只是不被視為極境而已。誠如第 4

---

13 同前註，卷 7，頁 456。

14 胡應麟：《詩藪》，內編卷 4，頁 58。

15 許學夷：《詩源辯體》，卷 3，頁 50。

16 這段說法原是李攀龍〈古樂府・序〉引《易》之語。見氏著，包敬第標校：《滄溟先生集》（上海：上海古籍出版社，2014 二版），卷 1，頁 1。

條資料胡應麟也認為學詩活動之始，必須對古人作品展開「朝夕臨摹」。這恐怕是復古派終究難逃摹擬太甚之譏的鐵證之一。

（三）嚴正的指控：「剽竊」、「剽襲」、「剽奪」、「盜襲」

前面我們看到復古派並不反對「擬議」、「臨摹」或「臨晝」，下則可見其嚴正指控「剽竊」；渠等對前者雖抱持更高遠的期盼，然絕不至於混淆後者。例如：

1. 王世貞《藝苑巵言》：「剽竊模擬，詩之大病。」[17]
2. 胡應麟《詩藪》：「弘、正自二、三名世外，五、七言律往往剽襲陳言，規模變調，粗疏拗澀，殊寡成章。」[18]
3. 胡應麟《詩藪》：「擬〈十九首〉，……至于嘉、隆，剽奪斯極；而元美諸作，不襲陳言，獨挈心印。」[19]
4. 許學夷《詩源辯體》：「夫體制（製）、聲調，詩之矩也；曰詞與意，貴作者自運焉。竊詞與意，斯謂之襲；法其體製，倣其聲調，未可謂之襲也。」[20]
5. 許學夷《詩源辯體》：「國朝人取法古人，法其體製、聲調而已，非掩取剽竊之謂也。……袁中郎大譏國朝人取法古人，故其為詩恣意奇詭，使繼中郎者更為中郎，則

17　王世貞著，羅仲鼎校注：《藝苑巵言校注》，卷 4，頁 291。

18　胡應麟：《詩藪》，續編卷 2，頁 351。

19　同前註，內編卷 2，頁 40。

20　許學夷：《詩源辯體》，〈自序〉，頁 1。

亦為盜襲；若更為奇詭，則必舉世鬼魅而後已耳。」[21]

第 1 條資料王世貞綴合「剽竊」、「模擬」，判之為病的依據顯在「剽竊」一端。第 2、3 條資料中，胡應麟注意到復古派創作實踐的「剽竊」、「剽奪」，批判立場亦極明朗，但應注意他刻意排除了：不含弘、正的「二、三名世」和嘉、隆間的王世貞。這顯示復古派雖已察覺流派內部的摹擬之弊，則未嘗針對「一派」黏上簡化的標籤。第 4 條資料許學夷仔細辨別復古派取法古人的「體製」、「聲調」，並不等於「剽竊」，蓋「剽竊」特指沿襲古人的「詞」、「意」；這種論調很接近李夢陽〈駁何氏論文書〉的自我辯護。頗堪玩味者，第 5 條資料許學夷批評世人學袁宏道（1568-1610）者，「亦為盜襲」，何啻透露「襲」不僅關乎「擬古」的脈絡，也涉及「擬今」的現象。

綜上所考，關於創作實踐或學詩活動中因摹擬行為而形成的某種弊病，復古派文獻中並不逕稱為「摹擬」，而是加上「太甚」、「過於」一類的修飾，更清晰的批評語彙是「剽竊」。即或有人主張「摹擬」作為學詩活動上的先序環節，仍未視為極境；假若徒然「摹擬」，缺乏「變化」、「日新」，終屬憾事。緣而，我們豈能以一個復古派根本並未奉為圭臬的語彙，去簡單充當一派詩學蓋棺論定式的「標籤」呢？有關復古派摹擬的實況，我們應當撕下標籤去做更細緻的查驗。

21　同前註，卷 34，頁 322。

三、摹擬之弊的對象

艾布拉姆斯（M. H. Abrams）曾將藝術品所涉及的要素區分為四：作品、藝術家、世界、欣賞者；[22]借鑑至中國文學理論研究，劉若愚的說法：宇宙、作家、作品、讀者，[23]亦廣受學界採用。透過這四個要素的框架，可讓我們對復古派的摹擬之弊，得到系統化的理解：復古派的創作實踐是否得自作家對於「宇宙」的感受？讀者能否通過作品欣賞，而改變對於宇宙的反應？或者說，再度捕捉作家對於宇宙的反應？這恐怕是很有爭議、疑慮的，實際上涉及復古派摹擬之弊的具體徵候。而就前文的討論來看，關於「讀者」和復古派摹擬之弊的關係，我們至少可以確認，這是流派內部之讀者已然察覺的議題。然而前引胡應麟《詩藪》提及弘、正年間「自二、三名世外」，其「五、七言律」淪為「剽襲陳言」，可知所謂「摹擬之弊」，並非復古派一派的「通病」。故值得在此進一步釐清的是，依復古派文獻中的自我省察來看，此病係發生在哪些「作家」、「作品」？

（一）摹擬之弊的作家

儘管李夢陽對何景明批評己作淪為「古人影子」，大表不滿而有辯解；但他的摹擬太甚之嫌，直到胡應麟回顧兩人的相爭仍

---

22 艾布拉姆斯（M. H. Abrams）著，酈稚牛、張照進、童慶生譯：《鏡與燈：浪漫主義文論及批評傳統》（北京：北京大學出版社，1989），頁5。

23 劉若愚著，杜國清譯：《中國文學理論》（臺北：聯經出版事業公司，1981），頁13。

遭坐實，《詩藪》云：

> 今人因獻吉祖襲杜詩，輒假仲默舍筏之說，……「古人影子」之說，以獻吉多用杜成語，故有此規，自是藥石。[24]

李夢陽「祖襲杜詩」、「用杜成語」，乃被視為一種缺憾。

陸深和李、何交游密切，同嗜古學，[25]雖非復古派人物，其說值得一併重視。對於摹擬之弊，他將李、何相提並論：

> 近時李獻吉、何仲默最工，姑自其近體論之，似落人格套，雖謂之擬作亦可也。[26]

在此文脈絡中，「擬作」特指「落人格套」，顯然屬於缺陷。可見何景明批評李詩摹擬太甚，然依陸深近身觀察，何景明亦難逃斯疾。

嘉靖以後，除了王世貞《藝苑卮言》譏諷李攀龍擬古樂府為「臨摹帖」，許學夷《詩源辯體》也曾瞄準其擬〈鐃歌〉：

---

24 胡應麟：《詩藪》，續編卷 1，頁 349。據明刻本和清廣雅書局本，「古人影子」原誤作「古今影子」，引文逕予校改。

25 陸深曾與李、何共同編次袁凱詩集，實為復古派初起時的要事。參閱陳英傑：《明代復古派杜詩學研究》，頁 78-89。

26 陸深：《玉堂漫筆》，卷上，收入氏著：《儼山外集》（《景印文淵閣四庫全書》第 885 冊），卷 11，頁 8 下。

> 于鱗雖多相肖，而不免於襲。[27]

但許學夷另文有言：

> 于鱗、元美於古詩樂府篇篇擬之，則詩之真趣殆盡。[28]

則透露李攀龍、王世貞擬古樂府均有摹擬太甚的嫌疑。

我們舉出這些文獻，無意憑此鑿實諸人的摹擬罪狀。誠如李夢陽曾提出自我辯護，又如許學夷批評王世貞擬作「真趣殆盡」，胡應麟未必首肯，前引《詩藪》即以王世貞的「擬十九首」，於嘉、隆「剽奪斯極」之中可謂一枝獨秀。換言之，某位作家及其作品是否摹擬？是否摹擬過當？不容如此粗率判定。惟李夢陽、何景明和李攀龍、王世貞俱為復古派的靈魂人物，故上述的舉證和討論有兩項重要意義：第一，復古派內部的觀感和批評意見，對李、何和李、王的摹擬績效也不無疑慮，可知摹擬太甚既是外界對復古派的批評，其實更是一個流派內部不得不去改善和回應的壓力。第二，連復古派宗匠猶或不免摹擬之弊，其眾多追隨者想必等而下之，甚至可能擴張了當時詩壇的負面現象。此中，李夢陽和李攀龍所遭批評最劇，我們可針對兩人究竟是哪種「作品」招致嫌疑續作觀察。

27　許學夷：《詩源辯體》，卷 3，頁 69。

28　同前註，頁 52。

（二）摹擬之弊的作品

李夢陽所遭摹擬太甚的批評，關乎「學杜」的脈絡。胡應麟《詩藪》云：「自北地宗師老杜，信陽和之，海岱名流，馳赴雲合」，[29]便將復古派崛起之初的宗主對象凝縮為「宗師老杜」。同一段文字稍後，他還寫到弘、正少數人外淪為「剽襲陳言」。胡應麟沒有表明究竟是哪些人有此問題，但由於他曾批評李夢陽「祖襲杜詩」、「用杜成語」，則李夢陽恐怕很難完全撇清關係。

其實復古派有更多的文獻係在檢討李攀龍的擬古樂府之作。「擬古」曾被許學夷視為李攀龍「專習」而「獨工」的看家本領，[30]但許學夷還察覺世人對此類作品的評價落差：「李于鱗樂府五言及五言古多出漢魏，世或厭其摹倣」。[31]扼要來看，李攀龍的摹擬太甚之嫌，主要涉及擬漢魏古詩樂府一類作品。

我們尚須考慮到「詩體」的層次。如前所述，胡應麟曾批評李夢陽「祖襲杜詩」、「用杜成語」，其實絕非全盤抹煞李夢陽學杜績效。《詩藪》記載：

> 國朝學杜者：獻吉歌行，如龍跳天門；明卿近體，如虎臥鳳閣。獻吉得杜之神，明卿得杜之氣。皆未嘗用其一語，允可為後學法。[32]

---

29 胡應麟：《詩藪》，續編卷 2，頁 351。

30 許學夷：《詩源辯體》，後集纂要卷 2，頁 411。

31 同前註，頁 413。

32 胡應麟：《詩藪》，續編卷 2，頁 356。

姑且不談吳國倫（字明卿，1524-1593），昭然可見李夢陽的「歌行」，並未直接襲用杜詩之「語」，堪為後學楷模。換言之，李夢陽學杜儘有摹擬太甚之嫌，胡應麟實非泛然批評他全部的學杜之作。《詩藪》還有另一段謹慎的論述：

> 獻吉學杜，趨步形骸，登善之模〈蘭亭〉也。于鱗擬古，割裂餖飣，懷仁之集〈聖教〉也。必如獻吉歌行、于鱗七言律，斯為雙鵰並運，各極摩天之勢。[33]

文中還提到了李攀龍。此謂李夢陽學杜堪比褚遂良（字登善，596-658）臨摹王羲之（303-361）書法〈蘭亭集序〉，「趨步形骸」指其刻意求似；李攀龍擬古彷如唐僧懷仁匯集王羲之各帖而成〈聖教序〉，「割裂餖飣」指其支離堆砌原作語句。胡應麟對於二李學杜、擬古績效，似不滿意。然而，文末進層揭穿兩人的創作價值分別在於「歌行」、「七律」。李夢陽的「歌行」，誠如稍前所論，依舊是學杜，且堪為後學楷模。可知胡應麟這裏的說法，係指李夢陽學杜雖有摹擬之弊，然並不波及「歌行」，亦即歌行一體並無摹擬太甚的問題。

特別的是，胡應麟儘管覺得李攀龍擬古樂府摹擬太甚，上引文中卻承認「七律」的價值。胡應麟之說，並不是為李攀龍擬古績效提出辯護，何啻是宣告李詩的巔峰不在「擬古」而在「七律」，而後者較無摹擬太甚嫌疑。

許學夷曾批評李夢陽的學古，淪為「傚顰」，其觀點十分特

33　同前註，續編卷2，頁360-361。

別：

> 世之論李、何者，莫不謂獻吉「傚顰」、仲默「捨筏」，此似曉不曉。獻吉五言古粗率不純，即漢魏、六朝、李、杜靡所不有，而相肖者無幾，信為傚顰。[34]

若回到李、何之爭的脈絡，在何景明「捨筏」對比下，李夢陽「傚顰」，本是指摹擬太甚的問題。上文卻認為李夢陽的五古「相肖者無幾」，可知此處「傚顰」，非指摹擬太甚，而是批評李夢陽的摹擬行為無法呈現或發揚古人之妙。換言之，「傚顰」一詞，不著眼於李夢陽和古人的趨近性，而是殊異性。循此，許學夷隨即由「學杜」的角度肯定李夢陽「歌行」價值：

> 若歌行，雖學子美，而馳騁縱橫實有過之，又未可以言傚顰也。[35]

李夢陽的「歌行」，乃被摒除在「傚顰」的缺陷之外。[36]這段話何啻也透露：學古而蘄求發揚古人、甚至超越古人，實是許學夷學古觀念的理想。

許學夷對李攀龍擬古樂府的細緻辨析，也值得關注。面對

34　許學夷：《詩源辯體》，後集纂要卷 2，頁 404。

35　同前註。

36　類似批評可參閱《詩源辯體》另一段話：「樂府五七言、雜言，有自出機軸者，有摹擬相肖者，獻吉則兩失之。」此以李夢陽樂府詩既不自創新格，亦不「摹擬相肖」，故非「傚顰」之作。出處同前註。

「世或厭其摹倣」，他進一步歸結出李攀龍擬古樂府實踐有三種類型：

> 然漢魏樂府五言及五言古，自六朝、唐、宋以來，體製、音調後世邈不可得，而惟于鱗得其神髓，自非專詣者不能。至於摹倣飣飣或不能無，而變化自得者亦頗有之。若其語不盡變，則自不容變耳；語變，則非漢魏矣。[37]

依其所述，李攀龍的擬古樂府可區分為三：一為「摹倣飣餖」之作，二為「變化自得者」。這兩種類型皆屬「摹擬」，但評價迴異，許學夷明顯推崇後者。然而，續就「變化」的層次來辨析，他還察見第三種類型：「自不容變」，指擬古不能刻意求變，否則就會逸離原作，形同失去「擬」的意義。《詩源辯體》另文：「或言學古不必盡似，此殊為學古累。果爾，則自出機軸可也。學古豈容不類耶？」[38]可知他雖推崇「變化自得」，洵非一味求變；李攀龍的「不盡變」之處，乍看似是單純沿襲原作語句，實是「不容變」。綜合來看，這種細緻的辨析，更是認為李攀龍飽受批評的擬古樂府中，真正屬於「摹倣飣餖」之作僅佔一部分。

綜上所考，依據復古派文獻中的自我省察，其流派內部的特定「作家」、「作品」，確實存在摹擬太甚的嫌疑。這些言說容或簡潔，但足以顯示此病絕非僅外界的批判，而是復古派在學詩活動中倡議「摹擬」之際，亟待突破的瓶頸。我們應當繼續查

37　同前註，後集纂要卷2，頁413。

38　同前註，卷3，頁51。

考：「摹擬」在復古派實踐過程中出現了什麼具體性的負面徵候？

四、摹擬之弊的類型

且讓我們重新檢視李夢陽〈駁何氏論文書〉中的辯詞：「假令僕竊古之意，盜古之形，剪截古辭以為文，謂之『影子』誠可」，可知「影子」的指控，包含了擬作對原作之「意」、「語」的雙重沿襲。按照一般常識，「意」、「語」在實際作品中乃是一體兩面，「語」中有「意」，「意」也賴「語」之表現方能成形。是以，胡應麟《詩藪》為「剽」提出了更簡潔的界定：

> 一剽其語，決匪名家。[39]

胡應麟雖僅說「語」，當亦兼指「語」中之「意」。只要擬作對原作的「語」，有某種前後相承的關係，便可能遭致剽竊之嫌。這一情況，可以概括稱為「仿語型摹擬」。[40]我們的問題是：其

---

39 胡應麟：《詩藪》，內編卷 2，頁 28。

40 顏崑陽曾歸結「仿語型模擬」的特徵：「一、是將模擬客觀化為規格式的技法。二、側重在語言修辭，甚至局部字句，進行『形似』的仿作，而忽略作品整體的神氣。因此，不管模擬者或被模擬者的『主體性』完全喪失。」見氏著：〈論「典範模習」在文學史建構上的「漣漪效用」與「鏈接效用」〉，《學術突圍：當代中國人文學術如何突破「五四知識型」的圍城》，頁 289。

間究竟是怎樣的前後相承關係？夷考復古派詩學文獻，可歸結出四種主要類型：[41]

（一）飣餖雜湊型

茲以許學夷《詩源辯體》一段很重要的分辨作為考察起點：

> 擬古與學古不同，擬古如摹帖臨書，正欲筆筆相類，朱子謂：「意思語脈皆要似他的，只卻換字」，蓋本以為入門之階，初未可為專業也。[42]

許學夷區隔了「擬古」、「學古」，後者無疑是學詩的終極意義，前者則被視為「入門之階」，意義亦不容掩。所謂「擬古」，文中徵述了朱熹（1130-1200）之說，認為須在「意思」、「語脈」雙重求「似」；試對照到《詩源辯體》另一段話：「竊詞與意，斯謂之襲」（前曾引述），可知「擬古」和「竊」、「襲」僅隔一線，非常危險。其具體徵候，或可先注意他對李攀龍學漢魏詩的態度：

> 古今學漢魏者，惟于鱗為近，然〈代從軍〉、〈公讌〉不免於襲。[43]

41　四型只是觀察向度不同，實非機械的切分、割裂。即使復古派同一篇擬作中，自有層疊複見之現象；但這不妨礙我們用分類的框架去梳理復古派自我省察涵攝的多元向度。

42　許學夷：《詩源辯體》，卷 3，頁 52。

43　同前註，卷 3，頁 50。

此文之前，《詩源辯體》曾如此記載：

> 何元朗云：「古詩有託諷者，其詞曲而婉，然終始只一事而首尾照應，血脉連屬。今人但摹倣古人詞句，餖飣成篇，血脈不相接續，復不辨有首尾，讀之終篇，不知其安身立命在於何處。」[44]

所引何良俊（字元朗，1506-1573）語，仍在討論摹擬太甚的問題。何氏提到兩個重點：一是「餖飣成篇」，指支離堆砌古人語句；其次是「血脈不相接續，復不辨有首尾」，這是前項特徵可能衍發的不良後果，指若忽略古語是原作整體脈絡的一部分，其藝術效用應放入原作整體脈絡來評估，假如雜湊古語，顛之倒之，形同是破壞了原作中的血脈，無法傳承發揮原有的藝術效用，遂成「不相接續」、「不辨有首尾」。何良俊如此的觀點，乃被許學夷借來闡說李攀龍的「襲」。[45]茲擬實際檢出李攀龍「不免於襲」的〈代從軍〉、〈公讌（燕）〉二篇為證。

李攀龍作有〈代建安從軍公燕詩并引〉，內含〈代文帝〉、〈代明帝〉、〈代曹子建〉、〈代王仲宣〉、〈代陳孔璋〉、〈代徐偉長〉、〈代劉公幹〉、〈代應德璉〉、〈代阮元瑜〉九首，實皆為從軍主題；公燕主題見〈公燕詩〉，內含〈文帝〉、

---

44 同前註。

45 許學夷談述李攀龍末了，續云：「其他諸人，則多如元朗所云爾。」同前註。此文恐或令人以為何良俊之說僅適用於「其他諸人」，而不包括李攀龍。實則不然，下文的分析將顯示李攀龍的擬作實況，正是坐實了何氏的批評。

〈明帝〉、〈子建〉、〈仲宣〉、〈孔璋〉、〈偉長〉、〈公幹〉、〈德璉〉、〈元瑜〉，亦為九首。〈代建安從軍公燕詩并引〉有云：「魏三祖及子建諸子，間各臨戎，義有紀列，久當逸失，不獨王仲宣五篇」，[46]王粲現存〈從軍詩五首〉，李攀龍猜測曹氏父子及建安諸子亦有從軍之作，只是亡佚，故為代作，實則是假擬其言。為更具體看出李攀龍擬作的「不免於襲」，可舉〈代王仲宣〉為例，逐句比較現存的王粲〈從軍詩五首〉，製為下表：

表一：李攀龍擬王粲〈從軍詩〉之情況[47]

李攀龍 〈代王仲宣〉	王粲 〈從軍詩五首〉	備　註
方舟何翩翩	其三：方舟順廣川 其五：翩翩漂吾舟	
素波亦蕭蕭		王粲〈雜詩五首〉其一：曲池揚素波[48]
蒹葭澹餘映	其五：葭葦夾長流	
長檣激流飆		
撫劍登高防	其三：下船登高防	
人馬且逍遙	其四：逍遙河堤上	

46　李攀龍：〈代建安從軍公燕詩并引〉，《滄溟先生集》，卷4，頁97。引文句讀，標校者包敬第在「久當逸失」後加一句號，以示文意終了，因而切開了「不獨王仲宣五篇」一句。如此，義欠明暢，故本文不取之。

47　李攀龍：〈代王仲宣〉，同前註，頁98。王粲：〈從軍詩五首〉，俞紹初輯校：《建安七子集》（北京：中華書局，1989），卷3，頁87-88。

48　王粲：〈雜詩五首〉，俞紹初輯校：《建安七子集》，頁82。

空城何所有		
殺氣蔽旌旄		
日夕見煙火	其五：日夕涼風發	
四野飛蓬蒿	其五：四望無烟火、城郭生榛棘	
邊聲起大江		王粲〈贈蔡子篤〉：舫舟翩翩，以泝大江[49]、〈七哀詩三首〉其二：方舟溯大江[50]
誰知我心勞	其三：此愁當告誰 其五：靡靡我心愁	
從軍殊復樂	其一：從軍有苦樂	
菲薄愧鉛刀	其四：我有素餐責，誠愧伐檀人。雖無鉛刀用，庶幾奮薄身	

由上表中原作和擬作對照，可看出李攀龍擬作中許多語彙，不但出自王粲〈從軍詩五首〉，亦有摘取王粲其他作品者；而且，他是將原本散落在原作不同章次和其他作品中的語彙，抽離原本脈絡，錯雜拼湊為一，幾乎逐句皆然。這種情況，正是典型的「餖飣雜湊」，無疑也陷入了「襲」。

李攀龍〈代建安從軍公燕詩并引〉還提及：「又〈公燕〉一章，應、阮侵不就次，與仲宣〈從軍詩〉，過意諷婉，均之未盡所長」，[51]王粲、應瑒（?-217）、阮瑀（165?-212）均有〈公讌詩〉傳世。茲再舉李攀龍〈公燕詩・德璉〉對應瑒原作的擬代情況為說，製表如下：

---

[49] 王粲：〈贈蔡子篤〉，同前註，頁78。

[50] 王粲：〈七哀詩三首〉，同前註，頁84。

[51] 李攀龍：〈代建安從軍公燕詩并引〉，《滄溟先生集》，卷4，頁97。

表二：李攀龍擬應瑒〈公讌詩〉之情況[52]

李攀龍〈公燕詩·德璉〉	應瑒〈公讌詩〉	備　註
群士諧佳會	嘉會被四方、開館延羣士	
置酒君子堂	置酒于新堂、穆穆眾君子	
清言解飢渴	辨論釋鬱結	
四座生芬芳	嘉會被四方	
雲雨濯高翼		應瑒〈侍五官中郎將建章臺集詩〉：欲因雲雨會，濯翼陵高梯[53]
沙石明夜光		應瑒〈侍五官中郎將建章臺集詩〉：簡珠墮沙石
連篇命音響		應瑒〈侍五官中郎將建章臺集詩〉：音響一何哀
好合興文章	援筆興文章、好合同歡康	
三臺開藝苑	開館延羣士	
愛客擅詞場		應瑒〈侍五官中郎將建章臺集詩〉：公子敬愛客
伸眉就存慰		應瑒〈侍五官中郎將建章臺集詩〉：伸眉路何階、贈詩見存慰
千載以為常		

52 李攀龍：〈公燕詩·德璉〉，同前註，頁 103。應瑒：〈公讌詩〉，俞紹初輯校：《建安七子集》，卷 6，頁 165-166。

53 應瑒：〈侍五官中郎將建章臺集詩〉，俞紹初輯校：《建安七子集》，頁 166。

李攀龍擬作的文句，多有出自應瑒〈公讌詩〉者。此例更易於看出李攀龍的餖飣雜湊。如，「群士諧佳會」一句，顛倒搬湊了應瑒原作第二句「嘉會被四方」、第三句「開館延羣士」；「置酒君子堂」一句，組裝原作第四句「置酒于新堂」、第七句「穆穆眾君子」。何況，李攀擬作承襲應瑒〈公讌詩〉之外，尚有不少語彙是直接摘取自應瑒另一同具公讌性質的篇章〈侍五官中郎將建章臺集詩〉。擬作中「珠石」、「音響」的詞彙用法，也迥異於應瑒，益可察覺李攀龍擬作徒取其字面的粗糙手段。不能否認，李攀龍有部分文句展現了創造性，如「清言解飢渴」，可對應於應瑒原作「辨論釋鬱結」，意同而語不同，起碼不是語彙的單調承襲；但整體來看，其「餖飣雜湊」的徵候實為確鑿。

（二）略換字句型

另有一種摹擬類型，摹擬的對象為單一原作，基本上並不雜湊其他作品。為求區隔，可名為「略換字句型」。如許學夷《詩源辯體》批評李攀龍：

> 〈陌上桑〉但略換字句，則甚無謂耳。[54]

這段簡短的評語，有兩個問題待釐清：一是李攀龍〈陌上桑〉「略換字句」的情況如何？二是關於許學夷的批評態度，對這種類型何以認為「無謂」？先聚焦前一個問題，可引出原作漢樂府〈陌上桑〉來比較。請參閱下表：

---

[54] 許學夷：《詩源辯體》，後集纂要卷 2，頁 414。

表三：李攀龍擬漢樂府〈陌上桑〉之情況[55]

李攀龍〈陌上桑〉	漢樂府〈陌上桑〉
日出東南隅，照我西北樓。	日出東南隅，照我秦氏樓。
樓上有好女，自名秦羅敷。	秦氏有好女，自名為羅敷。
羅敷貴家子，足不踰門樞。	
性頗喜蠶作，采桑南陌頭。	羅敷喜蠶桑，採桑城南隅。
上枝結籠係，下枝挂籠鉤。	青絲為籠係，桂枝為籠鉤。
墮髻何繚繞，顏色以敷愉。	頭上倭墮髻，耳中明月珠。
緗綺為下裙，紫綺為上襦。	緗綺為下裙，紫綺為上襦。
行者見羅敷，下擔故綢繆。	行者見羅敷，下擔捋髭鬚。
少年見羅敷，袒裼出臂韝。	少年見羅敷，脫帽著帩頭。
樵者忘其薪，芻者忘其芻。	耕者忘其犁，鋤者忘其鋤。
來歸但怨怒，且復坐斯須。	來歸相怨怒，但坐觀羅敷。
使君自南來，駐我五馬車。	使君從南來，五馬立踟躕。
遣吏前致問，為是誰家姝？	使君遣吏往，問是誰家姝？
羅敷小家女，秦氏有高樓。	秦氏有好女，自名為羅敷。
西臨焦仲卿，蘭芝對道隅。	
羅敷年幾何？十五為人婦。	羅敷年幾何？二十尚不足，
嫁復一年餘，力桑以作苦。	十五頗有餘。使君謝羅敷：
孰與使君俱？使君復為誰？	寧可共載不？羅敷前致辭：
蠶桑所自娛，小吏無所畏。	
使君一何迂！羅敷他人婦，使君他人夫。	使君一何愚！使君自有婦，羅敷自有夫。

---

55 李攀龍：〈陌上桑〉，《滄溟先生集》，卷 1，頁 15-16。佚名：〈陌上桑〉，逯欽立編：《先秦漢魏晉南北朝詩》（北京：中華書局，1983），漢詩卷 9，頁 259-260。

東方千餘騎，夫婿居上頭。	東方千餘騎，夫婿居上頭。
左右三河長，負弩為先驅。	
何用識夫婿？飛蓋隨高車。	
象牙為車軫，桂樹為輪輿。	
白馬為上襄，兩驂皆驪駒。	何用識夫壻？白馬從驪駒。
青絲為馬靷，黃金為轡頭。	青絲繫馬尾，黃金絡馬頭。
腰中千金劍，自名為鹿盧。	腰中鹿盧劍，可直千萬餘。
起家府小吏，拜為朝大夫。	十五府小史，二十朝大夫。
稍遷郡太守，出入專城居。	三十侍中郎，四十專城居。
月朔朝京師，觀者盈路衢。	
為人既白皙，鬑鬑有髭鬚。	為人潔白皙，鬑鬑頗有鬚。
四十尚不足，三十頗有餘。	
座中數千人，皆言夫婿殊。	盈盈公府步，冉冉府中趨。
	坐中數千人，皆言夫婿殊。

上表刻意將〈陌上桑〉原作和擬作中相類的詩句做平行呈現，可更清楚地彰顯所謂「略換字句」的三種細部樣態：

一是對原作詩句少數詞彙的更動。如原作「日出東南隅，照我秦氏樓」，李攀龍改為「日出東南隅，照我西北樓」，首句完全一樣，次句亦僅調動二字。又如原作中「使君一何愚！使君自有婦，羅敷自有夫」，李攀龍改為「使君一何迂！羅敷他人婦，使君他人夫」，可發現「愚」改為「迂」，「自有婦」、「自有夫」改為「他人婦」、「他人夫」，而這僅是文字表層的改動，甚無涉於藝術效用問題。

二是對原作詩句的整句替換。此類雖不再是一二字面的抽代，然而擬者個人的創造性仍極窘迫。如原作「秦氏有好女，自名為羅敷」，擬作「羅敷小家女，秦氏有高樓」，表面上次句更動幅度較大，實則「秦氏」一語仍摘自原作首句，「高樓」一語甚至直接襲自原作開篇的「秦氏樓」，真正屬於李攀龍發想的詞彙很少。又如原作「少年見羅敷，脫帽著帩頭」，改為「少年見羅敷，袒裼出臂韝」，部分句子雖是完全替換，卻未能增益多少藝術效用。

其三，李攀龍擬作中穿插了一些原作所無的描寫，如「西臨焦仲卿，蘭芝對道隅」，或「左右三河長，負弩為先驅。……飛蓋隨高車。象牙為車軫，桂樹為輪輿」。這類新添的文句，誠有令詩中形象更鮮明生動的正面效益，然亦絕非關鍵，而是可有可無；審讀原作，我們也絕不致於認為原作沒有這些句子，遂致其形象欠鮮明生動。再者，這類文句也仍是在原作脈絡下去發揮，不盡然是李攀龍的創意。

總括前面的分析，所謂「抽換字句」，基本上乃指抽換原作少數語彙，即便擬作中有整句替換或新添的情況，亦未能增益多少藝術效用，故「殊無謂耳」。進一步來看，我們更是不可忽略當中許多詩句是「完全承襲」的，毫無抽換、替換，故其「全篇」給人的印象，確實也只是少數辭面抽換了字句而已。

一個相當有意思的地方在於：復古派對〈古詩為焦仲卿妻作并序〉（又名〈孔雀東南飛〉）向來佳評不少，[56]李攀龍編《古今詩刪》卻未予選收，頗令許學夷不解。[57]對於此詩，篤好擬古

56 諸如謝榛《詩家直說》、王世貞《藝苑卮言》、胡應麟《詩藪》均讚賞有加，茲不具引。

57 許學夷批評李攀龍編選《古今詩刪》「去取之意，漫不可曉」，舉證之一即是：「長篇取蔡琰〈悲憤〉而遺〈焦仲卿〉」。見許學夷：《詩源辯體》，卷36，頁367。

的李攀龍也沒有擬作，卻在擬〈陌上桑〉時穿插了一句「西臨焦仲卿，蘭芝對道隅」。「焦仲卿」、「（劉）蘭芝」原是〈古詩為焦仲卿妻作并序〉中的人物。我們實際檢讀〈古詩為焦仲卿妻作并序〉，會發現「羅敷」原來也曾入詩：「東家有賢女，自名秦羅敷。可憐體無比，阿母為汝求」。[58]因羅敷宅居東家，自羅敷視角言，李攀龍自可擬稱「西臨焦仲卿」。惟在〈古詩為焦仲卿妻作并序〉中，羅敷僅此短暫現身，而且是焦母為拆散焦仲卿、劉蘭芝的理想新媳人選，這種人物形象和〈陌上桑〉原作旨趣完全無關；〈古詩為焦仲卿妻作并序〉意甚感傷，也和〈陌上桑〉原作情調極不搭配。李攀龍擬〈陌上桑〉卻插入了焦、劉，甚至隔開仲卿，將蘭芝一人安置在「對道隅」，除了「甚無謂」，也能循而察見此詩「略換字句」外，同時染上「飣餖雜湊」的罪嫌。[59]

前曾略及許學夷批評李攀龍摹擬〈鐃歌〉，「不免於襲」。「襲」在此也是特指「略換字句」。茲錄《詩源辯體》較完整原文於下：

> 如「山出黃雀亦有羅，雀以高飛奈雀何」（〈艾如張〉）、「水深激激，蒲葦冥冥。梟騎戰鬬死，駑馬徘徊鳴」（〈戰城南〉）、「湯湯回回。臨水遠望，泣下沾

58 佚名：〈古詩為焦仲卿妻作并序〉，逯欽立編：《先秦漢魏晉南北朝詩》，漢詩卷 10，頁 283。

59 李攀龍此詩的飣餖雜湊，可再例舉次句「照我西北樓」，蓋「西北樓」之意象實為〈陌上桑〉原作所無，當是湊自〈古詩十九首・西北有高樓〉。

衣」（〈巫山高〉）、「桂樹為君船，青絲為君笮，木蘭為君櫂，黃金錯其間」（〈上陵〉）、「芝為車，龍為馬。覽遨遊，四海外」（〈上陵〉）、「美人歸以南，駕車馳馬，美人傷我心；佳人歸以北，駕車馳馬，佳人安終極」（〈君馬黃〉）、「君有他心，樂不可禁」（〈芳樹〉）、「有所思，乃在大海南。何用問遺君？雙珠玳瑁簪」（〈有所思〉）、「聖人出，陰陽和。美人出，遊九河」（〈聖人出〉）、「山無陵，江水為竭，冬雷震震，夏雨雪，天地合，乃敢與君絕」（〈上邪〉）、「臨高臺以軒，下有清水清且寒。江有香草目以蘭，黃鵠高飛離哉翻」（〈臨高臺〉）等句，皆為警絕者也。于鱗雖多相肖，而不免於襲。[60]

「警絕」頗容易讓人以為是指「警句」，實則許學夷如此摘列，乃是為了對比〈鐃歌〉「全篇多難解及迫詰屈曲」的整體情況，惟當中仍有「意義明了」的片段。換言之，「警絕」不等於「警句」、「佳句」之類的觀念，[61]主要指其文意粲朗。這類作品，李攀龍的摹擬卻遭判定為「雖多相肖，而不免於襲」。「肖」、「襲」意義有別，「肖」指李攀龍學古有成，蓋學古豈容不類也，屬正面評價；「襲」之詞義指剽襲，則屬負面批判。可知李攀龍〈鐃歌〉的摹擬績效，不應片面而論。試舉許學夷上文兩度

60　許學夷：《詩源辯體》，卷3，頁69。括弧中篇名為本文添加。

61　據嚴羽《滄浪詩話・詩評》：「晉以還方有佳句」，「警句」、「佳句」的觀念始於晉代。見嚴羽著，張健校箋：《滄浪詩話校箋》（上海：上海古籍出版社，2012），頁533。

摘語的〈上陵〉為例，[62]以對比於李攀龍擬作。請參閱下表：

表四：李攀龍擬漢樂府〈鐃歌・上陵〉之情況[63]

李攀龍〈鐃歌・上陵〉	漢樂府〈鐃歌・上陵〉
上陵亦誠美，下津以尚羊。	上陵何美美，下津風以寒。
問客從何來？自言水中央。	問客從何來？言從水中央。
芰荷為君衣，芙蓉為君裳。	桂樹為君船，青絲為君笮。
木蘭為君佩，江蘺間杜蘅。	木蘭為君櫂，黃金錯其間。
銅池之芝以九莖，	滄海之雀赤翅鴻，白鴈隨。
光華燭夜披金英。	山林乍開乍合，曾不知日月明。
鳳凰之集，乍開乍合，	醴泉之水，光澤何蔚蔚。
蜚覽上林，曾不知日月明。	芝為車，龍為馬。
赤翅之鴻，翁雜相隨，	覽遨游，四海外。
白雁何蔚蔚！	甘露初二年，芝生銅池中。
雲為車，風為馬，	仙人下來飲，延壽千萬歲。
游閶闔，守謁者。	
五色露，何泥泥！	
乃在仙人金掌中。	
凝如膏，美如飴，	
願奉我主飲，延年萬歲期。	

62 這篇〈上陵〉是許學夷所認定全篇較可讀的〈鐃歌〉篇章之一。見許學夷：《詩源辯體》，卷 3，頁 69。胡應麟的評價也相當高，見氏著：《詩藪》，內編卷 1，頁 18。

63 李攀龍：〈鐃歌・上陵〉，《滄溟先生集》，卷 1，頁 9。「問客從何來」之「問」字，標校本誤作「間」，引文逕予校改。佚名：〈鐃歌・上陵〉，逯欽立編：《先秦漢魏晉南北朝詩》，漢詩卷 4，頁 158。

上表引詩劃底線處，乃是為了明示許學夷所摘〈上陵〉警絕之語及李攀龍擬作承應之句。先看第一組，原作描繪上陵美景，以多種植物為「船」、「笮」、「櫂」，皆行舟形象，又有周游環繞的黃金色鯉魚。擬作以多種植物為「衣」、「裳」、「佩」，是仙人形象，江蘺、杜蘅錯落其間。兩相對照可知，其句式結構誠是「相肖」，實則李攀龍並未機械移植原作語彙，植物名稱不同，行舟與人物形象亦異，最後描寫錯雜其間之美景的語彙和結構也有變化，然則同能鮮活地具現上陵之美。這應是較令許學夷欣賞的摹擬。第二組承應痕跡較明顯，「為車」、「為馬」語彙重複，然而原作「覽遨游，四海外」，擬為「游閶闔，守謁者」，描寫仙境遊歷，其語意仍是有變化，未必能簡單目為敗筆。前揭兩組之外，我們尚能察見，仙人承露一事，擬作自「五色露」以下的長短錯落句式、篇幅和修辭，亦皆鮮活，實非單純沿襲原作者。看來李攀龍對於摹擬，誠有一番苦心妙詣存焉。問題是同一篇〈上陵〉，原作「上陵何美美，下津風以寒。問客從何來？言從水中央」，擬作「上陵亦誠美，下津以尚羊。問客從何來？自言水中央」，確實是略換字句而已，缺乏生新的藝術效用；又如「延壽千萬歲」，改擬為「延年萬歲期」，亦僅略換字句；至於「乍開乍合」、「曾不知日月明」、「赤翅（之）鴻」，都是直接摘襲。要之，許學夷批評李攀龍這類擬作「不免於襲」，正是劍指「略換字句」的毛病。

（三）盲目仿語型

古樂府詩的摹擬（主要是指〈鐃歌〉），尚有「盲目仿語型」。此乃對於所擬原作之內涵、特色，並無深刻體認，為擬而擬，殊乏意義。

由於〈鐃歌〉文辭古奧，後人摹擬之作自然賡續其風，但如何避免淪入負面性的艱詰難通，分寸並不容易拿捏。王世貞《藝苑巵言》便提醒：

> 擬古樂府，……〈鐃歌〉諸曲，勿便可解，勿遂不可解，須斟酌淺深質文之間。[64]

「勿便可解」指擬作必須保留古奧風格，「勿遂不可解」則指避免艱詰難通，乃意識到此類文辭一旦摹擬太甚將導致的危機。王世貞如此提醒，是否有針砭的具體對象？不得而知。在《藝苑巵言》中，他倒是注意有人批評〈鐃歌〉「不足觀」，特予辯護。[65]但這份提醒，至胡應麟《詩藪》則添加了針砭現實的意義：

> 今徒取其字句訛脫不通處以擬〈鐃歌〉，此非口舌可爭。[66]

胡應麟不認同單純摹擬〈鐃歌〉的「字句訛脫不通處」。要討論這段文字，須知他對〈鐃歌〉的語言風格分為兩類：一是艱詰難通：《詩藪》屢言〈鐃歌〉「敘述時艱」、[67]「詞句難解」、[68]

64　王世貞著，羅仲鼎校注：《藝苑巵言校注》，卷1，頁27。
65　同前註，卷2，頁77。
66　胡應麟：《詩藪》，內編卷1，頁18。
67　同前註，頁8。
68　同前註。

「字句訛脫及聲文混淆」，[69]又就特定篇章如〈石流〉「篇名詞義，漫無指歸」、[70]〈翁離〉「有脫簡」、[71]〈芳樹〉「不甚可解」。[72]二是暸然易解，諸如〈上之回〉、〈巫山高〉、〈戰城南〉「文意暸然，間有數字艱詰耳」，〈君馬黃〉、〈有所思〉、〈上邪〉、〈臨高臺〉，則是「整比」、「明了」、「無一字難通」。[73]第一種艱詰難通的篇章實佔多數，為〈鐃歌〉的主要特色。此點殆無疑義，實際檢讀作品即可確認。故許學夷《詩源辯體》也說〈鐃歌〉諸篇中惟有〈上陵〉、〈君馬黃〉、〈有所思〉、〈上邪〉、〈臨高臺〉少數章次「稍可讀」。[74]綜此，回到胡應麟前引說法，可知他應非單純反對摹擬〈鐃歌〉中艱詰難通一類，否則〈鐃歌〉多數篇章便須摒棄在外；他實是瞄準今人摹擬〈鐃歌〉艱詰難通一類的缺失。換言之，問題不在原作，而在今人擬作。故《詩藪》指出：

> 擬〈鐃歌〉，須得其步驟神奇處。雖詰屈幽玄，必意義可尋，愈玩愈古乃佳。若牽強生澀，辭旨不通，而以為漢，匪所知也。[75]

---

[69] 同前註，頁 18。

[70] 同前註，頁 7。

[71] 同前註，頁 8。

[72] 同前註，頁 19。

[73] 同前註，頁 18。

[74] 許學夷：《詩源辯體》，卷 3，頁 69。

[75] 胡應麟：《詩藪》，內編卷 1，頁 17-18。引文前原有「擬〈郊祀〉」的討論，刪之無礙本章論述。

據其所述，〈鐃歌〉的藝術妙用，乃奠基於文辭雖然「詰屈幽玄」，內蘊之意旨仍可令人推尋理解。胡應麟並曾舉例：〈朱鷺〉、〈思悲翁〉、〈艾如張〉「語甚難繹，而意尚可尋」。[76]今人的摹擬，若徒取其語而不通其意，就是「牽強生澀，辭旨不通」。這是擬〈鐃歌〉的真正問題所在。

不難察見，胡應麟對於擬作內在意旨須為可尋的講求，實為承接王世貞「勿遂不可解」的提醒。這一系列的論說，實為反對「盲目仿語」。其「盲目」的特徵有二：一是摹擬者對〈鐃歌〉原作內在意旨可尋之特質缺乏體認，徒取其淺表的艱詰難通之語；二是就擬作而言，缺乏「可傳達性」，令人讀之不知所云。如此盲目擬古，殊乏意義，實是復古派摹擬太甚的具體徵候之一。

許學夷發現「盲目仿語」另有一種情況，矛頭更明確指向李攀龍、王世貞。其《詩源辯體》說道：

> 漢人樂府雜言有〈鐃歌十八曲〉，中多警絕之語。但全篇多難解及迫詰屈曲者，或謂有缺文斷簡，或謂曲調之遺聲，或謂兼正辭填調，大小混錄。其意義明了，僅十二三耳。于鱗、元美篇篇擬之，豈獨有神解耶？[77]

引文前大半部說〈鐃歌〉古奧難懂，這是王世貞、胡應麟咸認的事實，最後卻對李攀龍、王世貞提出批評。現存〈鐃歌〉共計十

76 同前註，頁 7。

77 許學夷：《詩源辯體》，卷 3，頁 69。

八篇，「篇篇擬之」指李、王逐一擬作。真正問題在於，〈鐃歌〉意旨大多難解，在僅見其文而不明其意的情況下，如何進行逐篇逐句摹擬？這樣摹擬的意義恐是大打折扣！許學夷批評：「豈獨有神解耶」，「神解」指精闢的解詩觀點，這是嘲諷李、王不明瞭〈鐃歌〉詩意，根本無法進行摹擬；因此，李、王擬〈鐃歌〉，有「盲目仿語」的嫌疑。

為更清楚瞭解許學夷的批評，茲以〈石留（流）〉為例。請先參閱下表：

表五：李攀龍、王世貞擬漢樂府〈鐃歌．石留〉之情況[78]

李攀龍 〈鐃歌．石流〉	王世貞 〈鐃歌．石流〉	漢樂府 〈鐃歌．石留〉
石流津以梁， 無敢曳水， 君安所薄？ 秋風湯湯， 東飛者鵠， 北逝者河。 中有冥冥之白沙， 遠道之人謂之何？ 蘭以有香君不知， 願言懷之遺所思。	石流者，何湯湯！ 使者來自扶桑。 赤日所起， 爛爛鑠金而沃焦。 地不愛寶， 石來獻膏。 汎恆沙，攀懸度， 奉明主餌之， 與天齊數。	石留涼陽涼石。 水流為沙錫以微。 河為香向始䌓。 冷將風陽北逝。 肯無敢與于揚。 心邪懷蘭志金安薄北方開留離蘭。

78　李攀龍：〈鐃歌．石流〉，《滄溟先生集》，卷 1，頁 12。王世貞：〈漢鐃歌十八曲．石流〉，《弇州四部稿》（《景印文淵閣四庫全書》第 1279-1281 冊），卷 4，頁 13 下。佚名：〈鐃歌．石留〉，逯欽立編：《先秦漢魏晉南北朝詩》，漢詩卷 4，頁 162。

以一般讀者的印象，〈石留〉實屬艱澀，逯欽立《先秦漢魏晉南北朝詩》於此詩雖加句讀，逯氏復有簡短釋義，[79]模糊空間仍極大，末句之難尤甚。《樂府詩集》現代整理本所收此詩，則例外式的不加句讀，[80]應為無法準確辨識詩意之故。古人雖曾嘗試詮解，然莫衷一是，正如胡應麟的感嘆：「後人臆度紛紛，終屬訛舛」。[81]不過，基於這種情況，我們卻能發現一個有趣的摹擬現象：李攀龍、王世貞的擬作，詩意縱使稍為顯豁，但互有側重，多處句型也存在顯著差異。李攀龍寫出秋風、飛鵠、流水、白沙、遊子、香蘭等形象，以思君之情收束；王世貞寫出扶桑、赤日，神話氛圍濃郁，「石流」指石流黃一類，故以服食祈願長生收束。李、王二詩相異如此。一般來說，假如他們是摹擬同一篇古作，不致出現如此的落差。這不能不歸結於〈石留〉原作詩意晦澀，摹擬者各自解讀想像使然。學古豈容不類也，那麼，這種摹擬還算是「摹擬」嗎？原作旨趣難辨，擬作徒具其表，如此摹擬的意義便令人懷疑。

胡應麟嘗謂〈芳樹〉「不甚可解」，王世貞亦指其中「如絲如魚乎？悲矣」句義晦澀，[82]我們不妨以此再舉一例，請見下表：

---

79 逯欽立按語：「留、涼雙聲。陽、涼疊韻。皆石之形容。錫讀為細。與前曲高以大語法同。言細又微也。冷將風陽北逝。冬日行北陸。故曰陽北逝。蓋上言石沙之銷毀。下言時光之迅速。」出處同前註，頁 162。

80 可參閱郭茂倩編：《樂府詩集》（北京：中華書局，1998），卷 16，頁 335。

81 胡應麟：《詩藪》，內編卷 1，頁 7-8。

82 王世貞舉此句為例，云：「〈鐃歌〉十八，中有難解及迫詰屈曲者」，見羅仲鼎校注：《藝苑卮言校注》，卷 2，頁 90。

表六：李攀龍、王世貞擬漢樂府〈鐃歌・芳樹〉之情況[83]

李攀龍 〈鐃歌・芳樹〉	王世貞 〈鐃歌・芳樹〉	漢樂府 〈鐃歌・芳樹〉
芳樹如此之蔚蔚！ 上有黃鵠以遨翔， 下飲蘭池鳴鏘鏘。 二而為侶，三而為行。 芳樹拉雜黃鵠傷， 秋風蕭蕭思其鄉。 妬人之子妬殺我， 君有他心無不可。 黃鵠高蜚亦有羅， 目欲顧之奈樂何！	芳樹一何亂予思！ 扶踈磊砢，下臨蘭池， 上有一雙之鳥， 丹趾而翠衿， 自名為鸚鵡。 若怨似矜態何深， 繳繁之令彼不得奮飛。 嗟我不得奮飛！ 隴山遼遼望難歸。 雖有四海志， 翮仄翅剪竟焉施。	芳樹日月君亂如於風。 芳樹不上無心。 溫而鵠。 三而為行。 臨蘭池。心中懷悵。 心不可匡。目不可顧。 妬人之子愁殺人。 君有他心。樂不可禁。 王將何似。 如絲如魚乎。悲矣。

〈芳樹〉一篇艱詰難通，具體反映在李、王的擬作與漢樂府原作句讀不同；即就原作而言，上表所引《先秦漢魏晉南北朝詩》的句讀，亦與《樂府詩集》異。[84]觀其內容，李攀龍、王世貞擬作明示「思其鄉」、「望難歸」的情意主題，表現方式亦較清朗。但細加檢驗可發現：第一，李、王擬作的某些詞彙頗有承襲原作

83　李攀龍：〈鐃歌・芳樹〉：《滄溟先生集》，卷 1，頁 10。王世貞：〈漢鐃歌十八曲・芳樹〉：《弇州四部稿》，卷 4，頁 11 上-下。佚名：〈鐃歌・芳樹〉，逯欽立編：《先秦漢魏晉南北朝詩》，漢詩卷 4，頁 159。

84　《樂府詩集》現代整理本句讀：「芳樹日月，君亂如於風。芳樹不上無心溫而鵠，三而為行。臨蘭池，心中懷我悵。心不可匡，目不可顧，妬人之子愁殺人。君有他心，樂不可禁。王將何似，如孫如魚乎？悲矣。」見郭茂倩編：《樂府詩集》，卷 16，頁 331-332。

的情況，李詩的「芳樹」、「鵠」、「風」、「三而為行」、「妬人之子」，王詩的「芳樹」、「亂」，皆是出自原作；王詩雖改「鵠」為「鸝鶊」，仍屬鳥類。是知原作與擬作之間語言表層的仿擬，實屬確鑿。問題是，兩人擬作中的思鄉望歸之情，卻很難由原作看出來，亦即其間情意主題的傳承關係並不顯著。第二，李攀龍為表現思鄉而不得歸之情，最後兩句塑造了一個網羅形象，這不但是原作中看不出的，而且有飽飣雜湊其他篇章的嫌疑，〈鐃歌・艾如張〉：「山出黃雀亦有羅，雀以高飛奈羅何」，[85]這才是李詩摹擬的真正源頭！王世貞擬作後半也有網羅繳繫的寫法，則無飽飣雜湊之嫌。總之，以摹擬痕跡較明顯的李攀龍來說，因對原作文句訓詁或情意主題的不解，僅能徒襲其語又雜湊他篇，故雖號稱摹擬〈芳樹〉，實則根本沒能或無法抓緊〈芳樹〉的深層精神。那麼他這篇所謂的擬作，真有資格繫於〈芳樹〉題下嗎？甚至令人懷疑：這篇擬作和〈芳樹〉關係實欠深切，繫於此題，彷彿只是為了湊成〈鐃歌〉「十八首」之數。

總括而論，〈鐃歌〉詩意明朗可尋者，「僅十二三耳」，就很容易造成後人學習的困難。胡應麟批評今人不解〈鐃歌〉原作的內在意旨自有可尋，片面追求不具可傳達性的艱澀語言，這就是「盲目仿語」。許學夷批評的李、王不顧原作意旨，一概摹擬，「篇篇擬之」；對於那些意旨難尋的篇章，如〈石留〉、〈芳樹〉，其擬作語意雖較清朗，終究是沒能或無法深刻體認原作精神，徒然摘襲成語，甚至雜湊他篇，故仍屬於「盲目仿

85　佚名：〈鐃歌・艾如張〉，逯欽立編：《先秦漢魏晉南北朝詩》，漢詩卷 4，頁 156。

語」。

（四）承複古語型

查閱復古派文獻，尚有一種「承複古語型」。前述三種摹擬之弊的類型，所擬對象均指向單篇或多篇具體性的古作；此處「承複古語」，則是特指復古派詩歌語言重複承用特定的古代語彙，因而古味盎然，然則並非單篇摹擬或多篇雜湊。如李夢陽〈再與何氏書〉批評何景明：

> 「百年」、「萬里」，何其層見而疊出也。[86]

實際檢閱何詩〈彭中丞四民圖歌〉：「萬里寧論戰伐功，百年宛見升平象」，[87]〈吳偉飛泉畫圖歌〉：「萬里誰論到海心，百年詎識臨淵意」，[88]〈與徐生〉：「常懷萬里志，須愛百年身」，[89]俱為「百年」、「萬里」對舉，類似例證尚多；單用「百年」或「萬里」者，亦頗常見。這些詞彙的使用，實非何詩自鑄，而是襲取古人語彙，如杜甫（712-770）〈春日江村五首（其一）〉：「乾坤萬里眼，時序百年心」，[90]〈中夜〉：「常為萬

86　李夢陽：〈再與何氏書〉，郝潤華校箋：《李夢陽集校箋》，卷 62，頁 1921

87　何景明：〈彭中丞四民圖歌〉：《何大復集》，卷 14，頁 200。

88　何景明：〈吳偉飛泉畫圖歌〉，同前註，頁 206。

89　何景明：〈與徐生〉，同前註，卷 17，頁 269。

90　杜甫：〈春日江村五首（其一）〉，仇兆鰲注：《杜詩詳注》（北京：中華書局，2001），卷 14，頁 1205。

里客，有愧百年身」，[91]〈登高〉：「萬里悲秋常作客，百年多病獨登臺」，[92]皆名句。何詩並非摹擬杜甫的單篇或多篇具體性詩作，然其特定詞彙的使用顯然承接杜詩，堪稱「承複古語」。李夢陽如此批評何詩，等於是在「摹擬」議題上反唇相譏。有趣的是，胡應麟《詩藪》也曾引述李夢陽此一評語，但認為李詩使用此類詞彙的頻率其實更高。[93]

此外，由胡應麟論李攀龍，可知「承複古語」的現象關乎「學古」：

> 「紫氣關臨天地闊，黃金臺貯俊賢多」、「萬里悲秋長作客，百年多病獨登臺」，少陵句也。「九天閶闔開宮殿，萬國衣冠拜冕旒」、「雲裏帝城雙鳳闕，雨中春樹萬人家」，王維句也。「秦地立春傳太史，漢宮題柱憶仙郎」、「南川秔稻花侵縣，西嶺雲霞色滿堂」，李頎句也。「三山半落青天外，二水中分白鷺洲」、「瑤臺含露星辰滿，仙嶠浮空島嶼微」，青蓮句也。「萬里寒光生積雪，三邊曙色動危旌」、「沙場烽火侵胡月，海畔雲山擁薊城」，祖詠句也。「千門柳色連青瑣，三殿花香入紫微」、「花迎劍佩星初落，柳拂旌旗露未乾」，岑參句也。凡于鱗七言律，大率本此數聯。今人但見「黃金」、「紫氣」、「青山」、「萬里」，則以為于鱗體，不熟唐

---

91 杜甫：〈中夜〉，同前註，卷 17，頁 1460。

92 杜甫：〈登高〉，同前註，卷 20，頁 1766。

93 胡應麟：《詩藪》，續編卷 1，頁 346。

詩故也。[94]

文中摘出很多「唐詩」名句，以證明李攀龍七律中的「黃金」、「紫氣」、「青山」、「萬里」一類語彙，其實承自「唐詩」。這類語彙的運用，乃是「學古」的具體展現，可營造出一種雄壯高華的風格。不過，由於李攀龍屢屢用之，確曾引起復古派內部一番非議，《詩藪》便批評他的七律：

屬對多偏枯，屬詞多重犯，是其小疵，未妨大雅。[95]

「屬詞多重犯」乃批評李攀龍詩歌語言缺乏變化，是為「小疵」；這就是指李詩重複使用了特定古語。《詩藪》另文更加強了批評力道：

于鱗七言律絕，高華傑起，一代宗風。明卿五七言律，整密沈雄，足可方駕。然于鱗則用字多同，明卿則用句多同，故十篇而外，不耐多讀，皆大有所短也。[96]

李攀龍「用字」、吳國倫「用句」皆有重複率太高的毛病，無法刺激讀者生發新鮮的審美感受，故曰「不耐多讀」。實際上，這類情況，王世貞《藝苑卮言》早曾提出細緻的分析：

94　同前註，續編卷 2，頁 353。

95　同前註，頁 352。

96　同前註。

> 于鱗自棄官以前，七言律極高華，然其大意，恐以字累句，以句累篇，守其俊語，不輕變化，故三首而外，不耐雷同。[97]

依照這段記載，李攀龍「不耐雷同」的毛病，見於嘉靖三十七年（1558）棄官之前，並非創作生涯的全貌。究其成因，王世貞認為「以字累句，以句累篇」，欲由「字」的層次逐漸朝向「句」、「篇」，皆能展現「俊語」，不願輕易嘗試變換。推敲「守」字，遵守也，可知所謂「俊語」，實為古人作品中的優美語彙。「守其俊語」，正是李攀龍學古的具體表現。但王世貞質疑：其負面後果是各篇中重複使用了相類的語彙，因「不輕變化」而導致了「不耐雷同」，這也就是不耐讀；他更推崇李攀龍創作生涯晚期「始極旁搜」的發展。[98]

綜括王世貞和胡應麟的說法，「承複古語」最大的問題是「不耐多讀」、「不耐雷同」。但外界對復古派的質疑觀點並非如此單純，《詩藪》曾記述外界的觀點並加以回應：

> 國朝惟仲默、于鱗、明卿、元美妙得其法，皆取材盛唐，極變老杜。近以「百年」、「萬里」等語，大而無當，誠然。彼「白雲」、「芳草」，非錢、劉剩言乎？「紅粉」、「翠眉」，非溫、李餘響乎？去此取彼，何異百步

97 王世貞著，羅仲鼎校注：《藝苑卮言校注》，卷 7，頁 461。

98 同前註。

笑五十步哉！[99]

外界對復古派承複「百年」、「萬里」，批評：「大而無當」。這類詞彙確能表現一種宏大蒼茫的氣象，故曰「大」；「無當」指不適切，蓋這類語彙未必熨貼創作者的真實經驗，涉及「主體性」的淪喪問題。[100]胡應麟如何回應？請注意：他非但沒有否認、駁斥，反倒坦承「誠然」，更揭穿學中唐錢、劉者多用「白雲」、「芳草」，學晚唐溫、李者多用「紅粉」、「翠眉」，認為情況類似，言下之意正是不能獨怪復古派「承複古語」。這是一種非常奇特的思維，面對「大而無當」的質疑，他雖大方坦承，卻絕非深切的省視。關於復古派「承複古語」，確實被視為一種遺憾、缺陷，但這是否導致主體性淪喪？顯然不是他最關切的核心問題！

其實，謝榛對「承複古語」和主體性淪喪的關係，早有一針見血的警省。前引謝榛《詩家直說》批評當代學杜者：「處富有而言窮愁，遇承平而言干戈，不老曰老，無病曰病」，蓋「窮愁」、「干戈」、「老」、「病」原是基於杜甫的真實經驗，後人未必有同等的經驗，一概承複，就會滑失「性情之真」。胡應麟前文殊無類似的省察，反在另文中提出與謝榛完全相左的論調：

99　胡應麟：《詩藪》，續編卷 2，頁 357。

100　陸時雍《詩鏡》對「大而無當」之說，頗有申論，值得一併瞭解。近期研究可見陳英傑：〈神韻前史：陸時雍《詩鏡》的杜詩批評與盛唐圖像〉，《政大中文學報》第 29 期（2018.6），頁 112-117。

> 作詩大法，不過興象風神，格律音調。……製作誠工，即在秦言楚，當壯稱老，後世但覩吾詩，寧辨何時何地？即洗垢索瘢，可謂文人無實，不可謂句語不工。[101]

胡應麟認為，如欲求取「興象風神」，須先模習古人的「格律音調」。另文亦云：「但求體正格高，聲雄調鬯」。[102]可知學詩首務正在於追摹古人的格調，呈現「製作」、「句語」之「工」。循著這一預定思路，胡應麟寧願認可「在秦言楚，當壯稱老」，竟不惜承擔「文人無實」的罵名。

同樣，許學夷《詩源辯體》也認為詩中使用「百年」、「萬里」、「風塵」、「氣色」一類語彙，允稱復古派本色。[103]更有意思的是，他並曾回應外界對李攀龍承複古語的批評觀點：

> 但後進初學，志尚奇僻，於其高華雄壯處實不相投，故託之溫雅以抑其雄壯，託之清淡以抑其高華，既未足以壓服人心，則直以句意多同，并「乾坤」、「日月」、「紫氣」、「黃金」等字責之矣。[104]

在引文脈絡中，「句意多同」原是外界對李攀龍承複「乾坤」、「日月」一類語彙的批評。其實這也是王世貞、胡應麟早有的省察，許學夷亦以為疵，故另文：「不能不起後世之疑者，以其不

---

101 胡應麟：《詩藪》，外編卷 1，頁 126。

102 同前註，內編卷 5，頁 100。

103 參閱許學夷：《詩源辯體》，卷 21，頁 236。

104 同前註，後集纂要卷 2，頁 415。

能盡變也」。[105]儘管如此，請特別注意：引文中仍將這類語彙的使用，連結於「高華雄壯」；而外界因質疑李詩而轉趨「託之溫雅」、「託之清淡」，就被許學夷解讀為「志尚奇僻」，無法欣賞高華雄壯的體式。他的回擊是否合理，姑置毋論，一個很有意思的現象是：儘管察覺李攀龍承複古語，導致了「不能盡變」的後遺症，他仍強調「乾坤」、「日月」一類語彙，有助於營造高華雄壯的體式，不可「責之」。換言之，「承複古語」的缺失，可以視而不見、存而不論；至於主體性淪喪問題，也完全沒被許學夷提出來。

但實際上，外界對復古派承複古語最致命的攻擊，倒不在於耐讀性，也不僅是單純的風格體式偏好問題，恰集矢於主體性淪喪。隆、萬年間，徐學謨（1521-1593）〈齋語〉云：「近來作者綴成數十艷語，如『黃金』、『白雪』、『紫氣』、『中原』、『居庸』、『碣石』、『詩名』、『劍術』之類，不顧本題應否，強以竄入」，[106]這些古色斑斕的語彙遭到創作者生搬硬套，毫不考慮是否切題，「主體性」無疑消磨殆盡。易代鼎革之際，錢謙益（1582-1664）《列朝詩集》抨擊李攀龍承複古語，更是歸咎於「殊乏風人之致」。[107]要之，復古派承複古語導致主體性淪喪，直涉詩體本質，爭議莫大焉；相形之下，其流派內部為求追摹古人格調，卻缺乏切中要害的省思，可謂顧此失

105 同前註。

106 徐學謨：〈齋語〉，黃宗羲編：《明文海》（影印涵芬樓藏鈔本，北京：中華書局，1987），頁16下-17上。

107 錢謙益撰集，許逸民、林淑敏點校：《列朝詩集》（北京：中華書局，2007），丁集卷5，頁4407。

彼，在「摹擬」議題上形成了自我省察的一個盲點。

五、「摹擬」的詩學意義

經由前面的考察，我們可以獲致一個總體印象：復古派反對「摹擬之弊」，且對此中的特徵類型有所省察，但並未徹底揚棄「摹擬」。故我們還須追究：第一，「摹擬」有何效益？為何值得堅持？第二，如何避免陷入摹擬之弊？亦即什麼樣的「摹擬」，方許為理想型式？

（一）「摹擬」的學古效益

何景明抨擊李夢陽詩為「古人影子」，不但是明代詩學史上的關鍵事件，據胡應麟的觀察，也成為了世人揚棄學古的藉口。其《詩藪》云：

> 自信陽有筏諭，後生秀敏，喜慕名高，信心縱筆，動欲自開堂奥，自立門戶。詰之，輒大言：「《三百篇》出自何典？」此殊為風雅累。[108]

何景明曾以「舍筏」一喻，規勸李夢陽泯除字摹句擬之痕跡。[109]世人進一步解讀為「信心縱筆」，意欲達到「自開堂奥」、

---

[108] 胡應麟：《詩藪》，續編卷 2，頁 348。

[109] 參閱何景明：〈與李空同論詩書〉，《何大復集》，卷 32，頁 576。

「自立門戶」；胡應麟認為這是誤會了何景明立論的初衷。[110]依世人的解讀，何景明不啻是主張「信心縱筆」；胡應麟特予端正視聽，「非欲其盡棄根源，別安面目也」，[111]回歸學古的脈絡來定義何說。因此，這段簡短的文字，其實隱含兩個層次的論辨：一是對於《詩經》並非學古而成的解釋，二是如何面對歷代詩體早已樹立的範式，避免陷入「自開堂奧」、「自立門戶」的迷思。

關於前者，面對世人質疑：「《三百篇》出自何典？」胡應麟大方坦承：「曷嘗刻意章句，步趨繩墨，而質合神明，體符造化」，[112]坦承《詩經》自非刻意學古而成，其創作過程完全出乎天然。癥結在於：《詩經》如此並不代表後人亦須如此，故《詩藪》另文作出了更清晰的論述：

> 男女搆精，萬物化生，人道之本也。太初始判，未有男女，孰為搆精乎？天地之氣也。既有男女則以形相禪，嗣續亡窮矣，復求諸天地之氣可乎？周之〈國風〉、漢之樂府，皆天地元聲，運數適逢，假人以洩之。體製既備，百世之下，莫能違也。今之訕學古者，動曰：「『關關雎鳩』出自何典？」是身為父母生育，而求人道於空桑也。

---

110 世人如此「誤會」的緣起，可能反而是受到李夢陽影響，蓋〈再與何氏書〉批評何氏：「欲自立一門戶」，〈答周子書〉批評時人：「必自開一戶牖，自築一堂室」，見郝潤華校箋：《李夢陽集校箋》，卷 62，頁 1920、1925。

111 胡應麟：《詩藪》，續編卷 2，頁 349。

112 同前註，頁 348。

噫！[113]

他的思路是：人類最初源於「天地之氣」，但論其繁衍存續，則不應推求虛泛的天地之氣，而是由父母之形搆精而生。同理：《詩經》雖出自「天地元聲」，其良善的體製既已建立，後人不能一味求取抽象的天地元聲，而須模習其良善的體製。可見，他坦承《詩經》並非學古而來，卻循著這樣一個話題，轉向強調後人學古之必要。故就第二層次的論辨來看：《詩經》以降，歷代詩體的範式建立之後，學古非僅不是故步自封，反而是今人再攀詩史高峰的重要保障：

> 故四言未興，則《三百》啟其源；五言首創，則《十九》詣其極。歌行甫遒，則李、杜為之冠；近體大暢，則開、寶擅其宗。……盛唐以後，樂選律絕，種種具備，無復堂奧可開，門戶可立。是以獻吉崛起成、弘，追師百代；仲默勃興河、洛，合軌一時，古惟獨造，我則兼工，集其大成，何忝名世。[114]

自《詩經》至盛唐時代，各種詩體已臻齊備，同時建立相應的範式，故「無復堂奧可開，門戶可立」。「堂奧」、「門戶」，就是各種詩體的範式。胡應麟直言，李夢陽、何景明捲起一代詩潮，其價值絕不建立在漠視範式，「信心縱筆」；而正在於服膺

113　同前註，外編卷 1，頁 127。

114　同前註，續編卷 1，頁 349。

範式，統合模習之，是謂學古。《詩藪》開宗明義一段豪氣干雲的宣言：「明不致工於作，而致工於述；不求多於專門，而求多於具體。所以度越元宋，綜苞漢唐也」，[115]胡應麟實欲藉由兼綜、統合古人特擅的造詣，自比「述而不作」，[116]去鍛造復古派的崇高詩史地位。

許學夷《詩源辯體》並曾徵引胡應麟前揭觀點，奉為「龜鑒」，[117]進一步落實到李夢陽、李攀龍詩的評價：

> 試觀獻吉、于鱗，雖才高一世，終不能自闢堂戶。今之學者，才力僅爾，輒欲以作者自負，多見其不知量也。[118]

無論復古派內部或外界談及摹擬之弊，李夢陽、李攀龍幾是最常見的箭垛。但許學夷認為二李「終不能自闢堂戶」，居然是在「今之學者」對比下，寓含讚賞。他之所指，其實正是二李服膺古代範式。緣此，我們更能體會《詩源辯體》一段頗富辨證意味的說詞：

> 世多稱獻吉傚顰，于鱗倣古。予謂：國朝人詩，惟二子可稱自立門戶，如獻吉七言古、于鱗七言律是也。蓋詩之門

---

115 同前註，內編卷 1，頁 1。

116 這原是《論語・述而》中的孔子自述，可窺見復古派恢弘的自信。參閱劉寶楠撰，高流水點校：《論語正義》（北京：中華書局，1990），頁 251。

117 許學夷：《詩源辯體》，卷 34，頁 320。

118 同前註。

> 戶前人既已盡開，後人但七分宗古、三分自創，便可成家。[119]

這段說詞實仍持守著「終不能自闢堂戶」的信念。因而宣稱「七分宗古、三分自創」，「宗古」佔了壓倒性的比例。特別的是，文中儼然認為李夢陽的歌行、李攀龍的七律，正是透過如此這般的「終不能自闢堂戶」，遂能達致「惟二子可稱自立門戶」的崇高詩史地位。本章稍早述及：「歌行」、「七律」正是二李較無摹擬太甚嫌疑的「作品」。現論述至此，益可證知縱使沒有摹擬太甚的嫌疑，二李這類作品的崇高價值，其實仍是緊繫於學古之信念。

復古派的學古信念，很難和「摹擬」切割開來。甚至可說，摹擬之行為，即是復古派學古之表徵。故前文討論到學古的意義，何啻也就是摹擬的效益。誠如許學夷《詩源辯體》批評江淹（444-505）詩：

> 文通五言：「擬古三十首」，多近古人；而他作每每任情，與玄暉、休文大異，實為自立門戶，晚年才盡，故不免支離耳。乃知歷代常法，斷不可輕廢也。[120]

許學夷將江詩概分兩種：一是近古的「擬古三十首」，原名〈雜體詩三十首〉。因其近古，評價較高。二是泛指「晚年」的「他

[119] 同前註，後集纂要卷 2，頁 416。

[120] 同前註，卷 8，頁 121。

作」，特徵是不復以古為依歸，憑任己意創作，等於「自立門戶」，故導致「支離」，評價較低。請注意：此處「自立門戶」一語，顯然限指江淹揚棄學古的自闢堂戶，而非前述二李那樣由學古臻於自成一家；同一語彙在不同文獻脈絡中的涵義落差，本是古典文獻的常態，不宜泥看。要之，江淹之例透露：「摹擬（擬古）」實為契近古人的必要手段，也是詩歌價值的關鍵保障；其模習目標則為古作中歷代恆承的「常法」。

（二）摹擬的理想型式：「奪神氣」、「得其神髓」

復古派的「摹擬」，雖是詩歌價值的保障，但如何避免蹈入盜襲剽竊之病，實為迫切問題。為此，謝榛《詩家直說》有一段簡要的理論：

> 學詩者當如臨字之法，若子美「日出東籬水」，則曰「月墮竹西峰」；若「雲生舍北泥」，則曰「雲起屋西山」。久而入悟，不假臨矣。[121]

以學杜為例，文中例舉的擬作和原作亦步亦趨，屬「臨」的層次；參照前文的討論，這是「仿語型摹擬」。謝榛心儀的境界則是「不假臨」。此種境界，因其「不假」，雖能避免「仿語」衍發的盜襲剽竊之病，卻非放棄學古。所謂「不假臨」，不能脫離「臨」而獨立存在。此種境界其實是在「臨」的基礎上，通過「久」的模習經驗積累和「悟」的心靈解會狀態，進階昇華而

---

121 謝榛著，李慶立、孫慎之箋注：《詩家直說箋注》，卷2，頁237。

來。故「不假臨」何啻是一種更高層次的摹擬。胡應麟《詩藪》亦云：

> 作者但求體正格高，聲雄調鬯，積習之久，矜持盡化，形跡俱融，興象風神，自爾超邁。……故法所當先，而悟不容強也。[122]

文末揭出「法」、「悟」，胡應麟認為「悟不容強」，特別標舉「法」之於創作歷程的先序環節；但他所討論的「法」，實是「悟」的基礎。誠如另文所云：「法而不悟，如小僧縛律；悟不由法，外道野狐耳」，[123]並未偏廢任何一方。「法」的基本涵義，指古人作品中歷代相承的法度，也可以說是一種深層性的藝術軌則。上引文要求創作者針對「體」、「格」、「聲」、「調」，去「積習」，實即主張模習古作中體格聲調諸層面之法度。初始之際，可想而知，擬作和原作的「形跡」不免會有沿襲之處，假如停駐不前，自將衍發盜襲剽竊之病；文中認為隨著模習經驗積累之「久」，便能臻於「形跡俱融」，泯除淺層性的「仿語」痕跡，同時也就體現了「悟」。「悟」的階段，當然不是棄守學古，實是達致一種更高層次的摹擬，憑而真正完善了學古。胡應麟讚賞張衡（78-139）〈四愁詩〉章法、句法取效〈風〉、〈騷〉，「結構天然，絕無痕跡」，迥異於「後人句模而章襲之」，[124]亦可證他欲掙脫單純的「模」、「襲」，朝向

---

122 胡應麟：《詩藪》，內編卷 5，頁 100。

123 同前註。

124 同前註，內編卷 3，頁 43

一種超妙的境界。不難察見：這種摹擬的預期效果在於既能持守古人法度，又能褪棄前一階段的盜剽襲竊後遺症。同理，許學夷《詩源辯體》也曾如此形容理想擬作的特徵：「必果如出漢魏人手，欲指似某篇，無跡可求」，[125]又讚許江淹〈雜體詩三十首〉：「擬其大略，不倣形似」。[126]他還引述胡應麟前揭說法，闡發盛唐詩的「化」、「超脫」特質。[127]

推敲此種高層次的摹擬，應當隱含兩項理論設定：第一項設定是，模習的對象是原作內在的藝術軌則，亦即「法」，但此「法」已鬆綁了原作中的特定語彙，故擬作不至於殘留摘襲古語之痕跡。李夢陽云：「尺寸古法，罔襲其辭」，許學夷云：「體制（製）、聲調，詩之矩也；……竊詞與意，斯謂之襲；法其體製，倣其聲調，未可謂之襲也」（俱見前引），皆將「法」、「矩」與「辭」、「詞」、「意」清楚區隔開來，亦即鬆綁了語言結構範式和語言本身兩個層次。當然，這一鬆綁的境界非一蹴可幾，以胡應麟的說法，由「積習之久」進至「形跡俱融」，便是指涉一段由臨摹古人格調去追習古法，終而徹底剝落古語而獨存古法的漫長歷程。第二項設定是，所謂「悟」，指對古法的整體性掌握，故能渾融天然，無跡可求，可概稱為「整體解悟」。「整體」與「局部」相對，後者則指摘襲古人作品的局部性修辭，淪為支離瑣碎的「死法」。前述摹擬之弊的四種類型，皆為「死法」。

故綜合來看，這一旨在整體解悟原作藝術軌則的高層次摹擬

---

125 許學夷：《詩源辯體》，卷 3，頁 50。

126 同前註，頁 52。

127 同前註，卷 17，頁 180；卷 32，頁 307。

型態，參據謝榛倡議熟讀古人佳篇所云：「以奪神氣」，[128]又許學夷讚賞李攀龍的擬古之作：「得其神髓，自非專詣者不能」，[129]可概稱為「得神型摹擬」。

所謂「奪神氣」、「得其神髓」，有何特性？為具體印證，不妨細讀許學夷所舉李攀龍〈塘上行〉一例。謹先製表如下：

表七：李攀龍擬甄皇后〈塘上行〉之情況[130]

李攀龍〈塘上行〉	甄皇后〈塘上行〉
塘上雙鴛鴦，芙蓉翳其陰。 不自行仁義，何能知妾心？ 青蠅一墮耳，琴瑟難為音。 新人入宮時，意已無同衾。 君子在萬里，顏色安可任？ 念妾平生時，豈謂有中路？ 新人斷流黃，故人斷紈素。 新人種蘭茝，故人種桂樹。 新人操陽春，故人操白露。 新人日以懽，故人日以悲。 浮雲顧我庭，北風動我帷。 恩愛儻中還，皓首以為期。	蒲生我池中，其葉何離離。 傍能行仁義，莫若妾自知。 眾口鑠黃金，使君生別離。 念君去我時，獨愁常苦悲。 想見君顏色，感結傷心脾。 念君常苦悲，夜夜不能寐。 莫以賢豪故，棄捐素所愛。 莫以魚肉賤，棄捐蔥與薤。 莫以麻枲賤，棄捐菅與蒯。 出亦復苦愁，入亦復苦愁。 邊地多悲風，樹木何翛翛。 從君致獨樂，延年壽千秋。

表中畫底線部分是許學夷摘引的片段，他同時評曰：

---

128 謝榛著，李慶立、孫慎之箋注：《詩家直說箋注》，卷 3，頁 363。

129 許學夷：《詩源辯體》，後集纂要卷 2，頁 413。

130 李攀龍：〈塘上行〉，《滄溟先生集》，卷 1，頁 20。舊題甄皇后：〈塘上行〉，逯欽立編：《先秦漢魏晉南北朝詩》，魏詩卷 4，頁 406。此詩亦收入《樂府詩集》，題名魏武帝曹操作；比對異文，可知非許學夷所引版本。見郭茂倩編：《樂府詩集》，卷 35，頁 763。

格倣本辭而語能變化，最為可法。[131]

此詩乃被推為李攀龍擬古諸作中，最堪楷模表率者。原作「念君常苦悲，夜夜不能寐」，極寫思念之苦悲；「莫以賢豪故，棄捐素所愛」以下六句，具體描繪苦悲的情狀，三組類似的句型，皆為「莫以 A，棄捐 B」的結構，可稱之「因果遞進結構」。李攀龍擬作「念妾平生時，豈謂有中路」，改「念君」為「念妾」，並隱去「苦悲」一語，唯苦意悲情自在字裡行間；更可注意的是，「新人斷流黃，故人斷紈素」以下六句，具體描繪苦悲的情狀，三組類似的句型，皆為「A（新人），B（故人）」的結構，可稱之「平行並列結構」。故試加綜合比較：二作句型不同，結構有別，但皆舉出 A、B 兩端為說，亦皆表現了倍遭冷落的經驗感受，可謂異中有同，同中有異。許學夷評之「格仿本辭而語能變化」，良有以也。實際上，仔細繹察畫線以外的文句，仍不難察見類似的情況。相較前文對摹擬之弊幾種類型的舉例，李攀龍此詩確實特別亮眼，刷洗了「仿語」的嫌疑。[132]

由李攀龍這一實例，可瞭解復古派對於理想性擬作要求「形跡俱融」、「無跡可求」，一個基本而明顯的徵象，即是擬作的語言儼然獨立於原作之外，自我構成一篇新作；擬作與原作之間的關係，並不容易僅由文句淺表的對照輕鬆辨識，而是藝術軌則

131 許學夷：《詩源辯體》，後集纂要卷 2，頁 414。

132 儘管如此，我們必須謹慎留意：李攀龍此詩仍有餖飣雜湊之跡，如末句「皓首以為期」，直接取自佚名：〈李陵錄別詩二十一首．良時不再至〉末句：「皓首以為期」。引自逯欽立編：《先秦漢魏晉南北朝詩》，漢詩卷 12，頁 337。

的深層鏈接。李攀龍固有摹擬太甚之弊，卻也為「得神」作出了最佳示範——至少以復古派立場來看。這或許是復古派詩人明知剽竊盜襲的危險性，仍願飛蛾撲火般不懈於摹擬的誘因吧！

六、結語

長期以來的文學史知識建構，多將明代復古派貼上「摹擬」的負面標籤。這種觀點不免流於簡單、片面，掩蓋了文學史原有的複雜樣貌。若回到「摹擬」疑雲的起點，復古派內部究竟如何省察此一議題，值得我們投入更多的關注。本章的研討成果爰可簡要彙整於下：

第一，復古派詩學文獻中的「摹擬」詞義，涵義不一。大略而言，對於摹擬太甚的弊端，復古派頗具自覺，常用的批評語彙是「剽」、「襲」。至於「摹擬」、「模仿」或「擬議」、「臨摹」，原指中性的學習而沿承之，縱有提倡，亦非高舉為學詩極境。可知以「摹擬」一詞作為復古派「標籤」，並無充分的概括效力。

第二，復古派自有摹擬太甚之病，但非「通病」。檢查復古派文獻所指認摹擬太甚的「作家」，李夢陽、何景明、李攀龍、王世貞皆在其中，尤以二李為最；所指的「作品」，大略包括李夢陽「學杜」之作、李攀龍的「擬古詩樂府」。不過，李夢陽學杜之「歌行」，並不被認為染上摹擬太甚之嫌；而李攀龍擬作中有此嫌疑者，也僅佔一部分。因此，以「摹擬」一詞作為復古派標籤，儼如「通病」，其說實屬粗疏。

第三，復古派所省察到摹擬太甚的病徵，可歸結為「仿語型摹擬」，其有四種主要類型：一是「餖飣雜湊型」，指支離堆砌古人語句，對象包括所擬之原作、以及原作者之其他作品。二是「略換字句型」，指針對單一原作略換少數一二詞語成篇。三是「盲目仿語型」，指對原作之內涵、特色並無深刻體會，純粹為擬而擬，殊乏意義。四是「承複古語型」，指重複承用特定古代語彙。這四種類型，均將導致創作者「主體性」的淪喪問題；但復古派為追摹雄壯高華之格調，對「承複古語」一型仍較缺乏切中要害的檢覈，在「摹擬」議題上形成了自我省察的一個盲點。

第四，復古派雖注意到流派內部的摹擬之弊，然亦不廢「摹擬」，只是有別於單純的「仿語」，展現一種更高層次的「得神型摹擬」。「得神」旨在整體解悟原作中的深層性藝術軌則，俾其擬古、學古之作「形跡俱融」。這種高層次的摹擬，實是復古派詩人蘄求契近古人的重要手段，亦為詩歌價值的關鍵保障，效益至為宏大。

總之，復古派常被貼上「摹擬」的負面標籤，其流派內部亦有自覺；但這個標籤最嚴重的罅漏，係忽略復古派的深層追求，實為更高層次的「得神型摹擬」。若以過度簡化的「摹擬」標籤，遂貶抑復古派的深層追求，漠視所以如此主張的真正堅持、高遠理念，恐欠允愜。

對於復古派的摹擬實踐得失，本章並不直接提供個人的評價立場，而是主據復古派詩學文獻，去梳理其流派內部於此議題的省察情況；文中對個別論者、作家、作品的徵引和分析，乍看之下似有偏重，這其實仍是端視復古派文獻述及與否而定。儘管如此，個人期盼這樣一個已有充分文獻基礎的研究成果，能建立起一套利於後續運用的有效框架，可資進一步查驗和評判眾多復古派詩人的摹擬實踐情況——容或復古派文獻上未必歷數窮舉那些作家、作品。

但回顧這段歷史之際，仍值得我們思索的是：復古派既倡導「奪神氣」、「得其神髓」，言猶在耳，為何他們的創作實踐仍多「仿語」之弊？而且，連復古派宗匠也難逃斯疾。推查箇中原因，若參借胡應麟的理論框架，恐須歸結於「積習之久」的理論起點。「積習」原是通向「形跡俱融」的起點，惟在達致此一妙悟之境前，「久」指向一段漫長的擬古歷程，便不得不衍發「仿語」問題。更何況，「積習」只是理論起點，絕不等於「形跡俱融」的預先擔保，這一漫長的擬古歷程誰都無法預見終點。循此而言，復古派創作實踐的摹擬太甚嫌疑，早在其理論建構過程中，即已埋下爭議的導火線。

第二章
由擬古到創變：王世貞的觀察之眼

一、引言：擬古的困惑

文學創作若不僅是作家課虛無以責有的醞釀、書寫，還更關涉如何閱讀與體味文學史裡的上乘經典之作，如楊牧所宣稱：「潛心古典以發現藝術的超越，未始不是詩人創作的必要條件」，[1]可知文學創作談何容易，作家秉筆之際怎樣細細揣摩自身與古代典式之作的距離尺度，又應採取什麼方法以求兼融個人創作與潛心古典兩端，自然就是緊要而迫切的課題。但這類思慮豈止是今之作家所特有，數百年前明代復古派詩人的困惑，恰恰堪為借鏡。

復古派是明代聲勢最壯的詩學流派，其崛起之初，關於個人創作如何回應古人經典的問題，便曾爆發激烈的爭辯。如李夢陽（1472-1529）明確主張：「學不的古，苦心無益」、「文必有法式，然後中諧音度」，[2]可知詩歌創作基礎是先要向古人經典

1　楊牧：〈古典〉，《一首詩的完成》（臺北：洪範書店，1989），頁68。

2　李夢陽：〈答周子書〉，郝潤華校箋：《李夢陽集校箋》（北京：中華書局，2020），卷62，頁1925。

之作學習法度，尊奉古人為典範。推敲李夢陽的本意，學古的重心乃在學習古法，亦即深刻掌握古人之作中具有規範效用的普遍性藝術軌則，而非主張竊襲古人之作既有的語言形式，故云：「以我之情，述今之事，尺寸古法，罔襲其辭」。[3]但他的創作實踐依然給時人「蹈襲」的負面觀感，何景明（1483-1521）因此批評道：「子高處是古人影子耳」，[4]無疑是極嚴厲的攻擊，假如詩歌創作活動的終點竟是淪為「影子」，等於喪失一己的主體性，當然容易挑起李夢陽強力反彈。我們且不深究李、何孰為是非，也暫不急於岔入兩造各執一詞的細節，以上的梳理，足見復古派崛起之初便伴隨一股摹擬太甚的疑雲。縱使不提李、何之爭，陸深（1477-1544）並曾直指李、何同染斯疾：

> 詩貴性情，要從胸次中流出。近時李獻吉、何仲默最工，姑自其近體論之，似落人格套，雖謂之擬作亦可也。[5]

陸深的評說隱含兩個層次的重要訊息：一是在詩貴性情的詩體本質觀下，利用對比的論述框架，影射李、何詩中缺乏真實可感的性情。其次所謂李、何之詩「最工」，指詩藝工巧，但務必特別注意「落人格套」，顯示「工」並非源於李、何自家的創造力，而是一種「格套」。「格」即體格，指古人之作中的特定語言形構，被後人視為某種規格化的詩藝表現形式，並對當代創作產生

---

3 李夢陽：〈駁何氏論文書〉，同前註，頁 1916。

4 同前註。這是李夢陽轉引之說。

5 陸深：《玉堂漫筆》，卷上，收入氏著：《儼山外集》（《景印文淵閣四庫全書》第 885 冊），卷 11，頁 8 下。

規範效用，具有法度的意義。「套」指套用、仿效，亦指套路、模式，古人之格既經後人反覆摹擬、沿襲、濫用，而成為僵固化的模式，便謂之「套」。「落人格套」一說旨在批判李、何作詩缺乏主體性，有摹擬太甚之弊，很容易讓人想起袁宏道（1568-1610）一句更著名的口號：「獨抒性靈，不拘格套」。[6]但若仔細辨析，可發現「套」的癥結根源，其實是出於「格」的觀念；李、何摹擬太甚之弊，其實是根源於法式古人、奉古人為典範的觀念。換而言之，古人之作因被高懸為某種規格化且具規範意義的體格，為求熨貼此一典範，最直截就是採取摹擬的方法，進一步衍生摹擬太甚之弊。依黃姬水（1509-1574）對當代詩壇風會的觀察，「格」的觀念一旦過度膨脹，甚至變成一種明目張膽巧取豪奪的藉口：

> 竊笑夫窮鄙之社，空空其夫，句讀字義尚未或通，卻仍剽竊其辭，倔強其語，嘵嘵然曰：「我漢、我魏、我盛唐也」，而輒置其蜚喙以凌誚往哲，可羞也矣！[7]

大抵而言，復古派主張古體詩學漢魏、近體詩學盛唐；[8]漢魏盛

6　袁宏道：〈敘小修詩〉，錢伯城箋校：《袁宏道集箋校》（上海：上海古籍出版社，2018 三版），卷 4，頁 202。

7　黃姬水：〈刻唐詩二十六家序〉，《黃淳父先生全集》（《四庫全書存目叢書》集部第 186 冊影印明萬曆十三年顧九思刻本，濟南：齊魯書社，1997），卷 17，頁 5 上。

8　復古派詩宗漢魏盛唐的觀念，可見康海〈渼陂先生集序〉云：「於是後之君子言文與詩者，先秦兩漢、漢魏盛唐，彬彬然盈乎域中矣」，見氏著，賈三強、余春柯點校：《康對山先生集》（西安：三秦出版社，

唐都是復古派詩人所奉守的「格」。黃姬水的批評對象，正是復古派詩人為求熨貼漢魏盛唐之格，以致陷入一種「盲目仿語」的迷思。[9]

復古派的摹擬太甚之弊，明人已然議論紛紛，指證歷歷，不但殊難諱言，也是明清數百年來許多文學史論述常為一代復古派詩人簡單貼上的標籤；這種標籤化的文學史論述，對復古派詩學其實充滿了偏見、誤解，值得深入省思，進以重構較平允的文學史圖像。然而，即使直面復古派詩人殊難諱言的摹擬之弊，仍值得我們平心設想的是，「古人影子」、「落人格套」、「盲目仿語」諸如此類的描述，實在很難說是一代復古派詩人咎由自取的可悲結局，其取法漢魏盛唐的詩學觀念初衷，未始不具昂揚磊落的精神。因此，復古派的摹擬之弊誠然需要批判，但單純批判之餘，我們反倒更應該從復古派深陷摹擬之弊的現局，同情地抓住此中所折射出當日詩人擬古之際可能縈繞於懷的一種困惑：假如潛心古典真是詩人創作的必要條件，如何拿捏古今關係的分寸？倘若「擬古」是必要的，那麼詩人是否需要「創變」、如何「創變」？

2015），卷 28，頁 505。王九思〈刻太微後集序〉亦云：「今之論者，文必曰先秦兩漢，詩必曰漢魏盛唐，斯固然矣」，見氏著：《渼陂續集》（《續修四庫全書》第 1334 冊影印明嘉靖刻崇禎修補本），卷下，頁 11 下。但漢魏盛唐之說仍屬寬泛，簡錦松認為「詩必詩經漢魏晉盛唐李杜」較確，見氏著：《明代文學批評研究》（臺北：臺灣學生書局，1989），頁 188。

9 「盲目仿語」指摹擬者對所擬原作之內涵、特色，缺乏正確或深刻體認，純粹為擬而擬，殊乏意義；這是明代復古派詩作摹擬太甚之弊的類型之一。參閱本書第一章。

本章將以王世貞（1526-1590）為起點展開進一步的討論。眾所周知，王世貞是復古派後期最重要的領袖，與李攀龍（1514-1570）齊名，李逝之後，主盟文壇二十年，影響尤為宏大。因此，選定王世貞作為具體討論個案，足堪代表復古派詩人對上述問題的自我省察，我們並能憑以進一步觀察後續發生的效應。但除此之外，王世貞也別有一種耐人尋味的特殊性，其〈李氏山藏集序〉聲稱：「某吳人也，少嘗從吳中人論詩，既而厭之」，[10]出身吳中，卻與吳中文學文化劃清界線，這實在是奇怪的現象，尤其是一通寫給李攀龍的書札說道：

> 吳下諸生，則人人好褒揚其前輩。燥髮所見，此等便足衣食，志滿矣！亡與語漢以上者。其人與晉江、毘陵固殊趣，然均之能大罵獻吉，云：「獻吉何能為？太史公、少陵氏為渠剽掠盡，一盜俠耳！」僕恚甚，乃又笑之不與辨。[11]

吳人批評李夢陽摹擬太甚之弊，辭鋒不免過於激烈，但最令人玩味的是王世貞始而怒、終而輕蔑嘲笑的姿態。以王世貞的身分和時代位置，不可能對復古派崛起之初就如影隨形的摹擬之弊懵然無知，他此刻站在吳人的對面，自己又是如何評視復古派的摹擬之弊？更根本地說，如何看待前人已指摘出來的「格套」？與此相關，我們還能找到所著《藝苑卮言》中一段很有辯證意味的說

10　王世貞：〈李氏山藏集序〉，《弇州四部稿》（《景印文淵閣四庫全書》第1279-1281冊），卷64，頁7下。

11　王世貞：〈李于鱗〉，同前註，卷117，頁2下。

法：

> 法合者，必窮力而自運；法離者，必凝神而并歸。合而離，離而合，有悟存焉。[12]

假如詩歌創作已悖離了古法，王世貞要求「并歸」，虛心接納古人典範所賜予的規訓；但對於符合古法之作，則提醒詩人必須勇於「自運」，突破古人典範所施加的框限。據此初步看來，他所設想當代詩歌創作與古典的關係，乃改變了復古派傳統刻意古範、熨貼古人的基調，使得原本離經叛道的「離」，至此能與「合」辯證交融，故所謂「離而合，合而離」，可說是非常新穎、大膽的觀念。

近年學界對王世貞詩學的研究，成果豐碩，雖尚未聚焦處理前揭當代詩人與古典關係的議題，大抵已能對王世貞詩學進行文獻解讀與意義詮釋，建立可供後續進一步研討的基礎。以王世貞為專題研究對象者，如鄭利華《王世貞研究》一書特闢章節論「格、調、法」，又論「尚古與求新」，[13]爾後所出版的《前後七子研究》、《明代詩學思想史》，[14]續有申論。其書大抵認為

---

12 王世貞著，羅仲鼎校注：《藝苑巵言校注》（北京：人民文學出版社，2021），卷 1，頁 48。

13 鄭利華：《王世貞研究》（上海：學林出版社，2002），頁 180-194。

14 鄭利華：《前後七子研究》（上海：上海古籍出版社，2015）、《明代詩學思想史》（上海：上海古籍出版社，2022）。前書把王世貞融入「後七子」群體論之，後書則訂立專章〈王世貞與後七子詩學體系的構築〉，均是鄭先生後出轉精之力作，但他對王世貞研究的基本觀點，其實已於前揭《王世貞研究》一書建立規模。

王世貞所講的格調，指某種審美準度，而且關乎詩人的才思、情實；並能察見王世貞尚古之餘，也要求避免摹擬太甚之弊，諸如「離」、「合」的辯證、「不法而法」的觀念、用「格」而不為所役，一系列詩觀均曾論及，實有論述細膩之長。酈波《王世貞文學研究》一書同樣注意到格調與法度相即不二的關係，又能察覺王世貞從「格之外」的角度論「宋詩」，展現不同的批評標準；又曾論及王世貞對復古派摹擬之弊的因應，自有足資參考之處。[15]又如孫學堂《崇古理念的淡退——王世貞與十六世紀的文學思想》一書認為王世貞所提「抑才以就格，完氣以成調」，具總結性理論之地位，有助於矯正復古派詩人「亢響危聲」的意義；這可說是其書最特別的論點。[16]最近魏宏遠《王世貞文學與文獻研究》直陳王世貞晚年文學思想轉變，乃可歸結為五種跡象：「信仰及文學價值觀」、「創作內容、技法及創作風格」、「復古方法」、「取法範圍」、「復古路徑」，[17]析述周延，實能推進相關學術進展。唯綜觀前行研究，尚有所不足者：我們實際檢閱王世貞詩學文獻，可發現在他的時代，依他的觀察，當代

15　酈波：《王世貞文學研究》（北京：中華書局，2011），頁 167。該書分述王世貞詩歌創作論、散文創作論、文學思想論，又闢專章論政治與文學關係，有綱舉目張之長，唯敘述甚簡，對某些重要觀念的討論，常偶見拈及又隨即滑失。

16　孫學堂：《崇古理念的淡退——王世貞與十六世紀的文學思想》（天津：天津古籍出版社，2004），頁 217-225。孫書大抵認為王世貞蘄向一種格調與才氣的兼融境界，斯固然矣，但如何解讀「抑才以就格，完氣以成調」，其論證過程不能令人無疑；後文也將討論這段文獻。

17　魏宏遠：《王世貞文學與文獻研究》（上海：上海古籍出版社，2017），頁 233-236。

詩人面對古人體格，除了自覺「謹守」，也有刻意「偏離」，至於後者還能進一步區分為不同觀念型式，各具重要意義；諸多案例奔赴王世貞筆下，足以朗現其觀念層次之複雜。換言之，本文前揭的「擬古的困惑」，依然有待深研。[18]

王世貞對當代詩人創作與古典關係的討論，主要是隻言片語形式，散見於詩話、書札、序跋，難免零碎，殊無嚴整的論述體系；他在相關議題上的發言，相互之間，偶見衝突，顯示其說容許例外，也有依當下評論對象與情境而調整既有思路的情形，這都是實際進行研究之時須先克服的問題。本章將讓他的諸說各自座落在適切的層次上，再揭明當中蘊藏的意義。

二、當代詩歌創作與古典的關係

「摹擬」是復古派的創作方法也是顯著弊病，常能引起時人注意和非議，堪稱明代中葉詩壇最富爭議性的公眾話題。王世貞確曾察知復古派摹擬之弊，但特別的是，他更屢屢站在一個較後設的位置，去觀察、記錄、評說時人對摹擬之弊作出的不同反

18　若把視野擴大到王世貞專題研究之外，尚有近年出版的二書值得一提：一是羅宗強《明代文學思想史》（北京：中華書局，2013），曾訂專節討論王世貞後輩諸人「反復古的共同傾向」（頁 604-612）；二是余來明《明代復古的眾聲與別調》（北京：中華書局，2020），認為嘉靖前期詩學史有「易『氣骨』而講『聲調』」、「由尚『體格』到關『性情』」的變化，可視為王世貞詩學先聲（頁 247-261）。但羅書強調後輩諸人觀念有別於王世貞，其實忽略了王世貞的複雜性；余書雖為王世貞尋得先聲，建立一個詩學史發展的脈絡，但全書並未再對王世貞進行研究，是為遺憾。

應，從中當然也會流露個人的價值判斷。如前所述，不管是否主張摹擬、怎樣摹擬，摹擬的議題根本涉及當代詩人如何定義自身與古典的關係。循此切入，本章預備把王世貞的說法梳整為三種觀念型式；這三種型式未必有絕對性的分野，實則各具重心，可具體凸顯他的思路繁複多態。

（一）合格

一般文學史書把李夢陽、何景明視為「前七子」的要角，李攀龍、王世貞則名列「後七子」，是為復古派的靈魂人物；前、後之際，則有其他文學流派登場。且不深究「七子」的稱名是否精確，這種文學史敘述模式，最早正是出自王世貞手筆，而且屢見筆墨。我們可先引出最清簡的〈徙倚軒稿序〉：

> 當德、靖間，承北地、信陽之創而秉觚者，於近體疇不開元與少陵之是趣，而最後稍稍厭於剽擬之習，靡而初唐，又靡而梁陳月露，其拙者又跳而理性。于鱗起濟南一振之，即不佞亦獲與盟焉。[19]

這段清通簡要的文字，指向明代中葉短短幾十年間文學流派紛然勃興的歷史，當然值得進行更詳盡的研討，本文擬聚焦兩個問題：一是「剽擬之習」，當指復古派摹擬之弊，唯王世貞具體批評什麼對象？這個問題較單純，不難解答。依〈明詩評敘〉自述

19　王世貞：〈徙倚軒稿序〉，《弇州續稿》（《景印文淵閣四庫全書》第1282-1284 冊），卷 41，頁 16 上-下。

閱讀李、何詩集經驗，謂之：「宏規卓思，具體而微，間有一二相襲，猶未悟象外，非若抵掌談笑而效叔敖者也。即世所鉤摘語，過矣，過矣！」[20]刻意淡化世人對李、何摹擬之弊的批評。再看〈明詩評後敘〉提及李、何振衰起敝之後，「天下彬彬然知嚮風云，而其下者，至或好為剽竊傳會，糞文其拙」，[21]所指摹擬剽竊的「下者」，顯然排除了李、何。〈李氏山藏集序〉也直指：「後進躡影，稱說李氏家言矣，乃黠者瓜分而蠅襲之」，[22]這些剽襲者皆是另有其人。這個問題雖單純，然而非常重要，李、何摹擬太甚的疑雲，早在他們自己的時代即已備遭質難，王世貞卻予以淡化，真正目的應是為了維護「開元」、「少陵」之類的古人典範價值。在上引〈徙倚軒稿序〉的脈絡中，「初唐」、「梁陳」、「理性」等文學流派登場的背景，原是「厭於剽擬之習」，王世貞此刻十分慧黠地斧底抽薪，既然摹擬剽擬者另有人在，又何必撼動「開元」、「少陵」的典範價值呢？王世貞藉為李、何喉舌，暗示當代詩歌創作應遵循的正確道路仍須是求合於盛唐、杜甫詩，他不僅要求詩人契合古法，對古人之格所以具有規範效用的內涵也有限定。換言之，這是一種謹守古人之格的觀念。

就〈徙倚軒稿序〉一文，尚待處理的第二個問題是：「于鱗起濟南一振之，即不佞亦獲與盟焉」，李攀龍和王世貞如何為復古派重振聲勢？王世貞曾回憶兩人初識之際共謀復古大業以求不

20 王世貞：〈明詩評敘〉，《明詩評》，收入周維德集校：《全明詩話》（濟南：齊魯書社，2005），頁1995-1996。

21 王世貞：〈明詩評後敘〉，同前註，頁2040。

22 王世貞：〈李氏山藏集序〉，《弇州四部稿》，卷64，頁8上。

朽的一段宣言，〈王氏金虎集序〉云：

> 五言古，故蘇、李其〈風〉乎，而法極黃初矣！七言，暢於〈燕歌〉乎，而法極杜、李矣！律，暢於唐乎，而法極大歷〔曆〕矣！[23]

上引只是片段，但尤能清楚察見：他們在五古、歌行與律詩各體上，明確列舉古人之作，譬為各體法度的極致展現。這種「依體立格」的觀念，不是單純出於文學史考古的興趣，而是要讓古人的格法對當代詩歌創作產生規訓，李攀龍往後所編選本《古今詩刪》可能就懷有此一意圖，王世貞看得很清楚：

> 令于鱗以意而輕退古之作者，間有之；于鱗舍格而輕進古之作者，則無是也。以于鱗之毋輕進，其得存而成一家言，以模楷後之操觚者，亦庶幾可矣！[24]

王世貞為《古今詩刪》寫下這段序文時，李攀龍已逝，其對選本意義的理解，或許在自詡為李的身後知音之外，也反映出兩人共同的觀點。依文中所述，李攀龍是以「格」為基準，去篩選古人詩作，可謂「因格選詩」。此「格」，可類比於前揭〈王氏金虎集序〉中的極致法度。李攀龍選錄的古人詩作，可謂「格」的具體範例；當代詩人則能進一步藉由閱讀選本取法古人之格，達到

23　王世貞：〈王氏金虎集序〉，《弇州續稿》，卷 71，頁 5 上。

24　王世貞：〈古今詩刪序〉，同前註，卷 67，頁 10 下-11 上。

規範詩歌創作的效用。綜合觀之，李、王面對「初唐」、「梁陳」、「理性」諸派紛然興起和挑戰，乃是標舉古人之格，要求當代詩人掌握古人典範之作中具有極致價值的法度。

我們可清楚察覺，「合格」的型式大抵是復古派崛起初就建立的觀念，如李夢陽曾標榜「法式古人」，可堪佐證。但值得注意的是，此處的「合格」，已滌除前人為批判復古派摹擬之弊所指摘的「古人影子」、「落人格套」一類負面意義。依王世貞的論述，「格」有「止」之義，〈真逸集序〉云：

> 詩之所謂格者，若器之有格也；又止也，言物至此而止也。[25]

「止」的基本涵義是停止，可引伸理解為不過當，因此也是一種恰如其分、和諧穩愜的狀態。〈湖西草堂詩集序〉曾如此描述理想的創作活動型態：「發乎興，止乎事，觸境而生，意盡而止」，[26]「止」透露此一創作活動應可歸屬於「合格」的觀念型式，我們試將這段敘述對照於〈沈嘉則詩選序〉：

> 夫格者，才之禦也；調者，氣之規也。子之嚮者，遇境而必觸，蓄意而必達，夫是以格不能禦才，而氣恒溢於調之外。故其合者，追建安，武開元，凌厲乎貞元、長慶諸君而無愧色；即小不合，而不免失於武庫之利鈍。今子能抑

25 王世貞：〈真逸集序〉，同前註，卷 42，頁 7 上。
26 王世貞：〈湖西草堂詩集序〉，同前註，卷 46，頁 14 上。

才以就格，完氣以成調，幾於純矣。[27]

此處「格」、「調」並舉，分具「禦」、「規」之用，意指防止、規禁，在上引文脈絡中基本屬性相近，不必特予各別辨析。相比於〈湖西草堂詩集序〉「觸境而生，意盡而止」的理想創作活動型態，〈沈嘉則詩選序〉指稱沈明臣（1518-1596）早年作詩「遇境而必觸，蓄意而必達」，「必」較有刻意表現之感，欠缺自然，王世貞批評這是沈氏以一己才氣凌駕於詩體普遍性藝術軌則的格調之上。一般人或許習慣認為「才氣」是詩人天生的稟賦、是無窮創造力的泉源。但依上引文看來，王世貞反倒覺得「格調」必須制約「才氣」，亦即詩人的稟賦與創造力必須馴服於古人作品中早已完美示範的法度；在古人之作的法度制約下，儘管詩人的個人特質可能多少會遭掩抑、犧牲，無法憑任己意自由表現，卻能因此達致一種恰如其分、和諧穩愜的藝術境界。什麼樣的古人之作？依沈氏後期詩作之「合」於格調推敲，應即「建安」、「開元」，正是復古派詩學中的漢魏盛唐典範。

（二）離格

「合格」是復古派固有觀念，但仍無法處理如何避免陷入「格套」的問題。前文已曾初步討論「合」、「離」互為辯證交融，視為王世貞極富膽識的見解。所謂「離」，即指詩歌創作刻意偏離古人之格，可謂「離格」，其意義正在於避免詩人片面陷入「格套」的問題。因此，「離格」的觀念，其實是對「合格」

27　王世貞：〈沈嘉則詩選序〉，同前註，卷40，頁7下。

觀念之下所可能衍生流弊的補救、防範，並非獨立存在。但如何拿捏「離」、「合」的分寸尺度，殊屬不易，王世貞〈答胡元瑞〉云：

> 《十九首》最難言，離之則虞落節，前輩俱所不免；合之則虞捧心，于鱗亦微用為累。[28]

《古詩十九首》無疑是漢魏詩歌的核心，但如何學習其格，竟是困難重重。文中指出，李攀龍追求「合格」，有摹擬太甚的嫌疑；但若改採「離格」觀念，又有淪喪古法的危險。「離」、「合」究竟該如何辯證交融，王世貞似乎無法解答。

但若不談《古詩十九首》，王世貞對「古樂府詩」的摹擬、創作，可代表「離格」觀念的實踐。他曾轉引李攀龍的評論：

> 吾擬古樂府少不合者，足下時一離之，離者，離而合也，寔不能勝足下。[29]

文中李攀龍依然謹守「合格」的觀念，然而坦承王世貞的「離格」其實是「離而合」，也因此能體現較高的價值。王世貞對一己之詩的偏離古格，也偶有自覺，其〈答周俎〉云：「僕所不自得者，或求工於字而少下其句，或求工於句而少下其篇，未能盡程古如于鱗耳」，[30]但這其實是自評詩作尚欠完美，「程古」、

---

28 王世貞：〈答胡元瑞〉，同前註，卷206，頁13上。

29 王世貞：〈書與于鱗論詩事〉，《弇州四部稿》，卷77，頁23下。

30 王世貞：〈答周俎〉，同前註，卷128，頁24上。

「合格」的李攀龍，反而是備受稱讚的模範詩人。另一種偏離古格的情形，〈答吳瑞穀〉云：「大約僕於詩，大歷〔曆〕而後者闌入十之一」，指自己的創作中雜入某些偏離古格的元素，故自評：「今人不宜有也」，[31]可知自視為後進不宜仿效的缺陷。這些偏離古格的自覺，與本章致力凸顯的「離格」一型存在明顯差距。

「離格」對矯治復古派的摹擬之弊，似頗具成效。王世貞曾把李攀龍、李先芳（1511-1594）的擬古樂府提出來比較：

> 歷下于鱗妙其事，數要世貞更和，其高下清濁，長短徐疾，靡不宛然肖協也。而伯承稍稍先意象於調，時一離去之，然而其構合也。夫合而離也者，毋寧離而合也者；此伯承旨也。伯承〈敘〉稱：「近代名公，取古人行事，註議緝韻，類成斷案，所願舍是。」[32]

李攀龍擬古樂府「宛然肖協」，可知其詩藝主要被定位在「合格」。李先芳有別於是，他的「時一離去之」，實際上是「離而合」。所謂「離」，在王文脈絡是「稍稍先意象於調」，應是指李先芳對意、象互搭一類的藝術表現形式，出以己見，以致於跳脫了古樂府詩原有格調的藩籬，故「離」是擬作在藝術表現形式上對原作的偏離。所謂「離而合」，就是指李先芳擬作仍領悟於古樂府之體所宜有的法度。這樣看來，「離格」、「離而合」的

31　王世貞：〈答吳瑞穀〉，同前註，頁20下。

32　王世貞：〈李氏擬古樂府序〉，同前註，卷64，頁23上-下。

觀念型式特色，可說是把詩的藝術表現形式與法度兩端適度切割開來，縱使詩人並未單純襲取古人言辭，也能契合古法。這和李夢陽聲稱的「尺寸古法，罔襲其辭」，精神相通。推敲王世貞所引李先芳言，他應有意透過「離格」的觀念與實踐，矯正前人擬詩的「餖飣雜湊」之弊。[33]

從余曰德（1514-1583）的詩歌創作三變，也能看出「離格」是對摹擬太甚之弊的省覺與超越。王世貞〈余德甫先生詩集序〉一文描述余氏原受李攀龍強烈影響：「始先生入吾社時，喜于鱗甚，其緩步張脊，豎頞扼腎，皆精得之；然而其所自致者，不能勝其所從入者，是故片語出而重邯鄲之價，然猶未免蹊逕之累」，[34]依王世貞的觀察，余氏因模習李攀龍而有助於詩藝，卻也因此陷入摹擬太甚的問題。所謂「蹊逕之累」，就是指余詩對李詩的摹擬跡象太過於明顯，以致於掩沒了自身的創造力。如前所述，李攀龍作詩刻意追求「合格」，余氏對李詩之追隨、摹擬，或許也能劃歸到「合格」的觀念型式。「合格」宛如一把雙面刃，一面促進詩藝提升，另一面卻無情斫傷詩歌創作的主體性。余詩的價值，顯然不被單純定位在「合格」，而在後續兩階段創作型態之變，如王世貞云：

歸田以後，於它念無所復之，益搜劇心腑，冥通於性靈，神

33　「餖飣雜湊」指摹擬者把原本散落於原作中不同章次或其他作品的語彙，一概抽離原有脈絡，錯雜拼湊成詩；這是明代復古派詩作摹擬太甚之弊的類型之一。參閱本書第一章。

34　王世貞：〈余德甫先生詩集序〉，《弇州四部稿》，卷 52，頁 4 上-下。

詣獨往之句，為于鱗所嘉賞；然于鱗遂不得而有先生。[35]

此刻余詩已突破李攀龍籠罩，也能蕩洗早先的摹擬之弊；但最值得注意王世貞緊接著說道：

> 其又稍晚，運斤弄丸之勢，往往與自然合，或于鱗，或不佞，或大曆，或貞元，要不可以一端目之，大要突然而自為德甫。然置之古人中，固居然亡愧色也。[36]

余詩演變至此，詩藝變化多端，且能展露鮮活的主體性，可知其置之古人中無愧色，絕非單純的「合格」，更適宜說是「離而合」。「離」指上一創作階段已掙脫李攀龍及其奉守的古人之格，避開藝術表現形式層次的摹擬太甚之嫌；立足於此基礎的「合」，乃是較深層地相契於古人法度。「離而合」的辯證交融之境，一同李先芳的案例，在在透露詩人假如要從古人之作中獲取滋養，便須目擊道存，以其能透視表象的深邃目光去察見某種恆久不刊的藝術真諦。這當然不簡單，依王世貞所述余曰德的創作歷程，「離而合」是比致仕歸田還晚的階段，余氏恐怕是辛勤跋涉幾十年之久方能臻至此境。

王世貞曾追憶定交李攀龍之後，「自是詩知大曆以前，文知西京而上矣」，[37]他的「合格」觀念，想必會受到李攀龍很大影

35　同前註，頁 4 下。

36　同前註。

37　王世貞著，羅仲鼎校注：《藝苑卮言校注》，卷 7，頁 471。

響。李先芳與王世貞同年，有詩聲，創作特色如「悟入象外」、[38]「究極幻變」，[39]很早便吸引王的目光；其「離格」觀念，頗疑受到李先芳啟發，然則尚待較確鑿的證據。唯我們可以注意：王世貞與二李在京師結詩社，一位重要社友徐中行（1517-1578）也被看作「離格」的詩人，王世貞爾後便寫〈徐天目先生集序〉頌讚徐詩：「發情止性，喻象比意，或清而和，或沈而雄，緩態促節，變化種種；然以引於左準右繩，無弗合也」。[40]可見是時詩社諸友對當代創作與古典之關係的探索，應有多元觸角，不能一概視之。上文所提及的余曰德，稍晚也曾加入此一詩社，時為王世貞刑部同僚。[41]京城詩社諸友之外，如朱在明詩：「大要以自當一時之適，不盡程古人；然試以協諸古，亡弗協也」，[42]均屬「離格」的型式而獲得王世貞述記稱譽。我們未必輕信這類述評均已落實為具體詩作，毫無溢美成分，然而綜上以觀，「離格」實是復古派觀念發展史中特具自我針砭意義的新猷。

（三）破格

「破格」、「離格」都是對古人之格的遠離，但「破」特指破除、破壞，並無離合辯證交融的意義。因此，「破格」是沿著

---

38 王世貞：〈明詩評後敘〉，《明詩評》，收入周維德集校：《全明詩話》，頁 2041。

39 王世貞：〈送李伯承之新喻令序〉，《弇州四部稿》，卷 55，頁 17 上。

40 王世貞：〈徐天目先生集序〉，《弇州續稿》，卷 45，頁 13 下。

41 參閱王世貞著，羅仲鼎校注：《藝苑卮言校注》，卷 7，頁 471。

42 王世貞：〈朱在明詩選序〉，《弇州續稿》，卷 44，頁 13 上。

「離格」的方向進而更徹底地偏離古格。王世貞在京師所結詩社諸友中，宗臣（1525-1560）恰是一個非常引人側目的例子。王世貞〈宗子相集序〉提及當年宗臣已發展出兩條路向的詩歌創作，其一為：「當其所極意，神與才傅，天竅自發，叩之泠然中五聲，而誦之爽然，風露襲於腋而投於咽」，[43]這段生動的描述大抵接近前文所討論的「合格」。「中」，合也；「五聲」指宮、商、角、徵、羽五聲，《左傳》載吳季札觀樂云：「五聲和，八風平，節有度，守有序，盛德之所同也」，[44]《呂氏春秋》載孔子說舜施行樂教，以夔為樂正，「夔於是正六律，和五聲，以通八風，而天下大服」，[45]五聲和諧，乃是反映古代聖王施行樂教治平天下的盛德之美；基於詩樂相通的觀念，五聲和諧的音樂境界，可延伸視為理想性詩歌體格所以構成的各元素均能達致諧和穩愜的狀態，並以古人之作為範式。可知「中五聲」其實是在讚美宗臣作詩「合格」；這也是復古派論創作的基本標誌。

但〈宗子相集序〉佔較多篇幅者是在討論宗臣的第二條創作道路：

> 然當其所極意，而尤不已，則理不必天地有、而語不必千古道者，亦間離之。夫以于鱗之才，然不敢盡斥矩矱而創

43　王世貞：〈宗子相集序〉，《弇州四部稿》，卷 65，頁 5 上。

44　左丘明撰，楊伯峻注：《春秋左傳注》（北京：中華書局，1995），襄公 29 年，頁 1164-1165。

45　呂不韋編，高誘注，王利器疏：《呂氏春秋注疏》（成都：巴蜀書社，2002），卷 22〈察傳〉，頁 2778。

> 其好，即何論世貞哉！子相獨時時不屑也，曰：「寧瑕無碔」，又曰：「歜良在御，精鏐在篚，可以嚙決而廢千里」，余則無以難子相也。[46]

文中以李攀龍嚴守矩矱為對比，凸顯出宗臣作詩「間離之」的膽識。依據序文脈絡，很難說宗臣作詩是「離而合」，其「離」是純粹偏離古人之格，能在詩中戛然獨創新異性的「理」、「語」。請注意宗臣的理由：「寧瑕無碔」，他應該很清楚一旦偏離古格就會斫傷詩藝，卻寧可瑕疵畢露，也不願意自比為「碔」：似玉之石。推敲「碔」的象喻，宗臣之所以選擇偏離古格，乃是自覺地撇開復古派摹擬太甚的嫌疑。王世貞這篇序文後段，提及宗臣因此頗受時人質疑，「少年間非子相者，謂子相欲逾津而棄其筏」，「津筏」是復古派詩學的著名象喻，指古人格法，時人是批評宗臣主張作詩離棄古格，「然雅非子相指也」，王世貞遂為之抗言申辯，細節茲不具論；[47]儘管如此，序文最終仍總結道：「子相之詩，足無憾於法，乃往往屈法而伸其才」，[48]在王世貞看來，宗臣並無棄離古格的觀念主張，但他的詩歌創作實踐，卻偏重於一己才情自由舒展，以致於詩中折損了宜有的古人法度。這種創作狀態，先是偏離古法、而又未能在更深層上歸返、契合於古法，故迥別於「離格」，本文特予訂為「破格」一型。

宗臣未必抱持離棄古法的觀念主張，卻有「破格」的創作，

---

46 王世貞：〈宗子相集序〉，《弇州四部稿》，卷 65，頁 5 上-下。

47 同前註，頁 5 下。

48 同前註，頁 6 上。

而且似認為「破格」價值非比尋常。王世貞《藝苑卮言》曾舉吳國倫（1524-1593）來比較。吳國倫作詩，「務使首尾勻稱，宮商諧律，情實相配」，一如前述宗臣第一條創作路向的「中五聲」，可視為「合格」的觀念型式。依《藝苑卮言》所述，宗臣之詩「間有小瑕及遠本色者，弗恤也」，也讓人想起〈宗子相集序〉中宗臣「寧瑕無碱」的「破格」豪氣。宗臣如何評價自己特具新異性之作？王世貞的筆觸非常有趣：「子相自謂勝吳，默已不戰屈矣」，[49]宗臣自稱高明似乎只是一廂情願，包括王世貞在內旁人在擂臺下的閱讀感受，乃是遠遜吳國倫；事實上，王世貞另曾致函李攀龍談及此事，亦云：「更私求證於我，不能不為吳左袒」，[50]他對於「破格」，顯然懷有深深的疑慮。試參照、回顧前文對「合格」一型的討論，王世貞認定詩人原有不羈的才氣必須承受古人之格的制約、規訓，宗臣「破格」之所以令人擔憂，其實涉及詩人才氣、生命經驗與世界觀應如何安放的問題。

華善繼同樣懷抱不羈之才，唯值得注意的是，面對他的「破格」之作，王世貞在〈華孟達詩選序〉中的觀點竟南轅北轍：

> 才之所不能抑，則間出而為奇警；情之所不能禦，則一吐而為藻逸。嗟乎！詩如是足矣。建安以來，詩之為用少，以故得自致其旨，而阮公、陶令之所由興；殆其季也，用日以博而變，日不可以窮，於是乎青蓮、少陵之業就，而天下以為「正宗」、「大家」，是烏可偏廢哉？當北地、

49　王世貞著，羅仲鼎校注：《藝苑卮言校注》，卷 7，頁 449。

50　王世貞：〈李于鱗〉，《弇州四部稿》，卷 117，頁 8 下。

> 信陽時，不廢徐昌穀、高子業，今者有濟南，當亦不廢孟達也。[51]

華氏沛然難禦的「才」、「情」，並未接受李白（701-762）、杜甫（712-770）「正宗」、「大家」之格的規訓，一任自然迸發成詩，這便是「破格」。但王世貞的態度有別於對待宗臣：第一，「破格」不必然等於斫傷詩藝、瑕疵畢露，華氏的不羈才情恰是詩之為體臻於圓滿自足的重要元素。第二，宗臣「破格」之作的價值，被置於「合格」之下，此處則反覆舉證申言「破格」不應遭到「偏廢」；換句話說，李、杜正宗、大家之格仍是典範，但不能以彼舍此，「破格」自有價值。

王世貞序中還徵引韋應物（737-792）對靈徹（746-816）所說一句「子奈何強所學而從我」的話頭，以嘉許華氏。[52]由這個話頭，可推敲出華氏之「破格」還有一層意義，就是能豁顯一己的主體性，而不致假學詩之名、實則淪為古人或他人影子。這層重要意義也能體現在另一位「破格」詩人黃承甫。在〈黃承父後吳越游編序〉一文中，王世貞先提及李夢陽、何景明與李攀龍有功於詩道的偉績，即刻掉轉筆鋒，凸出黃承甫詩歌創作型態的「獨不然」，等於是把黃氏定位成一名獨立於復古派群體的詩人，再進一步處理他所面臨的非議：

> 談者尚謂承父上之不能超景龍，而下之不能汰咸通以後為

---

51 王世貞：〈華孟達詩選序〉，《弇州續稿》，卷 53，頁 1 下-2 上。

52 同前註，頁 2 上。

> 恨。嗟乎！此所以為承父也。以承父才，使浮慕其名，具體而必古之是徇，以與三君子角彼所□襲，三而為四不難，所以為承父者漓矣。[53]

復古派詩學大抵崇尚漢魏盛唐，黃承甫之作不能超唐初景龍而上，也無法汰除晚唐咸通以後，可知其所面臨的非議主要來自復古派陣營。依王世貞的描述來看，黃氏不僅獨立於復古派外，也不願意「必古之是徇」，在在都是「破格」一型的跡象。值得注意的是，王世貞細數李夢陽等人的復古功績，與他對黃氏「破格」之作的欣賞，其實是雙軌並進。因此，王世貞何嘗反向廢棄復古派固有立場，他只是放眼古人格調之外，擴大視野，對「破格」之作不予偏廢。上文兩度提及「所以為承父」，可知「破格」最重要的意義正在於豁顯詩人的主體性。

仔細玩味〈黃承父後吳越游編序〉，還能發現一個特殊的現象。文中認為以黃承甫的詩歌創作能力，不難抗衡李夢陽、何景明、李攀龍，但他若不「破格」，便難彰顯主體性。即使不談李夢陽等復古派鉅子，這種說法難道是暗示一般詩人一旦選擇謹守古格便得付出主體性隱沒的慘痛代價？否則，黃承甫又有什麼非「破格」不可的理由呢？這或許不是王世貞該在寫序場合中深入鑽研的問題，但可發現另一篇〈湯迪功詩草序〉也隱含類近的問題：

> 自先生之壯時，天下之言詩者，已爭趣北地、信陽，而最

53　王世貞：〈黃承父後吳越游編序〉，同前註，卷 52，頁 3 上。

後濟南繼之，非黃初而下、開元而上無述也，殆不知有待詔氏，何論先生！雖然，聲響而不調則不和，格尊而無情實則不稱，就天下之所爭趨者，亟讀之若可言，徐而覈之，未盡是也。先生與文待詔氏之調和矣，其情實諧矣，又安可以浮響虛格輕為之加而遂廢之！[54]

文中指出，復古派詩人崇尚高格，卻在創作實踐上衍生聲響失調、情實不諧等毛病；湯珍（1481-1546）、文徵明（1470-1559）均非復古派，其詩也沒有上述的毛病，何必要從「浮響虛格」的角度去指責、貶斥兩人不遵守「黃初而下、開元而上」的古人格調呢？在此，湯珍、文徵明大抵可劃歸至「破格」一型；雖然兩人未必有刻意破除古格的自覺。我們引出此文想凸顯的主要問題在於：王世貞為爭取湯、文「破格」之作的價值，以「響」為「浮」，視「格」為「虛」，是否暗示古人格法非但不復必要、甚至可能成為當代詩人創作的沉重累贅？

論「合格」，王世貞當然極力肯定古人之格的價值意義，他對復古派詩學傳統的擁護，其實貫串一生，未嘗廢棄。但論「破格」，從未正面討論過上述的潛在性問題，這便使得他對於古人格法、典範的態度是否出現轉變，難免引人遐想。如王孟起詩學白居易（772-846），「破格」之作固能贏得王世貞嘉許，但〈王孟起詩序〉一文記載：

今操觚之士，扼掔而談建安、開元，驟見余之序孟起詩，

---

54 王世貞：〈湯迪功詩草序〉，同前註，卷 47，頁 18 上-下。

> 必大駭以多可少否。藉令苟狗少年之好，而唯影響之趣，余寧與此，不與彼也。[55]

站在復古派奉漢魏盛唐正朔的立場，「破格」簡直野狐外道，王世貞的嘉許必定引人驚疑。但上引文顯示，王世貞的關懷重心並未座落在詩人秉持何種典範觀念，他關心的是，詩人在實際創作過程中做了什麼、最終完成什麼，假如一味對古人之作追影逐響，陷入摹擬太甚的迷思，使「合格」淪為徒具形式的影子，便毫無意義。從王世貞欣賞王孟起「破格」的案例，可知漢魏盛唐之格不再被看成當代詩歌創作的唯一鵠的、批評標準，對「合格」的觀念造成直接衝擊。

我們借用王世貞的觀察之眼，把當代詩歌創作與古典的關係，區判為三種觀念型式：「合格」、「離格」、「破格」。「合格」指當代詩人務求契合古人之格，以李攀龍、沈明臣為代表；所謂古人，基本上特指漢魏盛唐詩。這是復古派詩學的根本大法，並將促成「離格」、「破格」二型的形成與開展。「離格」指當代詩人刻意偏離古人之格，旨在迴避形式層面的摹擬之嫌，但其實是「離而合」，此「合」是在更隱微深刻的層面上契合古法；主要代表者有王世貞、李先芳、余曰德、徐中行、朱在明。「破格」最複雜，意指當代詩人刻意破除古人之格，但在觀念主張或創作實踐上未見更深層地契合古法。此型是「離格」之「離」的進一步推遠，唯缺乏「合」的成分，其光譜座落在「合格」的對極。相比於「合格」，「破格」之作原本價值不高，一

55　王世貞：〈王孟起詩序〉，同前註，卷54，頁5上-下。

如宗臣之例；爾後，「合格」、「破格」形成雙軌並進的觀念型式，各有優長，互不偏廢，華善繼、黃承甫、湯珎、文徵明堪稱典型；但據王孟起一例，「合格」的觀念未必能踐履為真正理想性的合格之作，這不是「合格」觀念有缺陷，而是詩人為求「合格」卻陷入摹擬之弊使然，「破格」的觀念與實踐反能贏得青眼。要之，上述三種觀念型式的意義、關係與價值消長，遍涉詩歌創作的目標、理想、困境，以及彷彿有光的出路，故由「合」而「離」、進而「破」，在在昭顯王世貞的時代裡，詩人對自身與古典之關係的多元探索。

三、效應與反應

一般認為復古派詩學觀念重心是回向古典，但我們通過王世貞之眼，在他的時代裡，最具創新意義、而能消弭當時最富爭議性的摹擬之弊的詩歌創作觀念，卻不是純然的「擬古」、「合格」，恰恰相反，乃是對古人之格的偏離甚至叛逆，形成「離格」、「破格」。這些觀念並非簡單來自復古派外部的挑戰，緣其頗能贏得王世貞述記稱譽，實可視為復古派詩學自然發展孕成的新觀念型式。當代詩人的創作型態，由最基本的「合格」，再發展為「離格」、「破格」，古人體格對當代詩歌創作的規訓效用，於焉趨於寬鬆化。如王世貞主張學詩取法高格，《藝苑卮言》有云：「李獻吉勸人勿讀唐以後文，吾始甚狹之，今乃信其然耳」，[56]爾後卻在一通書札中說：「取材宜廣，定格宜寬，李

---

[56] 王世貞著，羅仲鼎校注：《藝苑卮言校注》，卷1，頁47。

于鱗之不能厭服眾志，可戒也」，[57]原本取法高格的創作觀念，已轉變為「定格宜寬」，可印證他看待古格的眼光趨於寬鬆化。這種趨勢有何效應？明人又有何反應？

（一）效應

1.吳中詩藝價值

王世貞出身吳中，卻與吳中文學文化劃清界線，「格」的問題尤為關鍵。依據他的〈王世周詩集序〉：

> 明興弘、正、嘉、隆之際，作者林出，而自北地、濟南據正始外，蛇珠昆玉，莫盛於吳中，而人自為家，語自為格，正變雲擾，識者病之。[58]

可知吳中詩風極盛，但就復古派立場觀之，吳中詩人追求自成一家，故「語自為格」。此「格」，非指古人經典之作中特具規範、法度意義的體格，而是吳中詩人各行其是的詩藝表現形式。這種創作型態迥別於「合格」，因其偏離於古人正格，堪稱變調，是為弊病。換言之，在「合格」的觀念大纛下，吳中詩人就會遭到貶抑。吳中之所以遭貶的情形，〈玄峰先生詩集序〉說得更清楚：

> 吳中諸能詩者，雅好靡麗，爭傳色，而君獨尚氣；膚立，

57　王世貞：〈傅伯安〉，《弇州續稿》，卷205，頁22下。

58　王世貞：〈王世周詩集序〉，同前註，卷43，頁12下-13上。

> 而君尚骨；務諧好，而君尚裁。吳中詩，即高者剽齊梁，而下者不免長慶以後，而君獨稱開元、大曆。[59]

章道華為王世貞同年之友，王世貞為凸顯章詩特色、價值，細數吳中詩風以為比較。請特別注意：章氏學詩所取法的「開元、大曆」，正是復古派的黃金典範，可知章氏的創作可劃歸於「合格」一型。文中指出，吳中詩人受到齊梁詩、中唐長慶以後詩影響深遠，一概都是偏離古格。依文中的描述、尤其是「剽」字，吳中詩的總體價值並不高；要之，最根本原因是吳人作詩偏離古格。

基於上述邏輯，假如有吳中詩人能得到王世貞讚揚，原因正在其能掙脫吳中文化風氣而復歸古格。如〈張伯起集序〉一文中，王世貞一開始就揭明：「張伯起者，吳人也」，似是要用「吳人」偏離古格的形象為張氏建立一種對比座標，王文指出：「天下之愛新聲甚於古文辭，伯起夷然不屑也」，又特地引錄張氏自述的創作觀念：「質之古而合」，[60]在在呈顯張氏儘管出身吳中，真正身分不啻為復古派詩人。其實關於吳中詩人與古格的關係，〈真逸集序〉述之最詳，文中將之區分為三型：「不及而止」、「將超格而上之，而不知其所歸」、「轉近而轉墮於格之外」，具體型態雖別，要之皆偏離古格。然則王世貞藉寫序之機，同樣是一開始就揭明：「此吾吳人毛文蔚之詩也」，序中運用的策略，乃是要藉吳人普遍偏離古格的負面形象作為對比，進

---

59 王世貞：〈玄峰先生詩集序〉，《弇州四部稿》，卷 66，頁 19 下。

60 王世貞：〈張伯起集序〉，《弇州續稿》，卷 45，頁 14 下-16 上。

一步朗現毛氏之詩的特色：「有恒調而無越格」。[61]毛氏與其他吳人不同之處，可說是被歸結為「合格」，故備受嘉許。

值得注意的是，隨「合格」的觀念型式嗣後發展出「離格」、「破格」，當代詩人的創作活動容許偏離古格，王世貞對吳人的評價取向就出現明顯的轉折。前文所例舉的湯珍、文徵明均屬吳人，其「破格」之作被視為不可「偏廢」。我們還不妨注意到王世貞對文徵明的一段評語：

> 詩得中晚唐格外趣。[62]

這段評語原本脈絡中，文徵明乃是被吳人共推為「不可及」的偉大詩人。王世貞另有〈文先生傳〉亦云：

> 先生好為詩，傳情而發，娟秀妍雅，出入柳柳州、白香山、蘇端明諸公。……吳中人於詩述徐禎卿，書述祝允明，畫則唐伯虎，彼自以專技精詣哉，……文先生蓋兼之也。[63]

柯律格（Craig Clunas）認為這篇傳記首度把文徵明擁有兼善眾長的文化成就、而非道德價值，視為其一生最好的總結；問題是文徵明為何被認為擁有這樣的文化成就？柯氏歸因於「長

61　王世貞：〈真逸集序〉，同前註，卷42，頁7下。

62　王世貞：〈像贊〉，同前註，卷148，頁12下。

63　王世貞：〈文先生傳〉，《弇州四部稿》，卷83，頁10下-12上。

壽」。[64]但這種解釋無法處理其他不若文徵明長壽的吳中詩人，也曾一起得到讚揚。從本文的討論脈絡來看，且不論書畫藝術領域，起碼以詩而言，我們實宜特別注意「格」之觀念寬鬆化的趨勢。「格」之指涉一旦從復古派詩學傳統裡的漢魏盛唐之格鬆綁開來，「格外」得以堂而皇之映入當代視野，就會隨之推移王世貞對吳中詩人的評價印象。

其實王世貞評視吳人的眼光，一直受到復古派牽引。在眾多文獻脈絡中，常能察見吳人被放置在復古派對立面，是故評價低落。放眼吳中，前述文徵明外，王世貞評價最高者要推徐禎卿（1479-1511），所撰〈像贊〉有云：

> 徐迪功先生禎卿，字昌穀，吾州人也，而徙於郡。……既成進士，始與大梁李夢陽、信陽何景明善，而夢陽稍規之古。自是格驟變而上，操縱六代而出入景龍、開元間。初若耎駕不受羈，徐而察其步驟開闔，鮮不中繩墨者。[65]

徐禎卿得李夢陽規正後，可謂兼具復古派詩人身分。在此，他主要係以復古派詩人、而非單純吳人之身分，遂能贏得王世貞讚賞。上文顯示，其詩乍看之下彷彿不循軌轍、無所倚傍，細繹下其實暗合古法，這正是典型的「離格」（離而合）觀念型式。可見徐禎卿詩藝價值，並非純然出於「合格」、謹守古格，反而是建立在偏離古格的基礎上。

---

64 柯律格（Craig Clunas）著，劉宇珍、邱士華、胡雋譯：《雅債：文徵明的社交性藝術》（北京：三聯書店，2012），頁205。

65 王世貞：〈像贊〉，《弇州續稿》，卷148，頁22上-下。

關於徐禎卿的評價，可以再換一個角度來觀察。《明史》記載，徐禎卿「既登第，與李夢陽、何景明游，悔其少作，改而趨漢、魏、盛唐；然故習猶在，夢陽譏其守而未化」，[66]這是對徐禎卿之由吳人轉為復古派詩人身分，至今仍然很具代表性的描述。這種描述中，他的創作習尚因加盟復古派而有劇烈的改趨，復古派似則不動如山。但依據王世貞〈黃淳父集序〉，我們卻能發現，真正該被改變的並非徐氏，而是復古派詩人固有的「合格」觀念，王世貞云：

> 北地、武功諸君起中原，自厲其格，以求合古，而不能盡易其豪踈之氣。吾吳有徐迪功者，一遇之而交，與之劑，亦既彬彬矣，而不幸以蚤歿，乃淳父能劑矣！夫辭不必盡廢舊而能致新，格不必步趨古而能無下，因遇見象，因意見法，巧不累體，豪不病韻，乃可言劑矣。今吳下之士與中原交相詆，吳習務輕儁，然不能不推淳父之精深；中原好為豪，亦不能以其麄而病淳父之細者，淳父真能劑矣！[67]

這段序文的主角實為黃姬水，其創作型態被歸結為「劑」，然則這又是繼承早逝的徐禎卿而來。「劑」的觀念頗受今之學者討論，大抵取其辯證調和兩端之意，故能完成一種中和之美。[68]這

66　張廷玉等：《明史》（北京：中華書局，1974），卷286，頁7351。

67　王世貞：〈黃淳父集序〉，《弇州四部稿》，卷68，頁16下-17上。

68　今人對「劑」之觀念相當重視，乃至特闢專節，如袁震宇、劉明今：《中國文學批評通史——明代卷》（上海：上海古籍出版社，1996），頁268-271。

類解讀固然不錯，但仍無法凸顯「劑」的觀念：一是特指復古派與吳人兩端的辯證調和，而非泛指任何對象；二是在復古派的「合格」觀念之外，肯定吳人之偏離古格也有足以平等對觀的價值；與此連動，復古派心摹手追的古格，當然就不是一種絕對性的價值標準。上文中王世貞用「劑」定位徐禎卿、黃姬水，未必僅在褒揚徐、黃詩有中和之美；更根本而言，其實是在褒揚兩人之偏離古格自有獨特價值，因此能在「劑」的活動中為復古派注入異質性，修訂復古派為求「合格」伴隨衍生的麤豪之體。[69]

綜上所論，吳中詩人常因無法認同或達致復古派的「合格」觀念、標準，痛遭王世貞貶抑。問題是，吳人的詩藝須是出於何種理由，才能贏取王世貞青睞？我們的研究顯示，一是吳人有「合格」之作，趨合復古派傳統，如張伯起、毛文蔚。二是吳人有「離格」、「破格」之作，偏離復古派傳統，如湯珎、文徵明、徐禎卿。三是吳人偏離古格之作具有重要功能，可訂正復古派為求「合格」伴隨衍生的麤豪之體，徐禎卿、黃姬水均為其

69　魏宏遠曾詳細梳理王世貞「劑」之觀念的多重面向，並指其能針砭復古派摹擬之弊，「通過新舊思想的互『劑』，消除偏激，納入新質，追求融合貫通，表現出一種兼容并包的風範」，見氏著：《王世貞文學與文獻研究》，頁 168。何詩海稍早的研究，指王世貞「劑」之觀念「實際上是承認了吳中文風的合理性、合法性，有利於緩解、消弭吳中文壇與復古派的緊張對峙」，見氏著：〈王世貞與吳中文壇之離合〉，《文學評論》2018 年第 4 期，頁 73。其說俱足參考。但「劑」之觀念的意義，當不僅在於某種兼容並蓄之境，遂而肯定吳中文風，而是透露復古派既有的「合格」觀念有所調整，亦即王世貞是如何在「合格」之外重新審思古人體格與當代詩歌創作的關係議題，其間的觀念層次交錯，正是本文關注重心。

例。故總括來說，「格」之觀念的寬鬆化趨勢，乃是直接牽動吳中詩藝價值升降。

2.文學史觀重構

當代詩人對待古格的態度，除體現自身的創作取向外，更涉及如何理解文學史上古人之作的價值意義，左右文學史觀的建構。如「合格」的觀念，詩人所因依的文學史觀大抵即以漢魏盛唐為黃金時代；而且為了推尊古格，同時會進一步貶抑「格外」，捏塑兩端之間的強烈反差，使這種文學史觀帶有鮮明的霸權色彩。王世貞〈徐汝思詩集序〉即是顯例：

> 盛唐之於詩也，其氣完，其聲鏗以平，其色麗以雅，其力沉而雄，其意融而無跡，故曰：盛唐其則也。今之操觚者，日嘵嘵焉，竊元和、長慶之餘似而祖述之，氣則漓矣，意纖然露矣，歌之無聲也，目之無色也，按之無力也；彼又不自悟悔，而且高舉而闊視曰：「吾何以盛唐為哉！至少陵氏直土苴耳。」[70]

此序大旨在稱讚徐通「非盛唐弗述」的創作，屬於典型的「合格」觀念型式。上文推尊「盛唐」的價值，同時也循著批判時人不良習氣的脈絡，貶抑元和（806-821）、長慶（821-825）之作；所以進行評價的理據，遍涉「氣」、「聲」、「色」、「力」、「意」等詩藝向度，可謂構成「合格」之格的元素。要之，王世貞此序中的唐詩史觀，乃是基於「合格」的觀念，以盛

70　王世貞：〈徐汝思詩集序〉，《弇州四部稿》，卷 65，頁 7 下-8 上。

唐為尊，以元和、長慶為卑。

元和、長慶仍屬寬泛之說，嚴加審視，盛唐黃金時代的終結要以大曆（766-779）為界。故王世貞回顧何景明倡導復古之功直指：

> 去其始可一甲子，詩而亡無舉大歷〔曆〕下者，文亡舉東京下者，即誰力也！[71]

又指劉鳳（1517-1600）沿李夢陽、李攀龍復古之路而養成的閱讀品味是：

> 於子史百家言，無所不治，獨不喜習大歷〔曆〕以後語。[72]

諸說雖未明揭「盛唐」，但因貶抑大曆以後之詩，自然足以凸顯此前的崇高性。我們可進一步注意《藝苑卮言》云：

> 勿用大曆以後事。此詩家魔障，慎之！慎之！[73]

「詩」是藝術的創造，「事」是宇宙中的紛然事件，載諸古籍，即為詩人用典隸事的材料。用典隸事原是詩家常態，上文卻在標舉盛唐的文學史觀下，凸顯「詩」、「事」間的緊張性。王世貞關心的問題是：當代詩歌創作取法盛唐格調之際，能否援用「大

---

71 王世貞：〈何大復集序〉，同前註，卷 64，頁 17 上-下。

72 王世貞：〈劉侍御集序〉，《弇州續稿》，卷 40，頁 18 上。

73 王世貞著，羅仲鼎校注：《藝苑卮言校注》，卷 1，頁 34。

曆以後事」？顯然，「詩家魔障」一語透露堅決否定的立場。試推敲箇中思路：盛唐詩人因時空客觀限制，其創作情境與用典技術皆無法預知「大曆以後事」；在明人的時空位置，實際上已能知曉「大曆以後事」，但詩歌創作若想取法盛唐格調，就得戒慎恐懼。這種思路是對盛唐詩藝的徹底熨貼，儼然要讓當代詩人遺忘當代感，憑詩歌創作活動回返盛唐，化身盛唐人。

隨古人體格與當代詩歌創作關係的寬鬆化，「格外」的文學史世界，逐漸褪去格卑調下的負面價值意義，而成為一種純粹描述當代詩人風格體式的概念。前引〈文徵仲先生傳〉中，王世貞讚賞文徵明詩風秀雅：「出入柳柳州、白香山、蘇端明諸公」，在此，柳宗元（773-819）、白居易、蘇軾（1037-1101）未必是指文徵明學詩取法的楷模，而是指稱某種風格體式的概念、座標，毫無負面價值意義，其效用在於從旁烘托出文徵明秀雅詩風有何特色。王世貞另文又評沈周（1427-1509）「源出白香山、蘇眉州」、[74]祝允明（1461-1527）「能得晚唐人三昧」、[75]錢穀（1509-1578）「詩錯大曆以下語」，[76]諸人生前身後均享盛名，但依上文的描述，其詩已偏離古格，王世貞竟無微詞，原文脈絡中反而頗致欣賞之意，這應是他對待古格的態度趨於寬鬆化使然；就文學史觀的構成而言，盛唐與大曆以後的價值界線勢必隨之模糊化。

眾所周知，復古派推尊盛唐的文學史觀，受嚴羽（1195?-1245?）影響深遠；但假如盛唐與大曆以後的價值界線出現模糊

---

[74] 王世貞：〈像贊〉，《弇州續稿》，卷 147，頁 12 下。

[75] 王世貞：〈題祝希哲詩後〉，同前註，卷 160，頁 30 上。

[76] 王世貞：〈錢穀先生小傳〉，《弇州四部稿》，卷 84，頁 12 下。

化，那麼嚴羽與復古派文學史觀建構的關係，就不能過度放大。王世貞〈蒼雪先生詩禪序〉云：

> 夫以代定格，以格定乘者，嚴儀氏也。詩自為格，格自為乘者，蒼雪翁也。蒼雪翁之於詩，……而所謂「神來者，從容中道；氣來者，觸處而發；情來者，悠游而得」，則嚴儀氏未前發也。[77]

序文顯示蒼雪翁活動於明仁宗（1425-1426）、宣宗（1426-1436）時代。為凸顯蒼雪翁詩論特色，文中遂舉嚴羽比較。「以代定格，以格定乘」，確屬嚴羽詩論重心之一，複按《滄浪詩話・詩辨》云：「論詩如論禪：漢魏晉與盛唐之詩，則第一義也。大曆以還之詩，則小乘禪也，已落第二義矣。晚唐之詩，則聲聞、辟支果也」，[78]從略唐前部分，嚴羽之言正是一種立格定乘、特尊盛唐的文學史觀。這與「合格」觀念下的復古派文學史觀，實在若合符契。

「詩自為格，格自為乘」，則是蒼雪翁的論見，尤其在嚴羽對比下，旨在突破一種立格定乘的文學史觀，轉而推崇詩人自出己意的藝術創造；這讓人想起王世貞嘗指吳人「人自為家，語自為格」。至於蒼雪翁以「神來」、「氣來」、「情來」論創作，

---

77 王世貞：〈蒼雪先生詩禪序〉，《弇州續稿》，卷40，頁25上。

78 嚴羽：〈詩辨〉，張健校箋：《滄浪詩話校箋》（上海：上海古籍出版社，2012），頁 7。「小乘禪也」一語，涉及禪學基本知識的錯誤，唯較早徵引嚴羽詩論的魏慶之《詩人玉屑》，無此四字，較為正確，可推測是嚴羽詩論原貌。參閱前揭書，頁12-14。

泯除立格定乘的價值分野，而非復古派詩論中觸處可見的格調基準云云，也顯示他特別強調詩人的主體性藝術創造。要之，蒼雪翁如此論說，緣而使他有別於嚴羽詩學旨趣，也因此更貼近王世貞時代中詩人與古格關係的寬鬆化觀念趨勢。

立格定乘的文學史觀，常伴隨鮮明的學古動機，誠如嚴羽〈詩辨〉云：「學漢魏晉與盛唐詩者，臨濟下也；學大曆以還之詩者，曹洞下也」，[79]這與復古派取法盛唐而貶抑大曆以後，立場一致。王世貞〈鄒黃州鷦鷯集序〉卻說：

> 夫古之善治詩者，莫若鍾嶸、嚴儀，謂某詩某格、某代、某人、詩出某人法，乃今而悟其不盡然。[80]

文中所提鍾嶸（?-518）、嚴羽之說，重在尋繹詩人取法或肖近古代某格、某代、某人的跡象，建構出一套古典與今人淵源承啟的論述。王世貞卻覺「不盡然」。假如打破立格定乘的文學史觀，那麼取法或肖近古人是否必要，就是值得省思的問題。換言之，盛唐與大曆以後之間價值界線的模糊化——這種文學史觀，可能會導致古人（盛唐）體格失去原初的規範、法度意義，而朝向一種更偏離古格、同時也更任憑己意自由奔放的創作活動型態。

綜上所論，若基於「合格」的創作觀念，推尊古格，貶抑「格外」，務求釐清其間的價值優劣分野，勢必形成一種立格定

79　同前註，頁7。

80　王世貞：〈鄒黃州鷦鷯集序〉，《弇州續稿》，卷51，頁2下。

乘的文學史觀。復古派詩學特尊漢魏盛唐，貶抑大曆以後之作，即是顯例。這種文學史觀，固可溯及南宋嚴羽，其實也是復古派崛起之初便建立的傳統觀念。隨著古格對當代詩歌創作逐漸失去規範、法度意義，「格外」的詩人，如中晚唐詩、宋詩，不再被認為具有格卑調下的負面意義，就會衝擊立格定乘的傳統文學史觀，轉而形成一種特別講究個人主體性及其詩藝創造的文學史觀。對擬古、學古的需求而言，前者有助於樹立典範、楷模，為當代詩人高懸必須追尋的理想之境；後者則恐怕鬆動擬古、學古，埋下復古派瓦解之危機。

3.「格外」的讀法

在「合格」的觀念下，對於文學史上的作家、作品，可視其與「格」的分合距離而施予評價。但若「格」原有的規範或法度意義已趨於寬鬆化，不再是一個必要性的批評基準，那麼該如何理解「格外」之作的特色、價值，實是緊隨而來的問題。下文擬以王世貞評蘇軾的個案為例，梳理王世貞對上述問題的想法。之所以鎖定蘇軾，原因是蘇軾以「宋詩」代表的身分，自來在復古派傳統中備遭批判，屬於典型的「格外」詩人；[81]但其實蘇軾甚得王世貞賞愛，有云：「余於宋，獨喜此公才情，以為似不曾食宋粟人」，[82]又稱蘇詩：「於余心時有當焉」，[83]可謂推崇之至。故聚焦蘇軾的案例，探討他的詩作是如何從「格外」的觀點

81 復古派詩學抑宋成風，見陳國球：《明代復古派唐詩論研究》（北京：北京大學出版社，2007），頁 22-64。

82 王世貞：〈書蘇長公司馬長卿三跋後〉，《弇州四部稿》，卷 129，頁 22 下。

83 王世貞：〈蘇長公外紀序〉，《弇州續稿》，卷 42，頁 17 上。

被閱讀、進而被定義，實為適切。

王世貞曾在〈宋詩選序〉中，歷數宋代詩人而凸出蘇軾「最號為雄豪」的地位，筆鋒隨後轉入明代復古派傳統裡的「抑宋」觀念：

> 自北地、信陽顯弘、正間，古體樂府非東京而下至三謝，近體非顯慶而下至大曆，俱亡論也。二季緜是屈矣。吳興慎侍御子正，故獨取《宋詩選》而梓之，以序屬余。余故嘗從二三君子後抑宋者也。子正何以梓之？余何以從子正之請而序之？余所以抑宋者，為惜格也；然而代不能廢人，人不能廢篇，篇不能廢句，蓋不止前數公而已。此語於格之外者也。[84]

今之學者常討論這段文字，並能察見「惜格」、「語於格之外」分屬二系；這其實是上文中很清晰的表述，我們不再複述其說，唯須特別注意此處涉及兩種文學史觀的交鋒：一是立格定乘的文學史觀，以「格」的觀念貶抑「宋詩」，蘇軾首當其衝。其二，所謂「代不能廢人，人不能廢篇，篇不能廢句」，不以「格」的觀念凌駕個別作家、作品之上，轉而強調個別作家、作品自有不容輕廢的價值，可知這正是一種崇尚個人詩藝創造性的文學史觀。這兩種文學史觀，稍早俱已論及。基於後者，「宋詩」應有的評價，不能機械沿用「格」的基準，而是必須另訂「格之外」的基準。王世貞嘗謂蘇詩：

84　王世貞：〈宋詩選序〉，同前註，卷 41，頁 24 上-下。

> 坡仙所作〈煎茶〉、〈聽琴〉二歌，〈南華寺〉、〈妙高臺〉二古選，中間大有悟境，非刻舟人所能識也。[85]

也指不應墨守一套固定化、僵化的批評基準。更引人深思的是他還指蘇詩：

> 七言出律入古，有聲，有色，有味，第不當於驪黃之內求之。[86]

假如不能只看蘇詩的藝術表現形式是否「合格」，因為這非評論「格外」詩人之所宜有。但「格之外」的基準，當然不能停留在抽象概念層次，那到底該是什麼？具體言之，我們如何理解蘇詩「聲」、「色」、「味」的價值？

上文中「七言出律入古」，意指蘇軾打破七律體式，而融入古體，其「聲」、「色」、「味」諸層面之美，必與相關。這讓我們想起《藝苑卮言》之說：「雖老杜以歌行入律，亦是變風，不宜多作，作則傷境」，[87]杜甫一樣是打破七律定體而融入古體（歌行），王世貞遂名為「變風」。此處之「變」，乃相對於「正」，「正」指文體的正格、正宗；「變」是對正格、正宗的偏離。復古派所倡導之「格」，乃自居為「正」；而「格外」，其實就是「變」。對蘇軾之作所宜有的批評基準，首要之務就是視之為「變」，端詳他因偏離正格、正宗，反而能創發何種新異

85　王世貞：〈東坡手書四古體後〉，同前註，卷161，頁15下。
86　王世貞：〈蘇長公三絕句〉，同前註，頁27上。
87　王世貞著，羅仲鼎校注：《藝苑卮言校注》，卷4，頁238。

性的審美效果，進而便能釀成某種特殊的「聲」、「色」、「味」。

依據前述，關於「格外」之作的讀法，最重要的觀念礎石是視為「變」，再基此評估具體詩藝表現。但其實「變」有二義：一是文體正變之「變」，前已論及；二是變化多態之「變」，王世貞評蘇軾也觸及此義，〈書蘇詩後〉云：

> 蘇長公之詩，在當時天下爭趣之，若諸侯王之求封于西楚，一轉首而不能無異議，至其後則若陔下之戰，正統離而不再屬，今雖有好之者亦不敢公言于人，其厄亦甚矣！余晚而頗不以為然。[88]

此文指出，蘇軾雖為宋代最受歡迎的詩人，卻也衍發諸多爭議，終而在明代輿論中喪失影響力。這當是尤指復古派崛起之後，蘇詩被目為「格外」，備遭貶抑，命運可嘆。王世貞為復古派領袖，「晚而頗不以為然」，實為特別，參照前揭〈宋詩選序〉來看：「余故嘗從二三君子後抑宋者也」，由「故」而「晚」，透露觀念轉變之跡，即不應過度貶抑蘇詩。〈書蘇詩後〉說明原因：

> 彼見夫盛唐之詩，格極高，調極美，而不能多有，不足以酬物而盡變，顧獨于少陵氏而有合焉。所以弗獲如少陵

88　王世貞：〈書蘇詩後〉，《讀書後》（《景印文淵閣四庫全書》第1285冊），卷4，頁3上。

> 者，才有餘而不能制其橫，氣有餘而不能汰其濁，角韻甚險而不求妥，鬬事則逞而不避粗，所謂武庫中器，利鈍森然，誠有以切中其弊者；然當其合作，亦自有斐然而不可掩。[89]

文中之「彼」，特指蘇軾。王世貞為討論蘇軾詩歌的價值，一方面定位他是鑒戒盛唐不足，一方面明指他是刻意取法杜甫；透過盛唐、杜甫交相映照，便能捏塑出蘇軾的模樣。具體言之，文中有幾個值得注意的要點：第一，「盛唐」在此顯然被奉為「格」的範式，蘊含極致完美的法度，卻仍「不足」，也就是盛唐詩人無法充分應對宇宙中的紛然事物，創造變化多態的詩藝。盛唐詩在創作主題、藝術表現上的侷限性，只需對比中晚唐詩、宋詩就不難查知，今之學者也多有探討，已近乎文學史常識。但在王世貞的筆下可謂極具膽識，因為他其實是在鬆綁「格」對當代詩人的制約，同時也是要為「格外」爭地位。如前所述，他在「合格」觀念之外，不吝讚賞「離格」、「破格」二型，都是出於相同的思路。

第二，文中指出蘇軾鑑於盛唐詩之所不足，「顧獨於少陵氏而有合焉」，將蘇軾與杜甫聯繫起來，可知杜甫並無一般盛唐詩人所陷入的「不足」。這有兩方面的意義：一是杜甫雖為盛唐時代的詩人，但「杜詩」、「盛唐詩」代表不同的體式，關於杜詩、盛唐詩的關係，一直是復古派詩學議論不休的話題；大抵而言，杜甫固然偏離盛唐體格，實能建立起另一種較深厚、豐富、

---

89 同前註，頁 3 上-下。

甚至價值更超越的體格，他不僅自成一系，根本自成典範。[90]其二，透過蘇軾與杜甫的聯繫，可知王世貞心目中蘇軾除能迴避盛唐之不足，而且因此特具價值。換言之，蘇軾和杜甫一樣，都能充分應對宇宙中的紛然事物，創造變化多態的詩藝。因此，蘇、杜雖皆偏離盛唐體格，卻有補其不足的重要價值。

第三，蘇軾與杜甫互為聯繫，不代表王世貞一概混同兩者，當然也不是過度誇大蘇詩的價值。上文明確列出多項指標，可確證蘇軾遜於杜詩；這或許並不需要王世貞多言，因為杜甫在復古派詩學中早已建立的典範地位，自然不是明代備遭冷遇的蘇軾所堪輕比。王世貞持論的真正重點，乃在指出蘇軾某些詩作因「合作」而有價值，故不應一併遭受冷遇。「合作」，指蘇軾契合於杜甫變化錯綜的詩藝，並有優異的表現。

第四，連結文體正變觀念來看，值得細辨的是，有別於前文所論「合格」，此處蘇軾的「合作」，非指合於盛唐，而是合於杜甫，然則杜甫本是偏離盛唐正格之外，體式獨立，是為「變風」。換而言之，蘇軾是合於變風，即「格外」。故透過王世貞評論蘇軾一案可再度印證：若要討論「格外」之作的價值，不管推崇、貶抑，須在「變」的脈絡中，始能適切評估之。蘇詩應予

90　復古派陣營中，最具代表性的意見要推王世懋《藝圃擷餘》，乃認為杜甫「故多變態」，有「特高于盛唐者」的深句、雄句、老句，也有「終不失為盛唐者」的秀句、麗句，還有易引爭議的險句、拙句、累句，因而可謂「大家」。引自何文煥輯：《歷代詩話》（北京：中華書局，2001），頁 777。事實上，「大家」之說承自高棅《唐詩品彙》，為杜甫一人專屬品目，已有杜詩與盛唐諸人相為區隔的觀念，可參見蔡瑜：《高棅詩學研究》（臺北：國立臺灣大學出版委員會，1990），頁 66-67。

貶抑的缺陷，就是在偏離盛唐正格時進一步推遠，故不僅偏離盛唐，也偏離杜詩，遂相形遜色；蘇詩的正面價值，乃在偏離盛唐體格而為變，並未過度推遠，因此契合杜詩，他此時之變就是對杜詩的「合作」。要之，蘇軾之所以為變風而有價值，係因詩藝變化多態而契合杜詩——這兩種「變」義有密切關連。

綜上所論，我們以蘇軾為例，探討「格外」之作的特色、價值該如何讀解的方法問題。首要之務，不能機械沿用「格」的基準，必須另訂「格外」的基準；也就是援入文體正變的觀念，在視之為「變」的基礎脈絡中，洞觀「格外」之作雖偏離正宗、正格，卻反而能因此展現某種新異性的詩藝創造。在蘇軾案例中，我們尚可發現，他被認為能鑒於盛唐詩「不足以酬物而盡變」的侷限性，面對宇宙中的紛然事物所給予詩歌創作活動之刺激、激盪，展現為變化多態的詩藝。王世貞如此閱讀蘇軾，等於在重新思忖詩人與世界的關係。身處日新月異的世界，詩人究竟該堅守一種古色蒼然的格調，令詩滿室生香，卻恐怕左支右絀，怎麼寫都覺隔靴搔癢；還是該在「格外」訂定新規準，以期窮盡變態、曲盡其妙？這是復古派詩學現下最迫切的課題。

（二）反應

王世貞主盟文壇，動見觀瞻，他對古人體格的種種論述，尤其是特具新異性的「離格」、「破格」觀念型式，很難想像不會引發他人的反應、迴響；但其實可資印證的文獻相當罕見，這或許是王世貞論述形式零碎、不成嚴整體系使然。爾後錢謙益（1582-1664）曾拈出晚年定論之說，認為王世貞早年投身復古，號令天下，「迨乎晚年，閱世日深，讀書漸細，虛氣消歇，浮華解駁，於是乎浹然汗下，蘧然夢覺，而自悔其不可以復改矣」，[91]蓋指王世貞早年謹守古格，至晚年卻悔恨莫及，應有偏離古格的觀念，堪稱「定論」。錢謙益雖能察覺王世貞看待古人體格的多元觀念型式，但若依附於自早而晚的生命歷程，就未必堅實可信。[92]況且錢謙益身處明清鼎革之際，距王世貞的時代已有數十年落差，這數十年間王世貞之說是被怎樣看待？仍是懸而待決的問題。

由於文獻匱乏，茲擬提出兩項可供側面觀察的指標，以利迂迴轉進：一是王世貞詩作如何被閱讀？二是與王觀念相近的他人之說如何被看待？

1.王世貞詩作評論

前文已曾探討王世貞評論他人詩作的諸多案例，他又是如何凝視己作？〈答周組〉儘管輕描淡寫，實能凸顯其所自覺的創作特色：

> 始僕嘗病前輩之稱名家者，命意措語，往往不甚懸殊，大較巧於用寡，而拙於用眾。故稍反之，使庀〔廣〕材博

91　錢謙益撰集，許逸民、林淑敏點校：《列朝詩集》（北京：中華書局，2007），丁集第6，頁4454。

92　對錢謙益所提「晚年定論」的議題，錢鍾書早已提出批判，云：「牧齋談藝，舞文曲筆，每不足信」，見氏著：《談藝錄》增訂本（臺北：書林出版公司，1998），頁 386。錢謙益外，明清時期談及王世貞「晚年定論」議題者，尚有李維楨、焦竑、四庫館臣、陳田，可參閱魏宏遠：《王世貞文學與文獻研究》，頁230-233。

旨，曲盡變風變雅之致，如是而已。[93]

文中批評前行詩人之作「往往不甚懸殊」，這可能指個別詩人之間、或特定詩人個別作品之間，缺乏明顯的特色，等於眾人一面、千篇一律；以復古派創作實踐常面臨的問題設想，應是摹擬太甚之弊。王世貞改採「庀〔廣〕材博旨」，「材」為創作材料，「旨」為內容旨趣，讓自己的創作活動擴大材料、進而使自己的詩作能表現更豐富的內容旨趣。他評盛唐詩：「不足以酬物而盡變」，杜甫、蘇軾一反而能突破盛唐體格，廣納宇宙中的紛然事物，創造變化多態的詩藝，何嘗不是此處的自我寫照。換言之，王世貞所自覺到的創作特色，大抵可謂偏離古格。因此，其〈徐孟孺〉亦云：「僕詩門徑尤廣，宜採不宜法也」，[94]正因他的詩作並非謹守古格，以復古派傳統立場而言，當然是不宜仿效。話雖如此，依據上述簡要的敘述看來，他對自己的創作特色既除有自覺，隱然也有敝帚自珍的心理。[95]

他人怎樣看待王世貞上述的創作特色？我們可舉出幾個不同層次的案例。王世懋（1536-1588）與王世貞為手足，可推想他的評論最能貼近王世貞本人自覺。王世懋《藝圃擷餘》云：

---

93 王世貞：〈答周組〉，《弇州四部稿》，卷128，頁23下-24上。

94 王世貞：〈徐孟孺〉，《弇州續稿》，卷182，頁20上。

95 王世貞對詩的敝帚自珍之心，許學夷看得很清楚：「元美稿，凡片紙隻字不棄，蓋欲以多為勝。或以為言，公云：『秀美者固無子，禿髮瘌疥者亦吾子也。』終不復刪。」見氏著，杜維沫校點：《詩源辯體》（北京：人民文學出版社，1987），後集纂要卷2，頁418。

> 家兄讞獄三輔時，五言詩刻意老杜，深情老句，便自旗鼓中原；所未滿者，意多于景耳。青州而後，情景雜出，似不必盡宗矣。[96]

文中錨定兩個時間座標：一是嘉靖三十五年（1556）王世貞察獄畿輔時，刻意學杜，其詩卻有「意多于景」之失。二是次年（1557）履任青州兵備副使之後，「不必盡宗」，依上文敘述脈絡推敲，這不是指詩學觀念層次拒絕學杜，乃指創作實踐成果已突破、偏離杜詩體格牢籠；而且此時之作「情景雜出」，已泯除前述缺失，進入更崇高的詩藝境界。從王世懋的評論可推知，他對王世貞偏離古格的觀念型式與創作實踐績效，抱持嘉許的態度。

第二個案例是胡應麟（1551-1602）。王世貞曾察覺胡著《詩藪》中的文學史觀是：「緣世定格，緣格定品」，[97]頗致讚賞；這正是一種立格定乘的文學史觀。基於此一史觀，胡應麟確實很細緻地挖掘出王詩中的各種體格：

> 七言律，唐人名家不過十數篇，老杜至多不滿二百，弇州乃至千數，誠謂前無古人，然亦最不易讀。其總萃諸家，則有初唐調，有中唐調，有宋調，有元調，有獻吉調、于鱗調。其游戲三昧，則有巧語、有諢語，有俗語，有經語，有史語，有幻語。此正弇州大處，然律以開元軌轍，

96　王世懋：《藝圃擷餘》，何文煥輯：《歷代詩話》，頁782。

97　王世貞：〈答胡元瑞〉，《弇州續稿》，卷206，頁15上。

不無泛瀾。讀者務尋其安身立命之所，乃為善學。不然，是效羅什吞針，踵夸父逐日也。[98]

在胡應麟看來，王世貞七律不僅篇數極多，更麻煩的是成分駁雜。若持盛唐體格（開元）為基準，「不無泛瀾」，正是指其詩藝偏離古格。胡應麟對王詩的總體評價是「大」，「具範兼鎔，大家也」，[99]「大」、「大家」指其掩有眾體、兼括眾長的詩藝，歷來最受公認的代表詩人是杜甫。胡應麟評王詩而暗中類比於杜詩，顯示他對王詩評價並不低。但我們必須特別注意上文：「讀者務尋其安身立命之所，乃為善學」，王世貞如何創作或許根本不成問題，然因他影響宏遠的領袖地位，一般人該如何閱讀其詩才是首要問題。所謂「安身立命之所」，原指人得以容身並獲得精神寄託的處所，這是在譬喻什麼？試依胡應麟杜詩學推敲之，應是強調王世貞偏離古格之作，乃有深研古格的工夫為其底蘊。[100]綜觀胡應麟的評論可推知，他對王世貞偏離古格的觀念型式與創作實踐績效，雖持嘉許態度，卻因強調深研古格的底蘊，反而比王世貞更顯保守。

---

98 胡應麟：《詩藪》（上海：上海古籍出版社，1979），續編卷 2，頁 361-362。

99 同前註，內編卷 4，頁 184。

100 胡應麟《詩藪》云：「杜詩正而能變，變而能化，化而不失本調，不失本調而兼得眾調，故絕不可及。」（內編卷 4，頁 73）可知杜詩掩有眾體、兼括眾長的藝術境界，乃是「正」、「變」交融並臻於化境。關於胡應麟的討論，可參看陳英傑：《明代復古派杜詩學研究》，頁 311。依據此理，王世貞偏離古格之「變」，應被認為有深研古格之「正」為底蘊，達致辯證交融之境。

本文要舉出的第三個案例是許學夷（1563-1633）。王著《藝苑卮言》因內容豐富，令許學夷推賞「最為宏博」。[101]但他的詩作卻遭遇許學夷嚴苛的批評。許學夷曾在《詩源辯體》中依體辨析王詩：

> 總諸體而論，〈樂府變〉數篇，可稱詣極；五言古，選體最劣，唐體稍勝，變體及學東坡者多有可觀；歌行，六朝、唐、宋靡所不有，而入錄者不能什一，中雖有奇偉之作，而純全者少，變體始多全作；五言律，僅得百中之一，而實非本相；七言律，意在宗杜，又欲兼總諸家，然臃腫支離，復多深晦，晚唐奇醜者亦往往見之，此英雄欺人耳。[102]

除〈樂府變〉之外，王世貞五古、歌行、五律、七律各體均有缺失。更須注意的是，文中還注意到王世貞有偏離古格的情形，正反評價不一：如五古，所謂「唐體」、「變體及學東坡者」都是偏離復古派傳統的漢魏典範，但王詩所獲評價並不低，價值最低者反倒是謹守古格而成的「選體」；最令人詫異的是他的七律，前述胡應麟尊為大家，許學夷卻斥為「臃腫支離，復多深晦」，至有「晚唐奇醜者」，這些說法無疑是指其七律偏離古格。許學夷的批評觀點與理據，必須回到《詩源辯體》一書體系中細論，我們不便岔題處理；但透過上述的梳理，已能發現他對王世貞偏

101 許學夷：《詩源辯體》，卷35，頁346。

102 同前註，後集纂要卷2，頁417。

離古格之作，乃是端視其在個別體類中的藝術表現而評定，並無一致性的評價取向。

綜上所論，王世懋、胡應麟、許學夷俱為復古派重鎮，評王世貞偏離古格之作，卻有明顯落差。王世懋的嘉許態度，至胡應麟融入謹小慎微的保守心理，許學夷則對個別體類中的詩藝表現褒貶不一。本文旨在利用三人評王的案例，映照出王世貞所提偏離古格的觀念型式，雖於他的個人論述脈絡中具有正面意義，但在復古派陣營內仍然存在不同的期待與想像。

2.復古派的瓦解危機

事實上，復古派陣營未嘗沒有類近於王世貞的想法，我們可先舉出幾個相關案例，以利指明當中潛藏的問題。胡應麟〈清源寺中戲效晚唐人五言近體二十首有序〉開宗明義就說：「唐律元和後卑卑甚矣」，這是復古派傳統觀念，但文中真正的論述策略，乃是凸顯晚唐詩格卑之外自有價值：

> 至抒情難言，鑄景難狀，形神涌出，誦者躍如，則晚唐獨造偏長，亦間有足采者，其格姑舍旃弗論可也。[103]

請注意：胡應麟雖能正視晚唐詩的獨特優長，並未因此貶抑古格。恰巧相反，「其格姑舍旃弗論可也」，乃指勿因晚唐格卑而忽略其所長，這是先確立了晚唐格卑的認知基礎，才進一步「法外開恩」。上文說晚唐詩「間有足采者」，有博取眾長、擴大視

---

103 胡應麟：〈清源寺中戲效晚唐人五言近體二十首有序〉，《少室山房集》（《景印文淵閣四庫全書》第1290冊），卷41，頁7下。

野的意味，故對照胡應麟另文〈題白樂天集〉所云：

> 唐詩文至樂天，自別是一番境界，一種風流，而世規規以格律掎之，胡耳目之隘也。[104]

文中同樣是在「格（律）」之外，肯認白居易詩文所特有的審美趣味，但我們不能過度解讀，因為胡應麟對白居易的讚賞，純粹反映他能突破狹隘的耳目，有博取眾長、擴大視野的觀念而已。王世貞《藝苑卮言》有一段著名的說法可資呼應：「詩以專詣為境，以饒美為材，師匠宜高，捃拾宜博」，[105]但這和本文所指偏離古格的觀念，實屬不同層次。特別注意「師匠宜高」，可知但凡博取眾長的詩人，恢弘通達的眼光之外，尚須具有取法高格的雄心。本文所指的偏離古格觀念，則是著眼於古格對當代詩歌創作喪失規範、法度效用的現象，自然不宜混淆。儘管如此，假如單看胡應麟能肯認晚唐詩、白居易之作的獨特優長，起碼仍可發現王世貞對「格外」的論述，在復古派陣營內部並非空谷跫音。

一般文學史書晚明章節，都會談及公安派、竟陵派的新變代雄。現將舉出的另一案例，就是李維楨（1547-1626）對此一文學史現象的描述：

> 世人詩如強笑不樂，強哭不悲，屬對次韻，剽剝綴葺，與

---

[104] 胡應麟：〈題白樂天集〉，同前註，卷105，頁10下。

[105] 王世貞著，羅仲鼎校注：《藝苑卮言校注》，卷1，頁29。

> 其中之靈明、外之遘合，了不相蒙，……《三百篇》亡，而楚人〈離騷〉出，自我作祖，不傍門戶；邇日公安、江〔竟〕陵諸君子稱詩，能於《三百篇》外自操機杼，無論漢、魏、六朝、三唐，今得原性羽翼接響，維楚有材，詎不信哉！[106]

此文只在凸出郭原性之詩發揚公安、竟陵，一改時人作詩的摹擬太甚之弊。關於公安、竟陵乃至於郭氏的詩歌創作型態，文中簡要歸結為「自操機杼」，並透過屈〈騷〉作為類比，肯認其對前代經典之作的大膽創變。在李維楨描述下，這種創作型態確實可謂偏離古格，文中洋溢咨嗟歎賞，在在讓人聯想起王世貞的態度。李維楨繼王世貞而起，「負重名垂四十年」，[107]實為晚明復古派中堅；兩人具體觀念的淵源關係尚待確證，上述至少能顯示王說之不孤。

我們可以進一步跨出復古派陣營，袁宏道〈敘小修詩〉云：

> 蓋詩文至近代而卑極矣！文則必欲準于秦漢，詩則必欲準于盛唐，剿襲模擬，影響步趨，見人有一語不相肖者，則共指以為野狐外道，曾不知文準秦漢矣，秦漢人曷嘗字字學六經歟？詩準盛唐矣，盛唐人曷嘗字字學漢魏歟？秦漢而學六經，豈復有秦漢之文；盛唐而學漢魏，豈復有盛唐之詩？唯夫代有升降，而法不相沿，各極其變，各窮其

---

106 李維楨：〈郭原性詩序〉，《大泌山房集》（《四庫全書存目叢書》集部第 150 冊影印明萬曆三十九年刻本），卷 150，頁 744。

107 張廷玉等：《明史》，卷 288，頁 7386。

趣，所以可貴，原不可以優劣論也。[108]

這段爆炸性的宣言正式燃起晚明文學史上遍地烽火，學界雖有詳要之研討，唯在本文的論述脈絡中，我們仍須特別凸顯兩項重點：第一，袁文所批判的當代詩歌創作現象，非僅是復古派詩作摹擬太甚之弊，更根本而言，乃是復古派詩人必欲謹守秦漢盛唐體格的觀念，亦即「合格」的觀念型式。事實上，關於「合格」一型在創作實踐上所可能連帶衍生的摹擬太甚嫌疑，王世貞也早有體察。第二，面對上述弊端，袁宏道提出一種文學史觀：「代有升降，而法不相沿，各極其變，各窮其趣」，這是一種講究個人主體性及其詩藝創造的文學史觀。基此，即使徹底偏離秦漢盛唐體格，仍屬「可貴」。要之，袁宏道主要認為偏離古格之作自具價值，如〈張幼于〉自評：「近日湖上諸作，尤覺穢雜，去唐愈遠，然愈自得意」，[109]可見他對於偏離古格有清晰的自覺、自豪。

綜觀胡應麟、李維楨、袁宏道的發言，我們必須察見：關於古格對當代詩歌創作的規範、法度效用，袁宏道雖提出爆炸性的抨擊，不免過於偏激，[110]但其與復古派詩學的關係，實在不應被某些簡化的文學史敘述割裂二分，視為劍拔弩張的敵對陣營。

---

108 袁宏道：〈敘小修詩〉，錢伯城箋校：《袁宏道集箋校》，卷 4，頁 202。

109 袁宏道：〈張幼于〉，同前註，卷 11，頁 537。

110 袁宏道的偏激心理，由〈張幼于〉所述可見一斑：「世人喜唐，僕則曰唐無詩；世人喜秦漢，僕則曰秦漢無文；世人卑宋黜元，僕則曰詩文在宋元諸大家」，同前註，頁 501。

袁宏道對「合格」觀念可能滑入摹擬之弊的戒慎，對「格外」之作的傾心，其實早見王世貞筆下反覆闡述。唯袁宏道一談及王世貞其人，常曰「剽竊成風」、「中于鱗之毒」、[111]「以摹擬損其骨」、[112]「鈍賊」，[113]以王的影響力，他未必完全不知王已有類近之說，仍悍然貼上簡化、負面化的標籤，很值得加以審辨。本文無意漠視復古、公安二派之分歧，但必須指出：袁宏道對「合格」觀念的批駁，與其單純視為復古派外人雷霆霹靂的挑戰，不如說是導源於復古派蕭牆之內的自我省察。換言之，王世貞對古格與當代詩人關係愈趨寬鬆化的肯認，隱然誘導袁宏道，正是逐漸醖釀著復古派的瓦解危機。

四、結語

詩歌創作與古典的關係，涉及「擬古」、「創變」兩種觀念的辯證。「擬古」的旨趣，就是透過潛心古典以期領會文學史上經典之作所以為不朽的價值；「創變」的意義，則是肯認創作的真諦在於不斷刷新文學史的視野，開拓文學創作一事永無止境的可能性。本章借王世貞的觀察之眼，將他所見詩人與古典的關係區分為「合格」、「離格」、「破格」三種觀念型式，恰巧構成一個由「擬古」漸趨於「創變」的光譜。復古派詩學傳統固然是奉守「合格」，從袁宏道的批判看來，無疑自居「創變」——雙

---

111 袁宏道：〈敘姜陸二公同適稿〉，同前註，卷18，頁696。

112 袁宏道：〈答徐見可太府〉，同前註，卷42，頁1248。

113 轉引自虞淳熙：〈袁宏道評點徐文長集序〉，同前註，附錄3，頁1716。

方是自覺地座落在光譜兩極。

問題是「擬古」、「創變」的關係，定須是光譜兩極嗎？李夢陽不承認自己的詩歌創作淪為「古人影子」，王世貞欣賞「離格」（離而合）的觀念，其實就是堅信「擬古」、「創變」可以合一；我們大概很難想像會有任何一位詩人潛心古典之餘，膽敢聲稱寫詩不需要個人創造力。因此，問題不會在復古派是否追求創變，而在創變者是否必須自絕於古典。以袁宏道自評詩作的自覺：「去唐愈遠，然愈自得意」，是對古典的公然反叛；但在一些晚明讀者眼中，袁宏道號稱「創變」，實亦「擬古」，如袁宏道〈張幼于〉記載：

> 公謂僕詩亦似唐人，此言極是。然要之幼于所取者，皆僕似唐之詩，非僕得意詩也。[114]

以張獻翼（1534-1604）的復古派身分謂袁詩近似唐人，[115]或許原有讚賞之意；袁宏道卻自認佳作不似唐人。上文以似唐與否區分兩種袁詩價值，袁中道（1570-1626）〈蔡不瑕詩序〉則認為袁詩是在唐詩脈絡中互有得失：

> 昔吾先兄中郎，其詩得唐人之神，新奇似中唐，溪刻處似

---

114 袁宏道：〈張幼于〉，同前註，卷 11，頁 537。

115 袁宏道有詩〈張幼于〉云：「高標屬李王」，可知張獻翼屬李攀龍、王世貞一派。同前註，卷 3，頁 157。

晚唐，而盛唐之渾含則尚未也。[116]

中晚唐詩與盛唐詩都不是被反叛的對象，而是衡量袁詩發展境界的指標。與此相近，許學夷閱讀袁宏道創變十足之作，也覺得不脫唐詩藩籬，唯他的評價觀點截然不同而已，《詩源辯體》云：

中郎一派僅拾唐末五代涕唾，今人不知，以為自立門戶耳。[117]

許學夷一筆勾消袁宏道深為自豪的創造性，改而著墨其與晚唐五代的血緣關係，自有批判策略的考量；但連竟陵派代表人物鍾惺（1574-1625），也有如出一轍的看法，其〈明茂才私謚文穆魏長公太易墓志銘〉云：

近日尸祝濟南諸公，親盡且祧。稍能自出其語，輒詫奇險：「自我作祖，前古所無。」而不知已為中晚人道破。由其眼中見大曆前語多，長慶後語少，忘其偶合，以為獨創。然其人始可與言詩。[118]

位居復古派對面而主張「獨創」者，當指袁宏道之流。鍾惺此文

116 袁中道：〈蔡不瑕詩序〉，錢伯城點校：《珂雪齋集》（上海：上海古籍出版社，2019 二版），卷 10，頁 487。

117 許學夷：《詩源辯體》，後集纂要卷 2，頁 416。

118 鍾惺：〈明茂才私謚文穆魏長公太易墓志銘〉，李先耕、崔重慶標校：《隱秀軒集》（上海：上海古籍出版社，1992），卷 33，頁 522。

中也勾消了袁宏道的獨創性，改而強調其與中晚唐詩的「偶合」，而且殊無貶意。我們簡要徵引、討論上述諸人彼此間不無差異的說法，不是為了取代自身的閱讀判斷；關於袁詩與唐詩、與古典的關係，終究需在實際讀詩過程中領會。但本章藉上述諸人的讀法想強調：假如把袁宏道號稱「創變」之作，放到「擬古」脈絡中來閱讀，他就會搖身變成一位「復古詩人」，進而以他的詩作與古典的距離為評價尺度。由是觀之，「創變」終究難以脫離「擬古」，楊牧雖說潛心古典須為當代詩人的必要條件方成佳作，但其實詩人與古典之間根本無從切割。

袁宏道詩學觀念與古典關係，比一般人所慣認還要密切。其〈夜坐讀少陵詩偶成〉中對杜甫極其「變幻」的詩藝禮讚不已，隨即直陳：「僅僅蘇和仲，異世可相配」，[119]這種把杜詩之變與蘇軾互為聯繫的觀念，正可推溯至王世貞。可見王、袁其實是持有共通的古典依據，在共通的古典中建立起自身詩歌創作的根基。身處於格外崇尚新變的晚明時代裡，詩人該當如何看待古典的意義——這是很值得探研的新視域，也未嘗不能讓我們返照當今而有所思。

119 袁宏道：〈夜坐讀少陵詩偶成〉，錢伯城箋校：《袁宏道集箋校》，卷32，頁1137。

第三章
顛覆世界：袁宏道〈擬古樂府〉

一、引言：「代表作」外的擬作

萬曆十八年，王世貞（1526-1590）享壽六十四而卒於家鄉蘇州府太倉州；約五年後，袁宏道（1568-1610）以吳縣縣令一職開啟仕途，同屬蘇州府——所謂吳中。[1]在明代文學史上，王世貞是復古派領袖，袁宏道則為公安派健將，兩派之爭早已成為治史者的常識，唯兩人相繼落腳於吳中卻是有趣的巧合。[2]袁宏道可謂闖入復古派大本營，他從而陷入的處境毫不令人意外，〈敘姜陸二公同適稿〉云：

1　明代蘇州府領一州七縣，州為太倉州，縣為吳縣、長洲、吳江、崑山、常熟、嘉定、崇明；明人所稱「吳中」，以蘇州府為主，旁及鄰近松江府等地。參見范宜如：《一個地域文學的考察——明代中期吳中文壇研究》（臺北：萬卷樓圖書公司，2024），頁21-22、32-34。

2　王世貞自嘉靖二十六年進士及第，旋即步入仕途，但一生其實長期里居吳中，如嘉靖四十年至四十五年間（1561-1566）、萬曆四年十月至十五年間（1576-1587），守喪外，偶得起復之命，均未實際到任；萬曆十八年（1590）三月上乞休得旨歸里，十一月卒於家。可想見王世貞中晚年對吳中文壇影響力尤鉅。本文對王世貞行年事蹟，乃參考周穎：《王世貞年譜長編》（上海：上海三聯書店，2016）。

> 蘇郡文物，甲于一時。至弘、正間，才藝代出，斌斌號極盛，詞林當天下之五。厥後昌穀少變吳歈，元美兄弟繼作，高自標譽，務為大聲壯語，吳中綺靡之習，因之一變，而剽竊成風，萬口一響，詩道寖弱。至于今市賈傭兒，爭為謳吟，遞相臨摹，見人有一語出格，或句法事實非所曾見者，則極詆之為野路詩。其實一字不觀，雙眼如漆，眼前幾則爛熟故實，雷同翻復，殊可厭穢。故余往在吳，濟南一派極其呵斥，而所賞識皆吳中前輩詩篇後生不甚推重者。[3]

袁宏道對吳中文學的歷史軌跡與現況相當清楚，尤其是注意到晚近王世貞、王世懋（1536-1588）的宏大影響。上文中「剽竊成風」、「遞相臨摹」、「雷同翻復」之類的敘述，高密度出現，顯指復古派詩人摹擬太甚之弊。[4]袁宏道並回憶道：「余往在吳，濟南一派極其呵斥」，「濟南」，代指李攀龍（1514-1570），乃復古派領袖，甚至是引領王世貞加盟復古派的關鍵人物；上文脈絡中，這段憶筆乃是自覺與復古派摹擬之弊劃清界線，還透露出他宛如異端而遭復古派鳴鼓攻之。

3　袁宏道：〈敘姜陸二公同適稿〉，錢伯城箋校：《袁宏道集箋校》（上海：上海古籍出版社，2018 三版），卷 18，頁 749。

4　袁宏道此文顯指復古派詩人摹擬太甚之弊，實則吳中摹擬之弊不止詩歌創作，尚有骨董贗品買賣風氣，如沈德符《萬曆野獲編》記載：「骨董自來多贗，而吳中尤甚，文士皆借以餬口。近日前輩，修潔莫如張伯起，然亦不免向此中生活，至王伯穀則全以此作計然策矣。」見氏著：《萬曆野獲編》（北京：中華書局，1959），卷 26，頁 655。

翻閱袁宏道集，他與吳中文士其實頗有交遊往還，如曹子念為王世貞外甥且刻意學之、[5]張鳳翼（1527-1613）也是曾贏得王世貞青眼嘉許的詩人，詩學立場頗近於復古派。[6]但袁宏道與復古派詩人的短兵相接，正是爆發於令吳之際，請看當時所寫的〈敘小修詩〉云：

> 蓋詩文至近代而卑極矣，文則必欲準于秦漢，詩則必欲準于盛唐，剿襲模擬，影響步趨，見人有一語不相肖者，則共指以為野狐外道。[7]

5　曹子念，名昌先，以字行，更字以新。袁宏道與曹氏之交遊，見氏著：〈曹以新〉、〈縣齋孤寂時曹以新王百穀黃道元方子公見過有賦〉，錢伯城箋校：《袁宏道集箋校》，卷3，頁156、161。又曾記述曹氏與王世貞之關係，見氏著：〈閱曹以新王百穀除夕詩〉，前揭書，卷 4，頁213。又言及曹氏遺文處理事宜，見氏著：〈錢象先〉，前揭書，卷11，頁 549。王世貞《藝苑卮言》曾說曹子念近體、歌行酷似己作，見羅仲鼎校注：《藝苑卮言校注》（北京：人民文學出版社，2021），卷7，頁475。

6　張鳳翼，字伯起。袁宏道與張氏之交遊，可見氏著：〈張伯起〉，錢伯城箋校：《袁宏道集箋校》，卷 3，頁 155；有云：「兩年稀見面」，雙方互動未必頻繁。王世貞〈張伯起集序〉一文引張氏所自述創作觀念：「質之古而合」，可知其復古派詩學立場，見氏著：《弇州續稿》（《景印文淵閣四庫全書》第 1282-1284 冊，臺北：臺灣商務印書館，1983），卷 45，頁 14 下-16 上。據張鳳翼《處實堂集》（《四庫全書存目叢書》集部第 137 冊影印明萬曆刻本，濟南：齊魯書社，1997）觀之，與王世貞、王世懋、李攀龍等復古派人物俱有密切交誼（尤其二王），不具引。弟獻翼，字幼于（或作友于），較常見袁宏道提及，後文將引相關資料討論之。

7　袁宏道：〈敘小修詩〉，錢伯城箋校：《袁宏道集箋校》，卷4，頁202。

袁宏道正是劍指復古派摹擬之弊，而且直擣核心，「秦漢文」、「盛唐詩」的典範地位連帶備受質疑；換言之，古人經典之作，一旦被今人奉為當代創作的規範、法度，不容稍越雷池，就會衍生摹擬之弊。在這個觀念基礎上，他以袁中道（1570-1626）之詩為例闡述理想創作型態是：「獨抒性靈，不拘格套，非從自己胸臆流出，不肯下筆」，[8]幾乎成為晚明文學史上最響亮的口號。

現代學者對此討論甚詳，我們毋須再做重複性的工作，但尚需本文進一步揭明的是：袁宏道詩學理想的建立，自始即站在復古派摹擬之弊的對面，而這會影響他所進行的「實際批評」。如〈敘小修詩〉把袁中道詩分成兩類：

> 其間有佳處，亦有疵處，佳處自不必言，即疵處亦多本色獨造語。然予則極喜其疵處；而所謂佳者，尚不能不以粉飾蹈襲為恨，以為未能盡脫近代文人氣習故也。[9]

這段說法很弔詭，袁中道詩之「佳」，其實是世俗慣常以為的佳處，有摹擬之弊，就袁宏道看來並非真佳；[10]袁中道詩之「疵」，

8　同前註。

9　同前註。

10　實際檢覈袁中道詩集，袁宏道所批判的應是〈秋夜寄中郎〉之類作風，蓋此詩開頭：「明月何光潔，螵蠨挂在戶。百感入帷牀，一夢生毛羽」，擬自《古詩十九首・明月何皎皎》，跡象宛然，一望可知；又如〈過赤壁（其一）〉一詩，也有揉用杜牧〈宣州開元寺水閣閣下宛溪夾溪居人〉、〈江南春〉成句的嫌疑。上揭袁詩見氏著，錢伯城點校：《珂雪齋集》（上海：上海古籍出版社，2019 二版），卷 1，頁 19、26。袁宏道之批評，信不誣也。

其實是世俗慣常以為的瑕疵，「多本色獨造語」，即指他能掙脫古人格調牢籠而忠於自我，這才是袁宏道真正心許的佳作。由這個例子可發現袁宏道的實際批評取向，其所挑選出來最能代表評議對象之價值的創作型態，一個關鍵尺度是拒絕「摹擬」。〈張幼于〉一札中，袁宏道的自我批評也有相同取向，請注意文中仍先抨擊復古派摹擬之弊：

> 世人喜唐，僕則曰唐無詩，……記得幾個爛熟故事，便曰博識；用得幾個見成字眼，亦曰騷人。計騙杜工部，囤紮李空同，一個八寸三分帽子人人戴得，以是言詩，安在而不詩哉！[11]

繼而帶出他與張獻翼（1534-1604）的對話：

> 公謂僕詩亦似唐人，此言極是。然要之幼于所取者，皆僕似唐之詩，非僕得意詩也。夫其似唐者見取，則其不取者斷斷乎非唐詩可知。既非唐詩，安得不謂中郎自有之詩，又安得以幼于之不取，保中郎之不自得意耶？僕求自得而已，他則何敢知。近日湖上諸作，尤覺穢雜，去唐愈遠，然愈自得意。昨已為長洲公覓去發刊。然僕逆知幼于之一抹到底，決無一句入眼也。何也？真不似唐也！不似唐，

11　袁宏道：〈張幼于〉，錢伯城箋校：《袁宏道集箋校》，卷 11，頁 537。

是干唐律，是大罪人也，安可復謂之詩哉！[12]

張獻翼讚賞袁宏道詩「似唐人」，可推想張氏是奉唐詩為典範，以近似唐詩與否作為批評尺度而進行評價，近唐者為佳，不似唐者自當一筆抹去毫無價值；這其實是復古派詩學文獻中很常見的評詩模式。[13]袁宏道和張氏這段對話，顯示他與吳中復古派詩人當面交鋒，他自認最有價值之作是「去唐愈遠」，根本是刻意忤犯復古派的天條。可見袁宏道自評詩的尺度，決然不是能否運用摹擬的方法以求逼肖唐人，恰恰是拒絕「摹擬」，故悖離唐人反而洋洋得意。

上述的實際批評取向影響深遠，儼然是自我劃定「代表作」，袁宏道乃至於公安派詩作，在今日文學史書中被賦予的形象，一概都是遠離「摹擬」，並與復古派詩人構成兩極。這種形象當然不無道理，並有實際作品為據，但我們必須審辨的是，這種形象的建立不盡然得自文學史家的博學宏識，而乃是機械承襲袁宏道令吳期間的說詞。其實袁宏道也坦承發言過激，[14]我們果真適合循著他的發言去圈定文學史上的代表作嗎？所謂「代表

12　同前註。

13　張獻翼〈二君詠謂李憲副于鱗王憲副元美〉頌揚李攀龍、王世貞：「山河不隔雲霞契，詞賦同為日月光」；另有尺牘〈與李于鱗憲長牋〉隨附己作請李攀龍刪正，均透露其復古派詩學立場。〈答汪伯玉中丞書〉並舉李攀龍、汪道昆、王世貞、徐禎卿，視為「臺省增色」：諸人也都是復古派重要詩人。見氏著：《文起堂集》（明萬曆初年刊本），卷 6，頁 5 下；卷 10，頁 6 上、3 上-下。

14　依袁宏道〈張幼于〉云：「不肖惡之深，所以立言亦自有矯枉之過」，錢伯城箋校：《袁宏道集箋校》，卷 11，頁 537。

作」，其本質固然在於例舉而非窮舉，但一般文學史書所例舉之作，在乍看有理有據的敘述背後，是否也可能築起一道無形的高牆，足以遮蔽我們去觀看高牆外的風光？實際翻覽袁集，我們發現，袁宏道誠然抨擊復古派摹擬之弊，但他離吳之後，萬曆二十六年（1598）赴京途中寫了一系列〈擬古樂府〉，非常特殊，卻從來不入文學史家法眼。假若他反對「摹擬」，怎會寫一系列〈擬古樂府〉？這個問題乍看不難索解，蓋詩序有云：

> 樂府之不相襲也，自魏晉已然。今之作者，無異拾唾，使李、杜、元、白見之，不知何等呵笑也。舟中無事，漫擬數篇，詞雖不工，庶不失作者之意。具眼者辨之。[15]

可見「摹擬」作為一種詩歌創作方法，並不必然導向「相襲」的結局。但這篇序文其實引發更多問題：「今之作者，無異拾唾」當是影射復古派詩人因摹擬而陷入相襲之弊，但我們是由相襲的結局而逆知其採取摹擬的方法，此刻若要避免「相襲」，「摹擬」一事成立而可令人辨識的標準何在？就袁宏道的詩藝而言，他是怎麼操作「摹擬」，既能達到「不相襲」，同時又能「不失作者之意」？袁宏道提醒讀者：「具眼者辨之」，讀者的精準鑑別力是這一系列擬作成王敗寇的關鍵，這透露古典與當代詩人之間的辯證關係，何等隱微窈渺，豈是某種簡化的口號便能曲盡其妙。[16]

15　袁宏道：〈擬古樂府・序〉，同前註，卷13，頁620。

16　袁宏道〈擬古樂府〉組詩中，〈猛虎行〉一篇較見學者討論，唯詮釋重心在說明袁宏道的「憤世嫉俗的悲慨之氣」、「面對當時的現實，常能直抒胸臆」，而且筆觸甚簡，並未從「摹擬」的角度來觀照。參見陳書

本章旨在針對袁宏道的〈擬古樂府〉，透過實際作品的研析，以期解答上述的問題。為了釐清袁詩的淵源、特點，可依郭茂倩（1041-1099）《樂府詩集》所著錄之作，一併觀察歷代同題創作情形。但本章的論述方法，主要是與復古派詩人進行「比較」，具體鋪展為兩個層次：一是鎖定以擬古樂府名世的李攀龍，許學夷（1563-1633）《詩源辯體》云：「擬古惟于鱗最長」，[17]雖是許氏的個人意見，但足以側面映現出李攀龍擬古樂府在復古派陣營中的重要性、代表性。更重要的是，前引〈敘姜陸二公同適稿〉的回憶：「余往在吳，濟南一派極其呵斥」，李攀龍簡直被當成一派最典型的代表人物，同篇文章中又直指：「元美不中于鱗之毒，所就當不止此」，[18]在在印證李攀龍乃被視為復古派詩學終極樞紐。因此，透過李攀龍來比較袁宏道，最能朗現後者跨越復古派藩籬之外的建樹。第二個層次乃鎖定王世貞來比較。何以故？王世貞〈書與于鱗論詩事〉曾記載李攀龍一段話：「吾擬古樂府少不合者，足下時一離之，離者，離而合也，寔不能勝足下」，[19]可知王世貞擬古樂府的「離」（離而合），乃是李攀龍所覺知並予肯定的另一種摹擬型式，此言既

錄：《明代詩文創作與理論批評的演變》（南京：鳳凰出版社，2013），頁386；尹恭弘：《明代詩文發展史》（北京：社會科學文獻出版社，2012），頁367。本文稍後將從「摹擬」的角度重論此篇。

17 許學夷著，杜維沫校點：《詩源辯體》（北京：人民文學出版社，1998），後集纂要卷2，頁414。

18 袁宏道：〈敘姜陸二公同適稿〉，錢伯城箋校：《袁宏道集箋校》，卷18，頁750。

19 王世貞：〈書與于鱗論詩事〉，《弇州四部稿》（《景印文淵閣四庫全書》第1279-1281冊，臺北：臺灣商務印書館，1983），卷77，頁23下。

經筆錄成文，當然也折映出他有擬古求新的自覺。故《藝苑巵言》有云：「于鱗擬古樂府，無一字一句不精美，然不堪與古樂府並看，看則似臨摹帖耳」，[20]他對李攀龍的擬作誠非毫無間言，「臨摹帖」的比喻，已是委婉批判李詩摹擬太甚之弊。[21]依此觀之，王世貞的詩學觀念與創作實踐，與袁宏道之間未必全無交集。袁宏道宦遊吳中的經驗，與逝去不久的王世貞既然存在地緣關連，他是否因而接觸過王世貞的詩學觀念與創作實踐，固難遽斷，但這完全無礙於我們引王世貞比較之，以期更進一步逼顯袁宏道的獨特之處。

二、袁宏道與李攀龍同題擬古樂府論析

袁宏道〈擬古樂府〉為一組 17 首的組詩，各首內容獨立，也不講究次序；綜觀全集，顯非他致力創作的重心，故自序云：「舟中無事，漫擬數篇」，乃是偶一為之。[22]李攀龍擬古樂府也有若干組詩，如〈鐃歌〉十八首、〈平陵東〉二首，但多屬各自獨立之作，合計多達 209 首，足見用力較深，自序聲稱：「《易》曰：『擬議以成其變化』、『日新之謂盛德』，不可與

20　王世貞著，羅仲鼎校注：《藝苑巵言校注》，卷 7，頁 466。

21　王世貞對復古派的摹擬太甚之弊，確實懷有戒心，嘗云：「剽竊模擬，詩之大病」，同前註，卷 4，頁 291。

22　袁宏道還有其他擬古樂府之作，但零星散見於創作生涯早期，篇數甚少，如〈青驄馬〉、〈採桑度〉、〈從軍行〉、〈折楊柳〉、〈紫騮馬〉，不若〈擬古樂府〉為密集時間內創作而成的組詩。詩例可見錢伯城箋校：《袁宏道集箋校》，卷 1，頁 1-2、31；卷 2，頁 59-60。

言詩乎哉」，[23]也透露他的嚴肅創作態度。這是袁、李對待擬古樂府最基本的差異。

但下文所將展開的「比較」，乃是透過雙方實際完成的擬作，去分析當中潛藏的摹擬觀念。袁、李使用摹擬的方法展示各自的詩藝，若要討論他們對於摹擬此一方法的使用有何體認，例如何為摹擬、如何摹擬、摹擬之法的效用與限制，就得分析他們的詩藝，依他們實際完成的成果去逆察此一成果所以如此完成的觀念思維。袁、李的同題擬作計有〈飲馬長城窟行〉、〈長安有狹斜行〉（〈相逢行〉）、〈結客少年場行〉、〈秋胡行〉、〈有所思〉、〈善哉行〉、〈猛虎行〉、〈短歌行〉、〈鰕䱉行〉（依袁集序次排列），共九組，謹先逐一分析於下：

1.〈飲馬長城窟行〉

依郭茂倩《樂府詩集》的分類，〈飲馬長城窟行〉屬相和歌辭瑟調曲。李攀龍的擬作，對漢樂府古辭呈現明顯的「仿語」，請參閱表一：

表一：李攀龍擬古樂府〈飲馬長城窟行〉之情況[24]

李攀龍擬作	漢樂府古辭
蕭蕭山上草，悠悠山下道。	青青河畔草，綿綿思遠道。
長城一何長，遠望多悲傷。	遠道不可思，宿昔夢見之。

23 李攀龍：〈古樂府・序〉，包敬第標校：《滄溟先生集》（上海：上海古籍出版社，2014 二版），卷 1，頁 1。

24 李攀龍：〈飲馬長城窟行〉，同前註，卷 1，頁 26。佚名：〈飲馬長城窟行〉，郭茂倩編：《樂府詩集》（北京：中華書局，2018），卷 38，頁 810。

遠望不如歸，游子日依依。	夢見在我旁，忽覺在他鄉。
依依復纍纍，涕泣當為誰？	他鄉各異縣，展轉不相見。
高臺知天風，鴻雁知天霜。	枯桑知天風，海水知天寒。
欲媚復無人，欲去復彷徨。	出門各自媚，誰肯相為言。
浮雲西北來，我馬顧之鳴。	客從遠方來，遺我雙鯉魚。
願附尺素書，迢迢東南行。	呼兒烹鯉魚，中有尺素書。
浮雲不可託，素書不可成。	長跪讀素書，書中竟何如。
十年違室家，安知即平生？	上言加餐飯，下言長相憶。

透過上表左右欄位的對照，昭晰可見李攀龍擬作刻意熨貼古辭。二作的篇幅完全一致，文句畫底線處都是仿語的確切證據，而且這些仿語在各自整體作品中的位置亦皆相同。其實不僅如此，上表中未畫底線的文句也有雜湊他篇之現象，如李詩：「長城一何長」，近似古詩十九首之〈東城高且長〉：「東城高且長」；[25]李詩：「遠望不如歸」、「涕泣當為誰」、「欲去復彷徨」三句，近似古詩十九首之〈明月何皎皎〉：「客行雖云樂，不如早旋歸。出戶獨徬徨，愁思當告誰」；[26]李詩：「浮雲西北來，我馬顧之鳴」，綴合古詩十九首之〈西北有高樓〉：「西北有高樓，上與浮雲齊」、〈行行重行行〉：「胡馬依北風，越鳥朝南枝」；[27]李詩：「願附尺素書，迢迢東南行。浮雲不可託，素書不可成」，「尺素書」一語固然熨貼古辭，但欲託浮雲寄遠傳情，也讓人想起曹植（192-232）〈七哀詩〉的名句：「願為西

---

25 佚名：《古詩一十九首》，蕭統編，李善注：《文選》（上海：上海古籍出版社，1986），卷 29，頁 1347。

26 同前註，頁 1350。

27 同前註，頁 1343。

南風，長逝入君懷」。[28]除曹植外，李攀龍雜湊他篇的來源都是古詩十九首，恐怕並非巧合，因為古詩十九首和〈飲馬長城窟行〉古辭同屬「漢代」，而這顯示李攀龍對各摹擬對象時代的一致性，乃有刻意經營。這會使得他的擬作，雖有部分文句並非熨貼樂府古辭，但實際上仍是取材漢人之作，因而倍顯古色古香。

綜合觀之，李攀龍的擬作實是煞費苦心。要寫出這樣的擬作，必須熟稔漢樂府古辭及他篇漢代作品，把原本出於不同詩意脈絡的文句，先抽離、碾碎，然後重新揉合為一篇新的「擬作」，以達自然渾成之境，這真未必是容易之事。李攀龍在〈古樂府序〉以胡寬營新豐一事自比摹擬古作得其形肖，又以伯樂相馬一事自比摹擬古作得其精神，[29]他所自許形神兼備的摹擬工夫，若依〈飲馬長城窟行〉的案例看來，仍可能會有「主體性」隱沒的危機。縱使我們坦承李攀龍擬作古色古香、形神兼備，但當中有多少成分真正屬於他個人的藝術創造？何況依據復古派詩學觀念發展而言，他的此一擬作，也會由於「飽飣雜湊」、「略換字句」的具體跡象，而被評視為摹擬太甚之弊。[30]

袁宏道的擬作頗遠於漢樂府古辭，依郭茂倩《樂府詩集》所著錄的歷代同題擬作來看，比較接近晚唐僧人子蘭之作；子蘭應

28　曹植：〈七哀詩〉，同前註，卷23，頁1086。

29　參閱李攀龍：〈古樂府序〉，《滄溟先生集》，卷1，頁1。

30　「飽飣雜湊」指摹擬者把原本散落於原作中不同章次或其他作品的語彙，一概抽離原有脈絡，錯雜拼湊成詩；「略換字句」指擬作僅抽換原作少數語彙，縱使某些擬作中有整句替換或新添的情況，也未能增益多少藝術效果。這是明代復古派詩作摹擬太甚之弊的其中兩種類型，參閱本書第一章。

該是他真正摹擬的對象。為便討論，仍請先參閱表二：

表二：袁宏道擬古樂府〈飲馬長城窟行〉之情況[31]

袁宏道擬作	子蘭之作
長城水嗚咽，夜夜作秦語。 問子何代人？防胡舊軍旅。 冤魄滯孤魂，不得歸鄉土。 白水洗白骨，瘢盡水酸楚。 洗多成黑流，水性毒于蠱。 立馬古戰場，長嘶待天雨。	游客長城下，飲馬長城窟。 馬嘶聞水腥，為浸征人骨。 豈不是流泉，終不成潺湲。 洗盡骨上土，不洗骨中冤。 骨若比流水，四海有還魂。 空留嗚咽聲，聲中疑是言。

袁宏道與子蘭共同使用了幾個詞彙，如「長城」、「水嗚咽（嗚咽聲）」、「馬嘶」、「白骨（人骨）」、「軍旅（征人）」，形成雙方作品相近的印象。更有意思的是，子蘭詩意乃有感於水中暴露的征人之骨，想像征人含冤而死，詩末還把流水嗚咽比擬為征人訴冤之聲；袁宏道宛如是對子蘭之詩的「續寫」，一開始就串起水聲和人語，隨即進一步召喚冤魂，讓冤魂現身說話。由袁宏道的寫法，可更深層地印證其與子蘭詩的淵源，但也因此顯出袁宏道擬作中的創意。子蘭通篇直寫詩人的行旅經驗，袁宏道之詩在想像問答中讓冤魂現身說話；前者大抵未脫唐代邊塞詩之意境，[32]後者則特能顯現一種奇幻窈冥之風，鬼影森森，跡近李

31　袁宏道：〈飲馬長城窟行〉，錢伯城箋校：《袁宏道集箋校》，卷13，頁 620。僧子蘭：〈飲馬長城窟行〉，郭茂倩編：《樂府詩集》，卷38，頁 817。

32　例如陳陶〈隴西行〉云：「誓掃匈奴不顧身，五千貂錦喪胡塵。可憐無定河邊骨，猶是春閨夢裏人。」收入曹寅編：《全唐詩》（北京：中華書局，1960），卷 746，頁 8492。

賀（790-816）。江盈科（1553-1605）便曾認為袁宏道的詩風堪比李賀：「中郎論詩，最恥臨摹，其于長吉非必有心學之，第余觀其突兀怪特之處，不可謂非今之長吉」，因而大有別於「習於詩套者」，[33]可知這首〈飲馬長城窟行〉雖屬「擬古」，但其跡近李賀之風的寫法，正透露袁宏道的摹擬觀念與復古派不同，尤其在李攀龍務求熨貼古辭對照下，這是一種更側重個人主體性、創造性的摹擬。

2.〈相逢行〉、〈長安有狹斜行〉

袁宏道所擬〈相逢行〉、〈長安有狹斜行〉二篇，均屬相和歌辭清調曲。李攀龍未擬〈長安有狹斜行〉，但有〈相逢行〉，郭茂倩《樂府詩集》對〈相逢行〉之題解：「亦曰〈長安有狹斜行〉」，[34]可知〈相逢行〉、〈長安有狹斜行〉二題為一。茲先討論李攀龍〈相逢行〉對漢樂府古辭的仿擬關係，再對照、分析袁宏道所擬二題的情形。請參閱表三：

表三：李攀龍、袁宏道擬古樂府〈相逢行〉之情況[35]

No.	李攀龍擬作	袁宏道擬作	漢樂府古辭
一	相逢狹路間， 狹斜不容車。 不知何年少，	行行即曲巷， 曲巷多蒿草。 窗路掠蛛絲，	相逢狹路間， 道隘不容車。 不知何年少，

33　江盈科：〈解脫集序〉，錢伯城箋校：《袁宏道集箋校》，附錄三，頁1690。

34　郭茂倩編：《樂府詩集》，卷34，頁743。

35　李攀龍：〈相逢行〉，《滄溟先生集》，卷1，頁22。袁宏道：〈相逢行〉，錢伯城箋校：《袁宏道集箋校》，卷13，頁626。佚名：〈相逢行〉，同前註，頁743-744。

	夾轂問君家。 君家誠易知， 甲第城南隅。 黃金為君堂， 白玉為門樞。 坐客高堂上， 擊鐘吹笙竽。 將軍起行酒， 何論馮子都？	讀書歲月老。 壁上榮啟圖， 手裏黃石編。 當盡三時衣， 不直數緡錢。	夾轂問君家。 君家誠易知， 易知復難忘。 黃金為君門， 白玉為君堂。 堂上置樽酒， 作使邯鄲倡。 中庭生桂樹， 華燈何煌煌。
二	兄弟兩三人， 出入長相須。 大子侍中郎， 中子中大夫； 小子復何官？ 稍遷執金吾。 五日一來歸， 觀者羅長衢。 二弟為雁行， 長兄上頭居。 東方千餘騎， 兄弟一何殊！	兒女無襌著， 常時煨故紙。	兄弟兩三人， 中子為侍郎。 五日一來歸， 道上自生光。 黃金絡馬頭， 觀者盈道旁。
三	入門游後園， 銀牀纏轆轤。 梧桐十二樹， 一鳳將九雛。 梧桐自相直， 鳳凰自相呼。 音聲何啾啾， 枝葉以扶疏。	稅地植桃花， 十樹九樹死。	入門時左顧， 但見雙鴛鴦。 鴛鴦七十二， 羅列自成行。 音聲何噰噰， 鶴鳴東西廂。
四	大婦董妖嬈，		大婦織綺羅，

	中婦秦羅敷， 小婦邯鄲女， 顏色世所無。 丈人且安坐， 為樂良未徂。		中婦織流黃。 小婦無所為， 挾瑟上高堂。 丈人且安坐， 調絲方未央。
五		君莫悲腐草， 腐草發光耀。 玄霜畏冬青， 白髮傲年少。	

上表仍藉欄位排比形式，以利觀察李攀龍、袁宏道擬漢樂府古辭的異同，並為方便指稱予以分段。李攀龍擬作各段內容結構大抵熨貼原作，如第一段極摹巷弄宅第奢華堂皇，第二段描繪子嗣官尊爵貴，第三段鋪陳園林豪景，第四段勾勒媳婦美才與主人安適；而且李詩部分文句直接摘襲原作，如「相逢狹路間」、「不知何年少」、「君家誠易知」、「兄弟兩三人」、「五日一來歸」、「丈人且安坐」等，這都能讓李詩古色古香。而李詩篇幅較長，尤其第二段比原作更豐富，曾令許學夷讚賞：「宛爾西京，自非大手不能」，[36]但其實當中部分文句如「長兄上頭居」、「東方千餘騎」，恐是雜湊於〈陌上桑〉古辭：「東方千餘騎，夫婿居上頭」，[37]在在可見李攀龍摹擬痕跡至為宛然。

---

36 許學夷指出：「若〈相逢行〉中添一二段，格雖稍變，然宛爾西京，自非大手不能。譬如臨古人畫，中間稍添樹石，亦是作手」，雖未明指李詩所添文句，但一經上表比對可知主要是第二段。引自氏著：《詩源辯體》，後集纂要卷 2，頁 414。

37 佚名：〈陌上桑〉，逯欽立：《先秦漢魏晉南北朝詩》（北京：中華書局，1983），漢詩卷 9，頁 260。

袁宏道擬作前大半部也對原作結構亦步亦趨，如第一段寫宅第，第二段寫子嗣，第三段寫園景，但一經比較即可知內容完全相反。袁宏道乃在描寫一個破敗不堪、貧困至極的家庭景況，而且在具體文句上毫無摘襲跡象。依這個案例看，袁宏道對原作的「摹擬」，僅是基本結構，唯其詩意內容完全創新；他甚至取消了原詩第四段結構，另行創出第五段，故在結構上亦可見創變。他為何這樣寫？袁宏道詩中有一個原詩和李攀龍擬作俱無的意象，值得再次特予引出：

窗路掠蛛絲，讀書歲月老。
壁上榮啟圖，手裏黃石編。

「榮啟（期）」、「黃石（公）」都是古代著名的隱士，在袁詩中具有烘托作用，可知詩中所寫的破敗貧困之家，其實是屬於一位性好讀書而不慕榮利的老者。這與漢樂府古辭和李攀龍擬作中安適富裕的「丈人」形象南轅北轍，而且可能隱含更深刻的關懷：人生的價值意義是必須仰望世俗的功名富貴，抑或能有其他選擇？袁詩所新添的第五段顯然旨在肯定後者——這不免是打破了世俗定見、人情常態，卻也促成他的詩意不落俗套。我們若進一步考慮到袁宏道本人實非熱中仕途，[38]則此擬作就未嘗不能當

38　袁宏道一生屢因己意中斷仕途，依袁中道〈吏部驗封司郎中中郎先生行狀〉記載：「壬辰，舉進士，不仕，復與伯修還故里，家居石浦之上」；請辭吳縣縣令之後，「走吳、越，訪故人陶周望諸公，同覽西湖、天目之勝，觀五泄瀑布，登黃山、齊雲，戀戀烟嵐，如饑渴之于飲食」，又如：「庚子，補禮部儀制主事，數月，即請告歸」，退居柳浪

成他的性靈寫照。

如前所述，郭茂倩已指出〈相逢行〉、〈長安有狹斜行〉二題為一；依《樂府詩集》所著錄古辭及歷代擬作，二題內容確頗近似，大抵都會刻畫「大婦」、「中婦」、「小婦」的人物形象，亦即上表三之第四段，這恰是袁宏道〈相逢行〉所闕如者。但他之所擬〈長安有狹斜行〉便補足這個缺口：

> 按金駒，立長溝，枇杷落盡茱萸秋。山西女兒帕勒頭，面上堆粉鬢堆油，二十五絃彈箜篌。猩紅衫子葡萄袖，笑問南裝如此不？[39]

為方便計，我們仍用上表三所引〈相逢行〉古辭作為對照，不再另引〈長安有狹斜行〉古辭。對照之下，可發現袁宏道未遵循「大婦」、「中婦」、「小婦」依序登場的定例，全篇僅寫一女；然則前大半篇幅是鋪陳此女容美有才，其人物形象較古辭更趨立體，這再度揭顯袁宏道的「摹擬」，實非側重於熨貼原作，反而是在拉開適當距離之後，得以真正展現個人詩藝。如這首〈長安有狹斜行〉中，袁宏道與古辭之間所拉開距離最遠、故亦最富創意的正是末句，讓女子發聲、發問，則她與他人調笑互動的神情便躍然紙上。古辭對三婦形象都是很精簡的第三人稱敘述，袁詩特能寫出神情，其「摹擬」對原作進行「改良」的意義。

達六年。由這些人生片段，足見袁宏道非熱中仕途者。上引袁文見氏著：《珂雪齋集》，卷 18，頁 801、803、804。

39　袁宏道：〈長安有狹斜行〉，同前註，卷 13，頁 621。

3.〈結客少年場行〉

〈結客少年場行〉為雜曲歌辭。郭茂倩《樂府詩集》中依序著錄鮑照（414?-466）、劉孝威（496-549）、庾信（513-581）、孔紹安（577-622）、虞世南（558-638）、虞羽客、盧照鄰（634?-689）、李白（701-762）、沈彬（864?-961）之作。但綜觀諸人之作，皆與李攀龍〈結客少年場〉明顯不類。故李攀龍此作，較難找確定一個主要摹擬對象；但若把觀察視野擴大至同屬雜曲歌辭的〈少年行〉、〈邯鄲少年行〉、〈游俠篇〉、〈俠客行〉，仍能照見李詩淵源有自。請參閱表四：

表四：李攀龍擬古樂府〈結客少年場〉之情況[40]

李攀龍擬作	文句淵源
翩翩白馬客，	李白〈少年行〉：銀鞍白馬度春風 王昌齡〈少年行〉：白馬如流星
游冶長安城。	李白〈少年行〉：白日毬獵夜擁擲
自矜有俠骨，	王維〈少年行〉：縱死猶聞俠骨香 李白〈俠客行〉：縱死俠骨香
骫髒多交情。	李白〈少年行〉：託交從劇孟 李白〈俠客行〉：將炙啖朱亥，持觴勸侯嬴
羞倚將軍勢， 詎借傍人名。	李白〈少年行〉：遮莫親姻連帝城
利劍一在掌，	鮑照〈結客少年場行〉：負劍遠行遊 李白〈結客少年場行〉：少年學劍術

40　李攀龍：〈結客少年場〉，《滄溟先生集》，卷 2，頁 61-62。「文句淵源」一欄資料散見郭茂倩編：《樂府詩集》，卷 66，頁 1375、1380、1384、1385、1389、1397；卷 67，頁 1408。

四海皆弟兄。	盧照鄰〈結客少年場行〉：橫行徇知己 李白〈少年行〉：赤心用盡為知己
片言出肝膽，	高適〈邯鄲少年行〉：未知肝膽向誰是 崔顥〈游俠篇〉：少年負膽氣
杯酒如平生。	李白〈少年行〉：笑盡一杯酒 杜甫〈少年行〉：指點銀瓶索酒嘗
恩讎等白日，	李白〈少年行〉：報讎千里如咫尺
然諾千金輕。	虞世南〈結客少年場行〉：共矜然諾心 王昌齡〈少年行〉：留意贈千金 李白〈俠客行〉：三杯吐然諾，五嶽倒為輕
君看少年場， 意氣誰縱橫？	王維〈少年行〉：相逢意氣為君飲 李白〈俠客行〉：意氣素霓生 虞世南〈結客少年場行〉：各負縱橫志
罵坐亦已粗，	杜甫〈少年行〉：不通姓字粗豪甚
探丸非老成。	李白〈少年行〉：殺人都市中 李白〈俠客行〉：十步殺一人
淺之為丈夫， 賢豪大所營。 長兄推魯連， 仲兄推虞卿， 小弟處囊中， 黽勉荊楚行。	
但令稱國士， 不必取先鳴。	李白〈俠客行〉：事了拂衣去，深藏身與名

上表逐句追索李攀龍擬作中特定文句的古人淵源，並為避免泛散，所指淵源範圍乃刻意鎖定在與〈結客少年場〉同屬雜曲歌辭且主題相近的古題。事實上，我們無法斷言李攀龍是刻意摹擬上表所列淵源之作，他可能只是取用某些與主題相關的詞語，如

「白馬」、「俠骨」、「意氣」，然這些詞語本無專屬者；平心而論，李攀龍未必單純借取古人詞語，其詩不無變化，如李白詩中的「劇孟」、「朱亥」、「侯嬴」，被李詩凝煉為「骯髒多交情」；又如李白直言「殺人」，李詩則通過用典包裝成「探丸」，指受財殺人之刺客。故李攀龍這首擬作，有別於前文所論〈飲馬長城窟行〉、〈相逢行〉有一較明確的摹擬對象，〈結客少年場〉的「擬」，非指摹擬特定古人之作，而是指摹擬古題。因此，我們雖難尋獲一個明確的摹擬對象，卻能通過上表察知李所拈用的特定詞語或捏塑的人物形象，都是古已有之。我們甚至可以說，凡是處理「少年」、「遊俠」一類的主題，都要涉及那些古已有之的「元素」，才是當行本色。李攀龍擬作後段，上表並未列舉可能淵源，那是李攀龍在處理「少年」、「遊俠」一類主題時，岔離古人常見寫法；但未必是戛然獨造，李詩依次簡述「長兄」、「仲兄」、「小弟」，讓人想起〈相逢行〉、〈長安有狹斜行〉套語化的「大婦」、「中婦」、「小婦」。總括言之，李攀龍的〈結客少年場〉，較無摹擬太甚的跡象、嫌疑；但此詩堪比古人之作的明代迴響，至於箇中是否存在李攀龍對少年、遊俠一類人物的獨特敘述、觀感，恐怕非常有限；換言之，他這首擬作幾乎徹底融入文學史，而非推進文學史。

比較李攀龍的侷限性，袁宏道的創意就更清楚，其〈結客少年場行〉云：

結交遍四海，鄉人無半識。
恥納無意儒，寧結有心賊。
白手一布衣，喜怒關通塞。

將相每在門，望氣如望職。
易卜天昏暗，難候君顏色。
頭顱可擲人，一顧不可得。[41]

我們同樣很難為這首詩找到具體摹擬的對象。但作為「擬作」，仍然須先釐清此詩如何扣應古題。郭茂倩引《樂府解題》：「〈結客少年場行〉，言輕生重義，慷慨以立功名也」，[42]依據袁詩所提「結交遍四海」、「頭顱可擲人」，筆下少年交遊廣闊、性格豪爽，必要時不惜犧牲生命，確有相近之處。值得注意的是，袁宏道也曾寫及「慷慨以立功名」的層次：詩中以頭顱擲人之血性，對比於將相阿承君意之徒勞，然而將相已位居高職，一己血性雖熱切，卻「一顧不可得」，無人青睞——那麼孰為徒勞？此一詩意誠然關乎建功立業之心，但其實滿溢不遇之感，意氣低沉蕭索，可見袁宏道扣合古題之際，同時推移、消解了古題與歷代擬作既定的慷慨激昂之風，形成一種具體可感的創變。

我們還可以發現，不管是《樂府詩集》所著錄之作，或上表四所羅列李攀龍擬作及其淵源，「少年」、「遊俠」一類主題皆有固定的「元素」，如「白馬」、「俠骨」、「意氣」、「利劍」、「杯酒」、「殺人」，唯袁宏道詩中一概抹去，這顯然是刻意淡化古題與歷代擬作傳統的制約，以利掙脫俗套。我們可以再舉一例，關於少年的交遊情形，李攀龍擬作云：「骯髒多交情」，袁宏道擬作則云：「恥納無意儒，寧結有心賊」，乍看相

41 袁宏道：〈結客少年場行〉，錢伯城箋校：《袁宏道集箋校》，卷13，頁621。
42 郭茂倩編：《樂府詩集》，卷66，頁1375。

近而實不然，上表四已列出李詩淵源，李之寫法仍在傳統藩籬內；袁宏道筆下的「有心賊」，卻未必是骯髒卑賤的身分，而是在「無意儒」的對舉下，寧可取其坦率無偽。這句可謂袁詩中最發人深思的亮點，不但衝擊世人尊儒貶賊的思維慣性，其實也是深諳世情之言。要之，無論就創作風格、詞語元素或詩意內涵來看，袁宏道此一擬作都能充分展示主體性。

4.〈秋胡行〉

〈秋胡行〉為相和歌辭清調曲。綜觀《樂府詩集》著錄之作，大抵可分為兩種內容取向，一為綜論人生事理，時或雜入遊仙經驗；二是對「秋胡」故事的評述與感慨，兩者差異極大。李攀龍、袁宏道擬作分屬兩者，雖然同題，其實內容取向完全不同，可視為各自獨立之作。

李攀龍〈秋胡行〉凡 4 首，其一最易看出擬古淵源，請參閱表五：

表五：李攀龍擬古樂府〈秋胡行〉之情況[43]

李攀龍擬作	嵇康之作
太行易驅，仕路難為工。 太行易驅，仕路難為工。 諛佞喪志，罄折不衷。 自負者忌，自異者攻。 智力相御，莫知所終。 歌以言之，仕路難為工。	貧賤易居，貴盛難為工。 貧賤易居，貴盛難為工。 恥佞直言，與禍相逢。 變故萬端，俾吉作凶。 思牽黃犬，其莫之從。 歌以言之，貴盛難為工。

43　李攀龍：〈秋胡行（其一）〉，《滄溟先生集》，卷 1，頁 20。嵇康：〈秋胡行〉，同前註，卷 36，頁 772-773。

李詩前兩句重複，末句幾近套語化的「歌以言之」之後，復以前兩句中「仕路難為工」作結。此詩其二、三、四，都有相同型式。通過上表可見，嵇康之作也有相同型式，這其實是〈秋胡行〉的定例；《樂府詩集》中他人之作大抵亦然，只是文句表述偶有落差。李攀龍遵循此一定例，便使得他的擬作熨貼古人。李攀龍、嵇康都寫到「難為工」，第三句也都觸及「諛佞」、「恥佞」，這是很清晰的摹擬痕跡；但除此之外，嵇詩乃寫富貴者受讒遭禍以致悔恨莫及的人生事象，李詩乃寫才華出眾者招人忌恨永無止境的宦海波濤，雙方詩意各自獨立。李攀龍此作，相信不致引發摹擬太甚的譏評。其二、三、四情形相近，不必多贅。

袁宏道〈秋胡行〉云：

> 堂上姑，待汝哺。
> 袖中雖有金，不堪贈彼姝。
> 妾懷如日，君情若泥。
> 路旁之心不自保，安保他國無蛾眉。
> 沙浩浩，水咽咽。
> 妾死情，不死節。
> 河水如可竭，妾腸當再熱。[44]

此刻引出袁詩以觀，便能具體呈顯〈秋胡行〉此一評寫秋胡故事的內容取向，與李攀龍、嵇康大有差異。我們無法斷定袁詩所具體摹擬的古人之作。但比較《樂府詩集》所著錄傅玄（217-

---

44　袁宏道：〈秋胡行〉，錢伯城箋校：《袁宏道集箋校》，卷 13，頁 622。

278）、顏延之（384-456）、王融（467-493）、高適（?-765）諸作，雖詳略不一，基本上都能較完整地記述秋胡娶妻、出行，最後返鄉戲妻、以致其妻投水自盡的故事脈絡，形成一套定例；唯袁宏道擬作僅特寫秋胡之妻投水自盡前的一段悲憤交加的獨白，不但更形精簡，而且特別讓秋胡之妻現聲發言，一改前人從旁記述故事，在在可謂突破傳統定例。

袁宏道詩中最值得注意之處，實是凸顯秋胡之妻自盡的原因：「妾死情，不死節」，試比較前人的寫法：

(1) 負心豈不慚，永誓非所望。
清濁必異源，鳧鳳不並翔。
引身赴長流，果哉潔婦腸。（傅玄）
(2) 君子失明義，誰與偕沒齒。
愧彼行露詩，甘之長川汜。（顏延之）
(3) 彼美復來儀，慚顏變欣矚。
蘭艾隔芳蕕，涇渭分清濁。
去去夫人子，請徇川之曲。（王融）

三者皆寫秋胡之負心、羞慚、其妻之決裂意志，但這較接近袁詩中的「死節」，亦即秋胡與妻子是在節義上分道揚鑣，導致妻子走上徹底決裂的不歸路；這都遠於袁詩所述「妾死情」。唯高適寫法較近：

從來自隱無疑背，直為君情也相會。……

此時顧恩不顧身，念君此日赴河津。[45]

依高適詩意，其妻面對秋胡遠行而毫無貳心，乃是出於兩情相悅，卻反遭秋胡負心對待，故顧念昔日恩情而自盡。高適把秋胡之妻自盡歸因於「顧恩（情）」，很接近袁宏道所述「死情」、為情而死。高適是否為袁宏道帶來靈感固難斷言，但袁詩聲明「妾死情」之際特地強調「不死節」，實為高適詩意所無，而且意義重大，明代其實是貞節烈女大量出現的時代，國家的旌表制度、士人的節烈書寫，都促使貞節觀念嚴格化，故「婦女在拒絕『貞節』的選擇時要付出更高的代價」，[46]袁宏道筆下的秋胡之妻雖死、卻被強調非為「節」而死；換言之，她是死於對情的期許之深並與現實衝突下而產生的崩潰、絕望，而非死於內心可能存在的貞節觀念在現實衝突下頓失意義，這不啻是淡化貞節觀念對女性的制約。我們通過這首〈秋胡行〉，可以再度察見袁宏道刻意衝擊世人思維慣性因而不落俗套的風格。因此，這首擬作最可觀之處，倒不在是否熨貼古典中的秋胡故事及歷代創作，而在賦古典以新義，貼近當代社會文化脈動而展現主體性。[47]

---

45 高適：〈秋胡行〉，郭茂倩編：《樂府詩集》，卷 36，頁 780。

46 費絲言：《由典範到規範：從明代貞節烈女的辨識與流傳看貞節觀念的嚴格化》（臺北：國立臺灣大學出版委員會，1998），頁 279。

47 袁宏道作〈擬古樂府〉同一年，湯顯祖《牡丹亭》亦告完稿，其〈牡丹亭記題詞〉云：「情不知所起，一往而深，生者可以死，死可以生」，這部戲文與〈秋胡行〉重「情」的觀念恰相呼應。湯文見徐朔方箋校：《湯顯祖全集》（北京：北京古籍出版社，1998），詩文卷 33，頁 1153。

5.〈有所思〉

〈有所思〉為鼓吹曲辭，原屬漢代〈鐃歌〉之一，歷代繼有擬作。李攀龍之所擬，明顯熨貼〈鐃歌．有所思〉，請先參閱表六：

表六：李攀龍擬古樂府〈有所思〉之情況[48]

No.	李攀龍擬作	漢樂府古辭
一	有所思，乃在燕山隅。	有所思，乃在大海南。
二	何用問遺君？ 大秦明月珠， 結以連理帶，薦以合歡襦。 又何問遺君？ 青絲係玉環，可直千萬餘。 翠羽紹繚之，黃金錯其間。	何用問遺君？ 雙珠玳瑁簪，用玉紹繚之。
三	聞君有他心，拉雜其珠摧其環。 摧其環，臨高臺。 反袂以障之，當風揚其灰。 從今以往，勿復相思。 若復相思，有如此珠，有如此環。	聞君有他心，拉雜摧燒之。 摧燒之，當風揚其灰。 從今以往，勿復相思。 相思與君絕！
四	非我可為，雞鳴狗吠， 我視兄嫂，不言謂何？ 東方須臾高奈何！	雞鳴狗吠，兄嫂當知之。 （妃呼狶）秋風肅肅晨風颸， 東方須臾高知之。

上表透過左右欄位的對照，以利觀察李攀龍擬作與漢樂府古辭的異同，並為方便指稱而予分段。表中文句畫底線處，都是李詩直

48　李攀龍：〈鐃歌．有所思〉，《滄溟先生集》，卷 1，頁 10-11。佚名：〈漢鐃歌．有所思〉，郭茂倩編：《樂府詩集》，卷 16，頁 332。

接襲取古辭，比例之高，可確證擬古的事實。李詩畫底線處之外的文句，雖非摹擬，卻缺乏深意。如第二段是李詩最能掙脫摹擬古辭而展現個人詩藝的部分，但李攀龍對遺君之物的增寫，或許有助於詩意更細節化、具體化，但其實完全沒有超出原作藩籬。因此，李攀龍此一擬作，最大疑慮在於「略換字句」，而所替換或增寫的文句又頗缺乏深意，實有摹擬太甚之弊。

不管是漢樂府古辭〈鐃歌・有所思〉，或是《樂府詩集》所著錄的歷代擬作，綜觀之，絕大部分作品皆以女性思遠為主題，相當於「閨怨」；唯有盧仝（795?-835）以男性思遠（美人）為主題、孟郊（751-814）寫男性行旅經驗，[49]這些都是少數特例。對照袁宏道所擬〈有所思〉：

> 人生如驛騎，往復無停勒。
> 胸懷無盡絲，漫天作虛織。
> 秋霜與春風，承間遞為賊。
> 衰老迫紅顏，白髭傳消息。
> 積雪填枯井，井深填不得。
> 眉陵千斤重，白日沉幽墨。
> 欲行戒巘難，欲飛防繒弋。[50]

詩中人物性別十分模糊，「紅顏」可能指女性，但李白形容孟浩

---

49 郭茂倩編：《樂府詩集》，卷 17，頁 371-372。

50 袁宏道：〈有所思〉，錢伯城箋校：《袁宏道集箋校》，卷 13，頁 623-624。

然（689-740）「紅顏棄軒勉」，[51]可知此詩何嘗不能視為男性經驗，這便是突破〈有所思〉一題的閨怨主題傳統。更值得注意的是，此詩明顯不在刻畫「思遠」之情，其書寫焦點乃由傳統的思遠之人轉移至所思的遠方對象——「遊子」的經驗，藉以進一步表現「人生旅途」的觀照與省思，例如漂泊難定、馬齒徒長、理想落空、進退失據等生命感受，這又可說是對孟郊詩中專寫男性行旅經驗的昇華、創變。擬寫此詩之際，袁宏道甫屆而立之年，不但離鄉日久，當下刻正舟行奔波赴京任職，他在風塵僕僕中自然很可能滋生人生旅途之思，這就會使他的擬作並非單純扣應古典、沿用古題，而主要成為一種抒情言志的形式。

6.〈善哉行〉

〈善哉行〉屬相和歌辭瑟調曲，李攀龍擬作二首，應分別擬自漢樂府古辭與曹操（155-220）之作，這兩篇原作又成為袁宏道所擬的源頭。茲先討論李攀龍部分，請參閱表七：

表七：李攀龍擬古樂府〈善哉行〉之情況[52]

李攀龍擬作		原作	
其一	來日難期，少合多離。 今日相樂，不醉何為？ 寥寥北堂，哀竹苦絲。 短歌裂耳，慷慨以悲。 白日云沒，秉燭繼之。	漢樂府古辭	來日大難，口燥唇乾。 今日相樂，皆當喜歡。 經歷名山，芝草翩翩。 仙人王喬，奉藥一丸。 自惜袖短，內手知寒。

51　李白：〈贈孟浩然〉，瞿蛻園、朱金城校注：《李白集校注》（上海：上海古籍出版社，2018 二版），卷 9，頁 705。

52　李攀龍：〈善哉行二首〉，《滄溟先生集》，卷 1，頁 23-24。佚名：〈善哉行〉，郭茂倩編：《樂府詩集》，卷 36，頁 782。

	何晝何夜？追我盛時。 烹肥擊鮮，斗酒自隨。 安知王喬，八公者誰？ 促坐行觴，交屬所私。 百年如寄，當復何疑？ 慊慊惜費，智者所嗤。 計會有無，將以奚遺？		慚無靈輒，以報趙宣。 月沒參橫，北斗闌干。 親交在門，飢不及餐。 歡日尚少，戚日苦多。 以何忘憂，彈箏酒歌。 淮南八公，要道不煩。 參駕六龍，遊戲雲端。
其二	巢父潔身，天下為汙， 四岳九官，而無匹夫。 傅說築巖，維時商實， 爰立作相，不似終日。 尚避海濱，二老是麗， 既載後車，三聖所師。 仲未伯齊，三逐何鄙！ 生有父母，知有鮑子。 伯陽猶龍，和光同塵， 芻狗萬物，聖而不仁。 丘明修辭，古之國工， 縱橫六經，化裁與同。 干木偃息，大魏以藩， 式則閉門，迫則逾垣。 莊周非人，蓬累而行， 逍遙弄世，乃稱達生。	曹操之作	古公亶甫，積德垂仁， 思弘一道，哲王於豳。 太伯仲雍，王德之仁， 行施百世，斷髮文身。 伯夷叔齊，古之遺賢， 讓國不用，餓殂首山。 智哉山甫，相彼宣王， 何用杜伯，累我聖賢。 齊桓之霸，賴得仲父， 後任豎刁，蟲流出戶。 晏子平仲，積德兼仁， 與世沈德，未必思命。 仲尼之世，王國為君， 隨制飲酒，揚波使官。

依據上表可見，李攀龍擬作之一對漢樂府古辭直接摘襲的詞語並不多（即文句畫底線處），但這些詞語的存在，足以確證李攀龍的摹擬對象。其實擬作也有部分文句是雜湊他篇而來，如李詩：「白日云沒，秉燭繼之」、「慊慊惜費，智者所嗤」，皆出自《古詩十九首》之〈生年不滿百〉：「晝短苦夜長，何不秉燭

遊」、「愚者愛惜費，但為後世嗤」，[53]這種摘襲原作文句、雜湊他篇的現象，都是李攀龍很常見的摹擬手法。就詩意內涵而言，擬作與古辭有共同的主題，大抵是因感傷生命短促而有及時行樂之思，但細加比較，我們不能忽略李詩中的創意，李詩首云：「少合多離」，可知全篇是在生命短促的大框架下凸顯人際關係的聚少離多；原作並未凸出此意。此外，原作中的「仙人王喬」、「淮南八公」都代表學仙長生，代表一種令人嚮往的極樂境界，李攀龍卻反詰：「安知王喬，八公者誰？」在他的擬作脈絡中，乃指盡情享受眼前的飲酒作樂便是，何必遠求另一世界裡的仙境。平心而論，這些創意誠然值得留心，但基本上實未脫離古辭之籠罩；古辭中已清晰呈現的生命短促之感、及時行樂之思，並沒有因李攀龍的改寫而產生更深刻新穎的審美趣味。

李攀龍擬作之二對曹操之作，並無文句摘襲，但仍有明顯的摹擬。曹操詩中評述先秦時期七組人物及其史事，包括：古公亶甫、太伯、仲雍、伯夷、叔齊、周宣王、齊桓公、晏嬰、孔子，各佔四句；李攀龍詩中評述先秦時期八組人物及其史事，包括：巢父、傅說、姜尚、管仲、老子（字伯陽）、左丘明、段干木、莊周，也是各佔四句。上表對曹、李評述的主要人物都畫上底線，可直觀印證李對曹詩的仿擬。這種仿擬結構，由主要人物詠及史，可概稱為「以人繫事」。唯曹詩句式較有變化，如「智哉山甫，相彼宣王」一段中周宣王之任人實是評述重點，其名卻未提至首句。李攀龍詩中主要人物一概在首句，形製更趨嚴整。其實二作所評人物、史事迴不相侔，大可各自成就獨立之作，李攀

53　佚名：《古詩一十九首》，蕭統編，李善注：《文選》，卷29，頁1349。

龍卻要費心仿擬曹操結構，這顯示他的摹擬觀念重心並不在追求「彰顯自我」，而在「熨貼古典」。

不管是〈善哉行〉的漢樂府古辭與曹操之詩，或李攀龍擬作其一、二，均為獨立篇章，彼此內容殊無關連，袁宏道擬作則是融二為一，詩云：

今日相樂，式舞且歌。
鵾絃鐵板，白面青娥。
食羔以匕，盛酒以盆。
刀鱭亦厭，何必河豚？
儒迂墨儉，跖非堯是，
善哉諸君，請入禪裏。
讀書不成，學仙寡效。
鼷腹鷦枝，從吾所好。[54]

「今日相樂」一語直接摘襲漢樂府古辭，李攀龍擬作亦有之，可為全篇奠定及時行樂之思的基調，此後數句關於歌舞、酒食等描寫，皆承此而來。但最特別之處在於，「儒迂墨儉，跖非堯是」，儒家、墨家、盜跖、帝堯都是先秦學派、人物，「迂」、「儉」、「非」、「是」為袁宏道對上述學派、人物形象的概括，故這可說是用極簡鍊的筆觸去摹擬曹操之作，把曹詩中的詠史成分匯入此詩的及時行樂脈絡；在此一脈絡下，「善哉諸君，

54 袁宏道：〈善哉行〉，錢伯城箋校：《袁宏道集箋校》，卷 13，頁 624。

請入褌裏」，想必是點化阮籍（210-263）蝨處褌中的典故，[55]批評諸學派、人物各有執念、慾望故而識見狹隘，不僅及時行樂。不僅如此，袁宏道還進一步抹煞「讀書」的意義，至於漢樂府古辭中渴慕學仙長生，亦遭宣判為「寡效」。這無疑都是極新銳的創變，強烈衝擊世人思維慣性。從這首擬作來看，人應追尋的生命價值，竟然不是成聖、成賢、甚或成大盜、成神仙之類無窮廣袤的目標，而是一如「鼴腹鷦枝」唯求自足自適即可。[56]總括觀之，袁宏道這首擬作，僅在最基本程度上的及時行樂與歌舞酒食扣合漢樂府古典，問題是何為真正的及時行樂？袁宏道是用徹底推翻世俗價值的姿態來解答，等於是徹底否定古典中因現世生命有限進而追求的永恆不朽，可見他豈止唯在詩藝摹擬之中展現創變，簡直是入室操戈的「叛變」。

7.〈猛虎行〉

〈猛虎行〉屬相和歌辭平調曲，李攀龍摹擬漢樂府古辭之跡甚明，古辭云：

> 飢不從猛虎食，暮不從野雀棲；
> 野雀安無巢，遊子為誰驕！[57]

55　阮籍〈大人先生傳〉云：「且汝獨不見乎蝨之處乎褌中，逃乎縫，匿乎壞絮，自以為吉宅也」，見氏著，陳伯君校注：《阮籍集校注》（北京：中華書局，1987），卷上，頁165。

56　《莊子．逍遙遊》云：「鷦鷯巢於深林，不過一枝；偃鼠飲河，不過滿腹」，見莊周著，郭慶藩集釋，王孝魚點校：《莊子集釋》（北京：中華書局，1961），卷1，頁24。

57　佚名：〈猛虎行〉，郭茂倩編：《樂府詩集》，卷31，頁676。

古辭重心在寫「遊子」的耿介厲節，寧可飢餓，也不願向「猛虎」低頭乞食。此處的「猛虎」，應當象徵強權。李攀龍擬作隻字不提「猛虎」，卻很能彰顯貧士耿介厲節的形象，詩云：

> 飢且從漂母食，寒且從巢父栖。
> 石不為周客笑，玉不為楚王啼。
> 菅茅但塞路，桃李自成蹊。[58]

李攀龍把古辭中「飢不從猛虎食」的句式改寫為相反的「飢且從漂母食」，是要透過漂母施不求報、乃至巢父高潔隱逸的人物形象，映襯貧士雖飢寒而有高格，再以「石」、「玉」比其狷介內斂，最後點出貧士具有感召力。這是一首相當成功的擬作，既無文句摘襲，此貧士也比古辭中遊子形象更趨鮮明；但誠如前文已討論的案例，李攀龍的摹擬觀念主要是「熨貼古典」，這首〈猛虎行〉也不例外，基本上並未脫離古辭早已奠定的詩意取向。

值得注意的是，郭茂倩《樂府詩集》所著錄歷代創作，至中晚唐出現質變。韓愈（768-824）、張籍（767?-830?）、李賀（790-816）、齊己（863-937）〈猛虎行〉中的猛虎，開始成為詩意表現的核心，而且取其詞面涵義，特指一種為患劇烈的野獸；這與漢樂府以降猛虎並非詩意表現的核心，亦不描繪其野獸之義，乃是一種明顯的轉向。其中李賀所寫猛虎之害，尤為吸睛：

---

58 李攀龍：〈猛虎行〉，《滄溟先生集》，卷2，頁59。

泰山之下，婦人哭聲。
官家有程，吏不敢聽。[59]

「猛虎」逼出了婦人哭泣，也凸顯政府束手無能。李賀如此簡潔的筆觸，正是袁宏道刻意摹擬的對象，袁詩云：

甲蟲蠹太平，搜利及丘空。
板卒附中官，鑽簇如蜂踴。
撫按不敢問，州縣被訶斥。
搥掠及平人，千里旱沙赤。
兵衛與郵傳，供億不知幾。
即使沙沙金，官支已倍蓰。
鑛徒多劇盜，嗜利深無底，
一不酬所欲，忿決如狼豕。
三河及兩浙，在在竭膏髓。
焉知疥癬憂，不延為瘡痏。[60]

起首「甲蟲」，可指猛虎，但二字之外，全篇詩意都和猛虎野獸無關，怎能說摹擬李賀？請注意上面節引的李賀詩，之所以寫婦人哭泣，並將背景安置在泰山下，其實是用《禮記．檀弓》的典故：「孔子過泰山側，有婦人哭於墓者而哀，夫子式而聽之，使

59 李賀：〈猛虎行〉，郭茂倩編：《樂府詩集》，卷 31，頁 680-681。
60 袁宏道：〈猛虎行〉，錢伯城箋校：《袁宏道集箋校》，卷 13，頁 624-625。

子路問之曰，……夫子曰：小子識之，苛政猛於虎也」，[61]可知李賀詩隱然已有藉猛虎比苛政的旨趣。這在〈猛虎行〉歷代創作史上自是一種質變，袁宏道乃循李賀進一步創變，故詩中不再描繪猛虎野獸形象，轉而大幅著墨猛虎所隱喻的「苛政」。袁詩直陳：「鑛徒多劇盜」，應指涉萬曆二十四年（1596）起，明廷原為改善財政拮据之危機，派遣宦官至各地擔任礦監、稅使，其人搜刮民財，最終在許多城市激起民變，[62]可知礦稅之政是為「苛政」。總括觀之，袁宏道之作所以為「摹擬」，其實是在很隱微的層次上摹擬李賀詩的猛虎隱喻，毫無文句摘襲之跡，並在詩藝摹擬之中關懷民瘼、批判時政，使其擬作極具社會意義。

8.〈短歌行〉

〈短歌行〉屬相和歌辭平調曲。李攀龍對曹操之作有明顯的摹擬跡象，為便論析，茲仍比對二作並依韻分段，請參閱表八：

表八：李攀龍擬古樂府〈短歌行〉之情況[63]

No.	李攀龍擬作	曹操之作
一	駟馬可縻，去日難追。 清酒載觴，短歌苦悲。	對酒當歌，人生幾何？ 譬如朝露，去日苦多。

61　孫希旦集解，沈嘯寰、王星賢點校：《禮記集解》（北京：中華書局，1989），卷 11〈檀弓〉，頁 292。

62　徐泓、王鴻泰、巫仁恕、邱仲麟、邱澎生、唐立宗：《華夏再造與多元轉型：明史》（新北：聯經出版事業公司，2024），頁 430-436。

63　李攀龍：〈短歌行〉，《滄溟先生集》，卷 1，頁 18-19。曹操：〈短歌行〉，郭茂倩編：《樂府詩集》，卷 30，頁 653。郭本原闕「但為君故，沈吟至今」，茲據《文選》補之，見蕭統編，李善注：《文選》，卷 27，頁 1281。

二	遨當以游，何能坐愁？ 全身遺名，唯有莊周。	慨當以慷，憂思難忘， 何以解憂？唯有杜康。
三	鳳凰于飛，覽彼九圍。 但為君故，駕言旋歸。	青青子衿，悠悠我心， 但為君故，沈吟至今！
四	杜門似鄙，離俗似驕。 彷徨所欲，此一何勞！	呦呦鹿鳴，食野之苹。 我有嘉賓，鼓瑟吹笙。
五	斑斑猛虎，其尾可履。 鬱鬱壯心，猝不可抵。	明明如月，何時可輟？ 憂從中來，不可斷絕。
六	傾側勢利，還自相戕。 覆車不戒，躊躇厭行。	越陌度阡，枉用相存。 契闊談讌，心念舊恩。
七	秋風駪駪，轉蓬如輪。 漂揚四野，莫知所臻。	月明星稀，烏鵲南飛。 繞樹三匝，何枝可依！
八	鳥不厭高，魚不厭深。 爾其肆志，載浮載沉。	山不厭高，海不厭深。 周公吐哺，天下歸心。

李攀龍詩第一、二、三、八段中部分文句直接摘襲曹詩，可以確證摹擬的存在事實。但二作主題其實頗有落差，觀其大體，曹操原作由生命短促之憂，思索何為永恆，如明月雖好而不可得，又如舊友雖契卻只能徒然思念，不免悲涼徬徨，隨又振起自比周公，或許對他而言當下的建功立業即為永恆。李攀龍首段同樣流露生命短促之悲，但詩意經營的重心至第二段後隨即轉入「全身遺名」，亦即如何擺脫名韁轡索而全身養年，否則恐怕陷入險境終難挽救；故曹詩末段以山高海深映襯一己願如周公般德業宏深，李詩末段卻用鳥高飛飄浮、魚深潛低沉的動態意象凸出「肆志」的意義，正是全身養年。故綜觀之，李攀龍摹擬曹操殆無疑義，但詩意經營的方向卻南轅北轍，大幅脫離了原作籠罩。問題是，李攀龍之詩作為一篇「擬作」、「擬古樂府」，其所摹擬的

對象，純然只是〈短歌行〉的題面和部分文句摘襲所自的曹操之作嗎？那未免太過單薄！請注意一篇漢樂府〈滿歌行〉，通篇抒發生命短促猶如鑿石見火之感，遂標舉「遺名」，並明言「師彼莊周」，再看詩中所敘述的「自鄙山棲」、「暮烈秋風起」、「心不能安」、「勞心」、「飲酒歌舞」，[64]皆與李攀龍〈短歌行〉文句相近。故令人懷疑：李攀龍擬曹操〈短歌行〉乃是表象而已，其擬作中最占主導性地位的全身養年之思，乃是另行擬自〈滿歌行〉；儘管並無文句結構上的明顯摹擬跡象。[65]

袁宏道〈短歌行〉一詩也遵循抒發生命短促之思的古題調性，唯除句式改四言為雜言，帶來更靈活多變的外觀，我們仍應細細觀察袁詩能否為老話題帶來新思索。謹先迻錄袁詩於下：

酌君易州之清醞，被君吳閶之纖縞。
男兒三十無所成，腰肢一半沒青草。
趁輕健，買騾裹。
哭聲多，笑聲少。
黃金蕩盡君莫嗔，古來餓殺幾賢人！[66]

---

64 佚名：〈滿歌行〉，郭茂倩編：《樂府詩集》，卷 43，頁 926。

65 鄭利華認為李攀龍〈短歌行〉「全篇由承沿曹詩的旨意切入，逐層展開推演伸張，擬中有變，並不一味拘泥于原作的詩旨」，見氏著：《前後七子研究》（上海：上海古籍出版社，2015），頁 583。這是未察覺李詩可能另行雜湊〈滿歌行〉而成。李攀龍並曾摹擬〈滿歌行〉，與〈短歌行〉詩意相近，可相互發明，見氏著：《滄溟先生集》，卷 2，頁 31。

66 袁宏道：〈短歌行〉，錢伯城箋校：《袁宏道集箋校》，卷 13，頁 624-628。

袁宏道此作一掃曹、李詩中關於生命短促的濃稠憂思，轉而在飲酒、服飾、騎乘等物質生活或精神娛樂上恣情享受，頗近前面討論過的〈善哉行〉，這其實仍未脫及時行樂的思維。但我們須注意兩點：一是「男兒三十無所成」，袁宏道此時甫屆而立之年，則此作並非單純是詩藝摹擬，可能也隱含自我抒情的意義。第二，袁詩結句「黃金蕩盡君莫嗔，古來餓殺幾賢人」，意為自古以來賢人總是一例無法擺脫寒餓的宿命，那麼今日若因恣情行樂以致千金散盡、深陷窮蹇，其與賢人宿命恰巧湊泊，何須特予嗔責？表面上，這是要為恣情行樂的種種舉止建立一種不應遭人嗔責的正當性、合理性，甚至形成一種暗示：唯有賢人深諳恣情行樂，此刻「賢」之價值意義內涵，就與士人傳統觀念大異其趣。「被君吳閶之纖縞」就是一個典型的例子，這是指恣情享用奢華高貴的服飾；明廷對平民服飾原本頗有禁奢尚儉的規定，實際上逮及晚明卻愈趨奢華、甚至逾越禮制，蔚然成風，因此曾引發士人階層的危機意識與批評。[67]袁宏道此詩在恣情享樂的脈絡下，反而肯定奢華服飾，在自身所處的士人階層中顯然是一種衝擊性的思維。[68]

67　參見巫仁恕：《品味奢華：晚明的消費社會與士大夫》（北京：中華書局，2008），頁 115-167。

68　關於士人階層對平民服飾時尚的態度，卜正民（Timothy Brook）指出：「到了明朝末年，士紳同時扮演了這種時尚變化的代言人和反對者的雙重角色。當每個人都開始追逐原本應屬於士紳階層的東西時，這些士紳試圖以不斷修改審美規則來維護他們優越於後來者的特權地位」，見氏著，方駿、王秀麗、羅天佑譯：《縱樂的困惑：明代的商業與文化》（北京：三聯書店，2004），頁 256。袁宏道對奢華服飾的肯定思維，實有別於此。

9.〈鰕䱇行〉

〈鰕䱇行〉屬相和歌辭平調曲，最早可溯及曹植〈鰕䱇篇〉。李攀龍亦有〈當鰕䱇行〉，顯是摹擬曹詩而來，請參閱表九：

表九：李攀龍擬古樂府〈鰕䱇行（篇）〉之情況[69]

李攀龍擬作	曹植之作
日月揚光華，雲漢垂文章。 五嶽高摩天，江海百谷王。 周孔聖有作，大雅豈淪亡？ 曲士徒嗷嗷，此道非所詳。 嗟予滯末位，慷慨志四方。 左伏吳越波，右以笤中行。 立髮而虎視，厲馬撫干將。 吾謀適不用，駕言歸故鄉。	鰕䱇游潢潦，不知江海流。 燕雀戲藩柴，安識鴻鵠遊！ 世事此誠明，大德固無儔。 駕言登五岳，然後小陵丘。 俯觀上路人，勢利是謀讎。 高念翼皇家，遠懷柔九州。 撫劍而雷音，猛氣縱橫浮。 泛泊徒嗷嗷，誰知壯士憂？

曹植以「鰕䱇」、「燕雀」比擬短視近利之徒，以「江海」、「鴻鵠」比擬胸懷大志的壯士，認為兩者生命境界高低有別，感嘆壯志不被世人理解。請注意，曹詩雖以「鰕䱇」名篇，其實「鰕䱇」並非詩意表現的重心，其篇名應是單純摘取開頭二字。至於李攀龍詩則完全沒有出現「鰕䱇」，故名〈當鰕䱇行〉，當，代替也。依上表的左右欄位對照觀之，李攀龍擬作中確有部分詞語直接摘襲曹植（畫底線處）；此外，李詩：「此道非所詳」、「慷慨志四方」，也幾乎等於曹詩：「不知江海流」、

69　李攀龍：〈當鰕䱇行〉，《滄溟先生集》，卷 1，頁 19。曹植：〈鰕䱇篇〉，郭茂倩編：《樂府詩集》，卷 30，頁 652。

「安識鴻鵠遊」、「遠懷柔九州」，單純字面不同而已。李攀龍對曹植的摹擬現象，可謂跡象宛然，證據確鑿，何況還有雜湊他篇的嫌疑。[70]這種務求熨貼古典的觀念，李常有之，前文已多論及。雙方較大的落差，主要是曹植以鰕䱇、燕雀比擬勢利之徒，這相當於李攀龍筆下的「曲士」，但李詩對此缺乏喻象。

袁宏道所擬〈鰕䱇行〉，把曹植詩中僅簡單素描的「鰕䱇」形象，進一步鋪展為全篇主角。其詩云：

鰕䱇出潢流，道逢東海使。
魚服而介身，呷浪以相戲。
物微恐見侵，跳波爭努臂。
東陂招能兄，西谿喚螺弟，
水蟲萬餘種，各各條兵議。
聚族鼓鱗鬣，不能當一噫。[71]

如前所述，曹植寫「鰕䱇」的重點乃指微物不知壯士之志，李攀龍大抵沿襲之，袁宏道擬作中卻沒有這份涵義，因此也沒有曹、李詩中壯志不被理解的悲慨；袁詩結尾「聚族鼓鱗鬣，不能當一噫」，改而強調鰕䱇一類的水族不自量力，全詩就像一篇清新的

70　李攀龍〈當鰕䱇行〉：「五嶽高摩天，江海百谷王」，「五嶽」、「江海」並舉，頗疑未必單純摹擬曹植〈鰕䱇篇〉，而是雜湊曹植另篇〈當欲遊南山行〉所云：「東海廣且深，由卑下百川。五岳雖高大，不逆垢與塵」，見郭茂倩編：《樂府詩集》，卷61，頁1283。

71　袁宏道：〈鰕䱇行〉，錢伯城箋校：《袁宏道集箋校》，卷13，頁629。

動物寓言。問題是，袁詩還有一個擬人化的形象：「東海使」，他在寓言故事中扮演的是什麼角色？請留意：「魚服而介身，呷浪以相戲」，可知這位東海使者身披鎧甲，容或驍勇善戰，但他此刻做的僅是戲浪。故詩意脈絡中，「見侵」並非事實，而其實是微物水族一廂情願的想像，聚眾即將展開軍事行動的反而是那些微物水族。這部分的故事敘述占去全詩大半篇幅，可推見袁詩的重點不單純是寫群小不自量力，同時更是那些群小出於某種毫無事實依據的揣度想像，就會為無心者強行貼上負面標籤，甚至群起攻之。總之，相比於曹植之作，袁宏道的摹擬僅座落在「潢流」中的「鰕䱇」，他進一步擴寫為擬人化形象及其水族世界，不但是創造性的詩藝，當然也表現出新穎的詩意。

三、袁宏道的詩歌摹擬觀念

我們接續的討論分兩部分依次展開：一是基於前揭袁、李擬作分析成果，提煉出袁宏道的摹擬觀念，並列舉更多作品佐證之；二是援引王世貞來比較，期為袁宏道的摹擬觀念進行一種文學史意義的貞定。

（一）核心精神：彰顯自我

前文分析李攀龍與袁宏道同題擬古樂府，尤其是在互為比較的視野下，實可摸索出雙方潛藏於實際作品中的摹擬觀念。雖然李攀龍自許擬作能達到形神兼備之境，但從他的擬作看來，最主要的精神乃可歸結為「熨貼古典」，故很常見摘襲原作文句、步趨原作結構與句型，幾乎無篇無之。若要確證他的摹擬存在事實，只需對照原作、擬作，其實一望可知。值得注意的是，他的擬作未必是在摹擬一篇特定古作，而是「摹擬古題」，亦即刻意遵循某一古題的傳統表現方式。如〈結客少年場〉一詩並無明顯的摘襲、步趨，唯其處理少年、遊俠一類主題時，刻意使用、融入相應於此一主題的幾個傳統元素。而李攀龍為謀「熨貼古典」，似相當節制一己的主體性滲入詩中，遂出現雜湊他篇的現象。又如〈短歌行〉一詩雖無過度摘襲步趨之跡，其詩意經營方向也有超出原作籠罩之勢，但我們會發現那些疑似屬於李攀龍的創意，乃有雜湊他篇的嫌疑；其所雜湊者多屬漢魏之作，與原作屬同一時代、甚至同一作者，這會使他的擬作更趨於「純粹」。相近的另一情形是，〈善哉行〉有部分文句摘襲，雖李攀龍在詩意創新上的努力自不可掩，但他的創意僅屬局部，總體而言仍未跨越原作藩籬。要言之，李攀龍的「熨貼古典」，乃是具體呈露在摘襲文句、步趨結構與句型、拈用特定主題傳統元素、雜湊他篇且多屬漢魏之作、縱有創意而仍謹守原作藩籬。本文旨趣並不在於全盤論析李攀龍的摹擬實踐，以上僅就其與袁宏道同題擬作為範圍來考察，但已足堪凸顯袁宏道擬作中的摹擬觀念實是大異其趣。

袁宏道摹擬觀念的核心精神，實不在於通過摹擬扣應古人，而是積極展現創變、策動叛變，以期臻於「彰顯自我」。袁宏道之作，仍有部分文句或詞語摘襲原作的現象，但比例大幅降低；其所沿承之處，反而是有助於辨識「摹擬」的存在事實，隱然引導我們把讀詩的思索進一步聚焦在：一如〈擬古樂府．序〉所聲稱者，他是如何迴避素來批判的復古派摹擬剿襲之弊，而又能「不失作者之意」？袁宏道的手法錯綜多端，〈飲馬長城窟行〉

以續寫的方式接過原作內容，朝向原作以外的可能性，自然就能兼顧擬古與創變；〈鰕䱇行〉一詩把原作中不甚著墨的形象鋪展為擬作中的主角，堪稱另一種續寫型式，進而推促詩意重心的移轉；又如〈有所思〉原是女性思遠主題，袁宏道擬作把詩意重心改放至女性所思之「遠方遊子」的心聲，昇華成「人生旅途」的觀照和省思，在在可見袁宏道的擬作，實是原作的展衍卻又迥非原作所能框限。故〈結客少年場〉一詩中刻意抹去少年、遊俠一類主題的傳統元素；〈相逢行〉在步趨原作結構之際卻有完全相反的詩意書寫；〈長安有狹斜行〉讓詩中人物現聲說話以取代旁白記述，因而改良原作；〈善哉行〉甚至質疑原作，釀成一場入室操戈的叛變。這些詩作的存在，足證袁宏道的摹擬精神核心乃是「彰顯自我」。因此意義重大，別開生面，如〈相逢行〉一詩不無自我抒情言志的意義，再如〈秋胡行〉中的貞節議題，〈猛虎行〉中的時政批判，〈短歌行〉中的服飾習尚，均非古人原作情境所有，而恰是基於「彰顯自我」的精神、目標，方能映入袁宏道的擬作。

從袁宏道的擬作來看，「彰顯自我」最關鍵性的指標，其實是在詩意內容上強力衝擊世人思維慣性，使人讀來耳目一新。〈結客少年場行〉「恥納無意儒，寧結有心賊」，翻轉世人尊儒貶賊的成見；身處貞節烈女大量出現的晚明時代，〈秋胡行〉質疑殉節一事的必要性；至於人生成功的價值，一如〈相逢行〉的質疑，非與世俗認可的功名富貴掛勾不可？在轉瞬易逝的生命中，人生的意義在於追求聖賢、大盜、神仙那般的恢弘理想、無窮慾望抑或極樂彼岸，還是一己的自足安適足矣，這是〈善哉行〉一詩最令世人泠然警悟的沉思。在李攀龍同題擬作的對照下，尤能凸顯袁宏道衝擊世人思維慣性的取向，這有助於我們即使一旦脫離了與李互較的批評框架，仍能精準指認袁宏道擬古樂府的關鍵特色，誠如〈門有車馬客行〉一詩開宗明義：

門有車馬客，錦爛烏紗巾。[72]

這樣一位衣著光鮮的官員，是多少士子寒窗渴慕的人生，其實全篇重心在寫望塵而拜的苦辛，而這樣真的還值得渴慕嗎？又如〈京洛篇〉中的帝都印象：

煌煌京洛城，朱衣喧廣道。[73]

如此雍容華貴的帝都生活，正是〈京洛篇〉（即〈煌煌京洛行〉）歷代歌頌不衰的主題，實則袁宏道全篇重心在寫京城中阿諛無門的白首書生，誰說京城就是平步青雲的入口？再如〈升天行〉一詩描繪遊仙經驗，「乘赤霧，鞭鸞轍」，飄飄然凌雲之際放眼所見——

路逢王子晉，玉簫已吹折。
織女弄機絲，餘緯爛宵闕，
下土蟣虱民，誤喚作雌霓。
張翁老且耄，舉止多媟褻，

72　袁宏道：〈門有車馬客行〉，錢伯城箋校：《袁宏道集箋校》，卷13，頁627。

73　袁宏道：〈京洛篇〉，同前註，頁628。

侍仙三萬年，不曾見隆準。
真人多竄左，天狐慘餘孽。
義御失長鞭，牽牛嘆河竭。[74]

一眾神仙的生活，根本沒有世人所想像的那般美好、神奇、無憂無慮；世人都曉神仙好，豈其然哉？由此可見，他的擬古樂府都是分從各種不同面向反覆衝擊尋常思維慣性，一系列讀來，簡直是要徹底顛覆、重塑人們的世界觀、價值觀。一般常說公安派的文學思想貴「真」，其實尚欠準確，蓋據袁宏道擬古樂府而觀之，真正最亮眼之處是他在詩中顛覆世界的膽力。

袁宏道之所顛覆者，其實還有文學史和文化史上的知識世界，因此形成「翻案」。在〈善哉行〉中，他把帝堯、儒墨聖賢與盜跖擺放在同一個平台上，已是犯天下之不諱，諸人甚至被一概掃入禪中，這不僅是此詩中及時行樂觀念的張本，也透露出一種蔑視權威、顛覆權威的倨傲心態。〈釣竿行〉一詩亦然，而且詩中明確鎖定兩位文化史上負盛名的隱士：嚴光、姜尚，詩云：

嚴瀨一絲名，渭水一竿勢。
所釣非所求，巨鱗安得至！
不如無名子，心胸少根蒂。
朝隨鷗保歌，夜引魚蠻醉。
探水如探囊，隨手得鯿鱥。

74 袁宏道：〈升天行〉，同前註，頁629。

鮮蔬煮活魚，無鹽亦有味。[75]

嚴光為東漢初年隱士，為避朝廷徵聘，釣於富春江畔；姜尚即姜子牙，釣於渭水之濱，因此受知於周文王，後助武王伐紂。[76]嚴光高風亮節，姜尚為宗周元勛，在文化史上備受敬重，袁宏道卻批評兩人實是沽「名」釣「勢」，心有執蔽，反倒不如無名漁夫之擁有真正的精神自由。因此，〈釣竿行〉一詩內容旨趣，不應淺看為單純謳歌漁夫生活，而是在於沉思精神自由與名聲勢位之間的辯證關係。這種旨趣，正是由翻轉嚴光、姜尚的傳統人格形象而來，是為「翻案」。

再如〈妾薄命〉一詩，依《樂府詩集》所著錄之作，自蕭綱（503-551）以降歷代擬作大抵近乎「閨怨」，將女子失歡歸因於青春難駐，如：「盧姬嫁日晚，非復少年時」、[77]「流景一何速，年華不可追」，[78]李白更是明指顏色衰弛：「以色事他人，能得幾時好」。[79]這種書寫模式恐怕大有疑慮，假如時光流逝不可逆挽，年老色衰也是人生必經歷程，但試反向推想，人生必將因此導向「薄命」的際遇嗎？本文無意厚誣前人，只是推敲此中可能存在的翻案空間，故袁宏道詩云：

75　袁宏道：〈釣竿行〉，同前註，頁 622。

76　嚴光事蹟見范曄：《後漢書》（北京：中華書局，1965），卷 83，頁 2763-2764。姜尚事蹟見司馬遷：《史記》（北京：中華書局，1963），卷 32，頁 1477-1480。

77　蕭綱：〈妾薄命〉，郭茂倩編：《樂府詩集》，卷 62，頁 1304。

78　武平一：〈妾薄命〉，同前註，頁 1307。

79　李白：〈妾薄命〉，同前註，頁 1309。

看多自成故，未必真衰老，
辟比數開花，不若初生草。[80]

袁詩不再沿襲年老色衰的寫法，改由喜新厭常的道理來切入，這絕非石破天驚的創見，卻直擊人心。可見袁宏道號稱擬古，其實是以擬古進行「翻案」。翻案的本質是鬆動前人、悖離古典，但何嘗不也是深深依附於古典，以古典為基礎，才有所謂翻案一事的成立。

因此總括觀之，袁宏道誠然反對復古派摹擬太甚之弊，但他的詩歌創作與古典的關係，可能沒有一般人所想像的疏遠。尤其他的擬古樂府，好比古典在當代的一長串回音，不僅能驗證古典依舊鮮活地被閱讀、仿擬、對話，同時在古典的互文參照下，也讓我們往往能更清晰曉悟袁詩的深意；而這未必是李攀龍式的摘襲步趨所能展示的境界，可說是袁宏道刻意踐履且卓有成效的摹擬觀念。前文已曾討論許多例子，茲擬再引一首〈悲哉行〉以闡述之：

石馬立荊棘，荒城叫老貍。
昔時冠帶人，唯有鶴來歸。
宿志慕長生，朋黨盡刺譏。
父母不我容，碧海三山飛。
朝牧老君龍，莫守劉安雞。

---

80 袁宏道：〈妾薄命〉，錢伯城箋校：《袁宏道集箋校》，卷 13，頁 623。

仙家歲月長，桃子三垂枝。
歸來見荒塚，半是孫曾碑。
城池百易主，族里無從知。
古人悲夜繡，今我亦似之。
白骨不可語，鶴歸空爾為。[81]

詩意顯示，有人離家學仙果得長生，唯返鄉之後，卻發現親人早已離世，感傷不已。何以故？依據詩中所明言：「古人悲夜繡，今我亦似之」，這是用衣繡夜行的典故，[82]自比處境是學仙有成而不為人知，徒自埋沒一己難得的榮耀；但如果只是做出這樣的疏解，我們恐怕仍會覺得此詩甚為無謂。其實詩中更深刻的義蘊，必須追查所擬的對象，才能進行互文而發掘之。查《樂府詩集》所著錄之作，應是白居易（772-846）同題之作〈悲哉行〉。白詩原本致力表現的旨趣，乃使透過寒門書生與紈褲子弟的反差，感慨後者的烜赫家世足以掩蓋前者一生的努力；袁詩未承襲這份詩意，而是發揮了白詩中的寒門書生形象，白詩云：

悲哉為儒者，力學不能疲。
讀書眼欲暗，秉筆手生胝。
十上方一第，成名常苦遲。
縱有宦達者，兩鬢已成絲。
可憐少壯日，適在窮賤時。

81　袁宏道：〈悲哉行〉，同前註，頁 626。

82　項羽有云：「富貴不歸故鄉，如衣繡夜行，誰知之者！」見載於司馬遷：《史記》，卷 7〈項羽本紀〉，頁 315。

丈夫老且病，焉用富貴為！[83]

顯然，袁宏道並未機械摘襲白詩中寒門書生相關文句，袁詩寫學仙，這與白詩中的書生身分亦無直接關連。但請仔細玩味上文畫底線處，書生儘以一生的努力追求功名富貴，縱使成功，卻已年老體衰，一生追求仍有意義嗎？不管這是白居易的旁白或詩中書生的自我醒悟，我們都能進一步察見作為異代回音的袁詩，「古人悲夜繡，我今亦似之」，經白詩的互文，隱然也流露一種旨趣：學仙何為？甚至不限於學仙一事，袁詩足以引發更豐富的閱讀感受：人在極力追求特定目標時，是否也可能輕估此一追求過程所需付出的代價？

無論如何，白居易通過上述寫法，最終是要在全詩脈絡中感慨家世不公；所以功名何為、學仙何為之類的詩旨，其實是袁宏道以「彰顯自我」的精神從事仿擬，悄然轉移詩意重心的成果，不致因袁詩是擬作就喪失創造性。但我們在此更須強調的重點是，正是要在作為原作的白詩互文對照下，方能彰顯袁詩的豐富意義。袁詩「彰顯自我」，斯固然矣，唯何嘗因此拋離古典呢？本文是一個起點，當我們走出袁集僅止一組 17 首的擬古樂府世界，如何重新省察古典對袁宏道及其同道中人所展示的意義，這應是一個值得深研的方向。

（二）殊途抑或同道：與王世貞比較

王世貞與袁、李同題擬古樂府之作，計有〈相逢行〉、〈結

---

83 白居易：〈悲哉行〉，郭茂倩編：《樂府詩集》，卷 62，頁 1301。

客少年場行〉、〈秋胡行〉、〈有所思〉、〈善哉行（二首）〉、〈猛虎行〉、〈短歌行〉。我們可先依據這些篇章，觀察王、李異同，亦即王世貞如何在李之外自成一種新的摹擬型式；最後再持以比較袁宏道，具體揭明他的獨特之處。

前揭篇章中，〈秋胡行〉一詩的寫法，王世貞、李攀龍頗為相近，大抵都是擬自魏晉古作，完全無涉秋胡故事，甚遠於袁宏道之作，故不具比較意義，暫予擱置。逐一細讀其他篇章，可以區分為兩類：一是基本上沿襲前人詩意取向，僅有文句形式上的擴寫、刪減或修飾，如〈有所思〉、〈短歌行〉、〈善哉行（二首）〉。我們可具引作品論之，王世貞〈有所思〉云：

> 有所思，乃在大海之北。卒然太行，起若立壁，驅車畏軸折，驅馬畏蹄仄。豈無珠宮貝闕，黯□或成碧。有所思，思紛來，其端類絲或紕之。手弄一白珪，云彼昔所治。手弄之，三載不忍釋，漸成璧。一心為一心，安能兩相測。嚴霜下，青陽晞，朱華剝落不自持。[84]

只需稍微對照前揭「表六：李攀龍擬古樂府〈有所思〉之情況」，昭然可知王世貞乃是摹擬漢樂府古辭，其文句形式也確實有別於古辭乃至於李攀龍之作，如王詩中「卒然太行，起若立壁，驅車畏軸折，驅馬畏蹄仄」，以表離居會面之難；「有所思，思紛來，……三載不忍釋，漸成璧」，以表相思情深，凡此

84　王世貞：〈漢鐃歌十八曲・有所思〉，《弇州四部稿》，卷 4，頁 11-12 上。

明顯都是王世貞的擴寫創造。但同樣也很明顯的是，王世貞其實並未突破古辭所已設定的詩意取向；唯相比於李攀龍多處直接摘襲古辭文句，以致摹擬太甚之嫌，王詩較沒此一嫌疑而已。再如王世貞〈短歌行〉云：

置酒中堂，伐絲比簧。
湎以益歡，志人慨慷。
慨慷生跡，類此繁響。
盈盈在耳，忽忽淪往。
灼灼其華，朔凋春敷。
所並枝葉，不作根株。
勞我以人，伊何莫遐。
天地偶爾，逢之者嗟。
仰窮二曜，高不得掇。
頫即大谿，深不得沒。
王喬安期，服食難量。
錮茲委蛻，僅三千霜。[85]

對照前揭「表八：李攀龍擬古樂府〈短歌行〉之情況」，王世貞明顯擬自曹操，不僅在詩意上沿襲曹操的人生易逝之感，王詩中所寫飲酒、絲簧、慨慷之意、欲掇二曜之念，亦均頗貼近曹作。要之，「熨貼古典」實不下於李攀龍擬作。王詩當然不乏創造性，如曹操詩中「山不厭高，海不厭深」，乃以高山深海烘托一

85　王世貞：〈短歌行〉，同前註，卷5，頁8上。

己求賢若渴、期成盛業的氣概；王世貞的「仰窮二曜，高不得掇。頫即大谿，深不得沒」，句式相近，改以天高谿深對比一己生命的渺小。但我們在此要強調的是，王世貞縱有此一創造性寫法，但整體而言並未脫離曹詩籠罩；細讀曹詩，我們甚至會覺得曹操詩意內涵、層次比王詩更豐富。

王世貞擬作的第二類型，乃是局部改變原作詩意內涵，形成突破、創新，但其突破、創新的力道實屬不足，如〈相逢行〉、〈結客少年場行〉、〈猛虎行〉。玆具引以論之，其〈相逢行〉云：

A. 相逢美少年，俱在洛城東。
繡轂珊瑚鞭，驅馬若游龍。
華韝臂蒼鷹，馬後好妖童。
周道不肯分，呵叱爭如風。
各言父兄業，不獨誇身雄。
小吏二千石，大吏至三公。
男當執金吾，女當備椒房。
鐵券恕十死，金書尚煌煌。
B. 壁藏亡命徒，睚眦不肯空。
行旅為弛肩，居者起相從。
不覩少年爭，安知富貴功？[86]

為方便討論，我們把王世貞此詩分成 A、B 兩段。參照前揭「表

[86] 王世貞：〈相逢行〉，同前註，頁 9 下。

三：李攀龍擬古樂府〈相逢行〉之情況」，可知A較貼近漢樂府古辭，但亦有所改變。古辭乃寫狹窄巷弄內的富貴人家，王詩改寫為兩位紈褲少年狹路相逢、不肯相讓而各數富貴家業，可謂在擬古中展現創造性，已有別於李攀龍擬作。但最值得注意的是B，這完全是超出原作，也未見雜湊他篇之可能性，詩意概指 A中兩位少年各自炫耀富貴家業，在B中遂引起歹徒覬覦，讀者大可循線想像，歹徒侵入後原本富貴家業恐成夢幻泡影——這會使〈相逢行〉一題原本是寫富貴之家，至王世貞筆下卻翻轉為家道衰落之先兆。可知B的創造性意義不容輕忽。儘管如此，我們也不能過度誇大B的意義，因為炫富而容易引起歹徒覬覦，這實是「普通常識」，而且是可預期的結果；詩中紈褲少年的無知，使他們不具此一常識，決不代表引起歹徒覬覦一事遂出乎讀者意料之外。換而言之，B 固然是對原作的突破、創新，唯力道不足，其實無法刷新讀者視野。再舉一例，請看〈結客少年場行〉：

> 驄馬玉連錢，流蘇障泥瑪瑙鞭。
> 經過五陵畔，結客多少年。
> 如澠之酒傾肯惜，突兀黃金若山積。
> 散盡姓名都不問，肝膽但許英雄氣。
> 扶風夜深雪花白，手提人頭刎君側。
> 為君報讎身併擲，細看乃是當時客。
> 君不見東家錢刀坐朱紫，魏其為朝武安夕，
> 如此結交竟何益！[87]

---

87 王世貞：〈結客少年場行〉，同前註，卷6，頁11上-下。

很難斷定此詩所擬的特定前人之作，但參照前揭「表四：李攀龍擬古樂府〈相逢行〉之情況」，以及相關討論，王世貞揉用了諸多切合此題的傳統元素，致使此詩古意盎然，誠屬擬古，殆無疑也。但此詩其實有一創新之處，詩尾畫底線處，乃寫少年之間的「結交」畢竟不敵現實利益，蓋面對利益的誘惑，原本彼此相期的道義就被拋諸腦後，乃至痛下殺手。〈結客少年場行〉一題原本重在發揮「輕生重義」，歷代創作莫不皆然，至王世貞筆下乃徹底翻轉，他其實是寫出了道義觀念在現實人性中的脆弱性，這當然是一種值得肯定的突破、創新，絕非李攀龍同題擬作所能望其項背。但若暫時撇開文學史的層次，純就閱讀王世貞此詩而言，我們難道會為道義不敵利益一事倍感意外嗎？身處當今社會而讀此詩，能為我們帶來多少衝擊？這當然只是個人閱讀印象，未必放諸四海皆準，但本文主要是強調其突破、創新力道不足，這在袁宏道對比下更能朗現出來。

王世貞〈書與于鱗論詩事〉曾記載李攀龍對自家擬古樂府之作的評論：「足下時一離之，離者，離而合也，寔不能勝足下」（已見前引），李攀龍對王世貞擬作的讚許，應是著眼於前列第二類型。故我們可推論，其所謂「離」，不僅是擬作的語言形式並未摘襲原作，同時更是詩意上對原作有所突破、創新或翻轉，卻也因而促進此一樂府古題所能蘊蓄的詩意內涵更臻於豐富化，是為「離而合」。「離」、「合」二端辯證交融，其實是王世貞自覺推行的重要創作觀念，本書第二章已論之，不再贅述。此處值得進一步指出的是，「離而合」雖有助於改善復古派詩人常遭詬病的摹擬之弊，但王世貞擬古樂府之作，卻仍不比袁宏道的創造力。前揭第一類型王詩仍受原作籠罩，自不待言；第二類型中王詩雖已能突破原作而形成創新，卻力道不足。如袁宏道〈相逢行〉不但一反此題寫富貴之家的傳統，改寫破敗貧困之家，又於世俗所求功名富貴之外肯定人生真正價值別有所在；又如他在〈結客少年場行〉一詩中聲稱「恥納無意儒，寧結有心賊」，等於公然尊賊貶儒，這都是強烈衝擊世人思維慣性，亦恰為王世貞同題擬作所歉然者。

我們擴大視野，綜觀王世貞與袁同題、唯李未擬之作，〈釣竿行〉寫姜尚釣於渭濱，唯僅及於表象，實可劃屬於前揭第一類型。〈妾薄命〉寫一女子藝高容美，卻因顧忌他人婚姻不幸以致耽誤一己青春；〈悲哉行〉寫懷才不遇之悲；〈煌煌京洛行〉寫都城興衰史；〈門有車馬客行〉寫遊子心聲不為人知，實可劃屬於前揭第二類型。[88]倘若純粹閱讀王詩，不可不謂之佳作，何況較無摹擬太甚之嫌；但比諸袁宏道同題擬作，王詩則顯然缺乏震懾人心的力量。要之，在王世貞對比下，我們益能確信袁宏道之能強烈衝擊世人思維慣性，實為獨特之處。

復古派常遭詬病的摹擬之弊，根本癥結在於隱沒詩人的「主體性」，不但剿襲前人成語，詩意內涵亦與當下現實脫節。從這個角度看，王世貞的擬作也很值得留心，如稍早劃歸入第一類型的〈善哉行（其二）〉，可能擬自漢樂府古辭，大抵抒發人生易

---

88 王世貞：〈釣竿行〉，《弇州四部稿》，卷 4，頁 22 下-23 上。〈妾薄命〉，前揭書，卷 5，頁 7 上-下。〈悲哉行〉，前揭書，卷 5，頁 16 上-下。〈煌煌京洛行〉，前揭書，卷 5，頁 20 上-下。〈門有車馬客行〉，前揭書，卷 5，頁 20 下-21 上。

逝、及時行樂之思，此其所同也，[89]唯王詩中有新穎的舉例：

斯為相國，卒霸秦世；
晨朝百僚，夕送東市。
錯衣朝衣，謂調兵馬；
忽見前後，森如霜戟。[90]

李斯（280-208 B.C.）、晁錯（200-154 B.C.）身為朝廷重臣，其生命卻仍難逃瞬間隕落。可知王世貞舉以為例，並非寬泛地抒發人生易逝，而更是著眼於官場風雲。若我們再連結到王世貞刻正浮沉宦海，其父王忬（1507-1560）更是被讒遭戮，[91]此詩寫來恐怕飽蘸沉痛的身世之感。換言之，其擬古樂府不乏自我抒情意義，而這令我們聯想起袁宏道之擬〈相逢行〉、〈有所思〉、〈短歌行〉，都恰能呼應他的當下處境與人生抉擇。可見袁詩之顛覆世人思維慣性，儘管大破大立，但他在擬作中注入抒情自我，使「摹擬」不純然只是一種複刻古典的技藝，而是一種映照當代的方法，這竟能溯源至他的批判對象之一：王世貞。

其實王世貞樂府詩最具創變意義之處，要推「樂府變」，如〈樂府變十九首有序〉、〈樂府變十章〉。[92]關於這類作品的屬

89 王世貞所擬漢樂府古辭，見引於本文「表七：李攀龍擬古樂府〈善哉行〉之情況」。

90 王世貞：〈善哉行（其二）〉，《弇州四部稿》，卷5，頁21下。

91 王忬被讒遭戮，事在嘉靖三十九年（1560）。參閱周穎：《王世貞年譜長編》，卷4，頁282。

92 王世貞：〈樂府變十九首有序〉，《弇州四部稿》，卷6，頁17下-28

性，他曾回顧樂府詩創作史云：

> 古樂府自郊廟宴會外，不過一事之紀、一情之觸，作而備太師之采云爾。擬者或舍調而取本意，或舍意而取本調，甚或舍意調而俱離之，姑仍舊題而創出吾見，六朝浸淫以至四傑、青蓮俱所不免。少陵杜氏迺能即事而命題，此千古卓識也！而詞取鍛鍊，旨求爾雅，若有乖於田畯紅女之響者。余束髮操觚，見可詠可諷之事多矣！間者掇拾為大小篇什若干，雖鄙俗多闕漏，要之庶幾一代之音，而可以備采萬一者，故不忍棄而藏之。[93]

文中把樂府詩的發展分成三階段：一是古樂府階段，詩是太師采以觀風的材料；二是擬古樂府階段，自六朝、初唐四傑、李白皆然；三是杜甫即事命題階段，有別於前一階段摹擬古題，杜甫這類樂府詩乃能反映今事，並依此製定新題。王世貞的「樂府變」，顯然是自覺繼承第三階段的杜甫精神，同時在語言風格上謀求進一步改善；然而這種杜甫精神，又能溯及古樂府，故王世貞自認己作乃是「一代之音」，可以「備采」。這也是一種復古。故綜言之，「樂府變」乃是繼承杜詩即事命題的精神、古樂府備采以觀風的功能，其創作材料是今事。

葉曄認為王世貞的「樂府變」，若概稱為「新題樂府」，則有失嚴謹；他曾舉王世貞樂府變篇什為例說明：「〈將軍行〉早

上。〈樂府變十章〉，《弇州續稿》（《景印文淵閣四庫全書》第1282-1284冊），卷2，頁15上-27上。

93　王世貞：〈樂府變十九首有序〉，同前註，頁17下-18上。

有劉希夷、張籍等人作品，〈治兵使者行當雁〔鴈〕門太守〉、〈袁江流鈐山岡當廬江小婦行〉有致敬經典之意」，故有上述的判斷。[94]此說有其合理性，但依王世貞的自述，他明顯是自覺繼承杜詩的即事命題，至於〈治兵使者行當鴈門太守〉、〈袁江流鈐山岡當廬江小婦行〉之題中的「當鴈門太守」、「當廬江小婦行」雖是致敬經典，但其題與意的重心其實都在「治兵使者行」、「袁江流鈐山岡」，這部分實為「新題」。再看葉文所舉〈將軍行〉，雖是早經前人使用的古題，但檢讀此詩可知，其內容確實也是圍繞著現實世界裡的一位「將軍」，則「將軍行」一題何嘗不能視為足以反映今事的新題呢？這類情形甚至佔王世貞樂府變之作的大多數。我們之所以特予辯明，其實是為凸顯袁宏道〈猛虎行〉一詩的意義。如前所述，〈猛虎行〉固屬古題，袁宏道也明言「擬古」，但此詩內容實為諷詠今事，影射現下的苛政堪比猛虎噬人，「猛虎行」一題不啻等同新題；換言之，袁詩並非純粹的「擬古」，而具「樂府變」的意義。

袁宏道擬古樂府中，還有一首很特殊的〈櫂歌行〉：

妾家白蘋洲，隨風作鄉土。
弄篙如弄鍼，不曾拈一縷。
四月魚苗風，隨君到巴東。
十月洗河水，送君發揚子。
揚子波勢惡，無風浪亦作。

94　葉曄：〈「詩史」傳統與晚明清初的樂府變運動〉，《文史哲》2019年第1期，頁80。

江深得魚難，鸕鷀充餓臒。
生子若鳧雛，穿江復入湖。
長時翦荷葉，與兒作衣襦。魚苗風、洗河水，皆長年語。[95]

此詩代用「妾」的立場發言，寫出一位漁家女子的人生，語言形式與詩意內涵都很平凡，決無所謂衝擊性、顛覆性。查閱《樂府詩集》所收陸機（261-303）以降同題之作，亦皆描寫漁女生活，其中蕭綱詩：「妾家住湘川，菱歌本自便」，[96]其第一人稱的唇吻，與袁宏道擬作格外近似。但問題是，假如不管這一系列詩作明確定名〈擬古樂府〉，考量到袁宏道現下舟行之途，目擊水鄉，我們恐怕缺乏堅實證據指稱此詩必定出於「擬古」。因此，〈櫂歌行〉其實敦促我們重新思索何為「摹擬」？這究竟是朝向當代詩人與古典之間的辯證關係，抑或其與現實世界的關係？此詩因袁宏道當下的舟行經驗，隱然趨近後者，其所擬寫的真正對象遂是大千世界，而非故紙堆中的古典，故這是一首非常特殊的擬作。借用王世貞樂府變的觀念來看，此詩也可視為一首即事命題之作。王世貞曾批評杜詩文辭務求鍛鍊、過於求雅，蓋指其遠於土風；袁詩中拈用「魚苗風」、「洗河水」等長年（長工）身分階層語言，貼近庶民，這又是暗中發揮了王世貞的樂府變觀念。由此可見，袁宏道誠然未必刻意取法王世貞，唯〈猛虎行〉、〈櫂歌行〉中的諷詠今事，其實是與王世貞的樂府變座落在同一條文學史延伸線上。

---

95 袁宏道：〈櫂歌行〉，錢伯城箋校：《袁宏道集箋校》，卷 13，頁 630。

96 蕭綱：〈櫂歌行〉，郭茂倩編：《樂府詩集》，卷 40，頁 865。

比較袁宏道與王世貞擬古樂府，令我們再度見證文學史的重層複雜面貌，也能再度察見一般文學史書中的粗糙敘述。一般認為袁宏道批判復古派摹擬之弊，王世貞自在貶抑之列；這當然不是向壁虛造的謊言，卻是一種片面的知識。我們發現，王世貞不但有部分擬古樂府之作，較無摹擬太甚的嫌疑，甚至隱含自我抒情意義，這未必會引起袁宏道深怪；袁詩與王的區別，主要是能展現一種衝擊世人思維慣性的力量，為「格套」帶來更強烈的顛覆，這是袁詩獨特之處。基此，袁、王雙方詩學觀念與創作實踐，當然「殊途」。但我們進一步還發現，袁宏道部分擬古樂府之作，並非與前代古典對話，而是諦觀當下大千世界，其「擬古」不啻是即事命題，這與王世貞早先的極富創變自覺的「樂府變」，乃是一脈相承。雙方如此賦樂府詩以當代性，儼然「同道」。

四、結語

一般文學史書中的袁宏道，以反對復古派摹擬剿襲而為今人所熟知，但其詩集中卻出現一系列〈擬古樂府〉，足以引起我們的驚異。「摹擬」作為一種詩歌創作方法，原不無正面意義，但實際操作之際如何避免陷入剿襲？依〈擬古樂府・序〉觀之，這是袁宏道早所自覺的嚴肅問題，也是很值得我們針對其擬作加以分析的一個有趣論題。本文所採取的主要研究方法，乃是舉出兩位復古派領袖李攀龍、王世貞的同題擬作作為比較座標，並從諸人的擬作中，提煉出各自的摹擬觀念。研究發現，李攀龍的摹擬觀念旨在「熨貼古典」，其擬作務求契近古人既有的文句、句型、結構乃至於詩意內涵，部分擬作雖見創意，其實在總體上仍未脫離古作牢籠，多有摹擬太甚之嫌。王世貞稍微不同，他對復古派摹擬之弊其實素懷戒心，故其擬作，頗能透過局部改變原作詩意內涵而形成具體的突破、創新，甚至可能融入主體性的情意，然而創新力道仍頗不足。李、王對比下，袁宏道的摹擬觀念的核心，可簡括稱之「彰顯自我」，他對古代原作的語言形式只有最低限度的承接，其詩意內涵的經營取向，尤能強烈衝擊世人思維慣性，因此展現一種直欲徹底顛覆世界的膽力。白潤德（Daniel Bryant）、林理彰（Richard John Lynn）皆指袁宏道的詩作實踐與復古派區別甚微，[97]其實本文鎖定、分析最趨近復古派擬古觀念傳統的〈擬古樂府〉之作，就能彰顯袁宏道寄寓於擬古之中的創變精神，完全和復古派走上不同的道路。誠如袁宏道曾自述應世之道：

> 大丈夫當獨往獨來，自舒其逸耳，豈可逐世啼笑，聽人穿鼻絡首！[98]

他的擬古樂府之作，正是這套應世哲學的反映。但與其說袁詩中的衝擊性、顛覆性，純然乃是悖離古典，其實更適宜說他在古題傳統、古代原作的閱讀、仿擬與對話脈絡中，益能揭明一己的創意、深意。因此，其擬古樂府實是「擬古」、「創變」辯證交融

---

97 梅維恒（Victor H. Mair）主編，馬小悟、張治、劉文楠譯：《哥倫比亞中國文學史》（北京：新星出版社，2021），第 2 編第 9 章，頁 211（白潤德執筆）；第 10 章，頁 214（林理彰執筆）。

98 袁中道：〈吏部驗封司郎中中郎先生行狀〉，《珂雪齋集》，卷 18，頁 801。

的結晶，既在摹擬中顯出創變的銳圖，亦在創變中屢屢驗證古典仍能鮮活地激起當代詩人的擬效；兩端原無衝突，而且相互成就。

袁宏道的思想備受李贄（1527-1602）影響，誠如袁中道所云：

> 先生既見龍湖，始知一向掇拾陳言，株守俗見，死于古人語下，一段精光不得披露。至是浩浩焉如鴻毛之遇順風，巨魚之縱大壑。能為心師，不師于心；能轉古人，不為古轉。發為語言，一一從胸襟流出，蓋天蓋地，如象截急流，雷開蟄戶，浸浸乎其未有涯也。[99]

依據這段敘述，袁宏道能醒悟原本的「掇拾陳言，株守俗見」，躍然朝向一種發源胸襟而識見洞徹、震懾人心的新境，乃是得自李贄啟發。[100]箇中前後轉化的關鍵機制是：「能為心師，不師于心；能轉古人，不為古轉」，指袁宏道能制服一己的妄心，放下分別、執著之念，率以自性清淨之真心觀照萬物，當然就不致迷信、株守古人成見，而能展現「主體性」。[101]因此，他在詩

99　同前註。

100　關於李贄對公安派之影響的相關探究和異同比較，可參閱左東嶺：《李贄與晚明文學思潮》（北京：人民文學出版社，2010），頁242-287。

101　袁宏道展現的主體性，實有濃厚的佛學色彩。「能為心師，不師于心」之說，其實出自《大般涅槃經》：「願作心師，不師於心。」引自曇無讖譯述：《大般涅槃經》（臺北：新文豐出版公司，1975），卷26，頁24上。

中展現的主體性，不僅是自我抒情或詩藝經營的層次，更是進一步表現為蔑視權威、徹底顛覆世界的膽力。我們容或能在李攀龍、王世貞部分擬作中發現瞬間閃現的主體性，卻不致覺得李、王之詩足以顛覆世界，追根究底而言，其與袁宏道的主體性，乃在完全不同的意義層次。

基此，袁宏道的擬古當然不可能對古典亦步亦趨，反而務求掙脫、叛逆，是故「彰顯自我」，甚至展現出當代性，融入當代社會文化，並有諷詠今事的取向，在在釀就他的作品讀來實在不像「擬古」。其實在袁宏道主體性的發用下，這都是順理成章的自然開展。關於樂府詩創作的當代性，或許王世貞一系列自覺創作的「樂府變」，何妨在文學史上被視如袁詩先驅者的角色，不過，袁宏道〈行素園存稿引〉說得意味深長：「嘉、隆以來，所為名公哲匠者，余皆誦其詩讀其書，而未有深好也」，[102]想必包含王世貞詩書在內，可見袁、王只是表象的「同道」，袁宏道主體性的本質實是一種獨一無二、前無古人的精神——卻也因此抗拒複製、後繼乏人；如欲刻意仿效，適足以解構此一獨一無二、前無古人的精神，「凡學之者，害之者也」，[103]可謂諸派紛起的晚明詩學史上最弔詭的箴言。袁宏道能在詩壇異軍崛起，公安派聲勢卻竟然曇花一現，這種奇怪現象似是早經注定的宿命。

袁宏道極具顛覆性的創變精神，除了形諸創作，也反映到他的閱讀品味。沈德符（1576-1642）《萬曆野獲編》曾記載他和

---

102 袁宏道：〈行素園存稿引〉，錢伯城箋校：《袁宏道集箋校》，卷54，頁1710。

103 袁中道：〈阮集之詩序〉，《珂雪齋集》，卷10，頁490。

袁宏道的對話：

> 渠所最推尊為吾浙徐文長，似譽之太過，抽架上徐集指一律詩云「三五沉魚陪冶俠，清明石馬臥王侯」，謂予曰：「如此奇怪語，弇州一生所無。」予甚不然之，曰：「此等語有何佳處？且想頭亦欠超異，似非文長得意語。」袁苦爭以為妙絕，則予不得其解。[104]

袁宏道所推賞的徐渭（1521-1593）「奇怪語」，顯然是創變精神在閱讀層面的映現；但此一品味卻無法獲得沈德符的知解、認可。這透露出袁宏道的「創變」，其實是非常個人化的觀念，創作如是，同時也帶來一種獨特的閱讀眼光。爾後鍾惺（1574-1625）、譚元春（1586-1637）合編的《詩歸》，正是位在這種閱讀眼光的延長線上，務求洞觀古人之作中的「創變」，下章即論之。

---

[104] 沈德符：《萬曆野獲編》，卷 25，頁 632-633。

第四章
閱讀革命：《詩歸》的杜詩選評

一、引言：入室操戈

艾略特（T. S. Eliot）在其著名的〈傳統與個人才具〉中，宣稱二十五歲以後若仍想成為一位詩人，須備「歷史意識」，也就是「不但要能夠透視『過去』，還要洞察過去之延續和它在『現在』的具現」。[1]因此如何理解古代典式之作，認知其在當今創作的意義，實屬要務。惟若理解不一、認知有別，那麼文學流派風起雲湧之際，誰能真正引古接今的爭議，便將隨之引爆。回看中國文學史，崇古、學古之聲屢聞，但能建立理論體系並即時發揮深遠影響者，首推明代復古派；復古派的諸多爭議，更令竟陵派掀起晚明詩學史的「閱讀革命」。[2]

一般文學史書記載：晚明時期，鑑於復古派流弊叢生，公

---

[1] 艾略特（T. S. Eliot）著，翁廷樞譯：〈傳統與個人才具〉，《中外文學》第 2 卷第 9 期（1974.2），頁 147。

[2] 周作人曾以「革命」一詞概括竟陵派詩學精神，其〈陶筠庵論竟陵派〉云：「向太歲頭上動土，既有此大膽，因流弊而落于淺率幽晦，亦所甘心，此真革命家的態度。」見鍾叔河編訂：《周作人散文全集》第 7 卷（桂林：廣西師範大學出版社，2009），頁 83。

安、竟陵二派代興爭雄，甚至一體劃歸到「性靈派」。實則竟陵派的崛起，既有懲治復古派的銳意，也有訂正公安派的宏圖，其核心關懷正座落在對「古」的閱讀理解層次。據竟陵派旗手鍾惺（1581-1624）〈再報蔡敬夫〉：

> 常憤嘉、隆間名人，自謂學古，徒取古人極膚、極狹、極套者，利其便於手口，遂以為得古人之精神，且前無古人矣。而近時聰明者矯之，曰：「何古之法？須自出眼光！」不知其至處又不過玉川玉蟾之唾餘耳，此何以服人？而一班護短就易之人得伸其議，曰：「自用非也，千變萬化不能出古人之外。」此語似是，最能熒惑耳食之人。何者？彼所謂古人千變萬化，則又皆向之極膚、極狹、極套者也。[3]

所謂「嘉、隆間名人」、「護短就易之人」，號稱學古，顯指復古派。請先注意文中另一方人馬：「近時聰明者」，主張：「何古之法？須自出眼光」，顯然和復古派背道而馳，旨在倡導一種揚棄古人法度的創作，純任己意為之，很容易令人想起公安派巨匠袁宏道（1568-1610）的名言：「獨抒性靈，不拘格套，非從自己胸臆流出，不肯下筆。」[4]但鍾惺文中批評這類創作實踐績

3　鍾惺：〈再報蔡敬夫〉，李先耕、崔重慶標校：《隱秀軒集》（上海：上海古籍出版社，1992），卷 28，頁 470。

4　袁宏道：〈敘小修詩〉，錢伯城箋校：《袁宏道集箋校》（上海：上海古籍出版社，2018 三版），卷 4，頁 202。

效欠佳，頂多只是盧仝（795-835）之境，[5]盧仝詩風奇險，適巧也是袁宏道之輩的風格特徵。[6]鍾惺所謂「近時聰明者」，當是暗諷公安派。

依鍾惺的描述，公安派的詩歌創作，並不重視對「古」的閱讀理解；借用艾略特的說法，也就是詩歌創作毋需「歷史意識」。鍾惺對公安派創作績效欠佳的批評，顯則認為「古」不可輕言揚棄——這似是與復古派相近之處。但其實在〈再報蔡敬夫〉中，鍾惺也抨擊復古派對「古」理解偏差，直指復古派徒然偏嗜古人的「極膚」、「極狹」、「極套」，未能掌握「精神」。綜觀可知，鍾惺對復古派的批評，有別公安派轉趨於純任己意的「創作」，徹底斷開與「古」的連結；而是重新回歸到「古」的「閱讀」，以期肯認古人作品的「精神」。其具體成果，正是《詩歸》一書，〈再報蔡敬夫〉緊接著說：

> 不揆鄙拙，拈出古人精神，曰《詩歸》，使其耳目志氣歸於此耳。[7]

5　盧仝，號玉川子，以〈月蝕詩〉聞名，應即所言「玉川玉蟾」。

6　有別於今人成見認為公安派詩風淺俗，袁宏道自述兼及友人之作：「所目既奇，詩亦變幻恍惚，牛鬼蛇神，不知是何等語」，見氏著：〈五泄二〉，錢伯城箋校：《袁宏道集箋校》，卷 10，頁 481。袁中道亦謂宏道詩「力破時人蹊徑，多破膽險句」，見氏著：〈書方平弟藏慎軒居士卷末〉，錢伯城點校：《珂雪齋集》（上海：上海古籍出版社，2019 二版），卷 21，頁 947。李聖華也認為袁詩「突兀怪特」，見氏著：《冷齋詩話》（上海：上海古籍出版社，2007），卷 1，頁 24。

7　鍾惺：〈再報蔡敬夫〉，《隱秀軒集》，卷 28，頁 470。

《詩歸》係鍾惺、譚元春（1586-1637）合編的一部古逸至唐代詩歌選本，附有兩人評點，含《古詩歸》15 卷、《唐詩歸》36 卷，至遲萬曆四十五年（1614）刊行流通。[8]鍾惺自信《詩歸》「拈出古人精神」，對復古派「極膚」、「極狹」、「極套」的閱讀流弊，造成了革命性的衝擊。同樣的自信又見其〈詩歸序〉：

> 今非無學古者，大要取古人之極膚、極狹、極熟，便於口手者，以為古人在是。使捷者矯之，必於古人外，自為一人之詩以為異，要其異，又皆同乎古人之險且僻者，不則其俚者也，則何以服學古者之心？無以服其心，而又堅其說以告人曰：「千變萬化不出古人。」問其所為古人，則又向之極膚、極狹、極熟者也。世真不知有古人矣！惺與同邑譚子元春憂之。內省諸心，不敢先有所謂學古不學古者，而第求古人真詩所在。[9]

文中批評「捷者」刻意區隔於古人，其「險」、「僻」、

---

8 萬曆四十二年歲暮，鍾惺、譚元春即已編成《古詩歸》、《唐詩歸》初盛唐部分，中晚唐部分則由鍾惺在萬曆四十四年十月至四十五年八月前單獨補入，至此《詩歸》始成足本。參見鄔國平：〈《詩歸》成書考〉，《竟陵派與明代文學批評》（上海：上海古籍出版社，2004），頁 63。

9 鍾惺、譚元春：《唐詩歸》（《續修四庫全書》第 1590 冊影印明刻本，上海：上海古籍出版社，1995），卷首，頁 522-523。此書卷 1 至卷 13，收入《續修四庫全書》第 1589 冊，卷 14 以後收入第 1590 冊，頁數起迄不同。

「俚」，實為公安派的典型作風；又謂復古派徒取古人的「極膚」、「極狹」、「極熟」，行文旨趣均可呼應〈再報蔡敬夫〉。請特別注意文末又云：「不敢先有所謂學古不學古者」，「學古」與否，屬於「創作」層次的議題，鍾、譚不願乍然捲入泥淖，而是「第求古人真詩所在」，可證《詩歸》實是瞄準「閱讀」層次，企圖為詩壇闢出新路。因此，鍾惺〈與蔡敬夫〉說得非常清楚：

> 家居復與譚生元春深覽古人，得其精神，選定古今詩曰《詩歸》。稍有評註，發覆指迷。[10]

「深覽古人」正是閱讀古人，具體成果即《詩歸》一書的選目和評註（評點）。故綜言之，欲知鍾惺、譚元春《詩歸》的特色及其意義，勢須扣緊「閱讀」，同時也要和復古派相互對照。

依錢謙益（1582-1664）所述親身見聞：鍾、譚《詩歸》一出，即刻風靡，「承學之士，家置一編，奉如尼丘之刪定」，[11]甚至令人激動得血脈賁張，因痛憤竟陵詩學而對異議者施暴：「奮拳毆之」、[12]「張目批其頰」。[13]事過境遷之後，賀貽孫

10　鍾惺：〈與蔡敬夫〉，《隱秀軒集》，卷 28，頁 468。

11　錢謙益撰集，許逸民、林淑敏點校：《列朝詩集》（北京：中華書局，2007），丁集第 12〈鍾提學惺〉，頁 5360。

12　周亮工：《因樹屋書影》，卷 4，朱天曙編校整理：《周亮工全集》第 3 冊（南京：鳳凰出版社，2009），頁 406。

13　朱彝尊：《靜志居詩話》（北京：人民文學出版社，1998），卷 22〈李沂〉，頁 698。

（1605-1688）仍稱《詩歸》選詩「殊有膽識」。[14]我們要問，這場浩大、激昂的閱讀革命，究竟為晚明詩學史帶來哪些別富意味的變化？對復古派產生了什麼具體衝擊？這正是本章試圖探討的核心問題。

目前學界對於竟陵派詩學的研究，碩果纍纍，通盤性評介外，並能在復古派對照下朗現《詩歸》編選特色。如陳廣宏已指出：「其考察的基點已由詩歌作品之音律體製轉換到了作家的主體性情」，[15]與本文所見一致。有關《詩歸》取捨個別詩篇的特色，鄔國平歸結出：「黜落應制、公宴詩」、「多棄歷代傳誦的名作」，[16]引證、闡論俱頗詳實。尤值注意的是，楊玉成瞄準竟陵派「文學閱讀」的邊緣性格，對「選集」、「評點」、「斷片美學」的觀念，以及此中透露的世界觀，皆有深入剖析。[17]曾守仁接續討論鍾、譚悖離詩學傳統的「離心性」，構成了「幽靈詩學」，亦具啟發意義。[18]聚焦「唐詩」，陳國球注意到《詩歸》翻轉了復古派選本詳盛略晚的取向，晚唐詩獲選比例大幅提昇，

---

14 賀貽孫：《詩筏》，吳文治主編：《明詩話全編》（南京：鳳凰出版社，2006），頁 10437。

15 陳廣宏：《竟陵派研究》（上海：復旦大學出版社，2006），頁 397。

16 鄔國平：〈竟陵派的文學理論〉，《竟陵派與明代文學批評》，頁 118-121。

17 楊玉成：〈閱讀邊緣：晚明竟陵派的文學閱讀〉，初稿發表於中央研究院中國文哲研究所：「明清計畫專題座談」（2003.9.19）。承楊先生惠示近年修訂稿，特此申謝。

18 曾守仁：〈魔、鬼與真詩——試論竟陵詩學話語中的離心性〉，《輔仁國文學報》第 30 期（2010.4），頁 213-220。〈冷人、幽器與鬼趣：試論鍾、譚的人、詩與批評〉，《文與哲》第 18 期（2011.6），頁 415-424。

遂提煉出「應制詩」、「唐代五言古」、「情艷詩」、「別出之調」一系列議題，[19]確能凸顯鍾、譚詩學特識。但有別於前行研究，本章為求更具體地回應前揭的核心問題，認為必須抓緊「杜甫（712-770）詩歌選評」，視之為這場閱讀革命的關鍵案例。何以故？

第一，統計《詩歸》選詩數據，杜詩獲選 314 首居全書之冠，在「盛唐」十九卷中高佔六卷；其次王維（701-761）112 首（占二卷）、李白（701-762）98 首（占二卷），與杜甫差距懸殊，更非初唐、中唐、晚唐、甚至六朝以前任何一位詩人所堪比擬。綜觀中國古代選本之學，我們雖能發現入選篇數不必然反映選家的審美好惡，尚需參酌其他資料始能周全判定；但杜詩大幅占據《詩歸》版面，至少說明這是鍾、譚閱讀革命的重要場域。

第二，復古派號稱宗法盛唐詩歌，但於盛唐諸家中又對杜詩別具青眼。楊慎（1488-1559）嘗言李夢陽（1472-1529）「變而學杜」，掀起一代復古風潮。[20]錢謙益攻訐復古派甚劬，仍要坦承：「弘治中學者以司馬、杜氏為宗，以不讀唐後書相誇詡為能事。」[21]復古派對杜詩的態度其實很複雜，無法三言兩語一概而論，但尊杜、學杜的基調實屬鮮明，何嘗單純視為一位尋常詩人。鍾、譚欲翻轉復古派，勢須致力於杜詩選評，否則無異於迴

19　陳國球：《明代復古派唐詩論研究》（北京：北京大學出版社，2007），頁 232-273。

20　楊慎著，王大厚箋證：《升庵詩話新箋證》（北京：中華書局，2008），卷 4〈胡唐論詩〉，頁 215。

21　錢謙益：〈贈別方子玄進士序〉，錢曾箋注，錢仲聯標校：《牧齋初學集》（上海：上海古籍出版社，1985），卷 35，頁 993。

避復古派鋒芒，難以真正深入虎穴，擊中要害。故他們的杜詩選評，值得特予關注。

第三，鍾惺對復古派的批判，影射復古派所崇效的杜詩圖像。前引鍾惺〈再報蔡敬夫〉載及復古派的聲音：「千變萬化不能出古人之外」，此指復古派不滿公安派純任己意的創作，認為一切詩藝終難脫離古人籠罩。其〈詩歸序〉又載：「千變萬化不出古人」，此指復古派眼中，公安派雖自詡「千變萬化」，自認突破格套，實則百家騰躍終入環內，蓋「古人」才是真正的「千變萬化」。譚元春〈詩歸序〉也有相仿的說法。參據復古派詩學傳統，這種富於變化且能強勢籠罩群言的「古人」，並非泛指任一古代作家，正以杜甫為典範，斯謂「集大成」。可知鍾惺批評復古派藉口「千變萬化」，徒然僅得古人的「極膚」、「極狹」、「極套」、「極熟」，乃是影射復古派無法領會「杜詩」的「精神」。為翻轉復古派，《詩歸》的杜詩選評如何展現？這是一個值得仔細釐清的問題。

第四，遍觀《詩歸》的杜詩評語，多屬推崇有加。譚元春更在杜甫〈同元使君舂陵行並序〉的評語中禮讚：「老杜第一詩人，又是第一高人；人不第一，恐詩亦不能第一也」，[22]此等崇敬乃全書僅見。可知《詩歸》多選杜詩，且特尊杜詩。鍾惺對杜詩並曾下過一番苦讀工夫，〈夜閱杜詩〉云：

> 束髮誦少陵，抄記百相續。閒中一流覽，忽忽如未讀。向

---

[22] 鍾惺、譚元春：《唐詩歸》，卷17，頁44。

所覿面過，今焉警心目。雙眸燈燭下，炯炯向我矚。[23]

鍾惺回顧自己讀杜歷經兩個階段：「束髮」的階段允謂用功，但所知解的杜詩猶在其「面」，洵非深刻；「今焉」的階段，則「警心目」，震慴之際，並能刷新對杜詩的領會，故恍惚錯覺往昔根本不曾讀杜。鍾惺於焉巧筆設喻：此刻杜甫的炯炯眼神竟浮出紙墨，與「我」相接。此一象喻也寫入譚元春〈詩歸序〉，是知鍾惺讀杜經驗的飛躍，乃與《詩歸》一書的編選立意完全通浹，不啻亦可視為一場返照自身的閱讀革命。

上述四點各自獨立，實亦逐層深入，足可支撐本章聚焦探究鍾、譚的「杜詩選評」。後續我們將運用更堅強、充分的資料，立體描繪《詩歸》「閱讀革命」的具體情況，終而貞定其在晚明詩學史上的重要意義。

二、選杜新貌：「獨與世異同」的七律

綜觀《詩歸》采錄杜詩 314 首，以詩體言，含五古 97 首，七古 30 首，五律 123 首，五排 21 首，七律 32 首，七絕 11 首，未選五絕。除七絕〈絕句漫興（其一）〉外，皆附鍾、譚評點。不過，五律〈贈別韋贊善〉譚元春批語中拈及「江村獨歸處，寂寞養殘生」，評價相當正面，[24]其實摘自杜甫另一篇五律〈奉濟驛重送嚴公四韻〉，而《詩歸》未選；若計入此篇，則《詩歸》

23　鍾惺：〈夜閱杜詩〉，《隱秀軒集》，卷 2，頁 10。

24　鍾惺、譚元春：《唐詩歸》，卷 20，頁 79。

所舉杜詩多達 315 首。再者，《詩歸》選古詩部分（即《古詩歸》部分），有 2 處評語連帶提及杜甫；選其他唐代詩人部分，也有 19 處提及杜甫。

《詩歸》的基本調性是一部「詩歌選本」，其對特定詩人及其作品的取捨，最能左右讀者的觀感。因此，我們首須查驗：《詩歸》所選杜詩之篇目，是否顯現新貌？近年陳美朱曾據《詩歸》選杜甫五古所占比例最高，為文探討「《唐詩歸》所關注的五言古體」，並對照到「（沈德潛）《唐詩別裁集》所著眼的七言古詩和七言律詩」，以示兩者各有偏重。[25]其文論述翔實，足資參考之處甚多。然而如此框架，或恐令人誤會鍾、譚不甚關注七律議題，七律乃沈德潛（1673-1769）所側重者。實際上，鍾惺對杜甫「七律」一體的選目，尤富標新立異之自覺，他在所選 32 首杜甫七律末端附識一段極具總括意義的批語：

> 予於選杜七言律，似獨與世異同。蓋此體為諸家所難，而老杜一人選至三十餘首，不為嚴且約矣。然於尋常口耳之前，人人傳誦、代代尸祝者，十或黜其六七。友夏云：「既欲選出真詩，安能顧人唾罵，留此為避怨之資乎？」知我者老杜，罪我者從來看杜詩之人也。[26]

鍾惺提到《詩歸》選杜七律多達 32 首，自認執法寬鬆，不算「嚴」、「約」。儘管如此，文中強調所選篇目，刻意悖離世俗

25 詳見陳美朱：《明清唐詩選本之杜詩選評比較》（臺北：臺灣學生書局，2015），頁 58-68。

26 鍾惺、譚元春：《唐詩歸》，卷 22，頁 101。

好尚，而且達到了「十或黜其六七」的劇烈程度。據文中徵引譚元春語，可知他對杜甫七律革命性的選定，重在「選出真詩」，恰能印證《詩歸》的核心旨趣。我們實可聚焦七律，藉以凸顯《詩歸》由選杜篇目所展示的新貌。[27]

（一）高棅、李攀龍選本參照下的《詩歸》

為清楚凸顯《詩歸》選杜篇目新貌，必須參照李攀龍（1514-1570）選本。李攀龍無疑是復古派最具代表性的人物之一，譚元春〈詩歸序〉批評世人：「察其變化，特世所傳《文選》、《詩刪》之類，鍾嶸、嚴滄浪之語，瑟瑟然務自雕飾，而不暇求於靈迥朴潤」，[28]所指「《詩刪》」，正是李攀龍所編選的《古今詩刪》，可推證《詩歸》新貌之展現，乃是刻意翻轉《古今詩刪》而來。李攀龍此書選詩，「始於古逸，次以漢魏南北朝，次以唐，唐之後繼以明」，[29]我們必須特別注意當中選唐詩的部分。而且，《古今詩刪》，也是整部《詩歸》中唯一明文述列的前行唐詩選本。另應注意的是，鍾惺評點也屢將李攀龍視為所欲對話的負面座標，如常建（708-765）〈西山〉評：「于鱗知取此作，而遺前後數首，何也」，[30]杜甫〈後出塞（朝進東

27　茲擬聚焦「七律」，實則鍾、譚對七律以外杜詩諸體的選評也不乏新見。請待後文深入探查其杜詩評點，即能彰顯我們期盼綜觀諸體的研究視野。

28　鍾惺、譚元春：《唐詩歸》，卷首，頁 524。

29　永瑢等：《四庫全書總目》（北京：中華書局，2003），卷 189，頁 1717 中。

30　鍾惺、譚元春：《唐詩歸》，卷 12，頁 671。

門營）〉評：「〈出塞〉前後，于鱗獨收此首，孟浪之極」。[31]有學者發現，這些說法並非針對《古今詩刪》，而係在商榷李攀龍選唐詩的另一傳世版本：蔣一葵箋釋的《唐詩選》。[32]《古今詩刪》選唐詩之篇目，與《唐詩選》稍有差異，俱為鍾、譚參考，自宜一併列入比較。又值得注意的是，無論是哪一版本，李攀龍選本問世後，立遭復古派內部非議；相形之下，明初高棅（1350-1423）《唐詩正聲》則因取捨精嚴，甚得復古派擁戴，聲勢愈趨高漲。故為周全起見，我們應將《唐詩正聲》一併納入比較。

綜合言之，本文將比較《唐詩正聲》、《古今詩刪》、《唐詩選》與鍾、譚《詩歸》所選杜甫「七律」之情況。[33]請先參閱表一：

表一：《唐詩正聲》、《古今詩刪》、《唐詩選》、《詩歸》所選杜甫七律

杜甫七律篇目		《正聲》	《詩刪》	《詩選》	《詩歸》
秋興	其一：玉露凋傷	○	○	○	
	其二：夔府孤城	○			
	其三：千家山郭			○	
	其五：蓬萊宮闕	○	○	○	

31 同前註，卷 17，頁 39。

32 許建業：〈舊題李攀龍《唐詩選》的早期版本及接受現象〉，《文學遺產》2018 年第 5 期，頁 155。

33 《詩歸》外，本文所據版本為高棅：《唐詩正聲》（早稻田大學圖書館藏奎文館主人識本）、李攀龍：《古今詩刪》（《景印文淵閣四庫全書》第 1382 冊，臺北：臺灣商務印書館，1983）、李攀龍選，蔣一葵箋釋：《唐詩選》（《四庫全書存目叢書》集部第 309 冊影印明刻本，濟南：齊魯書社，1997）。

	其七：昆明池水	○	○	○	○
紫宸殿退朝口號		○		○	
和賈至舍人早朝大明宮		○			
玉臺觀		○			
登樓		○		○	○
蜀相		○			
野老		○			○
送韓十四江東省覲		○			
夜		○			○
詠懷古跡	其三：群山萬壑	○			
	其五：諸葛大名				○
閣夜		○	○		
返照		○	○	○	○
九日登高（又作：登高）		○	○	○	
題張氏隱居			○	○	○
宣政殿退朝晚出左掖			○	○	
九日藍田崔氏莊			○	○	○
和裴迪登蜀州東亭送客逢早梅相憶見寄			○		○
野望（又作：望野）			○	○	
吹笛			○	○	
曲江對酒				○	
曲江二首	其一：朝回日日				○
	其二：一片花飛				○
題鄭縣亭子					○
望嶽					○
崔氏東山草堂					○
賓至					○
南鄰					○

客至					○
將赴成都草堂途中有作先寄嚴鄭公	其一：得歸茅屋				○
愁					○
示獠奴阿段					○
白帝					○
白帝城最高樓					○
見王監兵馬使說近山有白黑二鷹羅者久取竟未能得王以毛骨有異他鷹恐臘後春生騫飛避煖勁翮思秋之甚眇不可見請余賦詩二首	其一：雲飛玉立				○
	其二：黑鷹不省				○
即事					○
見螢火					○
暮歸					○
送李八秘書赴杜相公幕					○
又呈吳郎					○
覃山人隱居					○
曉發公安數月憩息此縣					○
小寒食舟中作					○
篇數合計		16	12	14	32

可知《詩歸》所選杜甫七律總篇數，幾以兩倍之差，遠多於《唐詩正聲》、《古今詩刪》、《唐詩選》諸本，鍾惺自認選杜並不算是「嚴」、「約」，良有以也。更重要的是，依據上表的篇目對列，實能彰顯《詩歸》的選杜新貌得自於兩個層面：一是「刪汰」，二是「增選」。先就「刪汰」來看，《唐詩正聲》所選 16 首中，有 11 首遭《詩歸》刪汰，僅有 5 首重疊，刪汰率高達 68.75%；《古今詩刪》、《唐詩選》篇數僅有小異，故合併統計共 16 首，有 10 首竟遭《詩歸》刪汰，僅有 6 首重疊，刪汰率高達 62.5%。刪汰率之高，顯示復古派詩學傳統中的不少杜詩代表作，無法進入鍾、譚法眼，可證鍾惺前云：「十或黜其六七」。再就「增選」來看，鍾、譚所選 32 首中，竟有 24 首是高棅和李攀龍未選，增選率高達 75%。這是鍾、譚選杜之為新貌的關鍵，世人只要翻開《詩歸》，即可目擊大量復古派詩學傳統中未選之作，耳目一新自不待言。鍾、譚簡直入室操戈，捏塑出一套杜詩新典律（canon）。

值得進一步檢驗的是，《詩歸》若干篇目係與高、李「共選」，能否視為鍾、譚偶或趨合於復古派？其實不然。如〈秋興·昆明池水〉為諸本共選，〈九日藍田崔氏莊〉亦為鍾、譚與李攀龍共選，但鍾、譚的采錄標準實為獨特。且看鍾惺評〈九日藍田崔氏莊〉云：

> 凡雄者貴沈，此詩及「昆明池水」勝於「玉露凋傷」、「風急天高」，蓋以此。……特錄此黜彼，以存真詩。[34]

---

[34] 鍾惺、譚元春：《唐詩歸》，卷 22，頁 97。

可知《詩歸》采錄〈九日藍田崔氏莊〉、〈秋興・昆明池水〉的情況，必須置入其他兩首杜詩「玉露凋傷」（〈秋興〉其一）、「風急天高」（〈九日登高〉）相互比較的評議脈絡來審視。這兩首杜詩，高棅和李攀龍皆選，唯獨《詩歸》刪汰不選，依鍾惺的暗示，其間取捨涉及「真詩」的認定問題。

王世貞（1526-1590）《藝苑卮言》曾一併提及前揭四首杜詩：

> 老杜集中，吾甚愛「風急天高」一章，結亦微弱；「玉露凋傷」、「老去悲秋」，首尾勻稱，而斤兩不足；「昆明池水」，穠麗況切，惜多平調，金石之聲微乖耳。然竟當於四章求之。[35]

先是坦承四詩各有瑕疵，終覺難分軒輊，四詩均為佳作，均有資格進入「七律壓卷」的候選清單。這和李攀龍併選四詩而不加取捨的思維，頗有類近之處。換言之，王世貞雖曾質疑李攀龍並未真正識察杜甫七律，[36]但關於四詩旗鼓相當的評價態度，雙方咸有共識。相形之下，鍾、譚卻將四詩割裂為兩組，逕予「錄此黜彼」，展現一種迥然不同的選評眼光。

在前揭〈九日藍田崔氏莊〉的評語中，鍾惺暗示〈秋興・昆明池水〉、〈九日藍田崔氏莊〉為「真詩」，但若脫離這段評語

---

35 王世貞著，羅仲鼎校注：《藝苑卮言校注》（北京：人民文學出版社，2021），卷4，頁233。

36 王世貞云：「于鱗選老杜七言律，似未識杜者。恨曩不為極言之，似非忠告。」同前註，卷4，頁227。

將四詩分為兩組而抑揚之的脈絡，他的評價態度就會隨之鬆動，〈秋興・昆明池水〉鍾惺總批：

> 〈秋興〉偶然八首耳，非必於八也。今人詩擬〈秋興〉已非矣，況舍其所為「秋興」，而專取盈於八首乎？胸中有八首，便無復「秋興」矣！杜至處不在〈秋興〉，〈秋興〉至處亦非以八首也。今取此一首，餘七首不錄，說見《詩砭》，予與譚子分謗焉。[37]

鍾惺批評今人刻意摹擬杜甫〈秋興八首〉時，必湊八首之數，質疑有違自然興感之道。「今人」當指復古派，李夢陽有七律〈秋懷八首〉，何景明（1483-1521）也有七律〈秋興八首〉，王世貞亦曾讚揚時人穆文熙（1528-1590）、徐茂賢「擬少陵〈秋興〉八首」、「八章足嗣〈秋興〉」，[38]堪當佐證。復古派最惹非議的摹擬之弊，癥結亦正在此。但依這段批語，我們還要追問：鍾惺在〈秋興八首〉中僅取「昆明池水」，是否表示精選賞愛之意？他雖曾暗示此詩為「真詩」，但批語直言不諱：「杜至處不在〈秋興〉」，其論述脈絡通指「八首」，可知他並不覺得包括「昆明池水」一章在內的〈秋興八首〉，足以代表杜詩巔峰。〈九日藍田崔氏莊〉處境相仿，鍾惺評杜甫〈夜〉云：

37　鍾惺、譚元春：《唐詩歸》，卷 22，頁 99。

38　王世貞：〈穆光胤書父文熙詩〉，《弇州續稿》（《景印文淵閣四庫全書》第 1282-1284 冊），卷 165，頁 22 上。〈徐茂賢〉，前揭書，卷 182，頁 11 上。

> 同一清壯，而節細味永，按之有物，覺「老去悲秋」、「昆明池水」等作皆遜之。[39]

相較於〈秋興・昆明池水〉、〈九日藍田崔氏莊〉，鍾惺更推崇〈夜〉，後者想必更有資格視為「真詩」。李攀龍未選〈夜〉，令人懷疑：鍾惺此一評語或許有意透過壓低〈秋興・昆明池水〉、〈九日藍田崔氏莊〉，去撇清《詩歸》和李攀龍選本的重疊，旨在彰顯一己對於「真詩」的獨具慧眼。這也提醒我們不能僅以詩作之獲選表象，就忽略了詩作之間的評價差異。縱使這些詩作都能在不同評述脈絡中被視為「真詩」，並不直接指涉其在竟陵詩學處於核心抑或邊緣的位置。

〈夜〉曾獲高棅采錄，或許仍不算是最具革命性的選目，更能引人目光的是〈覃山人隱居〉，鍾惺評曰：

> 深心高調，老氣幽情，此七言律真詩也。汩沒者誰能辨之！[40]

譚元春亦評曰：

> 此老杜真本事，何不即如此作律，乃為〈秋興〉、〈諸將〉之作，徒費氣力，煩識者一番周旋耶！[41]

---

39 鍾惺、譚元春：《唐詩歸》，卷 22，頁 99。

40 同前註，頁 101。

41 同前註。

綜合鍾、譚評語來看，〈覃山人隱居〉被標舉為「真詩」，其價值遠勝於〈秋興八首〉、〈諸將五首〉。〈秋興八首〉前已論及，茲不贅言；〈諸將五首〉完全未獲《詩歸》采錄，譚元春評杜甫五律〈喜達行在所三首〉亦云：「〈諸將〉詩肯如此作，即妙絕」，[42]可知這組詩作確實不受鍾、譚青睞。相形之下，鍾、譚對〈覃山人隱居〉非但推崇備至，此篇又是高、李所未選者，在選目上特能彰顯獨特性、新異性。此中別富意味的是，鍾、譚在評點中譏諷「汩沒者」，儼然自居「能辨之」的「識者」，清楚展現一種與世頡頏的桀驁形象，這也正是革命家的姿態。他們儼然向世人宣告：「杜詩」雖是一個老話題，但對於杜詩「真詩」篇目的選定，絕非簡單承襲文學傳統而來，特有賴於個人靈慧獨具的讀者之眼！

（二）復古派看《詩歸》：許學夷、唐汝詢

就「選目」的層面來看，《詩歸》所采錄的杜詩，並非全數會對復古派詩學傳統造成衝擊。最顯著的例證是〈秋興・昆明池水〉，鍾惺總批最後補上一筆：「此詩不但取其雄壯，而取其深寂」，[43]聲稱著眼於此詩的「深寂」，而非復古派企慕的「雄壯」，確有獨見之處；但此詩之「選目」，與高棅、李攀龍諸選本完全一致，其實沒有帶來顯著的變化。緣而，我們必須追討：《詩歸》所采錄的杜甫七律，究竟哪些篇目令復古派惴惴不安？如欲解答這個問題，顯然不能純粹參照高棅和李攀龍一類「前

42 同前註，卷21，頁85。

43 同前註，卷22，頁99。

行」選本，必須換個角度觀察竟陵派席捲詩壇之際，復古派如何審視《詩歸》。我們的具體觀察指標有二：一是《詩歸》與高、李「共選」之作，在復古派眼中是否毫無疑慮？二是包括〈覃山人隱居〉在內，《詩歸》的「增選」篇目，能否直接充當鍾、譚離經叛道的鐵證？

身為晚明復古派陣營特具「抗衡」意識的詩學家，許學夷《詩源辯體》不僅多次點名批判鍾、譚《詩歸》，更曾瞄準杜甫七律進行多層次的論析：

> 子美七言律，如「風急天高」、「重陽獨酌」、「楚王宮北」、「秋盡東行」、「花近高樓」、「玉露彫傷」、「野老籬前」、「羣山萬壑」等篇，沉雄含蓄，是其正體，國朝諸公多能學之，而穩貼勻和，較勝。如「年年至日」、「近聞寬法」、「使君高義」、「曾為掾吏」、「寺下春江」等篇，其格稍放，是為小變，後來無人能學。至如「黃草峽西」、「苦憶荊州」、「白帝城中」、「西嶽崚嶒」、「城尖徑昃」、「二月饒睡」、「愛汝玉山」、「去年登高」等篇，以歌行入律，是為大變，宋朝諸公及李獻吉輩雖多學之，實無有相類者。[44]

許學夷將杜甫七律分為「正體」、「小變」、「大變」，各予評述風格體式，證以篇章實例，兼及後人模習得失，所展示的杜甫

---

44 許學夷著，杜維沫校點：《詩源辯體》（北京：人民文學出版社，1998），卷19，頁218。

七律圖像實富系統性。茲藉表二加以統整，並對照到《詩歸》選詩情況：

表二：《詩源辯體》杜甫七律圖像與《詩歸》選詩之比較

分類	風格體式	杜詩篇目	模習者	《詩歸》
正體	沉雄含蓄 穩貼勻和	九日登高	國朝諸公	
		九日（重陽獨酌）		
		返照		○
		秋盡		
		登樓		○
		詠懷古跡（群山萬壑）		
		秋興（玉露凋傷）		
小變	其格稍放	冬至	無人能學	
		寄杜位		
		將赴荊南寄別李劍州		
		覽物		
		涪城縣香積寺官閣		
大變	歌行入律	黃草	宋朝諸公 李夢陽輩	
		所思		
		白帝		○
		望嶽		○
		白帝城最高樓		○
		晝夢		
		崔氏東山草堂		○
		九日（去年登高）		

許學夷所述「國朝諸公」，企慕「沉雄」的體式，顯然泛指復古派。透過上表清楚可見，對於復古派詩學傳統中最崇效的「正

體」之作，《詩歸》選有〈返照〉、〈登樓〉兩首。此外，李夢陽身為復古派大宗師，但對「大變」之作的偏嗜，竟有近於宋人之處；這類杜詩，《詩歸》選有〈白帝〉、〈望嶽〉、〈白帝城最高樓〉、〈崔氏東山草堂〉四首。耐人尋味的是，《詩歸》中的兩首「正體」，亦為高棅和李攀龍共選者；四首「大變」，卻是毫無例外，全在鍾、譚獨家增選之列。據許學夷另處所云：「子美七言以歌行入律，雖是變風，然豪曠磊落，乃才大而失之於放，蓋過而非不及也」，[45]可知「大變」之作，有「豪曠磊落」的優長，固然不容湮沒，但細加玩味，這是對「雖是變風」一語的補述，旨在折衷，我們解讀時不應過度揄揚，這類作品實則陷入「失之於放」，其價值本有疑慮。故綜觀之，鍾、譚增選四首「大變」之作，恐怕是《詩歸》招致許學夷質難的一個癥結。

我們當然不能輕忽許學夷特予提列的「小變」。據《詩源辯體》云：「讀『年年』（〈冬至〉）等作，便覺〈秋興〉諸篇，語多窒礙。予嘗謂子美七言律，變勝於正，終不能祛後世之惑」，[46]許學夷雖說「正體」價值「較勝」，此處卻透露他的真實想法是「變勝於正」。所舉〈冬至〉一詩，上表中歸類為「小變」，故更準確地說，這等於是指「小變」勝於「正體」。據上表，《詩歸》完全未選「小變」，反倒多選「大變」之作，這顯示鍾、譚並未察知「小變」的崇高價值，竟是偏嗜最有疑慮的「大變」。故綜觀之，在許學夷觀照下，鍾、譚對杜詩之

---

45 同前註，頁219。

46 同前註，頁218-219。

「變」，何啻顧此失彼，優劣不分，這是《詩歸》可能遭致質難的又一癥結。

依前文的討論看來，鍾、譚「增選」之作，宛如《詩歸》的火藥庫，最容易引爆爭議。但這類情況其實不能一概視之，許學夷另文曾就〈秋興・昆明池水〉、〈九日藍田崔氏莊〉、〈詠懷古跡・諸葛大名〉、〈曲江二首〉之局部文句或全篇提出指瑕，並不視為杜詩佳構。[47]上述篇章全獲《詩歸》采錄，然而，前兩首其實係與高棅或李攀龍「共選」，其餘才是鍾、譚「增選」。可見許學夷對《詩歸》的態度相當複雜：他既不滿《詩歸》增選之作，卻也未必首肯其與高、李共選之作。換言之，鍾、譚對復古派的衝擊，誠或來自增選之作，但許學夷的論述透露，《詩歸》的爭議性，也導源於高、李選本中的「謬戾」成分被鍾、譚沿襲下來。[48]換言之，無論是《詩歸》的「增選」或「共選」，對復古派舊有典律篇章從違，均可能在不同的論述脈絡下，引爆鍾、譚和許學夷之間的交鋒。[49]

不難察見，許學夷對《詩歸》的觀感，洋溢濃厚的「抗衡」意識。本文將舉出晚明復古派的另一案例唐汝詢（1565-1659），則顯露出一種獨特的「調融」姿態；《詩歸》不再與復

47　同前註，頁 220。

48　許學夷云：「于鱗似宗雅正，實多謬戾。」同前註，卷 36，頁 368。換個角度看，他之所以批評李攀龍選詩「謬戾」，或許也因那些詩作被選入《詩歸》。

49　我在稍早出版的著作中，曾比較鍾、譚與許學夷的杜詩批評，但當時並未聚焦七律，也尚未掌握鍾、譚對杜甫七律的選目取捨；此處所論堪當補充。參閱陳英傑：《明代復古派杜詩學研究》（臺北：臺灣學生書局，2018），頁 389-405。

古派詩學趣味壁壘分明，而是被收編到復古派體系中。唐汝詢編有《彙編唐詩十集》，最大特色是薈萃高棅《唐詩正聲》、李攀龍《唐詩選》、鍾惺和譚元春《詩歸》，以及唐氏稍早自編的《唐詩解》，打破選本界線，依不同風格體式將唐詩分為十類，編次為甲至癸十集。其〈凡例〉記載：

> 是編合四家選以成書，說見各集之首。高分為五：甲、乙、丙、丁、戊，盡之矣。李分為四：甲、乙、己、庚，盡之矣。鍾分為五：甲、丙、己、辛、壬，盡之矣。余《詩解》合分諸家，而別其特出者為癸集。[50]

此文概述諸選本打破界線後，原選之作重新分佈在十集中的樣貌。《詩歸》原選之作，乃分佈在甲、丙、己、辛、壬五集；除壬集之外，其餘四集之作，同時亦屬高、李、唐之選目。據各集卷首聲明，甲集係鍾、譚與高、李共選，風格為「體之純粹」；丙集係與高棅共選，風格為「純正中之森秀」；己集係與李氏共選，風格為「雄渾中深秀」；辛集係與唐氏共選，風格為「體主清新合乎風雅」；壬集係鍾、譚獨選，被概括為「詩之變體」。[51]可以想像，五集的編次框架彷如一把細密的篩子，能篩濾出復古派觀照下，《詩歸》采錄之作隱含哪些風格體式類型，及其與高、李、唐選本的離合樣貌。為便後續論析，本文先將《詩歸》

50　唐汝詢：《彙編唐詩十集》（明天啟間刊本），卷首，無頁碼。

51　這種作法具體呈現了唐汝詢此書的編輯宗旨和體例，參閱陳國球：〈復古餘波——唐汝詢《彙編唐詩十集》初探〉，《政大中文學報》第 29 期（2018.6），頁 62-67。本章對唐汝詢選本的討論，備受陳文啟發。

所選32首杜甫七律篇目置入五集框架中，董理為表三：

表三：《詩歸》所選杜甫七律在《彙編唐詩十集》中的分佈

集別	風格體式	《詩歸》所選杜詩篇目	篇數	其他選本
甲	體之純粹	秋興（昆明池水）、返照、登樓	3	高、李
丙	純正中之森秀	野老、夜	2	高
己	雄渾中深秀	題張氏隱居、九日藍田崔氏莊	2	李
辛	體主清新合乎風雅	詠懷古跡（諸葛大名）、曲江（一片花飛）、暮歸、小寒食舟中作	4	唐
壬	詩之變體	和裴迪登蜀州東亭送客逢早梅相憶見寄、曲江（朝回日日）、題鄭縣亭子、望嶽、崔氏東山草堂、賓至、南鄰、客至、將赴成都草堂途中有作先寄嚴鄭公（得歸茅屋）、愁、示獠奴阿段、白帝、白帝城最高樓、見王監兵馬使說近山有白黑二鷹羅者久取竟未能得王以毛骨有異他鷹恐臘後春生騫飛避煖勁翮思秋之甚眇不可見請余賦詩二首、即事、見螢火、送李八秘書赴杜相公幕、又呈吳郎、覃山人隱居、曉發公安數月憩息此縣	21	無

上表隱含許多重要訊息，試逐層剖析之：

第一，甲、丙、己三集為《詩歸》與高、李共選者，亦即與復古派詩學傳統相近。其風格描述：「體之純粹」、「純正中之森秀」、「雄渾中深秀」，均為復古派的審美趣味。將《詩歸》之作置入這三集，透露唐汝詢是站在復古派立場去收編鍾、譚，同時也令人感到鍾、譚宛如持守復古派詩學標準去采錄這些篇目。實際上，縱使有若干篇目同於復古派詩學傳統，鍾、譚乃是秉持相異的標準和觀念，前已述及；而這卻是唐汝詢刻意忽略。也就是說，唐汝詢未充分顧慮到鍾、譚自有其獨特的詩學標準和觀念，而主要去營造一種鍾、譚迎合復古派傳統，甚至無法逃脫籠罩的印象。儘管如此，這類作品極少，三集合計僅 7 首，顯示唐汝詢眼中，鍾、譚之符合復古派固有格調的成分，非常稀薄。

第二，有別於高、李選本所代表的復古派詩學傳統，辛、王二集原屬於《詩歸》「增選」之作，合計 25 首。[52]唐汝詢區辨為二，最富創發之處要推辛集。此雖為高、李所未選者，但據其風格描述：「體主清新合乎風雅」，評價相當正面，而且上溯「風雅」，契合一般詩學理想。因此，辛集收錄之作，實可視為對復古派詩學傳統的「補充」，故稍早亦選入唐汝詢《唐詩解》。這顯示《詩歸》增選之作，雖是相較於高、李選本的新異之處，卻不能一概貶斥為離經叛道。辛集既是超軼復古派固有格調之作，唯在唐汝詢眼中，何啻也是令復古派詩學審美維度更臻完備、多元之作。故總括來看，唐汝詢以甲、丙、己三集去收編《詩歸》，又藉辛集去安置復古派對《詩歸》的「妥協」、「接納」。這四集的總體傾向，係能調融復古派與鍾、譚的緊張態勢。儘管如此，辛集篇目僅 4 首，顯示唐汝詢眼中，復古派之能受益於鍾、譚者，或者說鍾、譚對復古派的參考價值，極為有限。

---

52 依表一統計，《詩歸》「增選」為 24 首。但唐汝詢於李攀龍選本係取《唐詩選》，而非《詩刪》。若純以《正聲》、《唐詩選》相較，《詩歸》增選之作可得 25 首。箇中癥結在於〈和裴迪登蜀州東亭送客逢早梅相憶見寄〉一詩的歸屬。

第三，上表中的數據壓倒性顯示：《詩歸》所選杜甫七律主要見於壬集，共 21 首。壬集卷首聲明：「凡《詩歸》與三家合者，分附諸集；而別其特出者，自為一編」，[53]可知此集之作，乃是意指鍾、譚無法見容於復古派審美趣味的獨選篇目，唐汝詢概稱為「詩之變體」。「正」、「變」素為對舉之概念，壬集為「變」，首指違離了復古派詩學傳統中的純正格調，次指無法由「清新」、「風雅」的層面為復古派提供補充。可知壬集不僅是《詩歸》「增選」之作，而且更和復古派詩學立場格格不入，無法妥協、接納。此中篇數眾多，無疑最具衝擊性、震撼性。

第四，值得進層推敲的是，實際查閱唐汝詢對壬集之作的評語，就會發現並非一概貶抑，透露出他對「變體」的複雜態度：壬集之作雖不符合復古派審美趣味，卻不盡然屬於低劣之敗筆。換言之，「衝擊」、「震撼」，未必直接等於評價之優劣。試看唐汝詢在辛集〈小寒食舟中作〉尾端附識的批語：

> 今凡與諸家合者無論，論其特拔壬集所載二十一首是也。若「南極老人」之溫細，「舍南舍北」之真率，「城尖徑昃」之奇古，「山木蒼蒼」之清真，俱愜人意。他如「撲棗」之俚，「二鷹」之庸，「醉如泥」之熟爛，「雨翻盆」之淺直，謂得杜「真詩」，可乎！[54]

唐汝詢以例舉之法，將壬集「變體」之作細分為兩組：一是〈覃

53　唐汝詢：《彙編唐詩十集》，壬集卷 1，頁 1 上。

54　同前註，辛集，頁 22 上。

山人隱居〉、〈客至〉、〈白帝城最高樓〉、〈示獠奴阿段〉代表，「俱愜人意」，洵屬佳作。實際查閱王集唐汝詢正面評語，可以測知，這組作品至少尚有〈崔氏東山草堂〉、〈賓至〉、〈和裴迪登蜀州東亭送客〉、〈見螢火〉、〈曉發公安〉等。二是〈又呈吳郎〉、〈見王監兵馬使〉、〈將赴成都草堂・得歸茅屋〉、〈白帝〉代表，唐汝詢質疑並非杜甫「真詩」，顯然不甚滿意。實際查閱王集唐汝詢負面評語，可以測知，這組作品至少尚有〈曲江・朝回日日〉、〈題鄭縣亭子〉、〈南鄰〉、〈送李八秘書赴杜相公幕〉，〈望嶽〉總批甚至摹仿鍾、譚口吻批評：「似乏真精神耳」。[55]上述兩組的區辨，透露唐汝詢站在復古派詩學立場，並未一筆抹煞「變體」之作。第一組作品，有別於復古派傳統的純正格調和「清新」、「風雅」的觀念，故遭劃入「變體」，但給予評價較高，唐汝詢儼然承認這是自立於復古派詩學趣味之外，一套生新的杜詩美學。如〈覃山人隱居〉唐汝詢評：「亦子美傑作，但其驚人處不在此」，又：「只作如此律，無復有〈秋興〉，不成其為老杜矣」，[56]〈覃山人隱居〉被鍾、譚大力標舉為「真詩」，唐汝詢亦坦承其為傑出，卻不覺得足以代表杜詩顛峰。這組作品對復古派傳統之所以造成衝擊，可歸結為鍾、譚采錄並過度揄揚了某些雖屬優異卻未臻上乘之作。第二組作品的評價較低，正由於無法與復古派相互調融，其實也就代表了唐汝詢眼中，《詩歸》最具叛逆性格的選目。其對復古派傳

55 同前註，壬集卷 20，頁 11 上。唐汝詢批評第二組變體之作非「真詩」，但對比下，第一組變體之作「俱愜人意」，能否視為「真詩」？他並未明言，但這恐怕是與竟陵詩學曖昧之處。

56 同前註，頁 17 下。

統之所以造成衝擊，可歸結為鍾、譚采錄了某些不值得入選的低劣之作。

綜上所論，為凸顯《詩歸》的杜甫七律選目新貌，本文首先提舉高棅《唐詩正聲》、李攀龍《古今詩刪》、《唐詩選》等前行選本進行比較，可發現《詩歸》以高昂的刪汰率去黜落復古派詩學傳統中的選目，其次透過大量的獨家增選之作，實際上捏塑出一套杜詩新典律。不過，縱使是與高、李共選者，鍾、譚持守「真詩」的取捨標準實屬獨殊，其〈覃山人隱居〉一詩的增選案例更透露，他們所推賞的「真詩」，並非承襲特定文學傳統和文學知識，特有賴於靈慧獨具之眼光。其次，另一方面，由於《詩歸》對復古派帶來了莫大衝擊，為確切瞭解究竟哪些選目造成衝擊，本文提舉《詩歸》風行之際的許學夷《詩源辯體》、唐汝詢《彙編唐詩十集》進行比較。在許學夷的杜甫七律圖像參照下，可發現《詩歸》刻意增選「大變」之作，其價值最有疑慮；反而全未采錄最具價值的「小變」之作，對杜詩之「變」，可謂顧此失彼，在在顯示雙方觀念交鋒；但許學夷對鍾、譚與高、李共選之作，亦有不滿，這種情況與其單純視為不滿《詩歸》，不如說也在質疑復古派詩學傳統既有的「謬戾」因子。許學夷之說特具「抗衡」意識，而在冀求「調融」的唐汝詢選本中，則將鍾、譚增選之作區辨為二：一是「清新」、「風雅」之作，這意味著復古派對《詩歸》的妥協、接納；二是與復古派詩學趣味萬難調融的「變體」，仍佔增選之作壓倒性多數，最具衝擊性、震撼性。針對「變體」，唐汝詢又予細分：雖屬傑出卻未臻上乘之作、原不值得入選的低劣敗筆。這些愈發精密的辨體，可令我們更細膩地探知《詩歸》之衝擊復古派的實質指涉。

三、「轉語」：杜詩評點

以一部選本的編纂而言，《詩歸》采錄之作，並非反映鍾、譚的閱讀範圍，而是鍾、譚希望世人閱讀的篇目。「真詩」也不僅是《詩歸》的采錄標準，更是鍾、譚希望世人掌握住的某種重要特質。因此，我們不能泛談「真詩」的定義，欲知其義，必須即事言理，緊扣鍾、譚對具體詩作的「評點」。誠如鍾惺〈再報蔡敬夫〉中的自我期許：「其一片老婆心，時下轉語，欲以此手口作聾瞽人燈燭輿杖」，[57]「轉語」為佛學術語，常見禪宗燈史，指禪師機鋒之語，旨在撥轉學人心機，使之褪革癡迷，徹悟大道，此處顯然喻指「評點」。要之，鍾、譚的「評點」，究竟如何接引世人讀出「真」的杜詩？這是我們必須緊續探究的問題。

（一）「可思而不可解」

前人已注意到《詩歸》的評點形式常針對單一或局部文句而發，目為「區區字句焉」、[58]「數十字之學」，[59]且不論評價高低，這確實是鍾、譚詩學一大特色，杜詩評點當然不例外，諸如「○字妙」、「○字奇」一類表述自復不少，甚至還在詩行間的夾批逕稱「妙」。這類資料未必提供進一步的論證、分析，大多是三言兩語，非常簡潔，頗具神秘感。但與其認為鍾、譚僅是寫

---

57 鍾惺：〈再報蔡敬夫〉，《隱秀軒集》，卷 28，頁 470-471。

58 方以智：《通雅詩說》，吳文治主編：《明詩話全編》，頁 10589。

59 王夫之評選，陳新校點：《明詩評選》（北京：文化藝術出版社，1997），卷 6，頁 319。

出其對單一或局部文句的「初步印象」，[60]我們更應當推究此一評點特色所因依的重要詩學觀念。請看鍾惺評杜甫〈舟中出江陵南浦奉寄鄭少尹審〉「斟酌旅情孤」句：

> 「斟酌」二字，若不可解，妙！妙！[61]

「斟酌」指酌酒，義非艱澀，鍾惺卻宣稱二字「妙」在「若不可解」，可知他並不是著眼於文義訓詁上的難易問題。其實，「不可解」原是復古派常見的詩學論述，指詩歌的真正美妙之處，無法利用邏輯明晰的語言形式來準確認知、陳述。[62]鍾惺此處似與復古派暗通款曲，杜甫〈送遠〉鍾惺總批亦云：

> 妙在八句佳處，尋不出，說不破。[63]

「尋不出」指找不到杜詩的妙處，亦即無法準確辨析杜詩的妙處。當然，鍾惺絕非批評杜詩乏善可陳，「說不破」便讚譽杜詩內蘊豐厚，永遠闡說不盡。杜甫〈月夜憶舍弟〉「露從今夜白，月是故鄉明」，鍾評：

60　黃維樑：〈詩話詞話和印象式批評〉，《中國詩學縱橫論》（臺北：洪範書店，1986 四版），頁 4。

61　鍾惺、譚元春：《唐詩歸》，卷 17，頁 102。

62　參見黃景進：〈詩之妙可解？不可解？——明清文學批評問題之一〉，呂正惠、蔡英俊主編：《中國文學批評》第 1 集（臺北：臺灣學生書局，1992），頁 23。

63　鍾惺、譚元春：《唐詩歸》，卷 20，頁 79。

> 只說境，含情往復，不可言。[64]

此詩景中含情，其情無法言說，正即所謂妙不可言。這顯然仍是「不可解」的觀念。據《詩歸》杜甫卷首鍾惺云：

> 讀老杜詩，有進去不得時，有出來不得時。諸體有之，一篇有之，一句有之。[65]

這裡提供了鍾惺的讀杜經驗：「進去不得時」指杜詩難讀，試配合前引鍾惺〈夜閱杜詩〉來推敲，可更確切地詮解為杜詩中彷彿有一雙炯炯眼神浮出紙張、墨跡般的「精神」，無法輕易領略。如欲領略，須賴「思」的工夫，稍後詳論，暫先按下。所謂「出來不得時」，當指「進去」之後，讀者心中雖能感知杜詩的「精神」，仍無法運用語言將妙處準確闡發出來，可對應到前述的「不可解」之說。鍾惺這段評語寫在杜甫專卷之首，具「總評」性質，可知「不可解」之說，乃被推奉為杜詩的一種整體質性。故文末揭示：杜詩各體、各篇、各句，甚至用字遣詞細微處，皆展現了「不可解」的美妙。

撮要言之，「不可解」暗示杜詩的奧妙，無法透過邏輯明晰的語言形式給出標準化的答案，只要一涉理路，一落言筌，致力追尋一種「理性」的詮釋，就會堵塞了杜詩原本可能為讀者無窮示現的美感。借用楊玉成的說法，「詩的陳述因字面的矛盾錯亂

---

64 同前註。

65 同前註，卷 17，頁 38。

而摧毀自身，自我解構，留下一種無法言說的原初感受。」[66]譚元春評岑參（715-770）〈還高冠潭口留別舍弟〉因此亦云：「與別弟等語，俱未說出，俱說出矣！如此而後謂之『詩』，如此看詩，而後謂之『真詩人』」，[67]岑詩妙不可言，即「不可解」，可見這也是對「詩」、「看詩（讀詩）」規制了一個新定義。

承前所述，鍾、譚面對詩歌文本，幾無長篇大章的論析，大多利用評點簡潔素描「初步印象」，這顯然也和「不可解」之說息息相關。換個角度來看，由於旨在掘發「不可解」的奧妙、隱微，鍾、譚不得不採取簡潔的「評點」，方能得其立足之處，「如果某人在教導奧秘時不想使用比喻和密語，他就不得不換用簡短而晦澀的言辭」，邁蒙尼德（Maimonides）《迷途指津》此說恰可互證。[68]值得注意的是，這種觀念同時導致了鍾、譚評點的效用，迥異於「箋注」。《詩歸》選詩眾多，對詩中艱澀語彙、異文版本、典章故實和傳記背景等訊息，則全無箋解注釋，可想見鍾、譚的「評點」，或能接引世人去感受古人詩中的不可言傳之妙，卻未必能協助讀者就認知的層面去「讀懂」作品。杜甫〈遊龍門奉先寺〉最為典型之例，鍾惺評其「天闕象緯逼」句：

66　楊玉成：〈閱讀邊緣：晚明竟陵派的文學閱讀〉，頁 33。

67　鍾惺、譚元春：《唐詩歸》，卷 13，頁 681。

68　引自列奧・施特勞斯（Leo Strauss）著，劉鋒譯：《迫害與寫作藝術》（北京：華夏出版社，2012），頁 60。

「天闕」句，不必解，自是奇句！[69]

「闕」字在整句詩意而言，頗為艱澀，故宋代以降多有疑其訛誤，甚至有人校訂為「闗」、「閱」、「窺」，[70]以求順解。鍾惺卻悍然聲稱「不必解」。按：此與「不可解」之說稍有區別，「不可解」指妙不可言，「不必解」卻是抗拒客觀性的箋注和校訂。這種態度和世人差異很大，如譚元春對同一首詩的觀察：

今人自無慧心，於古人語言不解處，即疑恨其脫誤，妄者遂下筆改之，悍哉！[71]

如此疑恨脫誤甚而改字的世俗心理，旨在追尋「正確」（非脫誤）的版本，乃是偏執地求索一種標準化的杜詩詮釋方案，鍾、譚無法苟同。王世貞《藝苑卮言》曾有辨析：「『天闕象緯逼』，當如舊字。作『天闚』、『天閱』，咸失之穿鑿」，[72]反穿鑿的態度自屬通達，實則仍以「舊字」為依歸，追尋一個「較好」（不穿鑿）的版本；他在另一段話中也曾摘句比較「杜詩善本勝者」，[73]可知較諸鍾、譚之抗拒箋注和校訂，昭昭有別。換

69 鍾惺、譚元春：《唐詩歸》，卷 18，頁 49。

70 陳巖肖《庚溪詩話》卷上記載：「後人為其屬對不切，改為『天闗』，王介甫改為『天閱』，蔡興宗又謂世傳古本作『天窺』，引《莊子》『用管窺天』為證。」見丁福保輯：《歷代詩話續編》上冊（北京：中華書局，1983），頁 169。

71 鍾惺、譚元春：《唐詩歸》，卷 18，頁 49。

72 王世貞著，羅仲鼎校注：《藝苑卮言校注》，卷 4，頁 264。

73 同前註，頁 263。

言之，王世貞是能讀懂「舊字」，故認為「天闕」並無疑義，「天闚」、「天閱」皆有穿鑿之病，這是一種自認得其正解的讀法；鍾、譚與王世貞似近實異，蓋認為「於古人語言不解處」既不必妄改之，更宣稱「不必解，自是奇句」，因此，能否讀懂「天闕」之義並非他們關心所在，兩人評語中對這個歷來頗具爭議性的詞彙也沒能提出疏釋，這就是不必求其正解的讀法。此中透露出一種奇特的觀念：面對一首艱澀難通的詩作，「讀懂」與否完全不成問題，因為縱使不懂「闕」字之義，甚至未能掌握世人所謂正確、較好的版本，也無礙欣賞此句之「奇」。

這種觀念除可溯及宋元之際的劉辰翁（1232-1297），[74]尚須注意與復古派要角謝榛（1499-1579）的關連。謝榛《詩家直說》云：

> 詩有可解、不可解、不必解，若水月鏡花，勿泥其跡可也。[75]

明人對「可解」、「不可解」的詩學議題雖討論不少，最突破性的觀點恐怕要推謝榛的「不必解」。鍾、譚接過這個話頭，再行添加「可思」之說，遂更具爆發力。請先注意杜甫〈自閬州領妻子卻赴蜀山行〉「物役水虛照，魂傷山寂然」，鍾惺夾批：

74　楊玉成：〈閱讀邊緣：晚明竟陵派的文學閱讀〉，頁 32。有關劉辰翁詩學，並可參閱楊玉成：〈閱讀專家：劉辰翁〉，《國文學誌》第 3 期（1999.6），頁 199-247。

75　謝榛著，李慶立、孫慎之箋注：《詩家直說箋注》（濟南：齊魯書社，1987），卷 1，頁 11。

> 可思而不可解，至幻，至細。癡人必欲求解，竟以不可解之故，而置之不思矣。此讀詩之難也。[76]

鍾惺批語隱含兩個重點：第一，讀者若「必欲求解」，便屬癡迷。我們不難理解，這是基於「不可解」的觀念，也是「不必解」的觀念。第二，鍾惺還拈出了「可思」。此說兼涉兩個層次：一是「讀者」的思維能力，讀者對詩歌美感的領會，如杜詩之「至幻」、「至細」，必須仰賴「思」。鍾惺批評癡人：「竟以不可解之故，而置之不思矣」，按：請務必審辨，這段話中的「不可解」不再意指妙不可言，而指癡人讀詩刻意求解而又不得其解的境況，其之所以為「癡」，癥結在於不得其解時的「不思」。文末感嘆：「此讀詩之難也」，不啻是強調：「思」是閱讀活動中最難能可貴的關鍵能力。何以關鍵？其效用正在掘發詩歌文本中「不可解」的無窮美感。茲舉一例，杜甫〈天末懷李十二白〉「文章憎命達，魑魅喜人過」句，鍾惺評：「大發憤，卻是實歷語」，[77]其悲憤令人不忍卒讀，這也正是譚元春評語所謂：「十字讀不得」，但譚評隨即補述：「然深思，正耐多讀」，[78]可知仰賴讀者「深思」之後，反覆尋味，就能領略到杜詩無窮美感。

「可思」的第二個層次，指涉「作品」的語言藝術。這與前述第一個層次可謂一體兩面，杜詩語言藝術的「可思」，形成了某種召喚結構（appellstrukur），因而亦為讀者之「思」的投射

76　鍾惺、譚元春：《唐詩歸》，卷 21，頁 86。

77　同前註，卷 20，頁 78。

78　同前註。

對象。如鍾惺評杜甫〈喜達行在所三首（其三）〉「影靜千官裏」句：「『影』、『靜』二字，深妙可思」，[79]便具體抓住作品中特定字彙的用法「深妙」，是以「可思」。循此遍觀《詩歸》中的杜詩評點，我們不難發現一套反覆出現的表述模式，如〈兩當縣吳十侍御江上宅〉鍾評：「『權』字畫出老奸形神，許多機鋒在內」，[80]〈巫山縣汾州唐使君十八弟宴別兼諸公攜酒樂相送率題小詩留于屋壁〉鍾評：「『兼』字說老態工甚」，[81]〈對雪〉鍾評：「一『似』字寫得荒涼在目」，[82]皆由小見大，抓住杜詩單一字彙而讀出豐厚意義。另如〈新婚別〉「形勢反蒼黃」，鍾評：「五字吞吐難言，羞恨俱其中」，[83]〈雨過蘇端〉鍾評：「『一飯即〔跡〕便掃』五字，有分曉，有斟酌，許多嗟來嘑蹴之感，俱在其中」，[84]皆注目局部文句。這類例子不限杜詩，整部《詩歸》俯拾即是，似常令人覺其瑣碎；但結合前面的討論看來，這恐怕正是鍾、譚刻意追求的型式，其以讀者之姿，試圖掘發單一字彙或局部文句中的豐厚意義，可謂「思」之能力的實例演示。

關於那些實例演示背後的理論依據，亦即「可思而不可解」的觀念，鍾、譚並於杜詩評點中反覆提示。譚元春評〈西閣雨望〉「萬慮傍簷楹」句：

79　同前註，卷21，頁86。此詩原是「其三」，《詩歸》寫作「其二」。

80　同前註，卷18，頁51。

81　同前註，卷20，頁79。

82　同前註，卷21，頁91。

83　同前註，卷17，頁39。

84　同前註，卷18，頁50。

有可思不可解之妙。[85]

又如杜甫〈送遠〉，全篇加圈外，鍾惺尚有一段尾批：

深甚，不在不可解，而在使人思。[86]

前文曾引述鍾惺總批讚賞此詩妙處：「尋不出，說不破」，亦即「不可解」。這段尾批則補述此詩之「深」，並非由於「不可解」的緣故，而在於詩歌文本召喚了讀者之「思」，參與了無窮美感的創造。鍾惺接著說：「若以不可解求深，則淺矣」，[87]仍認為若刻意求解，反倒是淺看了杜詩。

如前所述，「不可解」原屬復古派詩學常談，「不必解」亦與謝榛之說相仿，但通過「可思」之說的論述和大量實例演示，居然改頭換面，變成竟陵派別具特色的論述。這個觀念自然被譚元春寫入〈詩歸序〉：

真有性靈之言，常浮出紙上，決不與眾言伍。而自出眼光之人，專其力，壹其思，以達於古人，覺古人亦有炯炯雙眸從紙上還矚人，想亦非苟然而已。[88]

這段序文有助於進層掌握「思」的樣貌。譚元春認為，讀詩的目

85 同前註，卷21，頁88。
86 同前註，卷20，頁79。
87 同前註。
88 同前註，卷首，頁524。

標在於掌握古人的「性靈」，一如鍾惺〈夜閱杜詩〉，他也使用了古人雙眸炯炯的象喻；但文中特別強調此一「性靈」的獨特性：「決不與眾言伍」，而非人云亦云般的浮光掠影。如何方能達致此一目標？這就是所謂：「自出眼光之人，專其力，壹其思，以達於古人」，細加推敲：第一，「專其力」、「壹其思」皆指讀者的專壹致志，這是具體描述讀者之「思」的樣貌，絕非泛然隨意的瀏覽，故文末補述：「亦非苟然而已」。我們於焉可以設想，鍾惺在〈夜閱杜詩〉之發生讀杜經驗的飛躍，應非屬於靈光乍現的自然妙悟，主要是仰賴長期鑽研苦索的思維周旋。參鑑宇文所安（Stephen Owen）就創作層面而論的「苦吟的詩學」，[89]鍾、譚的讀法，不妨對舉而稱為一種「苦吟式閱讀」。第二，譚序明言，讀者之「思」，乃是朝向於掘發古人的「性靈」，但這是否仍深陷「必欲求解」的窠臼？亦即評點活動是否仍為「解」？我們不應該輕放譚元春至關緊要的一句話：「自出眼光之人」，這透露讀者之「思」的運行，實非為了追尋古人作品中某種客觀存在的旨義，提出確解，而是憑靠讀者自身獨特的「眼光」，去與古人交通。既講究「自出眼光」，又期許掘發古人潛德幽光，當然不簡單，故亟須專壹致志、鑽研苦索，這種閱讀活動遂迥別於主觀性、隨意性的閒談漫話了。

譚元春序中的「性靈」，鍾惺稱為「精神」，其〈詩歸序〉對如何探求古人的「精神」，也有扼要論述：

89　宇文所安（Stephen Owen）著，田曉菲譯：〈苦吟的詩學〉《他山的石頭記——宇文所安自選集》（南京：江蘇人民出版社，2003），頁192-211。

> 真詩者，精神所為也。察其幽情單緒、孤行靜寄于喧雜之中，而乃以虛懷定力獨往冥遊于寥廓之外。[90]

鍾惺指出，讀者要透過「虛懷定力」，去體察古人作品中的「幽情單緒」、「孤行靜寄」。「虛懷定力」指虛靜專壹的思維樣貌，「幽」、「單」、「孤」、「靜」一連串的形容，乃至「冥遊于寥廓之外」一語，相對於熱鬧喧囂或塵俗之境，皆是在指稱古人「精神」的獨特性。鍾惺這段說法雖不比譚元春清晰，仍足以相互發明。

但鍾序有一段很值得注意的界定：「真詩者，精神所為也」，乍看之下，這似是就創作層面去說古人內蘊之「精神」，外顯為「真詩」。然而不然，因為古人之「精神」，實非繫諸「作者」，而是存在於「作品」，這又召喚「讀者」的抉微。換言之，「真詩」的創造，非僅創作層面一端。鍾惺想必深鑑於此，故後文緊續轉入了「察」（閱讀）的話題。

這樣看來，我們便得逼問：杜詩作為「真詩」的重要範例，鍾、譚在其評點中究竟能為世人提供什麼？無非就是杜詩的「精神」、「性靈」，而那又難免沾染兩人的「眼光」；故杜詩之「真」，以鍾、譚自我構設的詩學系統審視之，其實僅算是鍾、譚眼中之「真」，卻未必等於他人眼中之「真」。這是否就淪落為：名為閱讀古人，實則根本是讀者自說自話？某些偏激讀者確實可能墮入此境。鍾、譚的評點曾被目為「穿鑿」，[91]恰亦由此

90 鍾惺、譚元春：《唐詩歸》，卷首，頁 522-523。

91 宋犖：《漫堂說詩》，丁福保輯：《清詩話》上冊（上海：上海古籍出版社，1999），頁 417。

而來。然則這樣的理論系統，其實意義重大：杜詩之「真」所指為何，於焉成為一個開放性議題。表面上，詩不可解、不必解；實際上，詩的意義也緣此萬古常新、生生不息。

因此鍾惺〈再報蔡敬夫〉中的「轉語」，實是一個極值得注意的禪喻：鍾、譚在其閱讀活動中，對「真」有所體悟，形諸於評點；但更緊要的是，那些斷片式的評點文字，對《詩歸》讀者而言，不啻是一種「轉語」，猶如禪宗之參話頭，此中絕非要求讀者迷信評點，死於句下，而是期待讀者藉詩歌和評點文字的相互辯證、反覆磨勘，終能親切參悟出一己的「真」體會。鍾批杜詩：「『不相棄』、『借光輝』，書牘套語入詩，乃能深妙。請思其故。」[92]這些字眼之所以「深妙」，並未在這段簡短批語中全盤道盡，鍾惺只是提供一種思路的引導，終究交付讀者自行去「思其故」。譚元春在一通書信說：「傳世者之精神，其佳妙者，原不能定為何處，在後人各以心目合之。」[93]等於承認古人詩中的「精神」、「佳妙」，端賴讀者各自抉微，原無標準答案。因此何為杜詩之「真」？在鍾、譚自我創構的詩學系統下，本來就是一個開放性的議題，容許討論，自然容許異議，更成為鍾、譚以明代詩學異端之姿去遂行閱讀革命的利器。復古派自明代中葉以降，雄踞百年，聲勢浩壯，鍾、譚竟能突破重圍，震懾晚明，正須歸功於「可思而不可解」——這是杜詩評點的核心，也位居整個竟陵詩學系統要津。

92　鍾惺、譚元春：《唐詩歸》，卷 20，頁 79。

93　譚元春：〈答袁述之〉，陳杏珍點校：《譚元春集》（上海：上海古籍出版社，2018），卷 28，頁 1043-1044。

（二）「杜詩入理獨妙」

鍾、譚杜詩評點可依論述重點分成兩類：一是針對實際詩作的內容和形式進行分析，二是指述杜詩在特定層面上的「特殊性」。前者容易令人產生瑣碎感，卻是後者的立論基礎。我們應特別注意後者，那麼前者的許多資料，便如網在綱。在鍾、譚的法眼觀照下，杜詩究竟有何特殊性？不能忽略鍾惺這段說法：

> 小小題，許多感慨，許大關係。詩不關理，杜詩入理獨妙。[94]

這是杜甫〈太子張舍人遺織成褥段〉的總批。「詩不關理」一語，就宋明詩學實況來說，大抵可理解為一種普遍性詩道。其說可溯及南宋嚴羽（1195?-1245?）《滄浪詩話》：「詩有別趣，非關理也」，[95]也是明代復古詩學抑宋宗唐的基本前提。鍾惺批語居然聲稱：「杜詩」超然例外於此一普遍性詩道，而且評價特高，「入理」被許為杜詩有別於普通詩人的「獨妙」所在。這種對於杜詩特殊性的論述，乃與當代復古詩學構成了彼此頡頏的緊張關係。我們要問：何謂「入理」？何以「獨妙」？

鍾惺批語顯示：杜詩能在「小小題」中，寄寓「許多感慨」、「許大關係」。所謂「小小題」，即詩題所示張舍人曾餽贈杜甫一匹珍貴的錦緞；蓋相較於群體性的社會、政治或文化等

94 鍾惺、譚元春：《唐詩歸》，卷 17，頁 44。

95 嚴羽：〈詩辨〉，張健校箋：《滄浪詩話校箋》（上海：上海古籍出版社，2012），頁 129。

倫理議題，日常生活中朋友間的餽贈授受，乃個人性社交行為，確可視為微小的詩歌創作題材。不難推想，這類題材之具價值，並非出於題材本身的特性，而是取決於寄寓其中的「許多感慨」、「許大關係」，因而進一步涉及杜甫面對此一日常物事的「反應」。試複按原詩，開頭幾句敘寫張舍人餽贈錦緞的緣起，暫不可提，請注意杜甫的「反應」是婉拒：

領客珍重意，顧我非公卿。
留之懼不祥，施之混柴荊。
服飾定尊卑，大哉萬古程。
今我一賤老，裋褐更無營。
煌煌珠宮物，寢處禍所嬰。[96]

「領客珍重意」係感念張舍人的厚誼，仍屬個人性社交行為的表述，亦為題中應有之義；下句猛然掉轉筆鋒，「顧我非公卿」，由「顧我」此一個人性身分自覺，倏地轉入「非公卿」此一群體性層次的省察。杜甫認為此一珍貴的綈段，並不契合自己的卑微身分，假如接受餽贈，有違古來「服飾定尊卑」的禮法，擔憂遭致「不祥」之「禍」。這種寫法相當特殊，杜甫主要是介意群體性的倫理問題，然而連結了個人性的罹禍之憂，這使得他的婉拒餽贈，既尊禮法，卻非板起臉孔式的訓誡，同時平添了一些自嘲身分卑微、憂懼罹禍的幽默感。這對遭拒的張舍人，也有緩和氣

96　鍾惺、譚元春：《唐詩歸》，卷 17，頁 44。除特別說明外，下文所引杜詩悉據此書，不再出註。

氛而不致損及友誼的作用。因此杜甫的寫法，乃兼融群體性和個人性，可謂人情練達之「反應」。特就群體性層面而言，請進一步注意「寢處禍所嬰」句下鍾惺夾批：

> 天道、王制，小物中輕輕數語發盡，說得僭侈人夢中魂驚。[97]

這段夾批值得細讀：第一，杜詩的「入理」，係在「小小題」中，寄寓「許多感慨」、「許大關係」；對照這段夾批所指出，此詩在「小物」中，寄寓了「天道」、「王制」，亦即尊卑禮法，可知「理」、「感慨」、「關係」就是一種群體性的倫理關懷，「入理」就是杜詩寫出了此一群體性倫理關懷。第二，「小物中輕輕數語發盡」一語，指杜詩的「入理」，出於微小的題材，表面上屬於個人性的日常經驗。這隱然也是一種提醒：杜詩這類題材、經驗，由於「入理」，價值不容低估。第三，杜詩對於「理」的表現，並非長篇大論，而是「輕輕數語發盡」。這暗示杜詩的語言藝術簡鍊、精準，而且此「理」隱微於字裡行間，不啻也是一種有待讀者深思抉微的言外意趣。第四，針對作品與讀者的關係而言，杜甫此詩「說得僭侈人夢中魂驚」，可知杜詩之「理」，表現手法縱然隱微，但絕非晦澀、封閉，具有扣人心弦進而警世的效果。

我們尚須辨明一點：「理」作為一種群體性的倫理關懷，涵蓋層面非常廣袤。社會、政治或文化等議題外，還應包括杜甫對

97 同前註。

人類「命運」的觀照。其〈大曆三年春白帝城放船出瞿唐峽久居夔府將適江陵漂泊有詩凡四十韻〉有云：

神女峰娟妙，昭君宅有無。
曲留明怨惜，夢盡失歡娛。

此詩抒寫杜甫由夔州前往江陵的旅次之感。前面摘引的兩聯，提到舟中親見的巫山神女峰、懷想中的王昭君故宅，同時揉合了兩個景點背後的傳說和歷史故事。鍾惺有一夾批：

有悟頭語，說得人冰冷。[98]

指杜甫透過這兩個景點的描寫，展現出某種領悟，並能渲染讀者，讓人覺得「冰冷」。杜詩寫了什麼？顯然不是對於兩個景點的客觀描繪，而是感嘆楚王和神女的浪漫愛情傳說，終究只是一場易醒的美夢，醒後所有的「歡娛」在現實中竟完全歸於渺幻；王昭君天生擁有春風般的姣好容顏，卻不得不遠嫁朔漠、魂歸異邦，所能為世人留下的徒然是一支哀怨的琵琶曲。很難說當中完全無涉於杜甫個人的身世之感，倘若「歡娛」之美好可比擬為青年杜甫意氣遄飛的豪情，然則美夢消逝無蹤，豈不正是映照著如今的遲暮傷感？王昭君「一去紫臺連朔漠」的悲慘際遇，[99]不也

98　同前註，卷22，頁103。

99　杜甫〈詠懷古跡五首（其三）〉：「一去紫臺連朔漠」、「畫圖省識春風面」、「分明怨恨曲中論」，頗能與此詩互文。《詩歸》未選。引自蕭滌非主編：《杜甫全集校注》（北京：人民文學出版社，2013），卷13，頁3848-3849。

恰似老杜「漂泊西南天地間」的顛沛流離？[100]從這個角度來看，杜甫隱然是藉這兩個景點、故事，去寫一己的個人經驗。而他的個人經驗也因此，不再侷限於純粹的個人經驗，而是能從人類早期歷史上找到某種先行的預示和軌則，故杜甫如此抒寫，便可說是一種諦觀人類共同之「命運」的體悟、覺醒。後世杜詩讀者倘亦有感於斯文，自然不能不對一己的「命運」無動於衷，「冰冷」一詞便是用以譬況讀者心中的震撼之感！

鍾惺的評語很簡潔，我們不成比例的剖析，無非是想指證：他所關注的杜詩之「入理」，尤可說是杜甫於字裡行間，寫出了即個人而即群體的人類共同之「命運」。杜詩之所以倍具藝術感染力，無論是「說得僭侈人夢中魂驚」、抑或「說得人冰冷」，正是因為杜甫的筆觸，不僅注目個人經驗，尚能進一步昇華為群體性的倫理關懷，這當然並非古今任何創作者皆能輕易為之，是以「獨妙」。因此，「詩不關理，杜詩入理獨妙」，鍾惺對杜詩的評價基準，顯然不是某一普遍性、概括性的文體批評，而是深覰杜詩本身的藝術感染力。

由於評價基準的不同，《詩歸》采錄的杜詩之作，也和復古派詩學傳統斷裂。近年研究已指出鍾、譚尤偏愛杜詩家常瑣細題材，[101]其實這類作品之倍受青睞，正是基於「入理獨妙」。鍾惺指出：

> 讀〈秋行官張望〉以下數詩，有寬嚴，有詳略，有巨細，

---

[100] 杜甫：〈詠懷古跡五首（其一）〉。《詩歸》未選。出處同前註，頁3842。

[101] 陳美朱：《明清唐詩選本之杜詩選評比較》，頁72。

綱目脉絡，委曲分明。蓋以奴婢事、帳簿語，而滿肚化工，全副王政，和盤託出。於此將心眼放過，宜其終身口耳杜詩如未之見也。[102]

這段文字非常值得注意，因為雖是寫在〈催宗文樹雞柵〉總批位置，實則在《詩歸》的版面中，特指〈秋行官張望督促東渚耗稻向畢清晨遣女奴阿稽豎子阿段往問〉、〈暇日園中散病將種秋菜督勤耕牛兼書觸目〉、〈課伐木〉、〈信行遠修水筒〉、〈催宗文樹雞柵〉等五首詩。換言之，鍾惺是從所選杜詩中再圈出一個特別的「區塊」。據其題目和內容來看，此「區塊」有一個顯著的傾向，都是杜甫就日常瑣事對僕人的殷殷督課，亦即所謂「奴婢事，帳簿語」，前者指題材微小，後者指處置瑣碎，顯然可以呼應前述的「小小題」。鍾惺於此評價極高，乃至認為讀者若忽略了當中的「滿肚化工，全副王政」，無異於未曾讀杜，遑論體認杜詩的真正價值。話中有無影射？我們可以發現：這五首詩，高棅《唐詩品彙》、《唐詩正聲》、李攀龍《古今詩刪》、《唐詩選》無一采錄，鍾惺欲批判、翻轉復古派詩學傳統的意圖，不言自明。鍾惺評李白〈寄東魯二稚子〉曾順帶提及：「田園兒女，老杜妙於入詩」，並與李白比較：「有家常瑣碎妙者，不讀老杜諸詩不知」，[103]這類題材之作，無疑是被視為杜詩的一大特色及價值所在。

茲舉其中一例：「信行」為杜甫僕人，曾辛勤往返四十里之

---

102 鍾惺、譚元春：《唐詩歸》，卷 19，頁 64。

103 同前註，卷 15，頁 18。

遠，只為盡責修復水筒，杜甫有感遂作〈信行遠修水筒〉嘉許之。誠如鍾惺開宗明義的總批：

> 往往於家常瑣細，娓娓不倦，發大道理、大經濟，不酸不碎，此老胷中原有此一副本事。[104]

杜甫如何通過家常瑣細的題材，寫出看似毫無相涉的「大道理」、「大經濟」？這其實是提示一種綱領性的讀法。此詩開頭四句：「汝性不茹葷，清靜僕夫內。秉心識本源，於事少滯礙」，鍾惺便有夾批：

> 從來經世人，本不草草，須心源清靜。從小人中看出「少滯碍」三字，可思，所謂安生處也。是清靜人作用得力妙處。

「於斯答恭謹」句下，鍾惺進一步指出：

> 清靜、恭謹，才所由出；無此即小人之才矣。[105]

倘非通過鍾惺的詮釋，我們未必能發覺此詩原來有如此特殊的涵義。簡言之，此詩核心旨趣並非單純杜甫如何嘉許信行，而是藉由此一家常瑣細題材，觸發一種論述：舉凡「經世人」，須要保

---

[104] 同前註，卷 19，頁 64。

[105] 同前註。

持「心源清靜」、「恭謹」。因此，信行的這種心靈特質，不僅是他在家務上任事篤實、修復水筒的關鍵，根本也是杜甫由小見大，借題發揮「經世」的觀念，故稱為「大道理」、「大經濟」。

承此，杜甫嘉獎信行的方式：「浮瓜供老病，裂餅常所愛。於斯答恭謹，足以殊殿最」，譚元春下列批語同樣頗堪玩味：

> 大帝王語。[106]

杜甫將原備自供的「浮瓜」、宿愛的「裂餅」，賞賜信行，不僅是因他修復水筒的這件家務，而是「於斯答恭謹，足以殊殿最」，是因他的「恭謹」之值得獎勵。依前面的討論，「恭謹」的心靈特質足以「經世」，那麼杜甫的賞瓜賜餅，不啻也是對於此一足以經世之恭謹心靈的肯定。在譚元春邏輯下，這便超越了主僕之情，而昇華為杜甫以「大帝王」之精神，對經世濟民層次的宏大關懷。

鍾、譚所選杜詩家常瑣細題材，並不限於前揭五首，但諸作被圈為一個「區塊」，自具典型意義。此「區塊」之外，茲可再舉一例〈又呈吳郎〉：

> 堂前撲棗任西鄰，無食無兒一婦人。
> 不為困窮寧有此，祇緣恐懼轉須親。
> 即防遠客雖多事，便插疏籬卻甚真。

106 同前註。

已訴徵求貧到骨，正思戎馬淚盈巾。

復古派對此詩的評價並不理想，高棅、李攀龍諸選本俱未采錄，前述唐汝詢仍因其「俚」，劃歸王集中無法見容於復古派審美趣味之一例。據鍾惺總批云：「許婦人撲棗，已是細故，況吳郎之棗乎？當看作詩又呈吳郎，是何念頭」，[107]此詩的讀法，須是要能穿透表層題材的「細故」，攫住杜甫深層的「念頭」。因此，從他的夾批來看，復古派常用的文體批評就顯得毫無意義：

> 「無食無兒」四字，不合說不苦。近人以此為「不成語」，何故？[108]

王世貞曾質疑杜詩「不成語者多」，舉例便是摘出此詩的「無食無兒」，[109]這是指四字不符合他心目中的詩體藝術形相。鍾惺卻是讀出婦人之「苦」，杜詩頷聯便是承接「苦」字，去寫出他對婦人的「體悉」、「愛敬」：

> 鍾云：於困賤人非惟體悉，又生出一段愛敬。彼呼號者何人！〇又云：菩薩心腸，經濟人話頭。[110]

---

107 同前註，卷 22，頁 101。

108 同前註，頁 100。

109 王世貞《藝苑卮言》曾批評杜詩「多不成語」，舉例便是「無食無兒」四字。見羅仲鼎校注：《藝苑卮言校注》，卷 4，頁 240。鍾惺的反唇相駁，顯然就有翻轉復古派成見的意義。

110 鍾惺、譚元春：《唐詩歸》，卷 22，頁 100。

這段說法何嘗也強調了此詩真正價值所在。鍾惺認為，杜甫完全瞭解老婦的「困賤」，但箇中絕無鄙夷、輕薄的成分，而是出於「一段愛敬」。在戰亂動盪的黑暗時代下，無辜的人民為求基本生存，不得不捨棄人性固有的尊嚴，其不堪的「命運」，無疑令人愛憫、憐憫；至於老婦對抗此一悲慘「命運」，對於求生展現堅韌的「意志」，何嘗以一己微力去控訴黑暗，不也值得敬重嗎？那麼吳郎豈忍「插疎籬」去禁制老婦的偷竊行為呢？這便成為杜甫作詩相勸的動機。他的「愛敬」，換言之就是「菩薩心腸，經濟人話頭」。依鍾惺的讀法，杜詩的題材誠屬「細故」，但其「念頭」又何嘗限於老婦、吳郎這樁單一案例，其實更是心懷同遭戰亂之苦的芸芸蒼生。這種寓諸細微題材中的群體性倫理關懷，正是「入理」。[111]

「入理獨妙」之說，主要是提醒讀者注意杜詩的深層意義，不能因其家常瑣細，就輕率貶抑之。其實針對杜詩宏大格調之作，鍾、譚也展現了相同觀念。例如〈灩澦堆〉「天意存傾覆」句，鍾惺夾批：

> 至理，即山不為人之惡險而輟其高意，此語深至。[112]

---

111 前述家常瑣細的「區塊」外，《詩歸》選杜甫詠物五律，自〈苦竹〉至〈歸鴈〉凡 15 首，題材皆為「小物」，在版面上也自成「區塊」。出處同前註，卷 21，頁 92-94。這類杜詩並因近於「宋詩」，墮入「變體」，不受復古派青睞，可參閱陳英傑：《明代復古派杜詩學研究》，頁 313-314。

112 鍾惺、譚元春：《唐詩歸》，卷 21，頁 86。

譚元春更連結次句「神功接混茫」而評曰：

> 大有本末之言，小儒徒喜其沈雄耳。[113]

就是顯例。「灩澦堆」為瞿唐峽口江心突起的巨石，這兩句係寫巨石長年屹立江心，既見證了造化之功，但平添往來舟楫險阻，也寓含警戒冒險躁進之徒的悠悠天意。「山不為人之惡險而輟其高意」，鍾惺認為此一天意並不因人之好惡而改，此詩藉由江心巨石，寫出了一種恆久不刊的「至理」，連同譚元春的「大有本末之言」，皆指認杜詩的群體性倫理關懷。但「小儒徒喜其沈雄耳」，鍾、譚掉轉筆鋒，顯然正是批判復古派固有的審美習性。杜詩的蒼茫沉雄，確為顯著特色，鍾、譚也並未否認，但他們挪移了閱讀評賞的重心，提醒讀者多思考杜詩的深層意義。因此，〈灩澦堆〉的例子顯示：「杜詩入理獨妙」的批評效力，並非專限於家常瑣細題材，堪稱鍾、譚對杜詩的普遍性論述。

談及杜詩「入理」議題，我們當然不能忘記復古派陣營中李夢陽早有論述。其〈缶音序〉曾說：

> 夫詩，比興錯雜，假物以神變者也。難言不測之妙，感觸突發，流動情思，故其氣柔厚，其聲悠揚，其言切而不迫，故歌之心暢，而聞之者動也。宋人主理，作理語，於是薄風雲月露，一切鏟去不為，又作詩話教人，人不復知詩矣。詩何嘗無理，若專作理語，何不作文而詩為邪？今

113 同前註。

> 人有作性氣詩者，輒自賢于「穿花蛺蝶」、「點水蜻蜓」等句，此何異癡人前說夢也。即以理言，則所謂「深深」、「款款」者何物邪？[114]

所引「穿花蛺蝶」、「點水蜻蜓」、「深深」、「款款」等句，係杜甫〈曲江二首（其二）〉。文中提到，當代有人自認詩中之「理」的創作頗勝杜甫此詩，李夢陽甚感不以為然。杜甫此詩有什麼樣的「理」？文中並未明講，如果參照同時安磐《頤山詩話》的解釋：「『蛺蝶』之『穿花』，『蜻蜓』之『點水』，各具一太極，各自一天機，亦鳶飛魚躍之意也，奚必待說『天機』、『太極』，始謂之言理哉？且『穿』字更著『深深』字，『點』字更著『款款』字，微妙流轉，非餘子可到」，[115]此理不妨概稱為「天機」、「太極」之類的「哲理」。但李夢陽之標舉杜詩，並非鑑於詩中的「哲理」，而是鑑於杜詩說理之際使用了「比興」的表現手法，符合了「詩」之為體的普遍性規範。也正是在這一點上，李夢陽不滿當代性氣詩人，也不滿「宋人」在詩中「作理語」，質疑宋人：「何不作文而詩為邪」，再度顯示他之尊杜抑宋的評價基準，乃是文體論。這種觀念，無疑是發揮了嚴羽《滄浪詩話》「別趣」之說，也恰是鍾、譚在前述評點中所欲對話的「詩不關理」之說。

故透過比較，可以更清晰地凸顯鍾、譚所強調的「杜詩入理獨妙」，有幾項重要特色：第一，依李夢陽〈缶音序〉，杜詩價

---

114 李夢陽：〈缶音序〉，郝潤華校箋：《李夢陽集校箋》，卷 52，頁 1694-1695。

115 安磐：《頤山詩話》，吳文治主編：《明詩話全編》，頁 2126。

值取決於「比興」手法，符合詩體的藝術形相，但這等於也是在此方面淡化了杜詩的「特殊性」，將杜詩價值看作是對普遍性詩道的服膺。但鍾、譚眼中的杜詩價值，並不取決於是否使用「比興」、是否符合詩之為體的普遍性規範，所謂「獨妙」，正是強調杜詩的「特殊性」。〈又呈吳郎〉通篇不用「比興」，多運虛字斡旋，即是顯例。第二，鍾、譚眼中的杜詩價值既不在彼，而在於「入理」之「獨妙」。縱使不談「比興」，這種觀點也和李夢陽有別。因為「理」的內涵，李夢陽指為「哲理」；鍾、譚對於杜詩中的「哲理」，則似興趣缺缺，《詩歸》雖然也選了〈曲江二首（其二）〉，其評點卻完全無涉「天機」、「太極」之類的「哲理」。[116]鍾、譚所欣賞杜詩的「入理」，特指一種群體性的倫理關懷，可簡括稱為「倫理」，尤其還包括了杜甫對於人類共同之「命運」、「意志」的省察。因此，所謂「詩不關理，杜詩入理獨妙」，前者指「哲理」，後者指「倫理」，同一「理」字，竟是置換內涵，兩者本無必然性的衝突；鍾、譚這段話卻營造出杜甫衝破了詩學常軌的張力，應是一種文化行銷策略，真正目的恐怕在於凸顯兩人的評點和論述係顛覆了詩學常軌。第三，有關顛覆詩學常軌，我們尚可留意：李夢陽基於「比興」觀念，標舉杜詩而貶抑「宋人」。鍾、譚討論杜詩價值，既不復講究「比興」，又聚焦於詩中之「理」，隱然便是在宋詩評價問題上，與李夢陽乃至於復古派貶抑宋詩的普遍性觀念分道揚鑣了。至於，「宋詩」顯著特色之一，「被認為過於普通平常而不能入詩的身邊雜事，宋人卻大量地積極地用做作詩的題材」，

116 詳見鍾惺、譚元春：《唐詩歸》，卷22，頁96-97。

[117]這和鍾、譚眼中，杜詩能透過家常瑣細的題材展現群體性的倫理關懷，實有類近，亦不妨充當一個例證。

（三）「性情語」

由前文的討論中，可知杜詩宏大氣象之不足恃，相沿而下，我們尚須注意一首登望名作〈同諸公登慈恩寺塔〉。天寶十一載（752），杜甫和岑參、儲光羲（707-760）、高適（706-765）、薛據諸友，一起登上長安近郊的慈恩寺塔並同題賦詩。薛詩早佚，《詩歸》未錄高適，僅選杜甫、岑參、儲光羲之作。譚元春更曾宣稱杜詩之「奇老」、岑詩之「高逸」、儲詩之「杳冥」，咸屬「塔詩絕唱」，「千載不能著手矣」，[118]認為杜詩與儲、岑之作各具特色，不分軒輊。這些作品在復古派選本中的采錄狀況如何？仍舉高棅《唐詩正聲》、李攀龍《古今詩刪》、《唐詩選》比較，請參閱表四：

表四：《唐詩正聲》、《古今詩刪》、《唐詩選》所選登慈恩寺塔詩之情況

	《正聲》	《詩刪》	《詩選》
杜甫〈同諸公登慈恩寺塔〉	○		
岑參〈與高適薛據同登慈恩寺浮圖〉	○	○	○
儲光羲〈同諸公登慈恩寺塔〉			
高適〈同諸公登慈恩寺塔〉		○	

117 吉川幸次郎著，鄭清茂譯：《宋詩概說》（臺北：聯經出版事業公司，2012 三版），頁 14。

118 鍾惺、譚元春：《唐詩歸》，卷 7，頁 612。

儲光義全未入選，作為上述諸選本底本的高棅《唐詩品彙》亦未采錄，這應是值得專文分析的現象，暫且按下。《正聲》未選高適，其實已選入《品彙》，高棅並有小註認為杜、岑、高之作「皆雄渾悲壯，足以淩跨百代」。[119]李攀龍未選杜詩，似難斷言他的觀點，但參照胡應麟（1551-1602）《詩藪》：「皆才格相當，足可凌跨百代。就中更傑出者，則〈慈恩〉，當推杜作」，[120]可知李攀龍之未選杜詩，至少不能放大為復古派整體對杜詩有所保留，如胡應麟對杜詩更為推崇。以上的梳理，乃限於論旨而唯求簡要，但足以凸顯一個問題：《詩歸》對杜、岑詩的采錄情況，是否較缺乏革命性的特色？

其實不然。針對這個問題，我們必須特別注意杜詩〈同諸公登慈恩寺塔〉「方知象教力，足可追冥搜」，鍾惺有一段重要的夾批：

> 他人於此能作氣象語，不能作此性情語。即高、岑閣筆矣。[121]

這段簡短的批語並未列出同行的儲、薛，反而提及了此題未選的高適。若不計此等細節，鍾惺是強調杜詩之有別於「他人」的獨特性、優越性，正在於「性情語」。一般登高望遠之作，常會依

---

119 高棅編，汪宗尼校訂，葛景春、胡永傑點校：《唐詩品彙》（北京：中華書局，2015），五言古詩卷 12，頁 528。

120 胡應麟：《詩藪》（上海：上海古籍出版社，1979），外編卷 4，頁 188。

121 鍾惺、譚元春：《唐詩歸》，卷 17，頁 46。

隨詩人的極目所見，描摹甚或誇大雄曠之景，此即「氣象語」，而這也正是復古派的詩學追求目標。鍾惺何嘗不能感知杜詩中的宏大氣象，他更崇尚的卻是「性情語」，因而再度形成了一種閱讀評賞重心的挪移。何謂「性情語」？為方便分析，謹先迻錄評點書影如圖一：

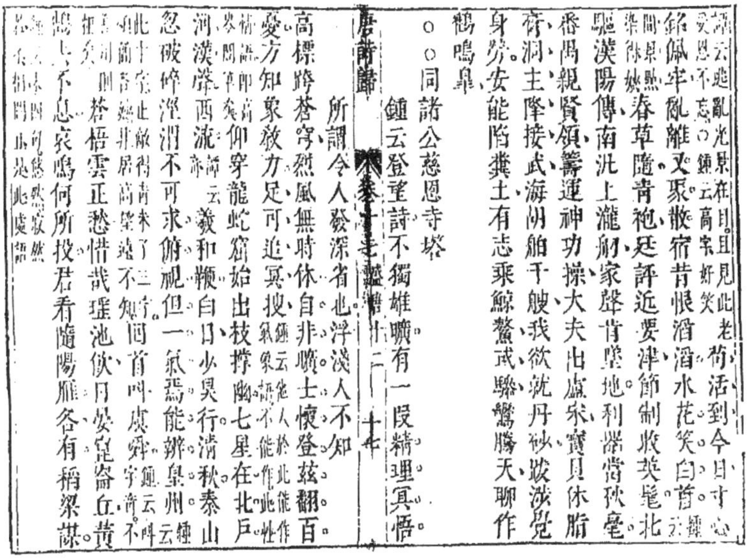
身勞安能陷糞土有志乘鯨鰲或驂鸞騰天聊作鶴鳴皋

○○同諸公登慈恩寺塔

鍾云登望詩不獨雄曠有一段精理冥悟

所謂令人發深省也浮淺人不知

高標跨蒼穹烈風無時休自非曠士懷登茲翻百憂方知象教力足可追冥搜仰穿龍蛇窟始出枝撐幽七星在北戶河漢聲西流羲和鞭白日少昊行清秋秦山忽破碎涇渭不可求俯視但一氣焉能辨皇州回首叫虞舜蒼梧雲正愁惜哉瑤池飲日晏崑崙丘黃鵠去不息哀鳴何所投君看隨陽雁各有稻粱謀

唐詩歸　卷十七　盛唐十二　十七

圖一：〈同諸公登慈恩寺塔〉評點書影

這首詩的結構，可以「方知象教力，足可追冥搜」為分界，此前四句乃登塔之際的自然和心理背景；厥後「仰穿龍蛇窟」以下直至終篇，乃登塔的「所見」、「所感」。[122]「足可追冥

122 「七星在北戶」以下八句為登塔所見，「回首叫虞舜」以下八句寫登塔所感。見蕭滌非主編：《杜甫全集校注》，卷 2，頁 297、298。

搜」儼然居於承上啟下的樞紐，句旁逐字圈點，其重心尤為「冥搜」二字。這句意思是說，杜甫登上佛塔，極目遠眺，親見雄曠之景之外，更自認能憑藉佛教超現實的神力妙法，激發奇幻的想像。承此，「仰穿龍蛇窟」以下，諸如銀河流轉之聲、山河破碎之狀，羲和、少昊、虞舜、西王母等神話傳說人物輪番現身，一連串敘寫，「由『冥搜』而產生出『冥搜』，由『幻想』而產生『幻想』」，[123]無非是杜甫奇幻想像的結晶。譚元春以「奇老」盛譽杜甫此詩，想必也有見於詩中逾半篇幅都透過「冥搜」而來。

因此，「仰穿龍蛇窟」以下，前人註釋為杜甫登塔的「所見」、「所感」，雖綱舉目張，但站在「冥搜」的角度來看，如此註釋實欠精準。因為杜甫登塔親見的景物，僅是創作前的原始材料，現難親歷複按，但以〈同諸公登慈恩寺塔〉的「冥搜」情形，顯然這些原始材料並未如實反映於詩，在杜甫的奇幻想像驅使下，其實是對原始材料進行了大幅變造。故嚴格說，詩歌文本並未直白呈現杜甫的「所見」、「所感」，而是呈現他的「體驗」。吉川幸次郎曾注目詩中的「秦山忽破碎」，認為這不是在客觀描摹登塔之際，杜甫等人親見的「長安市郊連綿起伏的終南山脈」，杜甫是藉這幅奇幻想像下的景象，呈現一己的「體驗」，因為「象徵著社會安定的『秦山』忽然『破碎』，成為了一種不吉利的徵兆」。[124]緣此，通過「冥搜」，就使詩的重心，不再是對雄曠之景、宏大氣象的心摹手追，而是迴向詩人內

---

123 吉川幸次郎：〈慈恩寺塔〉，收入氏著，李寅生譯：《讀杜札記》（南京：鳳凰出版社，2011），續編，頁150。

124 同前註，149。

在的「體驗」。鍾、譚評杜常有「靈幻」、「幻」之說，也指詩中之「體驗」。[125]

接過吉川先生的觀點，我們必須進一步釐清：「體驗」的構成，涵蓋了兩個層次：一是「心理層」，指杜甫登望之際的心理狀態。據圖一，第三、四句「自非曠士懷，登茲翻百憂」，逐字加圈，可見鍾、譚提醒讀者措意之處，這正是杜甫當時的心理狀態。仔細推敲，此一心理狀態不止是「憂」，尚可細分為兩個層位：「自非曠士懷」代表第一個序位，杜甫自稱性格向來並不曠達；「登茲翻百憂」代表第二個序位，指登塔之際憂思叢生、翻騰。第一個序位暗示此憂蘊蓄、沉積已久，具有先在性，洵非瞬時片刻偶然興起的念頭；第二個序位意味著此一先在性的憂思，受到當下登塔活動及其所見景物觸發、激盪，而蔓延開來，令杜甫深陷其中。二是「語言層」，指杜甫的憂思成為詩藝表現的重心。此時杜甫透過「冥搜」，對原本所見實景進行了大幅變造。讀者之能感知杜甫的「體驗」，正因這份體驗已落實到具體的「語言層」。

立足前述的討論，我們可以重新回到「氣象語」、「性情語」，進行更精確的分析。即使暫就概念表面而言，「性情語」

125　「靈幻」、「幻」的對面是「精切」。鍾、譚於前者舉例杜詩「稍知花改岸，始驗鳥隨舟」、「青惜峰巒過，黃知橘柚來」，後者舉例「風蝶勤依槳，春鷗嬾避船」。後者描寫舟行所見風景，確可譽為「刻畫入妙」；前者則能寫出杜甫乘舟之「體驗」，這就是「曲盡急流輕船之妙」、「寫舟行奇幻入神」。要之，鍾、譚儘能欣賞「精切」，卻更崇尚「靈幻」。這種「靈幻詩學」，涉及對於古人用字遣詞的細部分析，此處無法詳言，須俟另撰專文處理。前文引自鍾惺、譚元春：《唐詩歸》，卷 20，頁 80；卷 21，頁 85；卷 22，頁 102。

係指藉用語言，使某種經驗、感受進入詩歌文本，不難理解這就是前述所謂「體驗」。而〈同諸公登慈恩寺塔〉一詩的「氣象」，其實不可不謂宏大，仍能結合奇幻想像之筆，去呈現杜甫的「體驗」，這顯示杜詩中的「氣象語」、「性情語」，原非必然互斥，乃是混融一體。但鍾批：「他人於此能作氣象語，不能作此性情語」，對杜甫以外其他創作者而言，能此而不能彼之間，就形成了互斥的局面。此時「他人」皆能的「氣象語」，顯然不被視為寓含「體驗」；這種「氣象語」，可說是缺乏「心理層」，純粹是就「語言層」去進行創作，而且也正由於缺乏「心理層」的基礎，「語言層」的成品就毫無「體驗」可言。明代復古派詩歌多氣象恢弘之作，卻常遭抨擊缺乏真情實性，正因復古派詩人忽略了「心理層」，而執迷於「語言層」。有別於「他人」，杜甫「能作此性情語」，則是立足「心理層」的基礎，進而落實到「語言層」。其「語言層」的部分不必然刻意追求或排斥「氣象語」，氣象恢弘與否本非詩歌創作之重心，故家常瑣細題材亦可入詩；創作活動的首務在於服膺「心理層」，方以適切的語言去表現某種內在的經驗、感受，亦即「體驗」。杜詩創作重心在此，故特稱為「性情語」，以區隔於「他人」罔顧「心理層」的「氣象語」。從閱讀的角度來說，鍾惺係警醒讀者須能穿透杜詩的「語言層」，進入更深邃的「心理層」。閱讀評賞的重心，因此並不在於「氣象語」，而在於「性情語」。

前文通過「心理層」、「語言層」的釐析，進而論及「性情語」、「氣象語」的分合、本末，應有助於認清：「性情語」實際上就是詩歌文本中潛藏的「體驗」。我們不難聯想，以鍾、譚更常標舉的術語而言之，那也就是「性靈」、「精神」。因此，如何挖掘杜甫〈同諸公登慈恩寺塔〉中的「性情」、「性靈」、「精神」，而不致炫迷於詩歌文本表層的宏大氣象，其實直契《詩歸》核心。

杜甫此詩是登高望遠主題，「景物」在創作活動中扮演的角色格外重要。故我們必須注意，「性情語」還進一步涉及創作者與景物的關係議題。茲分兩個層次討論：第一，由於「自非曠士懷」，杜甫係懷著先在性的憂思去觀景、寫景，這導致原本親見的客觀景物，進入詩歌文本後，成為憂思之「投影」。第二，由於「登茲翻百憂」，杜甫原本親見的客觀景物，成為他當下憂思翻騰不已的「觸媒」。就此而言，創作者並非以一己感受、經驗去觀照外物，反倒像是景物本自蘊具某種特殊的性情，宛如有情世界，方而觸引、感染了創作者。

在實際作品中，「投影」、「觸媒」兩個層次幾乎無法分割開來。誠如《文心雕龍・物色》所云：「情往似贈，興來如答」，[126]彼此之間實為回環往復，相互辯證。但依鍾惺此詩總批，「觸媒」一端顯然特受關注：

> 登望詩，不獨雄曠，有一段精理冥悟，所謂「令人發深省」也！浮淺人不知。[127]

重申登高望遠之作，並不貴在如何展現雄曠之景，而貴在「精理冥悟」。參照「氣象語」、「性情語」的對舉架構，我們其實可

---

[126] 劉勰著，范文瀾注：《文心雕龍注》（北京：人民文學出版社，2001），卷 10，頁 695。

[127] 鍾惺、譚元春：《唐詩歸》，卷 17，頁 46。

將「精理冥悟」，視為「性情語」的一個腳註。隨後隨即拈出的「令人發深省」，取自杜甫〈遊龍門奉先寺〉的結語，鍾惺原有一段夾批：

> 胸中無「深省」二字，不可入山水、禪林間。[128]

又據原詩總批：「此詩非結語，便不必收」，[129]可知「深省」是鍾惺的重要觀念。複按〈遊龍門奉先寺〉：「欲覺聞晨鐘，令人發深省」，係指杜甫清晨時聽聞奉先寺的鐘聲，無意之間，對於自我生命產生了更深刻的省悟、覺察。「晨鐘」因而成為一種「觸媒」。我們或許會好奇：「晨鐘」為何會有如此深妙的效用？這大抵是佛教的神力妙法使然，故上述鍾惺夾批提到了「禪林」。因此，作為「觸媒」的，其實並非「晨鐘」，而是佛法、佛剎。上述鍾惺夾批還提到了「山水」，也是類似的觀念。如杜甫〈萬丈潭〉「青谿合冥寞」，指這座潭水本自幽深清寂，「合冥寞」加圈，鍾惺評曰：「讀此三字，謂山水無理，吾不信也」，[130]所謂「山水」的「理」，就是此一潭水本然自具的幽深清寂特質，能給人某種生命的省覺。換言之，無論宗教或自然，都能於冥冥之中成為生命昇華的「觸媒」。

杜甫之登上「慈恩寺塔」，進而「極目遠望」，可謂兼得宗教與自然之力。因此，重新回到〈同諸公登慈恩寺塔〉總批，鍾惺之特別拈出「令人發深省」，正是藉以詮說：杜甫從登慈恩寺

---

128 同前註，卷18，頁49。

129 同前註。

130 同前註，頁55。

塔極目遠望的景物中，遂使一己的生命——包括原本先在性的憂思，進而昇華並獲致一種更細膩、深刻的省覺，此即「精理冥悟」。其間的「觸媒」，既指極目所見之景，也指宗教，杜甫早已說得很清楚：「方知象教力」。可見佛教的神力妙法，何止促成詩歌創作活動的「冥搜」，更緊要者，還促成了杜甫自我生命的「深省」。從這個角度來看「性情語」，我們有必要特別強調：所謂「性情」，絕非尋常生活中隨境起伏的情感、情緒之意，其實乃是自我生命的「深省」。借用柯慶明的說法，杜詩此刻為讀者展示的，「不只是一種純粹的美感經驗，而同時是一種對生命的沉思，生命意識的高度自覺」。[131]

綜觀《詩歸》，「性情語」之說僅此一處；但鍾、譚評點中的「性情」，卻頗常見。按照鍾惺前述的說詞，「性情語」是杜詩難能可貴的本領，當然是論其杜詩評點時不能忽略的重點。「性情」之說，則未必然。以杜詩評點的範圍來看，其「性情」一詞用法，大抵指杜詩對人物性格有生動描摹，如〈彭衙行〉譚評：「小兒不解事性情，此老專要描寫」，[132]〈水會渡〉譚評：「舟人性情」，[133]〈早發〉鍾評：「曲盡此輩性情」；[134]或是對於不具生命或人性之景物有生動描摹，如〈白水縣崔少府十九翁高參三十韻〉鍾評：「『尋』字妙，雷之性情，俱盡此一

---

[131] 柯慶明：〈談「文學」〉，《文學美綜論》（臺北：長安出版社，1983），頁6。

[132] 鍾惺、譚元春：《唐詩歸》，卷17，頁41。

[133] 同前註，卷18，頁55。

[134] 同前註，頁57。

字中」，[135]〈法鏡寺〉鍾評：「細草敗葉、破屋危垣，皆具性情，千載之下，身歷如見」，[136]〈課伐木〉鍾評：「五字寫盡崖嶠性情」。[137]類似資料不少。這些「性情」之說，縱能點出杜詩個別篇章字句的優美，但當中似無豐厚的理論意義；鍾、譚評點其他詩人也多處提及「性情」，因此並非杜詩的特殊造詣所在。

一如稍早所論，「性情語」之說堅定地指向杜詩宏大氣象之不足恃，對復古派詩學傳統而言，這當然是一場直截根源的「革命」。但我們於前文並曾屢言，鍾、譚其實並非片面貶抑「氣象語」，主要訴求乃在於釐清本末問題。就實際詩歌文本來看，他們是如何閱讀杜詩的「氣象語」？這自是值得一併瞭解的問題。在〈同諸公登慈恩寺塔〉中，「俯仰但一氣，焉能辨皇州」，正是典型的宏大氣象，不但逐字加圈，鍾惺並有一段夾批：

> 此十字只敵得「青未了」三字。煩簡各妙，非居高望遠不知。[138]

所提「青未了」，指杜甫〈望嶽〉起首二語：「岱宗夫何如，齊魯青未了」，鍾惺該詩總批：

---

[135] 同前註，卷 17，頁 46。

[136] 同前註，卷 18，頁 52。

[137] 同前註，卷 19，頁 63。

[138] 同前註，卷 17，頁 46。

此詩妙在起，後六句不稱。[139]

對於這兩句別具青眼。再看岑參〈與高適薛據登慈恩寺浮圖〉：「秋色從西來，蒼然滿關中。五陵北原上，萬古青濛濛」，譚元春評：

「萬古」字，入得博大；「青濛濛」字，下得幽眇。[140]

鍾惺則仍拈出「青未了」：

「秋色」四語寫盡空遠，少陵以「齊魯青未了」五字盡之，詳略各妙。[141]

綜觀之，前引杜甫〈同諸公登慈恩寺塔〉、〈望嶽〉、岑參〈與高適薛據登慈恩寺浮圖〉，均為典型的「氣象語」，足證鍾、譚並未刻意貶斥。但問題在於，鍾、譚對這些詩句的評賞重心，卻也明顯並不在於宏大氣象之展現：鍾惺較注意「煩簡」、「詳略」，以及全篇結構中稱與不稱的現象，譚元春肯認岑參用字「博大」，但其措意恐怕在與隨後的「幽眇」，共同形塑對比張力。可見鍾、譚雖能欣賞這些「氣象語」，然而所以欣賞之由，並非「氣象」，正所謂：「妙在不廣大」。[142]換言之，這仍是

139 同前註，卷 18，頁 49。

140 同前註，卷 13，頁 677。

141 同前註。

142 此為譚元春評杜詩〈暫住白帝復還東屯〉。同前註，卷 21，頁 85。

一種閱讀評賞重心的挪移。何況「他人於此能作氣象語」，「氣象語」變成了眾所皆能的尋常筆墨，其詩學意義已大幅降級。

《詩歸》中的杜詩評點既繁且細，即使扣除大量「初步印象」式的文字，如何確切掌握鍾、譚詩學系統，洵非易事；甚至鍾、譚以精簡評點形式去呈現的詩學觀念，究竟有無「系統」而言，也是值得後設省思的問題。但我們若暫不預設所謂「嚴密」系統的必然存在，經反覆閱讀而視其大體，當可理解前文依序鎖定的「可思而不可解」、「杜詩入理獨妙」、「性情語」，三個觀念術語，對於杜詩閱讀來說，在在都是革命性的重要論述。簡要歸結：「可思而不可解」強調杜詩妙處無法名言，美感不在於語言淺表，亟仰讀者之「思」抉微。「入理獨妙」指杜詩題材無論巨細，其最核心的價值乃在於詩歌文本中潛藏的群體性倫理關懷。至於「性情語」，則更強調杜詩的內涵，何止是尋常生活中浮光掠影的情感、情緒，乃昇華為一種對於自我生命的深細省覺。上述三個觀念語彙，其實都是透過不同層面、不同的詩例，去反省復古派對於體格聲調、宏大氣象的迷思。杜詩〈閬水歌〉譚元春總批：

> 選杜詩，最要存此等輕清澹泊之派，使人知老杜無所不有也。[143]

「無所不有」自是承接傳統的杜詩集大成觀念，但此處特舉「輕清澹泊」為說，恐怕也是要抗衡復古派。在岑參〈奉送李太保兼

---

143 同前註，卷20，頁71。

御史大夫充渭北節度使〉中，譚元春夾批便認為此一主題，「莊重典雅，經史奪目，惟老杜有此手段」，岑詩別出新法，「嘉州以清韻筆奄有之，可見何所不能」，[144]和上述觀點相當近似，只是換了評述的對象。譚元春對「輕清澹泊」、「清韻」的愛賞，乃至於鍾惺從初盛唐七律的「癡重」思及：「『氣格』二字蔽卻多少人心眼」，[145]都是意有所指的。在這種爭辯下，一種詩歌觀逐漸朗現——詩的美感不在語言淺表，而在深處，甚至是一種難以名言捉摸的深處。詩人超以象外得其環中，讀者焉得不然？〈九日藍田崔氏莊〉鍾評：「『子細看』三字悲甚，無限情事，妙在不曾說出」，[146]讀者的任務就是要去挖掘文本淺表未嘗明確說出的、甚至根本難以詳述縷析的某種美妙，因而形成一種獨特的「深度閱讀」。〈重過何氏〉鍾評：「字字是『重過何氏』，卻無著意顧瞻之痕」，[147]〈擣衣〉頷聯鍾評：「一字不及擣衣，掩題思之，卻字字是擣衣」，[148]亦皆如此。

四、結語

「詩人」如何不止是個人的身分或志業，而更能成為瓣香世傳的家業？杜甫在〈宗武生日〉中殷切叮嚀兒子：

---

[144] 同前註，卷 13，頁 682。
[145] 同前註，卷 16，頁 35。
[146] 同前註，卷 22，頁 97。
[147] 同前註，卷 20，頁 80。
[148] 同前註，卷 21，頁 87。

詩是吾家事，人傳世上情。
熟精《文選》理，休覓彩衣輕。

偏偏譚元春〈詩歸序〉曾直言批判世人遭復古派蒙蔽，迷信「《文選》、《詩刪》之類，鍾嶸、嚴滄浪之語，瑟瑟然務自雕飾，而不暇求靈迥朴潤」，他該如何面對杜甫此詩？其夾批云：

蘇長公不服昭明，此古今達識確論也。而老杜每稱《文選》。然有老杜之才，亦不妨誦《文選》耳。[149]

譚元春抬出蘇軾（1037-1101）為說，其論述意見，暫不旁涉；[150]請注意上文最後二語：若有杜甫之才，便可讀《文選》。我們不曉得宗武有無乃父之才、是否熟讀《文選》，譚元春在此卻是婉曲地建議世人束之高閣。這種論述姿態，令人想起胡應麟《詩藪》所言：「杜則可，學杜則不可」，[151]蓋杜甫高才自能駕馭險拗粗拙之筆，後世學杜者卻須衡量己力而知所進退。可見杜詩作為「經典」，何止樹起一個詩學標竿，使人知曉詩歌創作的意義和方向；但努力奔向此一標竿之時，也不禁讓人滋生困惑：我們應當循著杜甫所教導、所踐履的方法去作詩？或宣告杜甫那套方法或踐履方式其實不適用於後世多數人？這是大哉問，復古派乃至於整個宋明詩學取向大抵選擇了前者，鍾、譚則孤傲

149 同前註，卷 22，頁 105。

150 詳見蘇軾：〈答劉沔都曹書〉，孔凡禮點校：《蘇軾文集》（北京：中華書局，1999），卷 49，頁 1429-1430。

151 胡應麟：《詩藪》，內編卷 5，頁 92。

地步上後途。緣此，他們對於什麼是詩？能否由杜甫的創作實踐中，憑藉細膩繁複的選詩和評點，重新萃取出杜詩之所以為「真」、為「妙」的詩歌觀、創作觀？這又是一種什麼樣的閱讀活動？這是擺在兩人面前毫無迴避餘地的根本問題，終而引爆「革命」。

依鍾、譚立志「拈出古人精神」的氣魄，這場革命首先是「閱讀革命」，後續方有「創作革命」。本章將鍾、譚詩學置入閱讀層面，試圖拓展晚明詩學研究的觸角，故瞄準《詩歸》的杜詩選評，進論此中閱讀革命的短兵交鋒。具體的研討工作和架構，乃由「選」、「評」雙線鋪開：我們先鎖定鍾惺自認「獨與世異同」的杜甫七律選目，參照復古派前行選本，便可豁顯《詩歸》中刻意捏塑的杜詩新典律。更重要的是，鍾、譚如何憑藉繁細的「評點」，刷新晚明詩學風景？我們通過評點文字和杜詩文本的反覆磨勘、相互參證，即可貞定「可思而不可解」、「杜詩入理獨妙」、「性情語」，在在是劃時代的革命性論述。鍾、譚的革命行動何僅此也，他們為世人編定了新選本《詩歸》，同時呼籲世人拋開舊選本《文選》、《詩刪》之類，可見此中濃厚的專制意味。

實際上，這場革命旨在倡導一種「深度閱讀」。何以深度？鍾、譚不講詩歌文本表層的體格聲調、氣象恢弘，連「比興」的表現手法也都不復必備。深度為何？鍾、譚非常重視詩歌文本深層的不言之妙，既「不可解」，也「不必解」，這使文獻學喪失了著力點，也導致詩歌與詩人傳記、歷史背景的關係，出現一種疏離化的傾向。尤其杜詩向來號稱「詩史」，這其實也是宋明詩學無論尊抑與否，常見談述的公共話題，整部《詩歸》居然絕口不提此二字，彷彿世間從未有過此說。所選杜詩中最接近傳統「詩史」之作，可舉一例〈留花門〉，鍾惺總批雖云：「說盡客兵之害，千古永戒，然此外還有隱憂」，卻非為了詩史互證，其夾批一如他作，僅簡潔提示杜甫用字造句意在言外，是為「妙」處。[152]在鍾、譚的「深度閱讀」下，許多傳統詩學觀念瞬間失效。許學夷《詩源辯體》記載：

> 鄒彥吉最稱好奇，及見《詩歸》，曰：「不意世間有此大膽人！」[153]

鄒迪光（1550-1626）屬復古派，唯論詩頗尚奇趣；[154]儘管如此，對《詩歸》仍是倍感震懾。鍾惺曾對鄒氏執弟子禮，容或不便遽斷鄒說的真正意圖，但一經載入許學夷書中，恰能凸顯竟陵詩學超乎尋常的強大衝擊力。政治末世的晚明，難道也墮入了黑暗的詩學末世？「詩」何去何從？「震懾」、「衝擊」之餘，傳統詩學信徒恐怕也將陷入一種悠深的悵惘。

由檢討復古派出發，鍾、譚既對「杜詩讀者」要求如是，但兩人的評選究竟能為「《詩歸》讀者」提供什麼呢？前文曾談過這個問題，當時我們的回答是：可提供一種新觀念，促使杜詩之「真」成為開放性議題，其意義實屬重大。但我們必須「再反

---

152 詳見鍾惺、譚元春：《唐詩歸》，卷 17，頁 40。

153 許學夷：《詩源辯體》，卷 36，頁 372。

154 鄒迪光詩學論見及與許學夷的關係，可參閱謝明陽：〈許學夷《詩源辯體》在晚明的傳播與接受〉，《東華人文學報》第 5 期（2003.7），頁 316-324。

省」：如果詩歌閱讀活動的終點係在感知某種無法名狀的美妙，這份奧祕且又亟賴讀者各出手眼加以抉微，殊無標準答案，那麼這種閱讀方式和成果，與空疏浮薄之危機是否僅在一線之隔？因而鍾、譚革命是否成功，仍需明清之際繼作評判，似亦未嘗不能提供今日讀詩人之省思。

第五章
交鋒：許學夷與晚明創變精神

一、引言：復古派的反攻

在萬曆年間刊行的《文選纂註》中，張鳳翼（1527-1613）認為陸機（261-303）〈文賦〉所言：「必所擬之不殊，乃闇合乎曩篇，雖杼軸於予懷，怵他人之我先」，正可供人返照省思明代復古派詩人的摹擬太甚之弊，故云：「若李獻吉者，亦未免坐此」。[1]依陸機〈文賦〉的觀點，文學創作活動的運行，並非單純訴諸作家個人的性情襟抱，還必須由回顧文學史上的古典之作，進而諦察一己如何突破前人藩籬，勇於展現「創變」，即創

1　蕭統編，張鳳翼纂註：《文選纂註》（《四庫全書存目叢書》集部第285冊影印明萬曆刻本，濟南：齊魯書社，1997），卷4，頁35上。四庫館臣曾批評此書註文實為雜采前人之說而成，然多不著所出。見永瑢等：《四庫全書總目》（北京：中華書局，2003），卷191，頁1733。因此，我們不易斷定註文中何為張氏本有之見。但觀張氏自序，他並非單純迻纂前說，「語有背馳者，則取其長而委其短；事多疊肆，則筆其一而削其餘，時或鼎新乎己意，亦期不詭於聖經」，他其實是透過博采、取捨前說的方式表達己見，可知註文主要仍是代表他的觀點，而這應該也是其註不著所出的原因。見張鳳翼：〈文選纂註序〉，前揭書，卷首，頁1下-2上。此序撰於萬曆八年（1580）。

新、變化。明代復古派詩人常遭詬病的摹擬太甚之弊，主要癥狀就是墨守古格，然而缺乏創變精神，喪失主體性；何景明（1483-1521）嚴厲抨擊李夢陽（1472-1529）詩：「其高者不能外前人」，[2]淪為「古人影子」，[3]即為顯例。這其實也是明代中晚葉以降許多人對復古派的閱讀印象，後起之秀如何正視前車之鑑，如何扭轉此一摹擬之弊，自然成為當代詩壇的一大公共話題。張鳳翼註解陸機〈文賦〉而能返照今世，雖屬延伸性的發揮、聯想，恰恰透露出他對時下摹擬之弊的關懷深切。

相形之下，許學夷（1563-1633）《詩源辯體》的說法令人倍感詫異：

> 故作者但能神情融洽，出自胸臆，觀者自能鼓舞，固不必創新立異以為高耳。[4]

這與陸機〈文賦〉的觀點似完全相反，陸機謳歌創變，許學夷卻一筆勾消「創新立異」的必要性。再看他的另一段說法：

> 今欲自開堂奧，自立門戶，為索隱弔詭之趣，此今人論詩

2 何景明：〈與李空同論詩書〉，李叔毅等點校：《何大復集》（鄭州：中州古籍出版社，1989），卷32，頁577。

3 李夢陽：〈駁何氏論文書〉，郝潤華校箋：《李夢陽集校箋》（北京：中華書局，2020），卷62，頁1916。

4 許學夷著，杜維沫校點：《詩源辯體》（北京：人民文學出版社，1998），卷34，頁321。

之失也。[5]

「自開堂奧」、「自立門戶」的創變精神，竟被許學夷視為一種無謂的缺失。此說非僅迥別於陸機，同時也啟人疑竇：詩人的創作活動假如毋須仰賴創變精神，詩歌創作的評價基準如何設定？許學夷如此排斥創變，莫非洞見創變之際潛藏的魔鬼？上文中「索隱弔詭之趣」，指今人透過創變，崇尚某種隱晦詭怪的詩趣，但這是怎樣的創作情形？更根本的問題在於，「今人」是誰？

其實許學夷所謂「今人」，有特指的對象，《詩源辯體・自序》云：

> 獨袁氏、鍾氏之說倡，而趨異厭常者不能無惑。漢魏六朝，體有未備，而境有未臻，於法宜廣；自唐而後，體無弗備，而境無弗臻，於法宜守。論者謂「漢魏不能為《三百》，唐人不能為漢魏」，既不識通變之道；謂「我明諸公多法古人，不能自創自立」，此又論高而見淺，志遠而識疎耳。[6]

「袁氏」主要指公安派健將袁宏道（1568-1610），「鍾氏」指竟陵派鍾惺（1574-1625），許學夷認為袁、鍾對時下趨異厭常者造成影響，則兩人刻意追求創變的詩學宗尚可推而知。對照

5　同前註，卷 36，頁 356。

6　同前註，頁 1。

《詩源辯體》另處所云：

> 袁中郎論詩，於〈雪濤閣〉、〈涉江詩〉、〈小修詩〉、〈同適稿〉諸敘洎諸尺牘，其說為多。其論騷、雅之變，至於歐、蘇，無甚乖謬。至論國朝諸公，惡其法古；於汪、王論詩，謂為「雜毒入人」。故一入正格，即為詆斥；稍就偏奇，無不稱賞。……論者謂「漢魏不能為《三百》，唐人不能為漢魏，李、杜諸公無古樂府」，既不識通變之道；謂「國朝人多法古人，不能自創自立」，此又論高而見淺，志遠而識疎耳。[7]

這兩段說法幾乎完全雷同，但後一段說法明指袁宏道，不但列出袁宏道觀念的重要文獻出處，所引「論者」之說亦皆出自袁氏手筆。[8]文中值得注意之處有二：第一，袁宏道的創變精神，直接反映他的文學史觀：「漢魏不能為《三百》，唐人不能為漢魏，

7　同前註，卷 35，頁 349-350。

8　許文所引兩段「論者」之說，只是概述，袁宏道相關論述散見多文，〈敘小修詩〉尤有較集中的論述，文曰：「蓋詩文至近代而卑極矣，文則必欲準于秦漢，詩則必欲準于盛唐，剿襲模擬，影響步趨，見人有一語不相肖者，則共指以為野狐外道」，這是批判明人擬古之弊；緊續所云：「曾不知文準秦漢矣，秦漢人曷嘗字字學六經歟？詩準盛唐矣，盛唐人曷嘗字字學漢魏歟？」這是認為漢魏、盛唐詩人不必學古而各具創造性。許文所引「李、杜諸公無古樂府」，或指袁宏道〈擬古樂府・序〉：「樂府之不相襲也，自魏晉已然。今之作者，無異拾唾，使李、杜、元、白見之，不知何等呵笑也。」見錢伯城箋校：《袁宏道集箋校》（上海：上海古籍出版社，2018 三版），卷 4，頁 202；卷 13，頁 620。

李、杜諸公無古樂府」，漢魏、唐人、李、杜諸公皆扮演創變者的角色；許學夷批評此一文學史觀「不識通變之道」，可知他對創變的排斥，乃涉及文學史觀的建構、重構。第二，上文顯示，袁宏道的創變動機是批判明人「多法古人，不能自創自立」，顯指復古派摹擬太甚之弊，可知許學夷之所以排斥創變，乃連帶涉及他是如何介入復古派摹擬之弊的公共話題。

袁宏道的創變精神，曾具體形諸極富顛覆性的詩歌創作，[9] 也表現在他與復古派鑿枘難入的閱讀品味，「一入正格，即為詆斥；稍就偏奇，無不稱賞」：對「正格」、「偏奇」的取捨，更打開了竟陵派的發展方向，《詩源辯體》云：

> 古今好奇之士多不循古法，創為新變以自取異，然未嘗敢以法古為非也。至袁中郎，則毅然立論，凡稍近古者掊擊殆盡，然其意但欲自立門戶以為高，而於古人雅正者未嘗敢黜也。至鍾伯敬、譚友夏，則凡於古人雅正者靡不盡黜，而偏奇者靡不盡收，不惟欲與一世沉溺，且將與漢魏唐人相胥為溺矣。[10]

此文再度聯袂提及袁、鍾，以及另一位竟陵派要角譚元春（1586-1637）。文中顯示，袁與鍾、譚構成兩層觀念遞進的關係：一層，袁宏道主要著眼於當代詩歌創作的創變，對當代詩人泥古不假辭色，卻未怪罪古人的「雅正」之格；他的創變觀念，

9　參閱本書第三章。

10　許學夷：《詩源辯體》，卷 36，頁 372。

重在倡導當代詩人應勇於突破古人格套。二層，鍾惺、譚元春所標舉的創變精神，已跨入閱讀古人之作的觀念層次，認定古人最有價值之處，並不在「雅正」之格，而在「偏奇」，是為古人創變精神之所寄；其最具體的成果，正是兩人共同選評的《詩歸》。許學夷批評：「不惟欲與一世沉溺，且將與漢魏唐人相胥為溺矣」，鍾、譚豈止關心當代詩歌創作走向，而更是要憑藉《詩歸》中具體選錄的古人詩作及其評點，重構古代文學史，揑塑出一套新穎的文學典律（canon）。

綰結上述，「創變」其實是一個關鍵性的概念，環繞這個概念，乃可鋪展出許學夷詩學論述的多元觸角，包括古人是否創變、如何創變的文學史觀建構、重構工程；還包括復古派倍遭詬病的摹擬之弊，如何作為一種當代詩壇的公共話題並予重新解答；乃至進一步跨入閱讀、選評古人之作的觀念層次，與《詩歸》中的典律圖像爭鋒競逐。這些多元觸角環環相扣，同時顯示許學夷繁複的詩學系統之建立，其實是與晚明詩學史的現實脈動緊密糾葛。一般文學史書的晚明章節，一概都會寫到詩壇風氣由復古派逐漸轉向公安、竟陵的推移軌跡，卻鮮少碰觸到復古派如何鑑於公安、竟陵的強勢挑戰而有所反攻；許學夷的末世座標，恰巧使他成為復古派主要詩論家中，尚能及時目睹公安、竟陵異軍崛起而能予以回擊的一員。透過「創變」的概念切入，我們對於許學夷與公安、竟陵之間的糾葛關係，實可獲致更具系統性的掌握。

目前學界對於許學夷《詩源辯體》一書並不陌生，通論性的介紹之外，[11]謝明陽、方錫球已有系統性研究專書問世；[12]與此同時，學者並常徵引許學夷的詩論去處理特定學術議題，如陳國球討論復古派唐詩論中的七律、古詩議題、張暉討論明代「詩史」說的發展、張毅梳理唐詩接受史中的辯體批評、陳斌梳理許學夷的中古詩史辯體體系，我稍早也曾探究許學夷的「杜詩學」。[13]這些研究成果，令我們對於許學夷詩學的認識益臻全面而深入。但關於本章將處理的「創變」議題，學界仍缺乏系統性的論述。此議題其實涉及許學夷的中晚唐詩批評，雖已有學者為文論之，卻只是詩論表層涵義的梳理，而且筆觸甚為簡略，也沒有進一步談到許學夷對公安、竟陵二派的回擊，[14]為我們留下賡續探討的空間。

11　袁震宇、劉明今：《中國文學批評通史——明代卷》（上海：上海古籍出版社，1996），頁 289-298。

12　謝明陽：《許學夷《詩源辯體》研究》（臺北：國立政治大學中國文學系碩士論文，1996）。方錫球：《許學夷詩學思想研究》（合肥：黃山書社，2006）。

13　陳國球：《明代復古派唐詩論研究》（北京：北京大學出版社，2007），頁 65-105、106-168。張暉：《中國「詩史」傳統》（北京：三聯書店，2012），頁 121-126。張毅：《唐詩接受史》（北京：人民文學出版社，2012），頁 264-268。陳斌：《明代中古詩歌接受與批評研究》（上海：上海三聯書店，2009），頁 286-325。陳英傑：《明代復古派杜詩學研究》（臺北：臺灣學生書局，2018），頁 339-410。

14　方錫球：《許學夷詩學思想研究》，頁 207-219。孫春青：《明代唐詩學》（上海：上海古籍出版社，2006），頁 251-256。孫春青曾談及「許學夷的詩學思想是建立在對公安、竟陵詩學思想反撥的基礎上的」（頁 255），但她對於如何反撥、與創變和中晚唐詩的關係，仍缺乏深究。

本章將就上述簡要梳理之所思，進一步提出更詳盡且深入的探討。為求論述層次眉清目秀，可借用許學夷一段相當樂觀的期待：

> 中郎論詩，鍾、譚選詩，予始讀之而懼，既而喜，蓋物極而反，《易》「窮則變」，乃古今理勢之自然。三子論詩、選詩，悖亂斯極，不能復有所加，雅道將興，於此而在。[15]

袁宏道「論詩」、鍾惺與譚元春「選詩（及其評點）」，恰是後文展論的兩條主要線索。許學夷批評諸人「悖亂斯極，不能復有所加」，我們可先具體指認他如何坐實諸人的「悖亂」，再循線追查他的撥亂反正；文章結尾還將後設地評估許學夷上述的「樂觀」，一探其詩學系統中終難克服的侷限性。

二、論詩：袁宏道衝擊下的回應

（一）創變與「摹擬」

袁宏道的創變動機，乃是批判復古派摹擬之弊。因此，許學夷如何看待復古派摹擬太甚的疑雲，其實是他進一步回應袁宏道之說的基礎。前文討論中，已察覺許學夷頗排斥創變；實際翻查《詩源辯體》，更會驚異地發現他對復古派的「摹擬」，態度相當特殊，如謂李攀龍（1514-1570）擬古之作：

---

15 許學夷：《詩源辯體》，卷 36，頁 372。

> 李于鱗樂府五言及五言古多出漢魏，世或厭其摹倣。然漢魏樂府五言及五言古，自六朝唐宋以來，體製、音調後世藐不可得，而惟于鱗得其神髓，自非專詣者不能。至於摹倣餖飣或不能無，而變化自得者亦頗有之。若其語不盡變，則自不容變耳；語變，則非漢魏矣！所可議者，於古樂府及《十九首》、蘇、李〈錄別〉以下，篇篇擬之，殆無遺什，觀者不能不厭耳。[16]

許學夷很清楚李攀龍詩的爭議性：「世或厭其摹倣」，但上文屢為李詩辯護，首先批評前代詩人擬古成果欠佳，以凸顯李詩之擬古「得其神髓」；繼又認為李詩自有「變化自得」一面，而其「不盡變」的部分其實是「自不容變」，故有不得不然的合理性。這種辯護意見值得仔細檢視，可以發現，許學夷乃側重在指認李詩摹擬之作的價值，卻並未接手李詩摹擬太甚之弊的輿論批評；上文中穿插一句「至於摹倣餖飣或不能無」，乃是為了墊高緊續所述李詩的光輝價值，因此只是大醇小疵而已。換言之，許學夷的辯護目的，實不在於宣稱李詩縱有弊病仍不無價值，作出一種優劣互見的折衷性論述，而是要徹底翻轉輿論批評，認為李詩並不存在所謂摹擬之「弊」。不僅如此，上文結尾處他試圖解釋世人所以厭煩李詩的原因是：「篇篇擬之，殆無遺什」，指李詩擬古之作篇數較多，以致引發讀者厭倦。我們知道，這根本不是復古派摹擬之弊的主要癥結所在，其癥結在於喪失主體性，絕非擬古篇數之多寡。許學夷如此解釋世人，等於是把輿論批評的

16　同前註，後集纂要卷 2，頁 413。

壓力，轉移到另一個其實無關痛癢的層次，同時透露出他不覺得李詩有主體性淪喪問題。

自李夢陽、何景明之爭以降，復古派就有摹擬太甚的疑雲，明人批評甚多，即如王世貞身為復古派領袖亦難諱言。許學夷不啻宣稱摹擬之「弊」，乃是一個不存在的「假議題」，這是非常大膽的觀點，卻是他反覆述說的詩學見解。他曾討論唐人創作型態，也能側面印證「摹擬」一事勢屬自然：

> 唐人律詩，以興象為主，以風神為宗，至其結撰所成，豈能一一不類？但非有意相竊，即是己物。世傳詩話謂某人之句出於某人，頗多謬妄。[17]

表面上此文並非討論復古派摹擬問題，而是討論唐律創作型態及其在詩作中的實踐樣貌，但一連串關鍵詞「不類」、「相竊」、「己物」，涉及個己與他人詩作之間的近似和所有權，恰恰切中復古派摹擬問題的核心。循此觀之，許學夷儼然是為復古派詩人闢出一條活路，因為在「興象」、「風神」的創作型態下，詩歌實踐的樣貌自然相仿；復古派詩人若取法唐人的「興象」、「風神」，其詩歌實踐也會自然相仿於唐人，這決不能視同剽竊剿襲。可見「類」不等於「相竊」，仍屬「己物」，詩人主體性何喪之有！許學夷更曾大膽宣告：

> 或言：「學古不必盡似」，此殊為學古累。果爾，則自出

17　同前註，卷 34，頁 327。

機軸可也。學古豈容不類耶！[18]

本書稍早曾論及王世貞對當代詩人與古格關係的看法，他在個別情境下所肯認的「離格」、「破格」，似即許學夷上文所商榷的對象：「或言學古不必盡似」。王世貞的復古觀念頗趨寬鬆，時代較晚的許學夷反而轉趨嚴謹。「學古豈容不類耶」一語尤堪玩味，「類」指當代詩歌創作類近古作的現象，許學夷將這種現象歸因於「學古」觀念使然；若學古是必要的，當代詩歌創作與古人的類近、熨貼，正是自然合理的結果。依他這種思路，根本不存在所謂摹擬太甚之「弊」。

許學夷甚至轉守為攻，一部宋元以降數百年的文學史乃被視為歷代詩人不斷學古、擬古的產物：

> 漢、魏、六朝、唐人之變，順乎風氣之自然，故可以世次定其盛衰；宋人多學元和，元人多學中、晚，國朝人漢、魏、六朝、初、盛、中、晚各隨其意而學，故未可以世次定盛衰也。蓋詩至晚唐，其眾體既具，流變已極，學者無容更變，但各隨其質性而倣之耳。[19]

《詩源辯體》一書原有詩論、詩纂兩部分，互為論述與例證，因卷帙浩繁與經費考量，僅刊行詩論部分，即為目前此書之通行本。上引這段文字原在解釋《詩源辯體》一書結構，唐五代以前

18　同前註，卷 3，頁 51。

19　同前註，後集纂要卷 1，頁 375。

編為此書前集，所謂「可以世次定其盛衰」者，指各卷之詩依世次排列而可呈現詩史流變之盛衰起伏樣貌；宋、元、明代之詩編為此書後集，「未可以世次定盛衰」，乃是鑑於此期詩人係以學古、倣古為主，則各卷之作原所繫屬的世次，也就不具代表詩史流變盛衰起伏的意義。這不僅是許學夷對《詩源辯體》一書結構的安排與解釋，更透露出他的文學史觀：宋、元、明之詩，乃是唐五代以前古人詩作及其盛衰的投影。因此，宋、元、明之詩的特色與價值，也須在唐五代以前古人詩作的參照下，才能清楚辨識出來。

所謂「詩史」，原是古人詩作依歷史時間發展所呈現排列與連綴的客觀性現象，並無盛衰可言。以「盛」、「衰」論詩史，主要反映的則非上述的客觀性現象，而是論者秉持某一批評標準而對古人詩作進行評價的成果。許學夷論詩史所持的批評標準，正是《詩源辯體》開宗明義所揭：「詩自《三百篇》以迄於唐，其源流可尋而正變可考也。學者審其源流，識其正變，始可與言詩矣」，[20]這是非常清晰的觀念表述，故當代學者也早已指明許學夷的批評標準正是「正」、「變」。然而，我們尚須進一步注意的是，許學夷不僅憑藉「正」、「變」這對概念去凸顯古代詩史盛衰，他也是運用這對概念去定義當代詩人的創作：

> 今人作詩不欲取法古人，直欲自開堂奥，自立門戶，志誠遠矣。但於漢、魏、六朝、初、盛、中、晚唐，果能參得透徹，醞釀成家，為一代作者，孰為不可？否則愈趨愈

20 同前註，卷1，頁1。

遠，茫無所得。……況自漢魏以至晚唐，其正者，堂奧固已備開；變者，門戶亦已盡立，即欲自開一堂，自立一戶，有能出古人範圍乎？故與其同歸於變，不若同歸於正耳。試觀獻吉、于鱗，雖才高一世，終不能自闢堂戶。今之學者，才力僅爾，輒欲以作者自負，多見其不知量也。[21]

文中明確指出，「作詩」最重要的前置作業是研讀、參透古代詩史，因為古代詩史盛衰之中兼存「正」、「變」，而且堂奧備開，門戶盡立，各已臻於極致，當代詩人的種種作風都能溯及古代詩史，盡受古人籠罩。許學夷旨在強調當代詩人毋須刻意創變，只需潛心學古，而且與其學習古人之「變」，不如學習古人之「正」；這是此文旨趣所在。但綜合稍早的討論來看，其實還值得我們留心的是，他的說法不啻透露復古派學古、擬古是完全合理，同時也把「不欲取法古人」的「今人」，一併收編到古人藩籬之內。「今人」號稱創變，卻根本缺乏創變能力，並且缺乏自知之明。出於同樣思路，他曾批評袁宏道：

中郎一派僅拾唐末五代涕唾，今人不知，以為自立門戶耳！[22]

足見袁宏道引起非議之處，並不單純在於刻意創變的精神，而是錯認了古代詩史的價值；「唐末五代涕唾」正是許學夷詩史觀下

21　同前註，卷 34，頁 320。

22　同前註，後集纂要卷 2，頁 416。

的「變」。

總括言之，許學夷的詩史正變觀念，顯然不只是文學史考古知識，可說是一面能映顯當代詩人眉目的明鏡。這面明鏡照出復古派詩人學古、擬古的合理性，使之擺脫長期以來備遭批判的窘境，得以重新登上詩學正宗的制高點；這面明鏡也照出袁宏道一輩所號稱的創變既不存在、亦不足取，在「唐末五代涕唾」的古代詩史脈絡中提出重新定位。

（二）創變與「大變」

許學夷論「中郎一派僅拾唐末五代涕唾」句下自註云：「詳見五代論末」，[23]我們循線追查，即可發現《詩源辯體》歷摘五代李建勳（?-952）、伍喬、劉昭禹、卞震、曹崧、廖凝五七言律句之後說道：

> 究其所自，乃賈島、張、王之餘。至宋劉後村，益加工美矣。今後生所尚，實不出此，顧乃高自夸大，意謂千古絕調，薄初、盛而不為，不知乃古人久棄之唾餘也。[24]

許學夷論古代詩史，時時返照當下詩壇，這段文字雖談五代詩，但真正重點是要在把五代詩和今人聯繫起來，抨擊今人為擺脫復古派學初、盛唐的觀念，[25]自詡創變，其實是落入五代境界，故

23 同前註，頁416。

24 同前註，卷33，頁311-312。

25 上引文原有脈絡是專論律體，就律體而言，復古派對初唐詩其實亦頗推崇。依王世貞《藝苑卮言》記載：「人知沈、宋律家正宗」，可知沈佺

既無法擺脫古人籠罩，而且價值低落。這種論述，前文已曾論及，毋須重複論析。唯此處吸引我們目光的是，上文顯示今人淵源所自的五代詩，乃能進一步溯流賈島（779-843）、張籍（767?-830?）、王建（767-830）。這種溯源的觀念，意味著今人的真正源頭與屬性，因為繼續追查《詩源辯體》可知，許學夷其實特別注意賈島等人在詩史上的創變意義：

> 大歷〔曆〕以後，五七言律流於委靡，元和諸公群起而力振之，賈島、王建、樂天創作新奇，遂為大變，而張籍亦入小偏。[26]

賈島、王建、白居易（772-846）被視為「大變」；至於張籍「小偏」，只是相對前述諸人之「變」程度差異而已，均被繫屬於「元和」。這些詩人的創變動機，乃是鑑於大曆以降的「委靡」，思欲有所突破、振起。許學夷隨後另一段文字列出更詳細的元和詩人名單，適可想見其陣容強盛：

> 大歷〔曆〕以後，五七言古、律之詩流於委靡。元和間，韓愈、孟郊、賈島、李賀、盧仝、劉義〔乂〕、張籍、王建、白居易、元稹諸公群起而力振之，惡同喜異，其派各

期、宋之間詩藝地位崇高，已是世人共識。見羅仲鼎校注：《藝苑卮言校注》（北京：人民文學出版社，2021），卷 4，頁 232。「初唐」連言，並常見於復古派詩學文獻，但這不代表復古派忽略初唐、沈、宋與盛唐詩之間的價值落差。

26　許學夷：《詩源辯體》，卷 23，頁 245-246。

> 出，而唐人古、律之詩至此為大變矣。亦猶異端曲學，必起於衰世也。[27]

這種壯盛的陣容，其實是綜觀古、律諸體而言，並不能反映個別詩人在處理不同詩體時的取向。若細分諸體而言之，前揭元和詩人「大變」的情形，可依《詩源辯體》一書所述整理為表一：

表一：元和詩人分體「大變」之情況

詩體	詩人	備註
古體（含樂府）	韓愈、孟郊、李賀、盧仝、劉義〔乂〕、張籍、王建、白居易、元稹	張籍、王建樂府七言「在正、變之間」
律體	賈島、張籍、王建、白居易	白居易五言排律為「正變」，七絕「小變」外亦有近於「大變」者

許學夷對個別元和詩人的辯體非常細緻，上表僅為觀其大體；許學夷論李賀、盧仝、劉義〔乂〕、元稹古體之論述表層均未明拈「大變」，此表也只能依相關敘述推判之。通過此表可發現元和詩人的「大變」，誠然遍涉古、律，實則個別詩人在處理不同詩體時卻未必都會趨向「大變」。因此，若要討論許學夷所謂「元和」、「大變」的詩史觀，當然必須考慮到個別詩人處理不同詩體時所存在的落差。不過，僅就元和詩人「大變」而言，上文仍指出一個共通特質：「惡同喜異」，這是一個很關鍵性的描述，

27 同前註，卷 24，頁 248。

不但揭明元和詩人的創變精神，更因為許學夷曾指出袁宏道驅使下的當代詩作也有相同取向：

> 袁中郎論詩，其最背戾者，……此言一出，遂使狂妄不識痛癢之人，咸欲匠心自得，惡同喜異，於是鹵莽、淺稚、怪僻、奇衺，靡不競進，而雅道喪矣！[28]

可見許學夷批判袁宏道時，必定心懷元和詩史。他以「大變」評述元和詩人創變精神，正折射出他對袁宏道一派的詩史定位。事實上，整部《詩源辯體》的論述內容範圍雖然及於晚明當代之作，唯獨書末聲稱：「袁中郎、鍾伯敬、譚友夏詩別論」，致使不易瞭解許學夷對公安與竟陵詩作的辯體情形，不可不謂缺憾；但因袁宏道創變精神不啻等於元和詩人「大變」的投影，我們其實是能藉助對元和詩史的論析，推敲許學夷對袁宏道一派的批評觀念。

許學夷上文把元和詩人的「大變」，比擬成「異端曲學」，足以察見他的貶抑態度。其實綜觀《詩源辯體》，並非首次提及「大變」，杜甫「以歌行入律」、任華〈雜言〉「極其變怪」，都曾被視為「大變」，[29]但各僅一例。元和詩人的「大變」，則

28　同前註，卷 35，頁 350。

29　同前註，卷 19，頁 218、222。許學夷提及杜、任二例，應有為元和「大變」溯源的意味。他認為杜詩的「大變」曾引起宋人仿效，在其詩史觀中，宋人更是沿承元和、晚唐而來；論任華說「以見極盛之時已有大變者在」，溯源之意更明顯。關於許學夷對杜詩大變的看法，可參閱本書第四章。

是屢屢拈及。在許學夷眼中，「大變」顯然是元和詩人最重要的標誌。我們必須釐清兩項問題：第一，何為「大變」？第二，在元和詩人創作型態與實踐上，「大變」有何具體特徵？

第一項問題涉及許學夷的詩史正變觀念。《詩源辯體》開卷首云：「古詩以漢魏為正，太康、元嘉、永明為變，至梁陳而古詩盡亡；律詩以初、盛唐為正，大歷〔曆〕、元和、開成為變，至唐末而律詩盡敝」，[30]由這段具有全書綱領意義的文字，可知古、律二體的「正」、「變」各有其時，而且在詩史發展上先正而後變，相互彰顯。欲瞭解「大變」的意義，必須注意兩項要點：一是基於正變相對的觀念，而須與「正」對照；二是由於「大變」是針對元和以後之詩特設的概念，有別於一般之變，須在「變」的脈絡中方能凸出「大變」的獨特性。

以古體而言，「大變」所須對照的「正」有二：一是「漢魏古詩」，上引文已明言「古詩以漢魏為正」，可以為證；二是盛唐高適（?-765）、岑參（715-770）之作，《詩源辯體》中讚頌兩人：「調多就純，語皆就暢，為唐人古詩正宗」，[31]李白（701-762）、杜甫（712-770）之作尤為高峰，「雖不能如漢魏之深婉，然不失為唐體之正」、「所向如意，又為唐古之壼奧」。[32]所謂「唐人古詩」、「唐體」，乃是漢魏古詩發展至唐代的新體，如何辨識漢魏與唐代的特色與價值差異，一直是復古

30　同前註，卷1，頁1。

31　同前註，卷15，頁155。

32　同前註，卷18，頁190、192。

派詩學關心的問題。[33]再以律體而言，「正」首先可指初唐沈佺期（656-714）、宋之問（656?-712），許學夷視之：「體盡整栗，語多雄麗，而氣象風格大備，為律詩正宗」，[34]尤指高適、岑參、王維（692-761）、孟浩然（689-740），其「體多渾圓，語多活潑，多入於聖矣」。[35]要之，在漢魏與盛唐古詩、初、盛唐律詩的對照之下，「變」的基本意義是悖離漢魏與盛唐古詩、初、盛唐律詩所示現的法度，如大曆之詩之流於「委靡」；變異程度加劇即成「大變」，如元和之詩欲振起委靡遂而「惡同喜異」，都是偏離乃至有意抗拒既有法度。

大曆與元和俱屬「中唐」，但後者之所以為「大變」，不單是相對於前者而變異程度加劇。許學夷為細理詩史，特地為大曆以後之詩鑄出一個「正變」概念；在「正變」對照下，元和以降之詩的「大變」特性，也能清晰彰顯出來。許學夷曾以唐人古詩、律體為例，闡述「正變」、「大變」兩個概念：

> 律詩由盛唐變至錢、劉，由錢、劉變至柳宗元、許渾、韋莊、鄭谷、李山甫、羅隱，皆自一源流出，體雖漸降，而調實相承，故為「正變」。古詩若元和諸子，則萬怪千奇，其派各出，而不與李、杜、高、岑同源，故為「大變」。其「正變」也，如堂陛之有階級，自上而下，級級

33　復古派以漢魏古詩為典範，但自李攀龍以後，逐漸注意到唐代古詩的特殊性，如何在漢魏古詩對照下，釐清唐人古詩的特色和價值，乃備受討論。詳見陳國球：《明代復古派唐詩論研究》，頁 106-168。

34　許學夷：《詩源辯體》，卷 13，頁 146。

35　同前註，卷 15，頁 155。

相對，而實非有意為之。[36]

此文觸及重點有二：第一，「正變」是與盛唐正體一源相承的變化樣態，雖變而不離其正，唯隨詩史由盛唐向中唐、晚唐推進，其價值漸趨低落。「大變」非與盛唐正體一源相承，變而非正，而且樣態多端。第二，「正變」之所以形成，並非出於詩人的刻意創作，而是自然而然的變化和遞降。比較而推，「大變」是詩人刻意創變所致；前引文所云：「元和諸公群起而力振之」，即指元和詩人刻意創變以矯大曆委靡之弊。故綜觀之，經「正變」對照下，「大變」乃是刻意偏離正體的創變。關於兩者的比較，許學夷還有一段有趣的譬喻：

或問：「許渾、韋莊、鄭谷、李山甫、羅隱律詩，較元和諸子古詩，品第若何？」曰：許渾、韋莊、鄭谷、李山甫、羅隱，譬今世之儒；元和諸子，如老、莊、楊、墨。今世之儒，安可便與老、莊、楊、墨爭衡乎？[37]

許渾等人代表律詩的「正變」，堪比「今世之儒」，意思是今儒與先秦儒家誠然一源相承，其價值卻無法比肩。元和詩人古詩的「大變」，堪比老、莊、楊、墨，與儒家是完全相異的思想學派系統，在思想史上甚或批判儒家，形成刻意抗拒的態勢。但若論及「正變」、「大變」的「品第」，許學夷態度便顯得曖昧——

36　同前註，卷 32，頁 306。

37　同前註。

當今儒者的思想活力，豈能抗衡先秦老、莊、楊、墨？換言之，「大變」的創變能力，遠剩於「正變」，但許學夷終究沒有明示兩者價值孰為高低，他倒是把盛唐正體拿出來比較：

> 或曰：「詩貴超脫，不貴沿襲，子之言，無乃以沿襲為事乎？」曰：盛唐造詣既深，興趣復遠，故形跡俱融，風神超邁，此盛唐之脫也。學者有盛唐之具，斯亦脫矣！若更求脫於盛唐，則吾不知也。[38]

上引文中隻字未提「大變」，其實旨趣緊密相關。文中透過問答敘述結構，探觸復古派的詩學難題：如何避免摹擬太甚之弊，亦即避免「沿襲」。許學夷認為若能認清盛唐詩的「造詣」、「興趣」特質，在學古實踐上就能迴避此弊；但假如為了迴避此弊，遂要「更求脫於盛唐」，在盛唐詩的「造詣」、「興趣」之外別立系統，他則無法苟同。試加聯類，「更求脫於盛唐」的詩人，顯然就是堪比老、莊、楊、墨的「大變」，其創變精神容或可觀，卻是根本悖逆詩道，故不足取。

前揭第二項問題：「大變」在詩人創作型態與實踐中有什麼可資具體辨識的特徵？換言之，「大變」的「更求脫於盛唐」，乃是指向何種創作型態與實踐樣貌？這個問題必須在盛唐正體的對照下，才能清楚說明。許學夷曾透過李白、杜甫與元和古體的比較，以凸顯後者所以為「大變」的特殊之處：

38　同前註，頁 307。

> 或問予：「子嘗言元和諸公之詩，快心露骨，故為大變。今觀李、杜五言古、七言歌行，實多快心，與元和諸子寧有異乎？」曰：太白快心，本乎豪放；子美快心，本乎沉著，自是詩歌極致。若元和諸公，則鑿空構撰，議論周悉，其快心處往往以文為詩，方之李、杜，其正與變不待較而明矣。[39]

依據上文，元和詩人所以為「大變」，主要歸因為「快心露骨」，這與李、杜「快心」，似近實異。「快心」原指事物發展的趨勢、狀態完全順應己意，故覺暢快；在許學夷論詩脈絡中，乃可延伸理解為詩人對詩藝的營造，完全順應己意，擺脫一切外在規範，而顯出一種痛快淋漓、縱恣奔放的作風。他曾直指元和詩：「貴快心盡意而縱恣自如」，[40]可佐證「快心」就是務求發揮己意而無所節制的作風。上文顯示，李、杜詩的「快心」，因奠基於「豪放」、「沉著」，給人俊逸高暢、奇拔沉雄之感；[41]唯上文對比框架中，元和詩人卻缺乏「豪放」、「沉著」，而且多了「露骨」，缺乏含蓄之美。上文還提及元和詩有三項特徵：「鑿空構撰」指過於奇險、怪僻，「議論周悉」指詩中敘事詳明，並有議論或說理的傾向，「以文為詩」指詩意表述形式摻入

---

39 同前註，卷 18，頁 196-197。

40 同前註，卷 28，頁 273

41 李、杜詩風的俊逸高暢、奇拔沉雄，乃參考許學夷所引王世貞之說，同前註，卷 18，頁 194。王說原見氏著，羅仲鼎校注：《藝苑卮言校注》，卷 4，頁 219。

散文語法、詞彙與敘事功能。[42]事實上，這些說法反覆見於許學夷論個別元和詩人的卷次、條目，近乎固定化的論述模式，不啻能建立一套可資運用辨識「大變」特徵的現象叢結。如下列條目：

1. 元和間五、七言古，退之奇險，東野琢削，長吉詭幻，盧仝、劉乂變怪，惟樂天用語流便，似若欲矯時弊，然快心露骨，終成變體。[43]
2. 東野五言古，不事敷敘而兼用興比，故覺委婉有致；然皆刻苦琢削，以意見為詩，故快心露骨而多奇巧耳。此所以為變也。[44]
3. 白樂天五言古，其源出於淵明，但以其才大而限於時，故終成大變，其敘事詳明，議論痛快，此皆以文為詩，實開宋人之門戶耳。[45]

這都是許學夷論述表層明確拈出「變」、「變體」、「大變」。第 1、2 條中所列元和詩人各有特色，但之所以為「大變」，最

42　許學夷曾舉韓愈詩為例指認上述三項特徵：「退之五言古如『屑屑水帝魂』、『猛虎雖云惡』、『駑駘誠齷齪』、『雙鳥海外來』、『失子將何尤』、『中虛得暴下』等篇，鑿空構撰；『木之就規矩』，議論周悉，『此日足可惜』，又似書牘，此皆以文為詩，實開宋人門戶耳。」見氏著：《詩源辯體》，卷 24，頁 252。我們依所舉韓愈詩例推敲，就能獲知這些特徵的具體涵義。

43　同前註，卷 28，頁 275。

44　同前註，卷 25，頁 255。

45　同前註，卷 28，頁 271。

關鍵且共通的因素正是「快心露骨」。第 3 條專論白居易，「敘事」、「議論」、「以文為詩」之所以為「大變」，最主要的癥結其實仍是欠缺含蓄的問題。故許學夷曾另文比較杜甫、白居易敘事詩：「子美敘事，紆迴轉折，有餘不盡，正未易及；若樂天，寸步不遺，猶恐失之，乃文章傳記之體」，[46]可證白詩的癥結在於欠缺含蓄——其實這也就是「快心露骨」，可謂元和「大變」的關鍵特徵。

值得注意的是，「大變」的本質原是一種極強大的創變精神，故許學夷論元和詩人，並曾指明其前無古人之處，如賈島五律為「大變」：

> 其他句多奇僻，即變體，不可為法，如「野水吟秋斷，空山影暮斜」、「磬通多葉罅，月離片雲稜」、「凌結浮萍水，雪和衰柳風」、「松生師坐石，潭滌祖傳盂」、「西殿宵燈磬，東林曙雨風」、「絕雀林藏鶻，無人境有猿」、「井鑿山含月，風吹磬出林」、「明曉日初一，今年月又三」、「芽新抽雪茗，枝重集猿楓」、「露寒鳩宿雨，鴻過月圓鐘」等句，最為奇僻，皆前人所未有者。[47]

由上文的摘句可推知，賈島之所以「奇僻」，未必出於使用艱澀罕見的語言，主要指以刻意鍛鍊的語言去營造某種隱微幽細的意境，殊欠自然渾成之感。李賀樂府詩也有類似問題：

---

46 同前註。

47 同前註，卷 25，頁 257-258。

> 造語用字，不必來歷，故可以意測而未可以言解，所謂理不必天地有，而語不必千古道者。……蓋出於湊合，而非出於自得也。故其詩雖有佳句而氣多不貫。[48]

李賀造語前無古人，固然是展現極強大的創變精神，但許學夷批評李賀的創作型態是「湊合」，而非「自得」。為確切掌握許學夷的批評思路，可舉盛唐孟浩然律詩比較，蓋依《詩源辯體》的記載：「浩然造思極深，必待自得，則造詣之後，又非卒然可辨也」，[49]其「自得」的創作型態恰恰位居李賀反面，指孟浩然的詩意與造語均得於自然，這致使孟詩雖未刻意營求創變，而仍能展現創造性，「皆神會興到，一掃而成，非有意創別也」。[50]對比可知，李賀作詩「湊合」，乃是一種刻意營求創變的創作型態，與賈島前述情形一樣都缺乏自然渾成。綜觀之，賈、李縱有前無古人的創變精神，實則屬於「大變」，這組例子透露一項重要訊息：許學夷並非一概反對詩作的創變，而是反對刻意汲營創變的創作型態。

（三）晚明詩人與「大變」

「大變」起於元和，然而風氣一開，便跨出元和藩籬，直接影響晚唐五代，儼然形成「譜系」。許學夷指控杜牧（803-852）古體「恣意奇僻」、「援引議論處益多以文為詩」，七律

48 同前註，卷 26，頁 261。
49 同前註，卷 32，頁 307。
50 同前註，卷 16，頁 166。

「怪惡僻澀」；[51]李商隱（813-858）「用事詭僻，多出於元和」，五古「援引議論」、七古「多是長吉聲調，詭僻尤甚」；[52]又如皮日休（834-883?）、陸龜蒙（?-881?）七律「怪惡奇醜」、「大壞詩體」，[53]諸如此類的說法，若參據前述關於元和「大變」的討論基礎觀之，明顯都視之為「大變」。其中對於杜牧，許學夷又曾特別拈出：「大為奇變」、「變中之變」，[54]都是強調創變程度劇烈，故又稱之為：「直欲自開堂奧耳」。[55]這類例子在《詩源辯體》中所在多有，甚至波及宋代，其表述清晰，故不難檢知，毋須在此縷述。

關於「大變」的譜系，較值得深入瞭解的議題是：此譜系的建構，當不僅是詩史考古知識，其與許學夷所直面的晚明詩人存在何種關係？

本章稍早已指出，許學夷批判袁宏道之際，必定心懷元和詩史，也就是把公安一派惡同喜異的創變精神，比擬為元和詩人一樣惡同喜異的「大變」。袁宏道確頗欣賞元和詩人，稍後將予引文討論。但我們必須審辨：許學夷的比擬實有「溯源」的意味，若綜觀《詩源辯體》一書論中晚唐詩的相關卷次、條目，會發現晚明詩人的創變並非直承「元和」，而是輾轉承接晚唐甚至五代習氣，例如：

51　同前註，卷 30，頁 285。

52　同前註，頁 287。

53　同前註，卷 31，頁 299。

54　同前註，卷 30，頁 285。

55　同前註，頁 287。

> 至若王、杜、皮、陸，乃怪惡奇醜，見之必唾其面，今好奇之士反以為姣好而慕悅之，此人情之大變，不可以常理推也。[56]

文中指出，今人出於「好奇」的心理，遂能欣賞王建、杜牧、皮日休、陸龜蒙，均屬「大變」譜系裡的中晚唐詩人（尤其是晚唐）；弔詭的是，今人卻未必懂得欣賞元和時代的韓愈、白居易：

> 韓、白古詩，本失之巧，而或以為拙；王、杜、皮、陸律詩，實流於惡，而或以為巧，此千古大謬。蓋韓、白機趣實有可觀，王、杜、皮、陸機趣略無所見也。今人好奇而識淺，故捨韓、白而取皮、陸耳。[57]

兩段資料都能佐證今人的「好奇」，主要直承晚唐皮、陸，而非元和韓、白。取此捨彼的現象，可以反映晚明「人情之大變」，也透露今人「識淺」，無法認清韓、白因有「機趣」故價值較高。可見韓、白與皮、陸雖然同在「大變」譜系中，唯價值不一。事實上，許學夷抨擊皮、陸不遺餘力，甚至說：「二子復生，吾當投畀豺虎」，[58]可謂憤恨至極！他卻不吝肯定韓愈的優長，如古體：「雖奇險豪縱，快心露骨，實自才力強大得之」，其用字造句雖涉「奇險」，但「引用妥帖，殊無扭捏牽率之

56　同前註，卷31，頁298。

57　同前註，頁298-299。

58　同前註，頁299。

態」；[59]白居易同樣以才大取勝，故「其詩自能變化」，而其敘事篇什，「敘事詳明，用韻穩貼，首尾勻稱，靡不如意，其所長正在於此」。[60]關於韓、白的特色與得失，並非本章探討重心所在，但通過以上簡要梳理，足以印證許學夷所拈用的「大變」，乃是一個中晚唐詩史上創變價值愈趨遞降的動態性概念。晚明詩人的創變精神，雖然能在「大變」的譜系脈絡中循線上溯元和，但依許學夷之見，元和韓、白不乏可取之長處，唯晚明人主動忻慕歸趨的對象是晚唐皮、陸，這是等而下之的境界。可知前所引文：「中郎一派僅拾唐末五代涕唾」，之所以寓含鄙夷態度，並非單純泛指中郎一派流入「大變」，而是深深鄙夷他們落在「大變」譜系的價值底層。換言之，在中晚唐詩史「大變」譜系參照下，適可返照凸顯公安派之歸趨晚唐的創變精神殊無可取之處。

其實袁宏道並非無視元和韓、白的優長，他在一通致李贄（1527-1602）的書札中歷敘六朝唐宋詩史，有云：

> 至李、杜而詩道始大，韓、柳、元、白、歐，詩之聖也；蘇，詩之神也。[61]

袁宏道以韓、白等人優入聖境，實屬推崇備至，[62]但對照許學夷

---

59 同前註，卷 24，頁 250、252。

60 同前註，卷 28，頁 273、274、278

61 袁宏道：〈與李龍湖〉，錢伯城箋校：《袁宏道集箋校》，卷 21，頁 810。

62 本文為求討論聚焦，避免泛散而離題，僅舉袁宏道推崇韓、柳、元、白之說，但不代表這就是他所推崇的元和詩人範圍。如韓、柳、元、白之

的正變詩史觀，袁文所述其實大有疑義，他曾予徵引、評論：

> 袁中郎於正者雖不能知，於變者實有所得。中郎云：「至李、杜而詩道始大，韓、柳、元、白、歐，詩之聖也；蘇，詩之神也。」以李、杜、柳與四家並言，固不識正變之體；以韓、白、歐為聖，則得變體之實矣。[63]

另處也曾徵引袁文而評曰：

> 此合而通之，且欲以變為主矣。又或心知韓、白、歐、蘇之美，恐妨於李、杜而不敢言，此又不能分別門戶也。[64]

兩段評論旨意相通，不妨參看。許學夷的觀點可分兩個層次來談：其一認為袁宏道「於變者實有所得」、「心知韓、白、歐、蘇之美」，這是坦承袁宏道能欣賞韓、白、歐、蘇的優長，與時

外，他對李賀也頗欣賞，曾以「長吉之奇」概括徐渭多元詩風之一。他並曾自述兼及友人之詩風：「所目既奇，詩亦變幻恍惚，牛鬼蛇神，不知是何等語」，簡直是李賀風格，許學夷便曾批評李賀詩是「牛鬼蛇神太甚」。參見袁宏道：〈馮侍郎座主〉，同前註，卷 22，頁 830；〈五泄二〉，同前註，卷 10，頁 450。

63 許學夷：《詩源辯體》，後集纂要卷 1，頁 381。「以李、杜、柳與四家並言」中的「四家」，特指韓、白、歐（陽修）、蘇（軾），排除了袁文中一併提及的元稹。許學夷對元稹評價甚低，同一段文字稍後便直言：「元不足取」，前揭書，頁 382。他並多次直陳「元不如白」，前揭書，卷 28，頁 278-279。可知「四家」獨漏元稹乃是刻意忽略。

64 同前註，卷 24，頁 249。

人僅取晚唐皮、陸有別。更須留心的是第二個層次，許學夷認為袁文「不識正變之體」、「不能分別門戶」，這是批評袁宏道在同一個詩史敘述脈絡中混雜「正」、「變」，如李、杜為正體，韓、白為「大變」，後者是刻意抗衡前者而成，不應被混雜在同一個詩史敘述脈絡；柳宗元（773-819）五古「不入大變」、七古「已近於變」、律體屬於「正變」，[65]也不應與韓、白的「大變」相混雜。「不識正變之體」、「不能分別門戶」最關鍵的疑義是，袁宏道視韓、白為聖境，卻未察見韓、白實為「大變」，亦即未能明辨韓、白雖有優長，其詩中卻也潛藏著顛覆詩道、正道的危險因子。

袁宏道因缺乏正變觀念，導致他的詩史敘述在許學夷看來，不啻充斥衝突、錯亂和片面，恐怕還會誤導晚明讀者：

> 元和諸公五七言古，其資性庸下者既不能讀，資性高明者又未可遽讀。元和諸公如異端曲學，多縱恣變幻，資性高明者未識正變而遽讀之，不免為惑耳。……今或以元和諸公為陋劣者，既甚失之；或以為勝李、杜者，則愈謬也。[66]

文中所述元和諸公，韓愈、白居易是最佳代表，故許學夷另云：

> 元和諸公之詩，其美處即其病處，樂天謂：「所長在此，所病亦在此」，是也。然學者必先知其美，然後識其病。

65 同前註，卷 23，頁 245-246。

66 同前註，卷 24，頁 248。

今淺妄者於退之五七言古實無所解，遽謂其詩不足觀，聞者寧不絕倒！[67]

綜觀上揭二文，許學夷提及元和詩有兩種讀者：一是庸下淺妄的讀者，無法理解元和詩自有優長，當然也無法辯證地體會「其美處即其病處」。如韓、白的創變大才確實令人驚嘆不已，卻相應落入「大變」，釀成流弊，其美處、病處實是辯證相即。有讀者基於傳統伸正黜變的觀念，徹底否定元和詩，僅見其病而不見其美，這便是許學夷所批判對象之一。復古派詩學原有貶抑大曆以後詩的傾向，可知許學夷此說有修正復古派詩學的意義。[68]

在本文的討論脈絡中，我們須特別關注：上文中第二種資性高明的讀者，乃能以自身超異的稟賦，洞察韓、白創變大才的獨特美感，但若這種讀者「未識正變」，就會過度膨脹元和詩的價值，甚至誤認元和優於盛唐李、杜。這可說是僅見元和之美而不見其病，與第一種讀者完全相反。許學夷顯然是劍指袁宏道一派；前文已曾論及袁宏道心儀韓、白卻不分正變。由於袁宏道缺

---

67 同前註，頁250。

68 王世貞《藝苑卮言》曾嚴厲批評韓愈詩：「韓退之于詩本無所解，宋人呼為大家，實是勢利他語。」見羅仲鼎校注：《藝苑卮言校注》，卷4，頁247。若基於復古派傳統立場，王世貞會有此論並不令人意外，而這正是許學夷所商榷的觀念。但大抵而言，許學夷對王世貞詩學實頗推崇，應不致簡單目為「今淺妄者」，他商榷的觀念源頭應可進一步上溯宋人，如張戒《歲寒堂詩話》卷上記載：「韓退之詩，愛憎相半，愛者以為雖杜子美亦不及，不愛者以為退之于詩本無所得，自陳無己輩皆有此論。」見丁福保輯：《歷代詩話續編》（北京：中華書局，2001），頁458。

乏正變觀念，然則所謂正變觀念，在許學夷詩學系統中恰恰位居樞紐且效用宏大：

> 予作《辯體》，於漢、魏、六朝、初、盛、中、晚唐，既詳論之矣，而於元和諸公以至王、杜、皮、陸，亦皆反覆懇至，深切著明，正欲分別正變，使人知所趨向耳。[69]

「趨向」不僅是抽象的觀念認知層次，也是讓人可以付諸實踐的具體徑路，「分別正變」正是詩歌創作之旅中最重要的南針。依許學夷的思路，既深知元和為「大變」，當代詩人自當心懷鑒戒，遵循詩體正道。然而，袁宏道正因缺乏正變觀念，受其驅使下的晚明讀者兼詩人，不啻就會步上完全相反的「趨向」，以元和詩所肇端的「大變」為自身施展創造力的旨歸，不知還返詩體正道，甚至刻意抗拒、悖逆，反而沿著「大變」譜系繼續發展而墮入晚唐下乘。

綜合前文所論，我們已處理三項重要的問題：一是許學夷如何看待復古派的摹擬太甚之弊，這涉及他對創變的基本態度；二是他在詩史正變觀念下，如何看待元和詩的「大變」，這涉及他對袁宏道一派創變精神的推源；三是晚明如何看待中晚唐詩史上的「大變」譜系，這在許學夷批評中，涉及袁宏道一派創變精神的價值。這三項問題的論述，大抵反映出許學夷對於詩歌創作中是否需要創變、如何創變的複雜思索。一般認為復古派詩人墨守古格而不願創變，因而衍生摹擬之弊，許學夷則在「學古」觀念

---

69 許學夷：《詩源辯體》，卷 34，頁 317-318。

下，宣告摹擬之「弊」是一個假議題，甚至宣告宋元以降文學史是歷代詩人不斷學古、擬古的產物。此中，袁宏道一派所號稱「惡同喜異」的創變精神，可推溯至中唐元和詩人，特徵是「快心露骨」，多元展現險怪、議論、說理、以文為詩，徹底顛覆詩體正道，堪比異端，故曰「大變」。這種溯源的探討，有助於瞭解許學夷眼中袁宏道一派所號稱創變的基本屬性。唯其主動歸趨者卻不在元和，而在「大變」譜系裡的晚唐，境界等而下之；可見晚明時人所自居的創變，乃是晚唐投影，故既非前無古人的創變，而且殊乏價值。這是缺乏正變觀念所致，如袁宏道僅見元和之美而不見其病，一旦過度膨脹元和「大變」的價值，以顛覆詩道為詩道，一如袁宏道〈敘小修詩〉的名言：「代有升降，而法不相沿，各極其變，各窮其趣」，[70]日新又新，恐將循此譜系墮入晚唐下乘之境。可見詩歌創作的「創變」，誠或無可厚非，但袁宏道一派所提供的案例顯示，若必須付出正變相淆的代價始能成就詩人的創造力，就會是一種迷思。

三、選評：《詩歸》中晚唐圖像的批評建構

（一）創變價值的爭議

鍾惺、譚元春合編的《詩歸》，兼具選詩與評點性質。「選詩」指鍾、譚依特定標準選出古人詩作，「評點」指兩人對所選詩作的評語和圈點，兩者密切相關，可以合稱「選評」。許學夷

70　袁宏道：〈敘小修詩〉，錢伯城箋校：《袁宏道集箋校》，卷 4，頁 202。

曾批評《詩歸》：「大抵尚偏奇，黜雅正，與昭明選詩一一相反」，[71]乃指鍾、譚所選之詩較為「偏奇」，這反映出他們對古人創變精神的究心。其實從鍾、譚的評點，更能清楚察見他們所強調的古人創變精神，有返照今世的意義，如許學夷所引述、批評：

> 若王仲宣〈從軍詩〉首句云：「朝發鄴都橋，暮濟白馬津」，最為軼蕩；子美：「朝進東門營，暮上河陽橋」，實倣之，譚云：「恨不將此等語〔句〕為今人熟便者盡抹之。」〈三秦民謠〉甚幻，鍾云：「似讖，似銘，似記，置心口間可救膚近之氣。」〈白狼王歌〉悉為夷語，譚云：「妙在無中國淹熟之氣，無文人摹擬之象。」嗟乎！人心至此，世變可知，有志者堪為慟哭！[72]

此文舉出《詩歸》中的三組評點案例：一是杜甫〈後出塞五首（其二）〉摹擬王粲（177-217）〈從軍詩〉，譚元春基於杜、王一致的表現形式，乃「今人熟便者」，欲「盡抹之」，顯然一反時好，不甚推賞；事實上，《詩歸》雖選王、杜二詩，唯鍾、譚評語中亦皆寓含譏評。[73]案例二是先秦〈三秦民謠〉，鍾惺以

71 許學夷：《詩源辯體》，卷36，頁370。

72 同前註，頁371。

73 鍾、譚選杜甫〈後出塞〉（朝進東門營），首句「朝進東門營，暮上河陽橋」無評，唯鍾惺似頗欣賞詩中「落日照大旗，馬鳴風蕭蕭」，評曰：「『風』字便有飄然邊塞之氣」，見鍾惺、譚元春：《唐詩歸》（《續修四庫全書》第1590冊影印明刻本，上海：上海古籍出版社，

其近似「讖」、「銘」、「記」體，認為今人讀之有助挽救「膚近之氣」。[74]案例三是東漢〈白狼王歌〉，原是莋都夷語漢譯，凡三章，最早所出《後漢書》迻錄漢譯附註夷語，《詩歸》所收僅錄漢譯；針對漢譯，鍾惺評曰：「似不識書人口授，不由筆寫者，無文字氣」，大抵呼應譚元春評語所謂「妙在無中國淹熟之氣，無文人摹擬之象」，可推知兩人心目中此歌的意義，乃是與當代文人階層詩作的「淹熟」、「摹擬」構成強烈反差，故為「妙」。

面對這三組評點案例，許學夷明顯都不以為然。案例一中，「軼蕩」指王粲詩句飄逸疏蕩而不受拘束，原本是王詩創造力的具體展現；再由杜詩的摹擬，可推知此一表述形式已有法度的意義。譚元春欲「盡抹之」，便是悖離法度。案例二問題在於，〈三秦民謠〉原本可謂「詩」體，但依鍾評卻是摻入「讖」、「銘」、「記」成分，故近於「以文為詩」，不啻是破壞了詩體。案例三的問題是，鍾、譚為反文人淹熟與摹擬習氣，推崇不識書者口授而成的譯文記錄，等於蹈入極端，徹底否定詩之為體的審美特質。對鍾、譚而言，這三組案例都在提醒《詩歸》讀者兼詩人，務須突破時下淹熟與摹擬習氣的窠臼，展現創變精神；

1995），卷首，頁 522-523。但必須注意所選王粲〈從軍詩〉，首句「朝發鄴都橋，暮濟白馬津」，譚評：「恨不將此等句為今人熟便者盡抹之」，可知其王、杜首句相近的表現形式頗為不滿。見鍾惺、譚元春：《古詩歸》（《續修四庫全書》第 1589 冊影印明閔振業三色套印本），卷 7，頁 431。

74 無名氏：〈三秦記民謠〉，鍾惺、譚元春：《古詩歸》，卷 2，頁 377。

許學夷的批評，倒不是漠視詩人的創造性，僅是針對「案例」，去質疑鍾、譚思路失當。換而言之，這些案例在文學史上另有「公論」。[75]

我們擬聚焦《詩歸》的中晚唐詩選評，以利展開後續探討。據鍾惺〈與譚友夏〉云：「平生精力，十九盡於《詩歸》一書，欲身親校刻，且博求約取於中、晚之間，成一家言，死且不朽。」[76]可見中晚唐詩選評是《詩歸》的亮點，學界並有相關研究成果。[77]本章稍早的討論並已發現：在許學夷的正變觀念下，中唐以降基本上是「變」的時代，元和更開啟「大變」。我們沿著許學夷的批評眼光來看《詩歸》的中晚唐詩選評，可更清楚凸出鍾、譚所特別賦予中晚唐詩人的創變意義，並能體會此一選評如何「悖亂斯極」。唯事實上，《詩源辯體》對鍾、譚的中晚唐詩選評並無明確著墨，或因他對《詩歸》「唐詩取捨，不能一一致辯」，[78]但也使得我們的討論不能止於梳理許學夷直述的「顯性論述」，而尚須是在許學夷相關見解的「前理解」上，對他看待鍾、譚中晚唐詩選評而未嘗言明的「隱性論述」，進行後設性

---

75 許學夷：《詩源辯體》，卷 36，頁 372。

76 鍾惺：〈與譚友夏〉，《隱秀軒集》，頁 472。

77 陳國球比較李攀龍選本發現，《詩歸》整體選詩數量大幅提高，盛唐詩入選數量雖最多，但「尤其於中、晚唐詩，由於有足夠的活動空間，他們可以從容選入李攀龍不屑一顧的詩人詩作」，見氏著：《明代復古派唐詩論研究》，頁 237。又如鄔國平也指鍾、譚「能打消前後七子對中、晚唐詩懷有的偏見，而能較為廣泛地加以采擷」，見氏著：〈竟陵派的文學理論〉，《竟陵派與明代文學批評》（上海：上海古籍出版社，2004），頁 115。

78 許學夷：《詩源辯體》，卷 36，頁 371。

的詮釋和建構。

鍾、譚與復古派詩學觀念並非毫無交集，但這更像是一種暗渡陳倉的計策，我們必須細審鍾、譚的真正目標何在。如譚元春總評孟郊所云：

> 詩家變化，自盛唐諸家而妙已極；後來人又欲別尋出路，自不能無東野、長吉一派。[79]

以盛唐詩人為唐詩史的巔峰，乃為復古派固有觀念，但胡應麟（1551-1602）《詩藪》曾基於此一觀念而宣稱後人「無事旁搜」，否則「便為外道」；[80]譚元春的立論目標卻轉移至孟郊、李賀的「別尋出路」，指在盛唐藩籬之外另闢蹊徑，這當然是創變精神的展現。在許學夷眼中，孟、李也都屬於「大變」，但譚元春似更強調兩人創變精神的合理性、價值性，亦無「正」、「變」對照的觀念框架。鍾惺曾有相同的見解，其總評李賀云：

> 長吉奇人不必言，有一種刻削處，元氣至此，不復可言矣！亦自是不壽不貴之相，寧不留元氣，寧不貴不壽，而必不肯同人，不肯不傳者，此其最苦心處也。[81]

文中再度出現兩面辯證的觀念架構：一是李賀因刻削而斫喪詩體

---

79 鍾惺、譚元春：《唐詩歸》，卷 31，頁 199。

80 胡應麟：《詩藪》（上海：上海古籍出版社，1979），續編卷 2，頁 349。

81 鍾惺、譚元春：《唐詩歸》，卷 31，頁 204。

所宜有的渾成之氣，這固然是缺點：但鍾惺所欣賞的是另一面，「寧不……」、「必不肯……」之類的表述形式，透露出李賀對創變是刻意營求。換言之，李賀縱有刻削的缺失，但正因有此缺失遂能鍛造出李賀的創變；「刻削」自然也不再被視為真正值得芥蒂的問題，反倒倍顯可貴。鍾惺總評晚唐詩也秉持同樣的思路：

> 看晚唐詩，但當采其妙處耳，不必問其某處似初、盛與否也。亦有一種高遠之氣，不讓初、盛者，而氣韻幽寒，骨響崎嶔，即在至妙之中，使人讀而知其為晚唐。其際甚微，作者不自知也。[82]

鍾惺的立論有兩個遞進的層次：一層是晚唐妙在不似初、盛唐詩；二層是晚唐妙處「不讓初、盛」，可知晚唐詩不僅展現獨特的創變，也因而極具價值。「作者不自知」似是十分神秘的說法，鍾惺或許指晚唐詩的獨特性，乃是時人自然而然的追求取向，鍾惺在皇甫松〈古松感興〉一詩總批中，就從「氣數」、「習尚」兩端來詮釋晚唐詩獨特面目的形成：

> 古人作詩文，於時地最近、口耳最熟者，必極力出脫一番。如晚唐定離卻中唐，等而上之，莫不皆然；非獨氣數，亦是習尚使然。然其所必欲離者，聲調、情事耳已，至初、盛人一片真氣全力，盡而有餘、久而更新者，皆不

---

82 同前註，卷 33，頁 219。

暇深求，而一切欲離之，以自為高。[83]

鍾惺指出古人有一普遍性的創作心態，即「出脫」，亦即「離」，指能脫離、突破前人固有且流行的窠臼，建立自家面目，這正是創變精神的體現。因此，晚唐詩獨特面目的形成，就不僅是復古派詩學所常講的「氣數」，彷非人力所能掌控，指向末世的蕭瑟衰颯，[84]而其實是反映出時人積極追求創變的「習尚」。上文以「極力」形容「出脫」，正顯示「出脫」不僅是刻意營求，更是一種昂揚奮進的心態；這是很值得注意的見解。為強調出脫之力，文中對初盛唐詩頂禮頌揚，唯旋立旋掃，擺落一切，即是旨在彰顯中晚唐人刻意創變的豪情。

綜上所論，許學夷與鍾惺、譚元春均關注中晚唐詩的創變事實，大抵也都推崇盛唐詩的崇高地位。但雙方的歧異其實昭昭易見：鍾、譚不吝欣賞中晚唐創變價值，「出脫」的觀念更透露中晚唐詩各具面目，晚唐人所承受的創變壓力想必更趨沉重，其昂揚奮進的求變精神自然也深值肯定。許學夷大異於是，他把中晚唐詩都視為「變」，又分「正變」、「大變」，前者顯示盛唐到中晚唐的詩史脈絡中價值漸趨低落；後者雖承認元和詩的創變成果自有美處，卻認定美處即病處，何況「大變」譜系裡晚唐已墮

83　同前註，卷 35，頁 246。

84　胡應麟屢由「氣運（數）」推移的角度去解釋歷代詩風落差，盛唐、中唐、晚唐之分亦然。如他曾摘舉盛、中、晚寫景詩句，認為各臻其妙，但「盛、中、晚界限斬然，故知文章關氣運，非人力」；他自認復古派所以能振起詩道，原因之一也是「氣運方隆」。見氏著：《詩藪》，內編卷 4，頁 59；外編卷 5，頁 214。

入下乘，一無可取。他眼中的晚唐詩人實是左右支絀，進退失據，「讀之誠欲嘔吐，既不足以為『正變』，而又不能成『大變』也」，[85]與鍾、譚的觀感何啻千里。

（二）「悖亂斯極」的評點

鍾、譚對古人詩作的「評點」，曾引起許學夷的非議：「凡於生澀、拙朴、隱晦、訛謬之語，往往以新奇有意釋之，尤為可笑。」[86]這段簡潔的說法隱含兩個層次的訊息：一是鍾、譚評點所指出古人之作的「新奇」，未必直接反映古人刻意的創變，而只是鍾、譚的「詮釋」。二是許學夷對鍾、譚評點的批評重心，不涉評點對象的古人詩作是否確實新奇，而在於評點內容之「可笑」。依此，我們可梳理出鍾、譚評點中涉及古人創變精神的詮釋，卻可能引起許學夷非議的幾個層面，藉以詮釋許何以視之為「悖亂斯極」。

1.妙在盛唐外

翻開《詩歸》中唐卷首，鍾惺有一段具總綱性質的批語：

> 唐詩至中、晚而衰，衰在澹，澹至極妙，而初、盛之詩始亡。不衰不亡，不妙不衰也。[87]

鍾惺把中唐視為唐詩史由盛轉衰的關鍵時刻，這是常識，但他進

85 許學夷：《詩源辯體》，卷 32，頁 308。

86 同前註，卷 36，頁 370。

87 鍾惺、譚元春：《唐詩歸》，卷 25，頁 135。

層提出一個特殊觀點：唐詩發展至中晚唐愈趨衰微之際，「極妙」之詩就隨而誕生，同時初、盛唐詩也宣告銷亡。鍾惺另評劉長卿（726?-790?）〈舟中送李十八〉所云：「七言絕，中、晚人本妙，正以其太妙，則傷氣，遠於盛唐耳」，[88]意義一致。僅憑二文，「極妙」的涵義仍難明瞭，但起碼可以確定：「妙」指向中晚唐在詩史發展脈絡上愈趨顯豁的某種珍貴特質，且與初、盛唐詩不相容。這種特質，實是中晚唐詩人突破初、盛唐藩籬的創變所致。

為進層掌握鍾惺的觀念，請注意他對晚唐馬戴（?-869）的總批：

> 晚唐詩有極妙而與盛唐人遠者，有不必妙而氣脈神韻與盛唐人近者。「不必妙」三字甚難到，亦難言，妙不足以擬之矣。惟馬戴猶存此意，然皆近體耳。[89]

晚唐詩「極妙」而遠於盛唐，與前引二文涵義相通，此文特別的是對舉拈出「不必妙」，視為近於盛唐。可知「不必妙」，指向盛唐詩的某種特質。文中認為馬戴近體之作「不必妙」，等於認為馬戴近體詩能超越自身所處晚唐時代的限制，展現某種近於盛唐的特質。這是什麼特質？試依《詩歸》所收馬戴詩 21 首觀之，大抵意境開闊、渾成，較少見晚唐詩作的衰颯、細碎、斧鑿，其〈夕次淮口〉一詩鍾評：「靜深奧渾，合八句讀之始見其

88　同前註，卷 25，頁 142。

89　同前註，卷 34，頁 229。

妙」，即指其渾成；譚評：「高寂中寬然有餘，右丞妙作也」，[90]也指其恢弘、灑落而有餘蘊，堪比王維。依此，「不必妙」的涵義誠然確言，但馬詩讀來確實不像一般晚唐格調，「惟馬戴猶存此意」，乃被視為晚唐中的異類。嚴羽（1195?-1245?）有鑑於此，故《滄浪詩話・詩評》云：「馬戴在晚唐諸人之上」，[91]楊慎（1488-1559）《升庵詩話》承之：「嚴儀卿稱戴詩為晚唐第一，信非溢美」，[92]均可見鍾惺之說淵源有自。

值得注意的是，嚴羽、楊慎都認為馬戴之詩價值高於同期晚唐詩人，唯鍾惺所謂「不必妙」，只是「甚難到，亦難言」，並無明顯揄揚馬戴、貶抑晚唐之意；這是鍾惺與嚴羽、楊慎之說的重要區別。相對而言，「妙」、「極妙」指晚唐人對盛唐格調的突破、悖離，形成晚唐詩的常態，在詞語概念上，竟隱然給人一種晚唐價值高於盛唐之感。這恐怕正是鍾惺暗渡陳倉的計策，他對「不必妙」的闡述，玄之又玄，彷彿某種難能可貴之境，其實語焉不詳，但真正能讓讀者留下鮮明印象的是「晚唐」的「極妙」；他並不是單純在提出客觀、平衡的論述。

故綜觀之，「極妙」、「不必妙」對舉拈出，主要意義有三：一是晚唐時代仍有詩人能複現盛唐風格，如馬戴，唯屬異數，且不代表價值較高。二是盛唐的「不必妙」、晚唐的「極

---

90 同前註，頁230。

91 嚴羽：〈詩評〉，張健校箋：《滄浪詩話校箋》（上海：上海古籍出版社，2012），頁560。

92 楊慎著，王大厚箋證：《升庵詩話新箋證》（北京：中華書局，2008），卷10〈馬戴楚江懷古〉，頁594。其〈馬戴詩〉也有相同見解，前揭書，頁593。

妙」，分指不同特質，因而各有評價基準。其三，「晚唐」愈趨顯豁的「極妙」，乃是對盛唐的推遠，而且隱然享有更高的價值。

鍾惺觀念其實不複雜，卻偏說得簡潔、朦朧、弔詭，其實是他一貫的行文特徵，也致使我們必須費詞分析。試站在許學夷立場看，鍾惺勢必引爆爭議是：晚唐詩人對盛唐的創變，在評價概念的使用上，不應稱作「妙」、「極妙」，因為這就是「正」、「變」價值觀的混淆，已觸犯許學夷詩學的底線。

2.挑戰「典範」

一般而言，復古派詩學觀念於古體崇尚漢魏，近體崇尚盛唐詩，故對當代詩歌創作講究服膺漢魏盛唐格調，中晚唐詩則在戒慎、摒斥之列。由是，我們可發現《詩歸》中的弔詭論調，鍾惺評韓愈〈夜歌〉：

> 古直之氣，從深靜出，似魏武諸詩。[93]

將韓愈詩比附於曹操（155-220），這當然是很高的評價。但問題是，鍾惺另評韓愈〈猗蘭操〉云：

> 聲氣在漢魏上。[94]

直指韓詩「聲氣」高於漢魏，就啟人疑竇。韓詩是否堪比漢魏，

93　鍾惺、譚元春：《唐詩歸》，卷 29，頁 182。

94　同前註，頁 179。

並非我們關懷的重心，我們較關懷的是，此「比附」的論述恐怕仍是暗渡陳倉之計。復古派常舉古人作品作為評詩時的座標，以貼近古典與否，以辨識、估量特定詩作的特色和價值，亦即透過古典界定當代。但鍾惺的「比附」，顯然不是出於復古、學古的觀念基礎，反而是在無形中瓦解復古、學古。因為事實上，「漢魏」是復古派的「典範」，鍾惺宣稱韓詩在漢魏之上，乃是直接復古派的漢魏典範觀念造成衝擊。這更透露出鍾惺詮釋下，韓愈詩歌創作是突破漢魏藩籬而形成創變；換言之，韓愈並非墨守漢魏典範，故能超越漢魏。

王建也是一個值得注意的案例。其〈留別舍弟〉一詩：「況復干戈地，儒夫何所投」，鍾惺有夾批云：

> 語悲厚，似老杜。[95]

杜甫是復古派詩學傳統中最重要的「典範」，故這種「比附」，不致令人詫異，何況王建詩句中的干戈動盪，確實相仿於杜甫被迫捲入的安史戰火。然而，《詩歸》所收王建下一首詩〈送同學故人〉，鍾惺以總批直指：

> 一段交情，覺「同學少年多不賤」語欠厚。[96]

「夾批」的評論對象是特定詩句或詞彙，採雙行小註版式；相較

95　同前註，卷 27，頁 160。

96　同前註。

而言，「總批」綜觀全篇，所佔版面位置也遠為醒目，如圖一，更能代表論者欲強調的重心。上文中「同學少年多不賤」，出於杜甫〈秋興八首（其三）〉。事實上，〈秋興八首〉是復古派心目中杜詩所以登峰造極的代表作，《詩歸》卻僅選入一首，鍾評：「杜至處不在〈秋興〉」，[97]極具反叛性。文中認為杜詩「同學少年多不賤」欠缺渾厚，旨在對照出王建此詩更渾厚，故價值更高。鍾惺的說法有兩項重要意義：一是翻轉盛、中唐彼優此劣的成見，為中唐詩爭地位，並弱化杜詩的絕對性價值；二是在復古派詩學中杜甫典範觀念參照下，王建〈送同學故人〉之超越杜詩，顯示他非墨守杜詩典範，而是勇於創變且卓具成效。

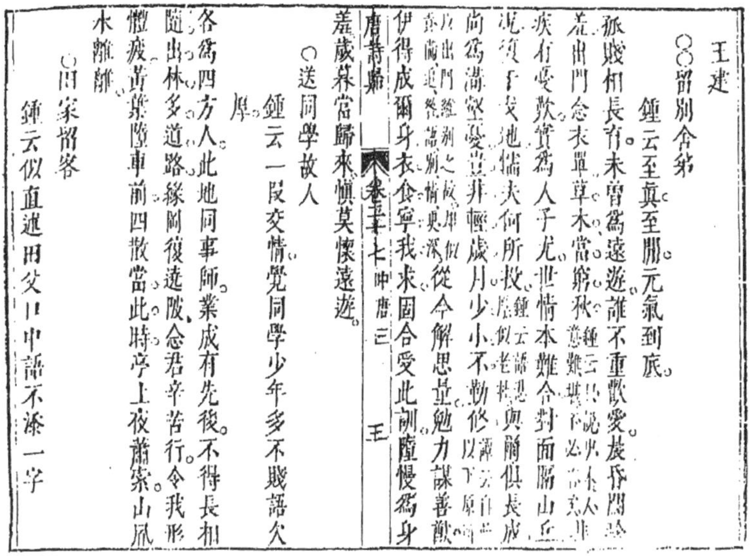

圖一：〈留別舍弟〉、〈送同學故人〉評點書影

97　同前註，卷 22，頁 99。

一般文學史書不太提及嘗任晚唐宰相的王涯（?-835），《詩歸》選入三篇，篇數亦少，但其〈閨人贈遠〉「遠戍功名薄」句下譚元春有評：

> 「悔教夫婿覓封侯」不及此五字。[98]

「悔教夫婿覓封侯」，出自盛唐詩人王昌齡（698?-755?）〈閨怨〉。歷來有關王昌齡詩作價值的論評甚多，其「典範」地位早經建立，[99]可知譚元春宣稱王昌齡此句不如王涯，其實顛覆意味十足。王涯如何看待自身詩作與王昌齡的關係，不得而知，但在王昌齡典範地位已然穩定的明代詩學脈絡中，譚元春的發言透露他所詮釋下的王涯，乃能突破王昌齡典範籠罩而形成創變。

綜觀前揭三組案例，鍾惺、譚元春並未質疑「漢魏」、「杜甫」、「王昌齡」的詩作價值，卻對其在復古派詩學傳統中固有的典範性予以弱化，這會使得韓愈、王建、王涯等人的詩作價值，得以擺脫原有典範觀念對照下的負面色彩，更加正視諸人馳逐於典範之外的創變精神，甚至以其代表更高價值。這其實是前揭「出脫」觀念的落實。但經此梳理我們也能清楚察見：若從許學夷角度來看，鍾、譚相關說法最嚴峻的問題就是「正」、「變」不分，「漢魏」、「杜甫」、「王昌齡」均代表「正」，韓愈、王建、王涯均代表「變」，「變」是對「正」的偏離、脫

98　同前註，卷 32，頁 211。

99　近如王世貞曾盛讚其七絕能與李白爭勝而同臻「神品」，胡應麟也推崇〈閨怨〉「如清廟朱絃，一唱三嘆」。見氏著：《詩藪》，內編卷 6，頁 117。

離，故而價值較低。真正有價值的創變，必須立足於「正」，《詩源辯體》有云：

> 學者必先造乎規矩，而能馳騁變化於規矩之中，斯足以盡神聖之妙。所謂「從心所欲，不逾矩」，是也。苟初不及乎規矩，而欲馳騁變化以從心，鮮有不敗矣。[100]

「從心所欲，不踰矩」之說出自《論語》，原指聖人為學的美善至境；[101]許學夷轉借批判今人「縱心所欲」，[102]又指袁宏道論詩「縱情所欲」、[103]鍾、譚選詩「縱心至是」。[104]可見許學夷最關心的層面不在於詩歌創作是否需要創變，而其實在於創變的尺度，即古人經典之作所示現的「規矩」，此即「正」。立足於「正」的創變，方能臻於「神聖之妙」；假如缺乏「正」的基礎，則是「鮮有不敗矣」。鍾、譚評點詮釋下，韓愈、王建、王涯的創變，一概展現為挑戰典範、貶抑典範，可見這種詩學眼光與許學夷存在根本性的衝突。

3.「快透」的美學

鍾惺前引文云：「唐詩至中、晚而衰」，中晚唐是否具有所以為「衰」的共通特質？鍾惺文中接續指出：「衰在澹，澹至極

100 許學夷：《詩源辯體》，卷 35，頁 343。

101 劉寶楠撰，高流水點校：《論語正義》（北京：中華書局，1990），〈為政〉，頁 43。

102 許學夷：《詩源辯體》，卷 34，頁 328。

103 同前註，卷 35，頁 351。

104 同前註，卷 36，頁 372。

妙」，「澹」有稀薄、淡薄的涵義，鍾惺應指初盛唐原有的美感，至中晚唐漸趨稀薄、淡薄，形成另一種獨特的美感。這是什麼美感？他於中唐首位詩人劉長卿名下有一段重要的批語：

> 中、晚之異於初、盛，以其俊耳。劉文房猶從朴入，然盛唐俊處皆朴，中、晚人朴處皆俊。[105]

可知相對於盛唐的「朴」，中晚唐詩的共通點是「俊」；劉長卿位列中唐，但「猶從朴入」，仍有盛唐餘風，可謂盛唐、中唐間的過渡。但何謂「朴」、「俊」？試參照鍾惺緊續有云：

> 文房氣有極厚者，語有極真者。真到極快透處，便不免妨其厚。[106]

此文前半是從「氣」、「語」兩端來談劉長卿的創作特色。其〈秋杪江亭有作〉鍾評：「語不須深，而自然奧渾，氣之所至」，[107]〈旅次丹陽郡遇康侍御宣慰召募兼別岑單父〉鍾評：「語露矣，而不傷其厚，其氣完也」，[108]也都是從「氣」、「語」兩端來談，並更清晰地顯示「氣」以自然渾厚為上，「語」則毋須刻意求深造奇，劉長卿的詩藝就是如此「氣」、「語」的融合。其詩「猶從朴入」，「朴」有渾厚樸實之意，這

---

105 鍾惺、譚元春：《唐詩歸》，卷 25，頁 135。

106 同前註。

107 同前註，頁 138。

108 同前註，頁 136。

乃是綜指劉詩特色在「氣」之渾厚、「語」之樸實。應注意的是，「真到極快透處，便不免妨其厚」，認為「語」若趨於「極快透處」，就有礙「氣」之渾厚，這恐怕不是在指劉詩，而是指劉詩為中晚唐詩逗露的作風取向。〈送侯侍御赴黔中充判官〉「地遠官無法」句下鍾評：「朴而透，透處便是中唐派」，[109]可知劉詩的「朴」、「透」尚能取得平衡，不致因其語言的「透」，而妨礙氣之渾厚。試敲「地遠官無法」一句，「透」應指過份直白、直露的詩意表現方式。「快」即「快心」，任憑己意而無所節制，「快透」連言，正是許學夷論所講的「快心露骨」；前文已有解析。依據鍾評，劉詩中的「（快）透」若進一步顯豁，就會形成中唐詩典型作風，這並讓人聯想到上引文：「中、晚人朴處皆俊」，從「朴」、「俊」相對的角度來看，「俊」的基本屬性即欠缺渾厚。鍾惺認為，中晚唐詩歌語言一旦發展至「極快透處」，就有礙「氣」之渾厚，可知「快透」的結果就是「俊」。進一步看〈留題李明府霅溪水堂〉鍾評：「文房五言妙手，朴中帶峭，便開中、晚諸路」，[110]此詩「落日無王事，青山在縣門」句旁逐字加圈，試加玩味，其語誠然質樸，但句型結構使「落日」、「青山」均成為擬人化的人物，懷有「無王事」的心境、「在縣門」的行跡，頗具奇險之風；[111]可知

109 同前註，頁138。

110 同前註，頁141。

111 黃景進的研究指出，韓、孟「奇險」一派的創作觀念，可概括為韓愈所謂「姦窮怪變得，往往造平淡」，指大膽的詩人能在平凡的題材、事物中生發出非常怪異的想像；黃先生還藉孟郊：「物象由我裁」、韓愈：「象外逐幽好」，說明詩人應有極寬廣如天地的視野，從中搜取出某些

「朴中帶峭」，「峭」本有文勢險拔之義，指對刻意鍛鍊詩藝以求險拔，這就是「中、晚人朴處皆俊」，也是「快心」的具體表現之一。

這些評語寫在《詩歸》中唐首卷、首位詩人，可為後續中晚唐詩各卷提供一份綱領性的「導讀」，以助讀者掌握選評旨趣。事實上，「快透」是《詩歸》屢屢著墨的中晚唐詩特質，鍾惺並由此談及白居易的叛逆性：

> 寫到可笑可哭處，極痛極快，物無遁情，然風刺深微之體索然矣！知此，可與讀元、白詩。[112]

文中觸及兩項重點：一是指出白居易此作〈和微之大觜烏〉的「極痛極快，物無遁情」，意指詩中所寫大觜烏種種情狀酣暢淋漓、刻畫入微，實即前述「快透」；唯這份特質不限定於此作，乃是元、白的總體特色。其二，此作並未從比興託喻的角度來處理大觜烏的主題，所以說「風刺深微之體索然矣」；換言之，此作「快透」的特質，對詩歌傳統比興之體造成衝擊。鍾評韓愈〈病鴟〉見解相仿：

> 與樂天〈大觜烏〉同一痛快盡情，而格調稍嚴；然讀朱穆

特殊的物象，在詩歌創作中運用想像力詮釋出其「象外」之象。參見氏著：《異變：中國古代異變思想與異變文學》（臺北：臺灣學生書局，2021），頁 340-366。劉長卿自非典型的奇險派，但「落日無王事，青山在縣門」的表現方式，確可發現爾後韓、孟之詩的奇險傾向。

112 鍾惺、譚元春：《唐詩歸》，卷 28，頁 173。

〈與劉伯宗絕交詩〉，此二君不得不有世代升降之分矣。[113]

韓愈〈病鴟〉、東漢朱穆（100-163）〈與劉伯宗絕交詩〉均以鴟鳥託喻成篇，但韓詩特具一種「痛快盡情」的質性，且與朱詩「有世代升降之分」。以世代論詩體升降，原是復古派常見論調，蓋朱詩是東漢古詩，韓詩則座落中唐，在傳統的漢魏典範觀念下，二作價值自難比肩並論。

值得注意的是，圍繞著白居易〈和微之大觜烏〉、韓愈〈病鴟〉，鍾惺的論述意圖，似都不在單純描述或批評二作對詩體比興傳統和漢魏典範觀念的悖離，他不啻是在暗示二作面對高大悠久的傳統、典範而能勇於「創變」，這反而是一種讚賞，誠如鍾惺評晚唐詩人曹鄴（816?-875?）所云：

> 此君艷情好手，以快情急響為妙，而少含蓄，若含蓄則不能妙，選者無處著手矣！采其妙處，則其餘當耐之，此看中、晚詩法也。[114]

文中除了指出曹鄴之詩「快情急響」，這其實就是前述「快透」、「痛快」；還進一步宣稱曹詩如此特質，雖有違於「含蓄」，卻正是妙處所在。可見鍾惺不僅致力發掘曹詩顛覆性的審美特質，更要賦予正面價值意義。其評曹詩屢云：「直得妙」、「不厭其透」，[115]又如薛能（?-880）：「意盡語切，無復有

---

113 同前註，卷29，頁181。

114 同前註，卷34，頁232。

115 同前註。

餘，然不如此不妙」、[116]劉威：「妙在說透」，[117]這些審美特質的描述無一不是顛覆傳統、悖離典範，因而享有獨特價值。

鍾惺以「快透」、「痛快」來界定中晚唐詩的共通特質，進一步發掘當中顛覆性的創變精神，這與許學夷屢言元和詩人「快心露骨」、「大變」，實屬相近。但這只是表象，雙方衝突的真正癥結，乃在於鍾惺為中晚唐詩的顛覆性創變，賦予正面價值意義，而這和許學夷的觀念完全齟齬。許學夷肯定元和詩有「美處」，但強調「美處即其病處」，他其實是細緻區分兩個層次：一是元和詩人的創變，乃是一種獨特性的美感；二是關於此一獨特性美感的評價問題，必須受到正變觀念的制約，因其獨特、有違正體，故為「病處」。我們不妨把鍾惺觀念概括為「病處即其美處」，中晚唐詩顛覆性的創變原可視為「病處」，在鍾惺詮釋下居然徹底翻轉為「美」、「妙」。前曾論及鍾惺認為古人創作「必極力出脫一番」，可見中晚唐詩顛覆性的創變，具有合理性、正當性；這恰透露許學夷當下遭臨的晚明詩學環境，極度缺乏「病識感」，亟需投以「藥石」。[118]

4.以文為詩

一個弔詭現象是，鍾、譚常在評點指出中晚唐人對詩體的自我解構，從而顯出創變精神。如鍾惺評張籍〈祭退之〉云：

---

116 同前註，卷33，頁225。

117 同前註，頁224。

118 許學夷：《詩源辯體》，卷34，頁328。他另曾云：「論大曆、晚唐之病，尤世人之所惡聽，此猶諱疾忌醫而徒慕和、扁也」，同是以醫藥為喻。見前揭書，卷35，頁337。

志、狀、誄、傳，借一詩吐之，人品、交情，無復有餘。[119]

張籍詩中融入「志、狀、誄、傳」的古文元素，其實是破壞「詩體」的純粹性。但鍾惺特別注意其效果是令詩中關於韓愈人品和彼此交誼的敘述，更臻周備、細膩，故曰「無復有餘」，這其實就是前揭的「快透」，一如白居易寫大觜烏「極痛極快，物無遁情」、韓愈寫病鴟「痛快盡情」。故綜觀之，張籍的「以文為詩」，誠屬事實，但我們更關注的是在鍾惺詮釋下，「以文為詩」也代表一種企圖顛覆詩體固有體式的創變精神，並可賦予正面價值意義。

鍾惺對晚唐王周〈誌峽船具詩〉的總評也有相近見解：

數詩似古銘贊體，然作詩看，奇絕！[120]

王周此詩原有一篇長序詳述船具各部件的功能，接續分訂〈艄〉、〈艜〉、〈戙〉子題詠之。故其「以文為詩」，乃涉及兩個層面：一是序文與詩作的融合，譚元春曾盛讚其序堪比《周禮・考工記》，[121]可知序文價值頗受肯定，足以輝映詩作。其二是指〈艄〉、〈艜〉、〈戙〉各子題的詩作，融入「文」的元素。實際讀詩可知，這三首詩的內容在在呼應序文，上述兩個層面其實息息相關。但上引鍾惺的評語，主要座落在第二個層面，因為他的思路並非認為詩文二分而互相呼應，而是直接把王詩比

---

119 鍾惺、譚元春：《唐詩歸》，卷 30，頁 191。

120 同前註，卷 35，頁 244。

121 同前註，頁 243。

作「古銘贊體」，站在序文以外其他文體的角度，去審視此詩的特色。換言之，即使僅就王詩而排除序文來看，這仍是「以文為詩」，進而他的詩作能對讀者帶來「奇絕」的印象，指「奇」之極致。由此可見，「以文為詩」是一種有助於詩作更趨於出奇制勝的創變精神。鍾惺另評皮日休〈入林屋洞〉所云：

> 以詩代記。寫異境，須入以異情，又有異筆，不然直而散矣。[122]

便能呼應前揭王周的案例。按照鍾惺的詮釋，皮日休此詩融入「記」（遊記）體，堪稱「以文為詩」，這就是一種表現手法上的「異筆」，有助於避免純詩所將淪於「直而散」的缺失。「異」者，「奇」也，可知王周、皮日休兩個案例相通，「以文為詩」都是反映詩人為求出奇制勝的創變精神。

由前面的討論看來，「以文為詩」的創變精神，可為讀者帶來出乎意表、一新耳目的印象。但這種印象的形成，倒不是來自詩體固有體式之遭受破壞、顛覆，而可說是通過破壞、顛覆的霹靂手段，去樹立一種新體式。「創變」的核心意義其實在於「創建」。可舉李商隱〈韓碑〉為例，鍾惺總批有云：

> 一篇典謨雅頌大文字，出自纖麗手中，尤為不測。[123]

---

[122] 同前註，頁 245。

[123] 同前註，卷 33，頁 222。

「典」、「謨」原指《尚書》中的篇名，如〈堯典〉、〈大禹謨〉，內載古代聖君賢臣的治國方略；「雅」、「頌」指《詩經》中的體裁，原是朝堂宴饗與宗廟祭祀之作。可知以「典謨雅頌」類比李商隱〈韓碑〉，乃著眼於此詩中君臣議論國事、軍事的主題；尤其是在「典」、「謨」類比下，此詩被認為具有「典謨之文」的功能，是故堪稱「以文為詩」。鍾惺指出〈韓碑〉「以文為詩」，而能造就「不測」的藝術效果。「不測」指難以測度，即此詩變化多端，波瀾迭起，往往出人意表。舉凡實際讀過〈韓碑〉的人，想必大抵都能同意「不測」的說法；鍾惺說法特殊之處，乃在於把「不測」歸因於「以文為詩」，指李商隱通過「以文為詩」的創變，破壞、顛覆詩體固有體式，使讀者無法再仰賴過往關於詩歌體式的經驗慣性，去捕捉此詩的藝術性，如此便造成此詩的「不測」；「尤」透露其「不測」的幅度特大。可見李商隱的創變並非單純的破壞、顛覆，而更是「創建」，能在更大幅度上去刷新世人的閱讀感受，這不啻是建立一種足以超越固有體式的新體式。

譚元春對〈韓碑〉的總批從另一角度提供印證：

> 文章語作詩，畢竟要看來是詩，不是文章。[124]

〈韓碑〉「以文為詩」，雖破壞、顛覆既有體式，但譚元春強調此詩仍是「詩」，而非「文章」，即認為李商隱能在詩中融入文體，而又能從詩文二體混融的創作實踐中彰顯「詩道」。這顯示

124 同前註。

李商隱「以文為詩」的創變，並非只有破壞、顛覆「詩所須有」的固有體式，形成無謂的標新立異，而其實是透過破壞、顛覆的手段，去大膽創建「詩所能有」的新體式。

依前文所論可知，許學夷詩學系統中，「以文為詩」是元和詩人「大變」的表徵之一，也是「快心露骨」的具現，其負面影響波及晚唐、宋人。鍾、譚一再謳歌「以文為詩」的創變精神，兩造詩學論述的戰火一觸即發。

（三）「悖亂斯極」的選詩

許學夷對《詩源辯體》一書的規劃，原有「詩論」、「詩纂」兩相搭配，以圖彰顯「辯體」的目標。「詩纂」是本文為方便稱述的說法，指纂錄詩作，依許學夷所自述：「采其撰論所及有關一代者一百六十九人并無名氏，共詩四千四百七十四首，以盡歷代之變」，[125]可想見卷帙浩繁，唯身後未能刊行流通，遂爾散佚；現僅能由「詩論」中隨文提及或摘舉者，去推敲他的論述和例證。不過，他曾特別解釋原有「詩纂」之規劃，乃有別於一般的「詩選」，《詩源辯體．凡例》云：「此編以辯體為主，與選詩不同，故漢、魏、六朝、初、盛、中、晚唐，盛衰懸絕，今各錄其時體，以識其變」，[126]並曾回應他人疑慮：「此編或疑元和諸子纂錄過多，不免變浮於正；然此編以辯體為主，……正欲學者窮極其變，始知反正耳」，[127]可知「詩纂」乃至於「詩論」中隨文提及、摘引的例證，旨在「辯體」，是故正、變

125 許學夷：《詩源辯體》，卷1，頁1。
126 同前註，〈凡例〉，頁2。
127 同前註，頁4。

迭見，有別於「選詩」中的詩作是反映選者所自覺秉持的某種審美標準，如《詩歸》一書「大抵尚偏奇，黜雅正」，「偏奇」就是鍾、譚自覺持守的選詩標準。要之，《詩源辯體》雖有大量的詩作舉例，但基本屬性絕非「詩選」。

然則，我們可參據《詩源辯體》對相關詩例的評論，對照、觀察《詩歸》中同一詩作的選錄情形，進一步推見許學夷展讀此書時的反應。

值得首先注意的是，前文的討論顯示，鍾、譚對中晚唐詩人的創變精神，顯然情有獨鍾，那些詩作卻是許學夷所批評的「變」、「大變」。其實《詩歸》也選入正體之作，如賈島〈暮過山村〉；[128]許學夷曾舉此詩為例，指稱賈島五律「雖多變體」，唯此詩「尚有初、盛唐氣格」，視之為「正」。[129]但這類案例絕少，目前僅見此例，無法撼動《詩歸》以變為主的選詩取向。

透過《詩源辯體》、《詩歸》的比較，最令我們必須審慎面對的是，鍾、譚不僅透過具體的評點文字指述中晚唐詩的創變，其評點文字之外，「選詩」也多有創變成分，這正亟需仰賴許學夷的照明。如《詩歸》選入韓愈〈秋懷詩〉，末句「豈謂吾無能」，譚元春評：「直得妙」，[130]一改含蓄為美的傳統觀念，不啻是肯定韓愈的創變。但許學夷摘出此詩首句：「清曉卷書坐，南山見高稜。其下澄秋水，有蛟寒可罾」，視為「奇險」，[131]

---

128 鍾惺、譚元春：《唐詩歸》，卷 30，頁 196。

129 許學夷：《詩源辯體》，卷 25，頁 258。即「數里聞寒水」一篇。

130 鍾惺、譚元春：《唐詩歸》，卷 29，頁 180。

131 許學夷：《詩源辯體》，卷 24，頁 251。

我們不但可以推知此詩在許學夷系統中落入「大變」，具有負面價值意義；同時並能察見譚、許對此詩所以為創變、大變的判斷，乃是依據完全不同的詩句，這透露出一項重要訊息：《詩歸》選詩的創變成分、與許學夷觀念的衝突性，其實比鍾、譚在評點中明言的案例還多。

又如《詩歸》選入張籍〈古釵歎〉，末句「不用還與墜時同」逐字加圈，鍾惺夾批非常簡潔：「遠甚」，[132]令人殊感費解。其實許學夷曾摘出此詩中：「蘭膏已盡股半折，雕文刻樣無年月。雖離井底入匣中，不用還與墜時同」，批評道：「皆懇切痛快者也」，[133]正是所謂「大變」的核心特質。對照之下，我們就能測知鍾、譚看待張籍此詩的眼光，最起碼可確定的是許學夷展讀《詩歸》時，必然會對所選張籍此詩倍感不安。

又如《詩歸》選入賈島〈贈胡禪師〉，[134]鍾、譚未予評點，其選詩標準頗堪推敲。許學夷曾摘出此詩：「井鑿山含月，風吹磬出林」，云：「最為奇僻，皆前人所未有者」，又宣稱晚唐人詩學賈島實為「卑陋」，[135]再度流露出他對「大變」之作的排拒。對照之下，鍾、譚所以選入此詩的可能緣由從而浮現；至於《詩歸》一書所以引發許學夷強烈控訴，此詩也必將成為罪狀之一。

《詩歸》還有一類頗特殊的案例。所選李賀〈金銅仙人辭漢歌〉中，「天若有情天亦老」句旁逐字加圈，鍾惺有簡潔夾批：

---

132 鍾惺、譚元春：《唐詩歸》，卷30，頁192。

133 許學夷：《詩源辯體》，卷27，頁268。

134 鍾惺、譚元春：《唐詩歸》，卷30，頁195-196。

135 許學夷：《詩源辯體》，卷25，頁257-258。

「詞家妙語」，[136]這是什麼意思？另又選入〈美人梳頭歌〉，[137]無任何評點文字，此詩之所以入選的緣由為何？這都是耐人尋味的問題。其實許學夷曾摘出〈金銅仙人辭漢歌〉「衰蘭送客咸陽道，天若有情天亦老」、〈美人梳頭歌〉「春風爛熳惱嬌慵，十八鬟多無氣力」，云：「聲調婉媚，亦詩餘之漸」，[138]指其詩句風格「婉媚」，已偏離樂府詩的固有體式，而跨入「詞」體。他在另文中還從韻律的角度來討論相關現象：「李賀古詩或不拘韻，律詩多用古韻，此唐人所未有者，又仄韻上、去二聲雜用，正合詩餘」，[139]可印證李賀詩跨入「詞」體，連帶其他用韻特徵，已構成唐人前所未有的創變。事實上，李賀位處的中唐時代，詞體未必盛行，他也未必刻意援入詞體，許學夷說法原是立足於晚明位置的回顧、判斷；但我們要強調的是，李賀的創變使其趨近後世盛行的詞體，這種判斷本身就是直指他對詩體固有體式已漸行漸遠。[140]

綜合前文所論，我們已處理三項重要的問題：一是凸顯許學夷與鍾惺、譚元春對中晚唐詩創變精神的評價取向分歧；二是依據鍾、譚的評點，梳整其與許學夷所以分歧的具體觀念向度；三是援借許學夷的實際批評眼光，照明鍾、譚選詩中未嘗言明卻隱

---

136 鍾惺、譚元春：《唐詩歸》，卷 32，頁 206。

137 同前註，頁 206-207。

138 許學夷：《詩源辯體》，卷 26，頁 262。

139 同前註，頁 263。

140 李賀詩趨近詞體，讓人想起《詩歸》所選賈島〈馬蘭請客〉，淺近俚俗，酷似市井口語，鍾惺有總批云：「似讀曲聲想」，應指此詩趨近後世盛行的曲體。這當然也是立足於晚明位置的回顧、判斷，透露出箇中顛覆性的創變。鍾惺、譚元春：《唐詩歸》，卷 30，頁 196。

伏其內的爭議性。我們的討論顯示，《詩歸》一書之遭許學夷斥責為「悖亂至極」，其實涉及雙方如何看待中晚唐詩史上的創變現象，而這又深層牽動晚明今世詩壇的走向。一般認為鍾、譚詩學旨在針砭復古派摹擬之弊，這固然是事實，卻欠缺全盤性的觀照，試看鍾惺〈與王穉恭兄弟〉所云：

> 國朝詩無真初、盛而有真中、晚。真中、晚實勝假初、盛，然不可多得。若今日要學江令一派詩，便是假中、晚，假宋、元，假陳公甫、莊孔暘耳。學袁、江二公與學濟南諸君子何異？恐學袁、江二公，其弊反有甚於學濟南諸君子也。[141]

此文原在批判江盈科（1553-1605）詩才欠佳，自誤誤人，「才不及中郎，而求與之同調，徒自取狼狽而已」，[142]暫可不管鍾惺的批評是否確當，請先細察文中調動唐詩史知識來返照今世詩壇，乃涉及幾個層次：第一，「國朝詩無真初、盛」，指復古派詩人徒知取法初盛唐高格，卻深陷摹擬太甚之弊。吳喬（1610-1694）曾抨擊復古派之詩是徒具古人皮相的「瞎盛唐」，[143]恰堪印證。第二，鍾文認為明詩有「真中、晚」，應指明人突破復古派典範觀念制約，借鑑中晚唐詩的創變精神，而有新異性的詩

141 鍾惺：〈與王穉恭兄弟〉，李先耕、崔重慶標校：《隱秀軒集》（上海：上海古籍出版社，1992），卷 28，頁 463。

142 同前註。

143 吳喬：《圍爐詩話》，卷 1，收入郭紹虞編選，富壽蓀校點：《清詩話續編》（上海：上海古籍出版社，1983），頁 472。

歌創作成果，袁宏道堪當代表。第三，明詩也有「假中、晚」，在鍾惺對江盈科詩的批評脈絡裡，「假中、晚」指江詩，也指時下學江詩者；之所以是「假」，應指江詩及其追隨者未能掌握中晚唐詩之真諦。從這個角度說，《詩歸》的中晚唐詩選評，與其認為純粹是針砭復古派，不如說鍾、譚也有意扭轉時下的「假中、晚」，自信能揭明中晚唐詩之真諦。[144]

仔細推敲，其實第三層次原是第二層次的追隨者，為何竟有「真中、晚」、「假中、晚」的落差？這涉及何為中晚唐詩的真諦？從鍾惺說法看來，這似非認知性的問題，而是實踐性的問題。要認知中晚唐詩的創變精神，大抵不難；但在當代詩歌創作實踐中，能否取法、如何取法中晚唐詩的創變精神，就亟需審慎拿捏。如鍾惺曾談及他的朋友王象春（字季木，1578-1632）：

> 吾友王季木，奇情孤詣，所為詩有蹈險經奇，似溫、李一派者，乃讀其全集，飛翥醞藉，頓錯沈著，出沒幻化，非復一致，要以自成其為季木而已。初不肯如近世效石公一語。使季木舍其為季木者，而以為石公，斯皎然所以初不

---

144 鍾惺〈明茂才私謚文穆魏長公太易墓志銘〉並曾指出：「明詩無真初、盛，而有真中、晚，真宋、元」，唯說法甚簡，不若上引〈與王穉恭兄弟〉更能析出一層「假中、晚，假宋、元」。同前註，卷 33，頁 522。鄔國平嘗論此文，認為「真中、晚，真宋、元」指「公安派及其追隨者，這由鍾惺〈與王穉恭兄弟〉批評江進之『求與』袁宏道『同調』而淪為『假中、晚，假宋、元』可證」。見氏著：〈竟陵、公安兩派關係述略〉，《竟陵派與明代文學批評》，頁 27。鄔先生的觀點甚可商榷：江盈科既然求與袁宏道同調，實即「追隨者」，何以「公安派及其追隨者」是「真」，江盈科反淪為「假」？

見許於韋蘇州者也，亦烏在其為季木哉？[145]

文中雖指王象春詩風有近於晚唐溫庭筠（801?-866）、李商隱者，這卻不是單純為王詩溯源、指其酷肖古人；而是要強調王詩終究不為溫、李所框限，其實詩風變化多端，故自成一家。很有意思的是，鍾惺把王象春的創作型態拿來比較「近世效石公一語」，依文中訊息可知時下學袁宏道者務求仿效袁詩，不啻喪失主體性，與袁宏道原本特別標榜的中晚唐詩創變精神完全背馳，可謂「假中、晚」；王象春雖近溫、李而不為所限，變化多端，自成一家，這反而是對中晚唐詩創變精神的真正踐履，可謂「真中、晚」。

由王象春的案例可知，鍾、譚《詩歸》對於中晚唐詩創變精神的揭舉，袁宏道誠然是先驅者，卻也是針砭時下學袁者所陷入「假中、晚」的流弊，要時人在其選評中細細體認中晚唐詩的創變究在何處，在此一閱讀古人的基礎上，方能返照當代自身的創作活動，以革流弊。從這個角度看，我們其實更能彰顯鍾、譚之竟陵一派，未必是一般文學史書所簡述者乃在某種詩歌風格偏嗜上取異於公安，[146]而是在不懈的創變精神上為公安派之沉迷摹

---

145 鍾惺：〈問山亭詩序〉，《隱秀軒集》，卷 17，頁 255。

146 如吉川幸次郎的描述：「公安力求平易清新，講究本色獨造，信腕信口，抒發性情；而竟陵卻偏好奇辭奇想奇趣，因有『幽深孤峭』之稱。」見氏著，鄭清茂譯：《元明詩概說》（臺北：聯經出版事業公司，2012），頁 239。又如王國瓔也指出：「對公安派之末流淪為輕率俚俗深感不滿者，大有人在，而『竟陵派』即因應而起。」見氏著：《中國文學史新講》修訂版（新北：聯經出版事業公司，2014 二版），頁 564。

擬痛下一針砭。鍾、譚宛如革命者的獨立不懼之姿，應值得更充分的關注。

「真中、晚」強調的是顛覆一切的創變，包括顛覆中晚唐詩本身，務求掙脫古人，這與復古派詩人典範觀念與摹擬實踐更是背道而馳。鍾、譚想從古人創變精神中照出當代詩人所應有的創變，許學夷卻展現全然相左的邏輯，他不但對創變之事戒慎再三，請注意他如何鬆動袁、鍾對復古派的批評：「於學漢魏、學初盛唐則力詆毀，學齊梁晚季又深喜之」，[147]他把袁、鍾之說都放到學古、擬古的脈絡中來觀照，遂而在古典詩史體有正變的史觀下貶抑他們所學的「齊梁晚季」（齊梁詩、晚唐詩），視為下乘境界。其相關論述，稍早論袁宏道時已曾探觸；在此尚須強調的是，許學夷的批評邏輯，恐怕只是捕捉到鍾惺所指「假中、晚」的流弊現象，未能深層掌握住鍾、譚在立意上所要標榜的「真中、晚」。換而言之，他隱然是把《詩歸》中的中晚唐詩選評，當成鍾、譚主張摹仿的格調，這似乎是基於復古派詩學慣性的讀法，以為「選本」即是提供「典範」；他卻較忽略那些中晚唐詩不管如何創變，其實也是鍾、譚所希冀晚明詩人進一步革新的對象。

四、結語

許學夷對創變之事戒慎再三，不完全是詩歌創作是否需要創造性的抽象思辨，同時也反映出復古派在晚明現實詩壇中如何回

---

147 許學夷：《詩源辯體》，頁1。

應公安、竟陵的強勢挑戰。有別於復古派詩人恪守的漢魏盛唐典範觀念，「詩自中唐而下，一切吐棄」，[148]公安、竟陵特心儀於中晚唐詩的創變精神，這便迫使復古派必須更積極審辨中晚唐詩的意義，並進一步返照當代詩歌創作與擬古、創變之間的關係。關於許學夷對袁宏道一派的反擊，以及鍾、譚《詩歸》何以遭他斥為「悖亂斯極」，前文已有分進合擊的探討。大體觀之，在許學夷的正變觀念下，「創變」潛藏偏離古法的危機，而且恐怕只是複製中晚唐詩的「大變」，價值低落，不足取式。當代詩歌創作應有的走向，自然就是伸正黜變，迴向復古派詩學傳統裡的漢魏盛唐典範。

值得注意的是，許學夷對創變的態度其實十分複雜，他曾提醒當代詩人必須兼顧「識」、「見」：

> 學詩者，識貴高，見貴廣。不上探《三百篇》、〈楚騷〉、漢、魏，則識不高；不遍觀元和、晚唐、宋人，則見不廣。識不高，不能究詩體之淵源；見不廣，不能窮詩體之汗漫，上不能追躡風騷，下不能兼收容眾也。[149]

學詩者應有的「識」，指其必須服膺於復古派的典範觀念，取法高格；「見」是遍觀中晚唐詩和宋詩，旨在「兼收容眾」。如果中晚唐詩乃至於宋詩的創變，因屬變體故而價值低落，當代詩人為何仍需收容？對實際詩歌創作有何助益？此處相當含糊，請參

---

148 張廷玉等：《明史》（北京：中華書局，1974），卷285，頁7307。

149 許學夷：《詩源辯體》，卷24，頁249。

閱《詩源辯體・自序》：

> 夫體制〔製〕、聲調，詩之矩也；曰詞與意，貴作者自運焉。竊詞與意，斯謂之襲；法其體製，倣其聲調，未可謂之襲也。[150]

文中指出，當代詩歌創作必須遵守古人的「體製」、「聲調」，但「詞」、「意」必須「作者自運」，亦即遣詞造句、情意構思等層面，必須仰仗個別詩人自行發揮。換言之，「詞」、「意」是詩歌創作活動中最能體現詩人自身創造力的層面。故不難推知，中晚唐詩的創變精神之所以值得「兼收容眾」，應是可為今人詩歌創作中的「詞」、「意」，產生借鑑或激發的助益。

許學夷主張恪遵古法，唯強調「詞」、「意」貴自行創變，否則就會蹈入復古派最遭詬病的「襲」。這種觀念實能溯及李夢陽〈駁何氏論文書〉所云：「以我之情，述今之事，尺寸古法，罔襲其辭」，[151]可知許學夷只是重申復古派立場。但依前文所論看來，此說特殊之處，乃在於把中晚唐詩吸附到復古派詩學系統裡，中晚唐詩的創變精神儼然成為復古派摹擬之弊的解方。晚近王世貞、胡應麟雖也曾欣賞某些中晚唐詩作，[152]卻並未把中晚唐詩的創變精神與恪遵古法的復古派傳統兩相複合起來，形成一套既擬古又創變的詩學論述，這其實正是許學夷的獨到見解，

---

150 同前註，頁 1。

151 李夢陽：〈駁何氏論文書〉，郝潤華校箋：《李夢陽集校箋》，卷 62，頁 1916。

152 參閱本書第二章。

並多少反映出他對公安、竟陵的妥協。

這種觀念若不是紙上談兵，我們不禁要問實際創作活動中，「詞」、「意」上的創變，難道不致影響「體製」、「聲調」上恪遵古法的規定？如韓愈之奇險、李賀之詭幻，均有「詞」、「意」的創變，實際上連帶改變了古法的「體製」、「聲調」，這是許學夷也坦承不諱的狀況。「詞」、「意」與「體製」、「聲調」，其實很難完全切割。若以恪遵古法為主，那麼可能就得犧牲詩人本然構想的「詞」、「意」，這種悲壯的犧牲是否就會回到主體性隱沒的老問題？在共通古法規訓下的個別詩人，其「詞」、「意」如何不斷創變？反覆查閱《詩源辯體》，許學夷並未明確解答上述問題，讓人滋生無窮的疑慮。

餘論：重看晚明

一

「晚明」究竟是一個怎樣的時代？今日回看彼時文學史，很容易接受錢謙益（1582-1664）《列朝詩集》一段綱舉目張的陳述：

> 萬曆中年，王、李之學盛行，黃茅白葦，彌望皆是。[1]

晚明始於復古派帶來的遍地荒蕪，公安、竟陵繼起矯之，如錢謙益所續言：

> 中郎之論出，王、李之雲霧一掃，天下之文人才士始知疏瀹心靈，搜剔慧性，以蕩滌摹擬塗澤之病，其功偉矣。機鋒側出，矯枉過正，於是狂瞽交扇，鄙俚公行，雅故滅裂，風華掃地。竟陵代起，以淒清幽獨矯之，而海內之風氣復大變。[2]

1　錢謙益撰集，許逸民、林淑敏點校：《列朝詩集》（北京：中華書局，2007），丁集第12〈袁稽勳宏道〉，頁5317。

2　同前註。

這段說法非常清晰，一般文學史書縱使未必徵引，也常依循同樣的敘述模式去回看「晚明」。[3]但這段說法同時令人倍覺誇張，復古派的荒蕪遍布世界，須待袁宏道（1568-1610）登高一呼而天下嚮風，竟陵代起而海內風氣又幡然大變，如此描述，儼然把晚明文學史劃分為三個愛恨分明的板塊，這一段不足百年的時光，似乎不斷上演今是昨非的戲碼。由是，錢謙益為王世貞（1526-1590）家族撰寫的幾篇簡短傳記中，在在都是自悔復古的身影。[4]

然而，這段說法其實潛藏許多問題：復古派詩人難道對於「黃茅白葦」的遍地荒蕪一無所悉？他們是沉默不言，抑或是束手無策？袁宏道蕩滌摹擬之弊，是否意指當代詩歌創作與古典傳統必須二分？竟陵派怎麼看這項問題？其對公安派的矯正，乃係改倡一種有別於「鄙俚」的詩歌風格嗎？面對公安、竟陵二派異軍崛起，復古派是隨著天下風氣之幾度轉變而瓦解、消逝，還是有所回應？對這一連串問題的解答，會使我們對晚明文學史圖像的認知更臻立體。

如本書第一章中，我們即可發現復古派對摹擬太甚之弊，其實懷有敏銳的警覺，更重要的是儘管如此，復古派仍堅持「摹

3　如袁行霈主編：《中國文學史》（臺北：五南圖書出版公司，2023 三版），頁 498。

4　錢謙益聲稱王世貞早年受李攀龍影響而倡言復古，但「迨乎晚年，閱世日深，讀書漸細，虛氣消歇，浮華解駁，於是渙然汗下，蘧然夢覺，而自悔其不可以復改矣」；他還透過王世貞之子士騏構築自家園林一事，以喻改變「家學」，又強調王世貞之弟世懋「雅不欲奉歷下壇坫」，並指世懋孫瑞國對世貞晚年自悔之說「深以吾言為然」。見錢謙益撰集：《列朝詩集》，丁集第 6，頁 4453-4454、4468、4470。

擬」，賦予高遠的理念；這比粗暴地為「摹擬」一事貼上負面化的標籤，更能貼近明人思維。又如第二章中注目復古派詩人可能縈懷於懷的一種困惑：當代詩歌創作與古典之間，應是何種關係？透過王世貞的觀察之眼，他雖崇尚熨貼古人的「合格」，卻也欣賞「離格」、「破格」，亦即遠離、破除古人格調，而這和袁宏道頗有相通之處。因此，我們怎能安於某種過度簡化的敘述，為復古派、公安派強行劃定楚河漢界？雙方確實存在區別，這不妨礙晚明文學史圖像建構進求細緻化。第三章繼續瞄準袁宏道，一般人徒然聲稱袁宏道反對「摹擬」，不免忽略了他的詩集中分明存在一組〈擬古樂府〉。這組詩號稱「擬古」，其內涵實是「彰顯自我」，形成自我與古典之間的辯證對話，並且極具顛覆力量。袁宏道案例顯示，「摹擬」非但不致喪失主體性，反成為彰顯自我的利器。若因袁宏道反對復古派摹擬太甚之弊，遂連帶忽略他的擬作、其獨特的摹擬觀念和手法，實是可惜。第四章改由「讀者」的視角出發，鍾惺（1574-1625）、譚元春（1586-1637）合編的《詩歸》中，杜詩入選篇數冠居全書，評價也最高，實是趨近復古派尊杜傳統；但鍾、譚的選目和評點，卻為杜詩賦予某種足以顛覆傳統的新典律、新特質，形成一場「閱讀革命」。這透露出竟陵詩學的建構，並非疏遠古典，而是重新詮釋古典，期在巧取豪奪復古派詩學原先擁立的杜詩價值。第五章回歸復古派陣營，具體觀察許學夷如何站在復古派立場，對公安、竟陵二派展開反擊，其基本思路是把公安派詩作、詩論黏合到中晚唐詩史的脈絡，尤其元和詩人肇端的「大變」譜系，以伸正黜變的標準，一筆勾消其創新求變的意義。這種思路也注定他與鍾、譚《詩歸》的中晚唐詩選評鑿枘不入。可見復古派並未缺席於晚明詩壇，我們的晚明文學知識若僅能容納公安、竟陵，卻刪節復古派的反撲，恐是陷入線性片面敘述。

本書無意細描晚明詩學史，僅盼透過各章刻意選定的關鍵議題，打破當前線性文學史敘述中被誇大的流派壁壘，凸顯各方共同關注的是「擬古」、「創變」辯證交融，大抵即詩人如何在擬古中發揮創變精神，又如何於創變之際汲取古典的深厚滋養。實際上，「擬古」、「創變」的辯證關係，深涉古典傳統在當代詩歌創作中的介入情形：對復古派詩人而言，「合格」的觀念自為應有之義，一直到許學夷，仍有「學古豈容不類」的反詰和堅持。復古派未必排擠我情今事，但關於我情今事的體格表現，用李夢陽（1472-1529）說法卻須講求「尺寸古法」；可知古典傳統乃對當代詩中的我情今事之體格，形成先在性的「規訓」。公安派並未接手這種規訓之思，其與復古派的分野，主在「不拘（古人的）格套」，重審古典傳統與當代詩歌創作的關係。如袁宏道〈擬古樂府〉一系列之作，「古」的規訓成分極為淡薄，其與當代詩人的關係，更適宜視為「對話」，當然不復講求「尺寸古法」，一種強勢顛覆世界的創變精神由是茁壯。竟陵詩學看待古典傳統的眼光展現為另一種型式，鍾惺、譚元春《詩歸》所選的古人之詩，固非「規訓」，亦有別於可供當代詩人取為「對話」，乃是鍾、譚透過特殊的閱讀眼光，憑藉選目和評點而呈現的古人創變精神之示例，可簡括稱為「創例」。此中自然沾染鍾、譚個人審美偏好，唯其旨趣實非提倡一種特定的審美風格，而在為當代讀者兼詩人彰顯真正的以古為師、與古同遊，正是不懈奔向無止境的創變。

我們在前面各章的研究基礎上，使用非常簡要的筆觸，勾勒出復古派、公安派和竟陵派看待古典傳統的方式，乃有「規訓」、「對話」、「創例」的觀念型式。這絕非簡化又僵固的劃界，只是一份重新繪製的晚明詩學地圖，盼可發揮指引之功，能讓人避免再迷途於明清以降如前揭錢謙益言之鑿鑿的晚明詩學成見，重新安放晚明詩學用心之處。循此而往，我們或許更能體會艾略特（T. S. Eliot）一段原是依據西洋文學經驗的說法：「『過去』可因『現在』而變化，一若『現在』之必為『過去』指引然」。[5]至於此地圖中值得標明的景點，本書各章專題以外，實仍大有可為，請待下一階段的研究持續拓展。

二

結束本書之前，有一項重要問題還值得討論——從「擬古」、「創變」對舉辯證的脈絡來看，晚明詩學史的發展有何具體徵象？我們將就這兩種觀念共同交集的核心：「摹擬」，提出進一步梳理。

1.「擬古」的疑雲

我們知道，「擬古」、「創變」兩種文學價值觀念的論辯，原是針對復古派詩人的摹擬太甚之弊。然而時至晚明，即使綿歷復古派詩人的自覺、自省，此弊終究未嘗遠逝，如袁宏道描述萬曆年間吳中創作風氣承受王世貞影響：

> 吳中綺靡之習，因之一變，而剽竊成風，萬口一響，詩道

5 艾略特（T. S. Eliot）著，翁廷樞譯：〈傳統與個人才具〉，《中外文學》，第2卷第9期（1974.2），頁147。

寖弱。至于今市賈傭兒，爭為謳吟，遞相臨摹，見人有一語出格，或句法事實非所曾見者，則極詆之為野路詩。[6]

本書第三章曾論袁宏道極具顛覆性的擬詩，可凸顯出復古派務求熨貼古人的侷限性。但縱然經過公安派衝擊，復古派詩人的摹擬習性何嘗消歇？稍後譚元春提及他和鍾惺「約為古學」，立即遭遇質疑：

有教春者曰：「公等所為，創調也，夫變化盡在古矣。」其言似可聽，但察其變化，特世所傳《文選》、《詩刪》之類，鍾嶸、嚴滄浪之語，瑟瑟然務自雕飾，而不暇求於靈迥朴潤。[7]

譚元春自稱志在「古學」，卻遭質疑「創調」，可見雙方對「古」詮釋有別，這正是本書特別關心的「擬古」、「創變」之題。請注意：譚元春反唇相譏，他批評對方是「務自雕飾」，指其目光焦點在古人作品中的語言技藝。這讓我們想起李攀龍（1514-1570）〈送王元美序〉所云：「視古修辭，寧失諸理」，[8]可知譚元春當時遭遇的質疑，其實來自復古派期在格調上熨貼古人的觀念。

---

6 袁宏道：〈敘姜陸二公同適稿〉，收入錢伯城箋校：《袁宏道集箋校》（上海：上海古籍出版社，2018 三版），卷 18，頁 749。

7 譚元春：〈詩歸序〉，鍾惺、譚元春：《唐詩歸》（《續修四庫全書》第 1590 冊影印明刻本，上海：上海古籍出版社，1995），卷首，頁 524。

8 李攀龍：〈送王元美序〉，包敬第標校：《滄溟先生集》（上海：上海古籍出版社，2014 二版），卷 16，頁 491。

袁宏道和鍾、譚的見解，各章已有詳論，此處再經簡要的梳理和回顧，旨在聚焦：復古派詩人摹擬太甚的疑雲，自李、何之爭引爆以降，乃迄晚明公安、竟陵崛起，一直是懸而未決的課題。緣此，對「擬古」觀念可能流於摹擬之弊的憂思，可謂晚明詩學發展中反覆思量的核心。當此之際，許學夷（1563-1633）的說法倍顯特殊，他曾徵引鄒迪光（1550-1626）云：

> 夫擬漢魏〔唐〕而失之，如塑像衣冠而不得其似，尚為木會；擬長公而失之，猶刻形樵牧而無所彷彿，將為芻狗。酷哉！中郎之禍天下也。[9]

這段話其實又是承接嚴羽《滄浪詩話》而來：「學其上，僅得其中；學其中，斯為下矣」，[10]鄒迪光批評袁宏道悖離古法，僅學蘇軾（長公，1037-1101）以致詩歌價值等而下之；認為當代詩人若接受漢唐古法的規訓，其創作實踐至少保有最基本的品質，請注意此說之設喻：「如塑像衣冠而不得其似，尚為木會」，詩人擬古堪比木匠雕琢人偶衣冠，以近似真人為上，縱或不似，仍不失其為人形。[11]許學夷接過鄒迪光此說，強調恪遵古法在當代

9　許學夷著，杜維沫校點：《詩源辯體》（北京：人民文學出版社，1998），卷34，頁322-323。「漢魏」，複按鄒文，應作「漢唐」，見鄒迪光：〈蕉雪林詩序〉，《石語齋集》（《四庫全書存目叢書》集部第159冊影印明刻本，濟南：齊魯書社，1997），卷14，頁13下。

10　嚴羽：〈詩辨〉，張健校箋：《滄浪詩話校箋》（上海：上海古籍出版社，2012），頁65。

11　「木會」一詞罕見，唯鄒迪光詩文屢用之，可知指木偶。如〈癡絕行贈詹淑正〉：「傀儡只憑雙腕間，偃師木會如人意」，收入氏著：《調象

創作中的先在性意義。但「木會」之喻，恰恰令我們想起李夢陽曾在〈缶音序〉一文厲斥宋詩：「如入神廟，坐土木骸，即冠服與人等，謂之人可乎？」[12]所謂「木會」、「土木骸」，原都是缺乏真實生命的人像，這固然不是理想，卻竟是鄒迪光、許學夷之輩退求其次便能甘心樂意的詩藝境界嗎？若然，復古派雄踞明代詩壇以迄此時百餘年，似面臨無法突破的瓶頸，以致乃在無形中化身為他們原所批判的宋人餘影。這未必是令人頷首微笑的晚明詩學史結局。

值得注意的是，關於「擬古」、「摹擬」的「譬喻」，復古派詩學論述常舉書畫比之，李夢陽為自我辯解摹擬之弊，即云：「今人模臨古帖，即太似不嫌，反曰能書。何獨至於文，而欲自立一門戶邪」。[13]但若抓住書畫之喻，則可發現其在晚明復古派詩學論述中的意義有變，王世貞最早在《藝苑卮言》中批評李攀龍擬作，雖「精美」，但「似臨摹帖」；[14]許學夷則陷入學漢魏詩的兩難：「譬如學古人畫，苟一筆不類，便非其人；若必摹倣某幅而為之，則是臨畫，非作畫也」，[15]所謂「臨摹帖」、「臨

菴稿》（《四庫全書存目叢書》集部第159-160冊影印明萬曆刻本，濟南：齊魯書社，1997），卷6，頁23上。〈遊鴈宕山記六首（其四）〉將山景比擬為「偃師之木會」，《始青閣稿》（《四庫禁燬書叢刊》集部第103冊影印明天啟刻本，北京：北京出版社，2000），卷15，頁30下。當中「偃師」均指古代善雕木偶的匠人。

12　李夢陽：〈缶音序〉，郝潤華校箋：《李夢陽集校箋》（北京：中華書局，2020），卷52，頁1694。

13　李夢陽：〈再與何氏書〉，同前註，卷62，頁1920。

14　王世貞著，羅仲鼎校注：《藝苑卮言校注》（北京：人民文學出版社，2021），卷7，頁466。

15　許學夷：《詩源辯體》，卷3，頁50。

畫」，均非詩歌或書畫創作中的極致，也不再是李夢陽自我申辯時那般理直氣壯。箇中觀念推移，其實反映復古派對摹擬之弊的自覺，本書第一、二章已專題論之。此處要補述的是，書畫骨董領域的摹擬現象，在晚明也成為市場中爾虞我詐的射利行為，沈德符（1578-1642）《萬曆野獲編》曾記載一幅〈江干雪意卷〉的買賣：

> 馮開之為祭酒，以賤值得之。董玄宰太史一見驚歎，定以為王右丞得意筆，……祭酒身後，其長君以售徽州富人吳心宇，評價八百金；吳喜慰過望，置酒高會者匝月。今真跡仍在馮長君。蓋初鬻時，覓得舊絹，倩嘉禾朱生號肖海者，臨摹逼肖，又割董跋裝褫於後，以欺之耳。今之賞鑒與收藏兩家，大抵如此。[16]

在商言商，「摹擬」不啻等於刻意欺世，真假難辨，竟亦蔚然成風。晚明復古派詩學中書畫之喻的質變，可推測是與時下書畫骨董市場欺世射利之風作出切割。準此而言，復古派詩學對於詩人主體性的審慎護持之念，當然值得我們正視，不應簡單抹煞。

2.「擬今」的爭議

晚明詩壇中的「摹擬」，其實不限於「擬古」，而更擴及

16　沈德符：《萬曆野獲編》（北京：中華書局，1959），卷 26，頁 658-659。又據李日華《味水軒日記》記載，朱肖海以摹擬為鬻古，「必閉室寂坐，揣摩成而後下筆，真令人有優孟之眩。頃遂自作贋物售人，歙賈之浮慕者，尤受其欺。」見屠友祥校注：《味水軒日記校注》（上海：上海遠東出版社，2011），萬曆 38 年 2 月 27 日條，頁 90。

「擬今」，甚至跨出復古派之作，造成摹擬之弊的蔓延。鍾惺說得最清楚，〈問山亭詩序〉云：

> 今稱詩不排擊李于鱗，則人爭異之；猶之嘉、隆間，不步趨于鱗者，人爭異之也。或以為著論駁之者，自袁石公始；與李氏首難者，楚人也。夫于鱗前無為于鱗者，則人宜步趨之；後于鱗者，人人于鱗也，世豈復有于鱗哉？勢有窮而必變，物有孤而為奇，石公惡世之羣為于鱗者，使于鱗之精神光燄不復見于世，李氏功臣，孰有如石公者？今稱詩者，遍滿世界，化而為石公矣，是豈石公意哉？[17]

這段文字提及兩種「擬今」的現象：一是回顧往昔嘉靖、隆慶之際，世人作詩摹擬李攀龍（1514-1570），二是時下之摹擬袁宏道。這兩種現象，可反映出晚明詩壇風會由復古派到公安派的推移。但我們必須注意的是，摹擬李攀龍者，誠屬復古派陣營無疑，但他們卻不是直接「擬古」，而是「擬今」；換言之，時人的「擬古」，乃是輾轉通過「擬今」而進行，從而可能逐漸遺忘了「擬古」初衷。[18]摹擬袁宏道者，原本應是鑑於復古派摹擬太甚之弊，故傾向「創變」，但創變精神重在創新變化，抗拒複製，因為一

---

17 鍾惺：〈問山亭詩序〉，李先耕、崔重慶標校：《隱秀軒集》（上海：上海古籍出版社，1992），頁 254-255。

18 胡應麟云：「今人但見『黃金』、『紫氣』、『青山』、『萬里』，則以于鱗體，不熟唐詩故耳」，「今人」的指涉對象，假如可以包括時下學李攀龍者，其能依據詩中特定詞語辨識「于鱗體」，卻不熟悉此體淵源所自的「唐詩」，這就是一個頗堪玩味的「擬今」現象。見氏著：《詩藪》（上海：上海古籍出版社，1979），續編卷 2，頁 353。

經複製就不再是充溢主體性的創變精神。時人忠誠效法袁宏道的創變，「化而為石公」，適足以斫喪真正的創變精神。

事實上，鍾惺的說法承自袁中道（1570-1626）〈阮集之詩序〉：

> 國朝有功於風雅者，莫如歷下，其意以氣格高華為主，力塞大曆後之竇，於時宋元近代之習，為之一洗。及其後也，學之者浸成格套，以浮響虛聲相高；凡胸中所欲言者，皆鬱而不能言，而詩道病矣。先兄中郎矯之，其意以發抒性靈為主，始大暢其意所欲言，極其韻致，窮其變化，謝華啟秀，耳目為之一新。及其後也，學之者稍入俚易，境無不收，情無不寫，未免衝口而發，不復檢括，而詩道又將病矣。[19]

但袁中道的敘述較為模糊，故頗令人生疑：他認為學李攀龍者「浸成格套」，亦即陷入摹擬太甚之弊，此一「格套」是擬古抑或擬今的產物？李攀龍詩沒有此弊嗎？又認為學袁宏道者「稍入俚易」，形成弊端，此一「俚易」是袁詩本有的風格嗎？還是學袁者自身的新發展？相比之下，我們從鍾惺〈問山亭詩序〉其實更能清楚看出晚明詩壇深深陷入的僵局：晚明詩壇的摹擬之弊，不僅出於復古派的「擬古」，並出於「擬今」；而且連公安派號稱「創變」，也因「擬今」以致同樣陷入摹擬之弊。許學夷也抨擊公安派的「盜襲」：

---

19 袁中道：〈阮集之詩序〉，錢伯城點校：《珂雪齋集》（上海：上海古籍出版社，2019 二版），頁 490。

> 袁中郎大譏國朝人取法古人，故其為詩恣意奇詭，使繼中郎者更為中郎，則亦為盜襲，若更為奇詭，則必舉世鬼魅而後已耳。[20]

眾所皆知復古派有摹擬太甚的罪嫌，卻鮮少察覺公安派也有摹擬之弊，足以完全抵銷原本自期的創變精神。晚明詩壇風景，恐怕不是一般刻板印象中的「追求自我解放」、「反抗擬古法古」，恰恰相反，扣除袁宏道之輩少數引領潮流之士，「擬古」、「擬今」雙重指向的是主體性極度匱乏。

把這樣的晚明特徵還原出來，愈能理解鍾惺批評學袁者為「假中、晚」，務求仿效袁詩，反倒與中晚唐創變精神的真諦完全背馳，[21]如此論調，正是鑑於公安派「擬今」之弊，要為世人喚回創變精神。事實上，袁宏道曾注意「今日有一種新奇套子，似新實腐」，[22]這和魯迅（1881-1936）〈雜談小品文〉一文所言「賦得性靈」，[23]皆屬於「擬今」。從這個脈絡看，許學夷之所以反對公安派，所芥蒂者，「創變」之外，也進一步劍指當代詩人學袁的「擬今」之弊。

---

20 許學夷：《詩源辯體》，卷 34，頁 322。

21 參閱本書第五章。

22 袁宏道：〈答李元善〉，錢伯城箋校：《袁宏道集箋校》，卷22，頁848。

23 魯迅：〈雜談小品文〉，《且介亭雜文二集》，《魯迅全集》第 6 卷（北京：人民文學出版社，2005），頁 431。

徵引書目

一、傳統文獻

〔周〕左丘明撰，楊伯峻注：《春秋左傳注》，北京：中華書局，1995。
〔周〕莊周著，〔清〕郭慶藩集釋，王孝魚點校：《莊子集釋》，北京：中華書局，1961。
〔周〕荀況著，〔清〕王先謙集解，沈嘯寰、王星賢點校：《荀子集解》，北京：中華書局，1988。
〔周〕呂不韋編，〔漢〕高誘注，王利器疏：《呂氏春秋注疏》，成都：巴蜀書社，2002。
〔漢〕毛亨傳，〔漢〕鄭玄箋，〔唐〕孔穎達正義：《毛詩注疏》，臺北：藝文印書館，1997，《十三經注疏》本。
〔漢〕司馬遷：《史記》，北京：中華書局，1963。
〔魏〕阮籍著，陳伯君校注：《阮籍集校注》，北京：中華書局，1987。
〔魏〕王弼、〔晉〕韓康伯注：《周易王韓注》，臺北：國立臺灣大學出版中心，2016。
〔晉〕陸機著，楊明校箋：《陸機集校箋》，上海：上海古籍出版社，2016。
———，張少康集釋：《文賦集釋》，臺北：漢京文化事業公司，1987。
〔晉〕陶潛著，龔斌校箋：《陶淵明集校箋》，上海：上海古籍出版社，1996。
〔北涼〕曇無讖譯述：《大般涅槃經》，臺北：新文豐出版公司，1975。
〔宋〕謝靈運著，顧紹柏校注：《謝靈運集校注》，臺北：里仁書局，2004。

〔宋〕范曄撰，〔唐〕李賢等注：《後漢書》，北京：中華書局，1965。
〔梁〕蕭統編，〔唐〕李善注：《文選》，上海：上海古籍出版社，1986。
———，〔明〕張鳳翼纂註：《文選纂註》，《四庫全書存目叢書》集部第 285 冊影印明萬曆刻本，濟南：齊魯書社，1997。
〔梁〕劉勰著，范文瀾注：《文心雕龍注》，北京：人民文學出版社，2001。
〔唐〕李白著，瞿蛻園、朱金城校注：《李白集校注》，上海：上海古籍出版社，2018 二版。
〔唐〕杜甫著，〔清〕仇兆鰲注：《杜詩詳注》，北京：中華書局，2001。
———，蕭滌非主編：《杜甫全集校注》，北京：人民文學出版社，2013。
〔唐〕杜牧著，吳在慶校注：《杜牧集繫年校注》，北京：中華書局，2008。
〔宋〕蘇軾著，孔凡禮點校：《蘇軾文集》，北京：中華書局，1999。
〔宋〕黃庭堅著，劉琳、李勇先、王蓉貴校點：《黃庭堅全集》，成都：四川大學出版社，2001。
〔宋〕朱熹集註：《詩集傳》，北京：中華書局，1958。
〔宋〕郭茂倩編：《樂府詩集》，北京：中華書局，2018。
〔宋〕嚴羽著，張健校箋：《滄浪詩話校箋》，上海：上海古籍出版社，2012。
〔明〕高棅編，〔明〕汪宗尼校訂，葛景春、胡永傑點校：《唐詩品彙》，北京：中華書局，2015。
———：《唐詩正聲》，早稻田大學圖書館藏奎文館主人識本。
〔明〕王九思：《渼陂續集》，《續修四庫全書》第 1334 冊影印明嘉靖刻崇禎修補本，上海：上海古籍出版社，1995。
〔明〕李夢陽著，郝潤華校箋：《李夢陽集校箋》，北京：中華書局，2020。
〔明〕康海著，賈三強、余春柯點校：《康對山先生集》，西安：三秦出版社，2015。

〔明〕陸深：《儼山集》，《景印文淵閣四庫全書》第 1268 冊，臺北：臺灣商務印書館，1983。

———：《儼山外集》，《景印文淵閣四庫全書》第 885 冊，臺北：臺灣商務印書館，1983。

〔明〕何景明著，李叔毅等點校：《何大復集》，鄭州：中州古籍出版社，1989。

〔明〕楊慎著，王大厚箋證：《升庵詩話新箋證》，北京：中華書局，2008。

〔明〕謝榛著，李慶立、孫慎之箋注：《詩家直說箋注》，濟南：齊魯書社，1987。

〔明〕黃姬水：《黃淳父先生全集》，《四庫全書存目叢書》集部第 186 冊影印明萬曆十三年顧九思刻本，濟南：齊魯書社，1997。

〔明〕李攀龍著，包敬第標校：《滄溟先生集》，上海：上海古籍出版社，2014 二版。

———：《古今詩刪》，《景印文淵閣四庫全書》第 1382 冊，臺北：臺灣商務印書館，1983。

———，〔明〕蔣一葵箋釋：《唐詩選》，《四庫全書存目叢書》集部第 309 冊影印明刻本，濟南：齊魯書社，1997。

〔明〕王世貞：《弇州四部稿》，《景印文淵閣四庫全書》第 1279-1281 冊，臺北：臺灣商務印書館，1983。

———：《弇州續稿》，《景印文淵閣四庫全書》第 1282-1284 冊，臺北：臺灣商務印書館，1983。

———：《讀書後》，《景印文淵閣四庫全書》第 1285 冊，臺北：臺灣商務印書館，1983。

———，羅仲鼎校注：《藝苑卮言校注》，北京：人民文學出版社，2021。

〔明〕張鳳翼：《處實堂集》，《四庫全書存目叢書》集部第 137 冊影印明萬曆刻本，濟南：齊魯書社，1997。

〔明〕張獻翼：《文起堂集》，明萬曆初年刊本。

〔明〕李維楨：《大泌山房集》，《四庫全書存目叢書》集部第 150 冊影印明萬曆三十九年刻本，濟南：齊魯書社，1997。

〔明〕鄒迪光：《調象菴稿》，《四庫全書存目叢書》集部第159-160冊影印明萬曆刻本，濟南：齊魯書社，1997。

———：《始青閣稿》，《四庫禁燬書叢刊》集部第 103 冊影印明天啟刻本，北京：北京出版社，2000。

〔明〕湯顯祖著，徐朔方箋校：《湯顯祖全集》，北京：北京古籍出版社，1998。

〔明〕胡應麟：《少室山房集》，《景印文淵閣四庫全書》第 1290 冊，臺北：臺灣商務印書館，1983。

———：《詩藪》，上海：上海古籍出版社，1979。

〔明〕許學夷著，杜維沫校點：《詩源辯體》，北京：人民文學出版社，1998。

〔明〕李日華著，屠友祥校注：《味水軒日記校注》，上海：上海遠東出版社，2011。

〔明〕唐汝詢編：《彙編唐詩十集》，明天啟間刊本。

〔明〕袁宏道著，錢伯城箋校：《袁宏道集箋校》，上海：上海古籍出版社，2018 三版。

〔明〕袁中道著，錢伯城點校：《珂雪齋集》，上海：上海古籍出版社，2019 二版。

〔明〕鍾惺著，李先耕、崔重慶標校：《隱秀軒集》，上海：上海古籍出版社，1992。

〔明〕鍾惺、〔明〕譚元春編：《古詩歸》，《續修四庫全書》第 1589 冊影印明閔振業三色套印本，上海：上海古籍出版社，1995。

———：《唐詩歸》，《續修四庫全書》第 1589-1590 冊影印明刻本，上海：上海古籍出版社，1995。

〔明〕沈德符：《萬曆野獲編》，北京：中華書局，1959。

〔明〕譚元春著，陳杏珍標校：《譚元春集》，上海：上海古籍出版社，2018。

〔清〕錢謙益撰集，許逸民、林淑敏點校：《列朝詩集》，北京：中華書局，2007。
———，〔清〕錢曾箋注，錢仲聯標校：《牧齋初學集》，上海：上海古籍出版社，1985。
〔清〕孫希旦撰，沈嘯寰、王星賢點校：《禮記集解》，北京：中華書局，1989。
〔清〕黃宗羲編：《明文海》，影印涵芬樓藏鈔本，北京：中華書局，1987。
〔清〕王夫之評選，陳新校點：《明詩評選》，北京：文化藝術出版社，1997。
〔清〕曹寅編：《全唐詩》，北京：中華書局，1960。
〔清〕張廷玉等：《明史》，北京：中華書局，1974。
〔清〕永瑢等撰：《四庫全書總目》，北京：中華書局，2003。
〔清〕劉寶楠撰，高流水點校：《論語正義》，北京：中華書局，1990。
〔清〕何文煥輯：《歷代詩話》，北京：中華書局，2001。
丁福保輯：《歷代詩話續編》，北京：中華書局，2001。
———：《清詩話》，上海：上海古籍出版社，1999。
吳文治主編：《宋詩話全編》，南京：江蘇古籍出版社，1998。
———：《明詩話全編》，南京：鳳凰出版社，2006。
周維德集校：《全明詩話》，濟南：齊魯書社，2005。
俞紹初輯校：《建安七子集》，北京：中華書局，1989。
高亨：《詩經今注》，上海：上海古籍出版社，1980。
郭紹虞編選，富壽蓀校點：《清詩話續編》，上海：上海古籍出版社，1983。
程俊英、蔣見元：《詩經注析》，北京：中華書局，1999。
逯欽立編：《先秦漢魏晉南北朝詩》，北京：中華書局，1983。

二、近人論著

〔加〕卜正民（Timothy Brook）著，方駿、王秀麗、羅天佑譯：《縱樂的困惑：明代的商業與文化》，北京：三聯書店，2004。
〔美〕孔恩（Thomas S. Kuhn）著，傅大為、程樹德、王道還編譯：《科學革命的結構》，臺北：允晨文化實業公司，1985。
尹恭弘：《明代詩文發展史》，北京：社會科學文獻出版社，2012。
方錫球：《許學夷詩學思想研究》，合肥：黃山書社，2006。
王國瓔：《中國文學史新講》，修訂版，新北：聯經出版事業公司，2014 二版。
左東嶺：《李贄與晚明文學思潮》，北京：人民文學出版社，2010。
〔美〕列奧・施特勞斯（Leo Strauss）著，劉鋒譯：《迫害與寫作藝術》，北京：華夏出版社，2012。
〔日〕吉川幸次郎著，鄭清茂譯：《宋詩概說》，臺北：聯經出版事業公司，2012 三版。
———，鄭清茂譯：《元明詩概說》，臺北：聯經出版事業公司，2012，
———，李寅生譯：《讀杜札記》，南京：鳳凰出版社，2011。
〔美〕宇文所安（Stephen Owen）著，〔美〕田曉菲譯：《他山的石頭記——宇文所安自選集》，南京：江蘇人民出版社，2003。
朱東潤：《中國文學批評家與文學批評》，臺北：臺灣學生書局，1984 再版。
〔美〕艾布拉姆斯（M. H. Abrams）著，酈稚牛、張照進、童慶生譯：《鏡與燈：浪漫主義文論及批評傳統》，北京：北京大學出版社，1989。
〔美〕艾略特（T. S. Eliot）著，翁廷樞譯：〈傳統與個人才具〉，《中外文學》，第 2 卷第 9 期，1974.2。
何詩海：〈王世貞與吳中文壇之離合〉，《文學評論》，2018 年第 4 期。
余來明：《明代復古的眾聲與別調》，北京：中華書局，2020。
巫仁恕：《品味奢華：晚明的消費社會與士大夫》，北京：中華書局，2008。
李聖華：《晚明詩歌研究》，北京：人民文學出版社，2002。
———：《冷齋詩話》，上海：上海古籍出版社，2007。
周作人著，鍾叔河編訂：《周作人散文全集》，桂林：廣西師範大學出版社，2009。
周穎：《王世貞年譜長編》，上海：上海三聯書店，2016。

易聞曉：《公安派的文化闡釋》，濟南：齊魯書社，2003。
〔英〕柯律格（Craig Clunas）著，劉宇珍、邱士華、胡雋譯：《雅債：文徵明的社交性藝術》，北京：三聯書店，2012。
柯慶明：《文學美綜論》，臺北：長安出版社，1983。
———：《中國文學的美感》，臺北：麥田出版公司，2000。
范宜如：《一個地域文學的考察——明代中期吳中文壇研究》，臺北：萬卷樓圖書公司，2024。
孫立：《明末清初詩論研究》，修訂本，廣州：廣東高等教育出版社，2003。
孫春青：《明代唐詩學》，上海：上海古籍出版社，2006。
〔美〕孫康宜、〔美〕宇文所安（Stephen Owen）主編，劉倩等譯：《劍橋中國文學史》，北京：三聯書店，2013。
孫學堂：《崇古理念的淡退——王世貞與十六世紀的文學思想》，天津：天津古籍出版社，2004。
徐泓、王鴻泰、巫仁恕、邱仲麟、邱澎生、唐立宗：《華夏再造與多元轉型：明史》，新北：聯經出版事業公司，2024。
袁行霈主編：《中國文學史》，臺北：五南圖書出版公司，2023 三版。
袁震宇、劉明今：《中國文學批評通史——明代卷》，上海：上海古籍出版社，1996。
張健：《清代詩學研究》修訂本，北京：北京大學出版社，2024。
張暉：《中國「詩史」傳統》，北京：三聯書店，2012。
梅家玲：《漢魏六朝文學新論：擬代與贈答篇》，臺北：里仁書局，1997。
〔美〕梅維恒（Victor H. Mair）主編，馬小悟、張治、劉文楠譯：《哥倫比亞中國文學史》，北京：新星出版社，2021。
章培恒、駱玉明主編：《中國文學史新著》，增訂本，上海：復旦大學出版社，2007。
許建業：〈舊題李攀龍《唐詩選》的早期版本及接受現象〉，《文學遺產》，2018 年第 5 期。
陳文新：《明代詩學的邏輯進程與主要理論問題》，武漢：武漢大學出版社，2007。
陳美朱：《明清唐詩選本之杜詩選評比較》，臺北：臺灣學生書局，2015。
陳英傑：《明代復古派杜詩學研究》，臺北：臺灣學生書局，2018。
———：〈神韻前史：陸時雍《詩鏡》的杜詩批評與盛唐圖像〉，《政大中文學報》，第 29 期，2018.6。
陳書錄：《明代詩文創作與理論批評的演變》，南京：鳳凰出版社，2013。
陳國球：《明代復古派唐詩論研究》，北京：北京大學出版社，2007。
———：〈復古餘波——唐汝詢《彙編唐詩十集》初探〉，《政大中文學報》，第 29 期，2018.6。
陳斌：《明代中古詩歌接受與批評研究》，上海：上海三聯書店，2009。
陳廣宏：《竟陵派研究》，上海：復旦大學出版社，2006。
———：《文本、史案與實證：明代文學文獻考論》，臺北：臺灣學生書局，2013。
傅偉勳：《從創造的詮釋學到大乘佛學》，臺北：東大圖書公司，1999 再版。
曾守仁：〈魔、鬼與真詩——試論竟陵詩學話語中的離心性〉，《輔仁國文學報》，第 30 期，2010.4。
———：〈冷人、幽器與鬼趣：試論鍾、譚的人、詩與批評〉，《文與哲》，第 18 期，2011.6。
費絲言：《由典範到規範：從明代貞節烈女的辨識與流傳看貞節觀念的嚴格化》，臺北：國立臺灣大學出版委員會，1998。
馮小祿：《明代詩文論爭研究》，昆明：雲南人民出版社，2006。
黃景進：〈詩之妙可解？不可解？——明清文學批評問題之一〉，呂正惠、蔡英俊主編：《中國文學批評》，第 1 集，臺北：臺灣學生書局，1992。
———：《異變：中國古代異變思想與異變文學》，臺北：臺灣學生書局，2021。
黃維樑：《中國詩學縱橫論》，臺北：洪範書店，1986 四版。

楊玉成：〈閱讀專家：劉辰翁〉，《國文學誌》，第 3 期，1999.6。
———：〈閱讀邊緣：晚明竟陵派的文學閱讀〉，未刊稿，曾發表於中央研究院中國文哲研究所主辦：「明清計畫專題座談」，2003.9.19。
楊牧：《一首詩的完成》，臺北：洪範書店，1989。
葉曄：〈「詩史」傳統與晚明清初的樂府變運動〉，《文史哲》，2019 年第 1 期。
鄔國平：《竟陵派與明代文學批評》，上海：上海古籍出版社，2004。
廖可斌：《明代文學復古運動研究》，上海：上海古籍出版社，1994。
———：〈晚明浪漫文學思潮美學理想的三個層次〉，《浙江社會科學》，1999 年第 2 期。
趙強、王確：〈何謂「晚明」？——對「晚明」概念及其相關問題的反思〉，《求是學刊》，第 40 卷第 6 期，2013.11。
〔美〕劉若愚著，杜國清譯：《中國文學理論》，臺北：聯經出版事業公司，1981。
蔡英俊：〈「擬古」與「用事」：試論六朝文學現象中「經驗」的借代與解釋〉，李豐楙主編：《文學、文化與世變》，臺北：中央研究院中國文哲研究所，2002。
蔡瑜：《高棅詩學研究》，臺北：國立臺灣大學出版委員會，1990。
鄭利華：《王世貞研究》，上海：學林出版社，2002。
———：《前後七子研究》，上海：上海古籍出版社，2015。
———：《明代詩學思想史》，上海：上海古籍出版社，2022。
鄭毓瑜：〈採蓮女與男洛神——陳子龍、柳如是擬古賦作與六朝流風〉，廖蔚卿教授八十壽慶論文集編輯委員會：《廖蔚卿教授八十壽慶論文集》，臺北：里仁書局，2003。
魯迅：《魯迅全集》，北京：人民文學出版社，2005。
錢鍾書：《談藝錄》，增訂本，臺北：書林出版公司，1998。
謝明陽：《許學夷《詩源辯體》研究》，臺北：國立政治大學中國文學系碩士論文，1996。
———：〈許學夷《詩源辯體》在晚明的傳播與接受〉，《東華人文學報》，第 5 期，2003.7。

簡錦松：《明代文學批評研究》，臺北：臺灣學生書局，1989。
———：〈從李夢陽詩集檢驗其復古思想之真實義〉，王瓊玲主編：《明清文學與思想中之主體意識與社會——文學篇》，臺北：中央研究院中國文哲研究所，2004。
顏崑陽：《學術突圍：當代中國人文學術如何突破「五四知識型」的圍城》，新北：聯經出版事業公司，2020。
魏宏遠：《王世貞文學與文獻研究》，上海：上海古籍出版社，2017。
羅宗強：《明代文學思想史》，北京：中華書局，2013。
酈波：《王世貞文學研究》，北京：中華書局，2011。
龔鵬程：《晚明思潮》，宜蘭：佛光人文社會學院，2001。

國家圖書館出版品預行編目資料

伐柯：晚明詩學中的擬古與創變

陳英傑著. – 初版. – 臺北市：臺灣學生，2025.03
面；公分

ISBN 978-957-15-1962-3 (平裝)

1. 中國文學史 2. 中國詩 3. 詩學 4. 詩評 5. 明代

820.91　　114001620

伐柯：晚明詩學中的擬古與創變

著作者　陳英傑
出版者　臺灣學生書局有限公司
發行人　楊雲龍
發行所　臺灣學生書局有限公司
地址　臺北市和平東路一段 75 巷 11 號
劃撥帳號　00024668
電話　(02)23928185
傳真　(02)23928105
E-mail　student.book@msa.hinet.net
網址　www.studentbook.com.tw
登記證字號　行政院新聞局局版北市業字第玖捌壹號
定價　新臺幣五〇〇元
出版日期　二〇二五年三月初版
ISBN　978-957-15-1962-3

82069